U0533976

太阳转身

范稳 著

人民文学出版社

图书在版编目（CIP）数据

太阳转身 / 范稳著. —北京：人民文学出版社，2021（2022.4重印）
ISBN 978-7-02-010496-3

Ⅰ.①太… Ⅱ.①范… Ⅲ.①长篇小说—中国—当代 Ⅳ.①I247.5

中国版本图书馆CIP数据核字（2021）第218719号

责任编辑　赵　萍　薛子俊
责任校对　李义洲
责任印制　宋佳月

出版发行　人民文学出版社
社　　址　北京市朝内大街166号
邮政编码　100705

印　　刷　三河市宏盛印务有限公司
经　　销　全国新华书店等

字　　数　266千字
开　　本　890毫米×1290毫米　1/32
印　　张　11.375
印　　数　10001—30000
版　　次　2021年11月北京第1版
印　　次　2022年4月第2次印刷

书　　号　978-7-02-010496-3
定　　价　49.00元

如有印装质量问题，请与本社图书销售中心调换。电话：010-65233595

第 一 章

1

省公安厅刑事侦查局前局长卓世民现在是一个等待死刑判决书的人。他的一生戎马倥偬、身经百战，无论是在战斗的岁月还是和平年代，他就是不断书写传奇的那一类好汉，死神常常都得绕着他走。卓世民曾经设想过倘能死得轰轰烈烈，不说像个英雄，至少也不枉为男儿。可万万没有想到，自己将面临这样一种死法。

真是窝囊透了。卓世民不断回想那些被他送上刑场的死囚。有的早吓得三魂出窍、七魄消散，没有了人形；有的死硬分子会用阴毒、不服的眼光盯着他，说二十年后，等老子再成一条好汉，我们再过过招。有个连续作案的持枪抢劫犯，枪法精准，凶残冷血，身负四条人命。在抓捕时他被卓世民一枪打碎了一个睾丸。卓世民去死牢里审他，这家伙戴着四十公斤重的大镣，却还在做着复仇的梦，他恨恨地对卓世民说，好汉，你的准头够损的，让你爷爷在阴间再不能快活了。等老子出去了，取你的命根来赔。过去卓世民对这些人渣从无一丝怜悯，让他们伏法是自己的骄傲。现在卓世民却在想：当一个人真正面对死亡时，保持镇定是为了做人的尊严，表现出勇气则需要一点横蛮——横人不怕打，蛮汉不怕死。

一个月前，卓世民参加了单位组织的退休干部年度体检，半个月后体检报告出来，省厅老干处的副处长小唐专门开车来接他，随车来的还有刑侦局办公室主任小纳，他们说，卓局，我们去省第一人民医院一趟。在医院的肝胆胰外科，科室主任副主任都在场。卓世民退休前两年，这家医院发生过一起恶性案件，卓世民带专案组搞了半个月，顺利破了案，医院还特地给省刑侦局送来一面锦旗。卓世民在这里搞案子时，任意传唤和案子有关联的人，再牛的医生在他面前都诚惶诚恐。现在，掉了个个儿啦。

科室主任满头华发、目光睿智，令人信赖。他拿起卓世民的体检报告说："这位领导，家属来了吗？"

卓世民当时头嗡的一下就大了，尽管从他上了老干处的车时起，心里就犯嘀咕，搞这么大动静，莫非……他努力保持住镇定，说："医生，没关系的，你就跟我说吧。"

卓世民抽了几十年烟，他最担心的还是自己的肺；因工作关系，喝酒也不少，因此肝也是"酒精考验"了；当然还有心脏，退休前血脂高、低密度胆固醇高，血压也高，有冠状动脉粥样硬化的趋向。这些年他一直在吃降压药和心脏方面的保健药，深海鱼油、Q10等，硝酸甘油片和速效救心丸随时都带在身上。但在体检报告中，这些病因都不重要了，排在第一项的，是胰腺上的问题。专家说：

"根据B超显示，你的胰腺有高回声结节，大小有0.92厘米。"

什么是胰腺？什么又是结节？专家耐心地解释了半天："通常这样的结节如果长在肺等器官上，我们会怀疑是钙化点。但胰腺上从来不会长钙化点。所以我们需要再做CT检查；如果显示还是占位，为慎重起见，我建议再做加强CT来排除占位。"

那么，什么是占位呢？专家平淡地说："占位就是身体内多出来

第 一 章

的东西,通常就是肿瘤的意思嘛。当然占位有良性和恶性的。不过,胰腺占位即便开初是良性的,后来大都会转移成恶性。占位还要看是单发还是多发。单发可能有手术的价值,多发,就没有临床意义了。"

那意思就是说,等死呗。

然后医生问了一系列的问题。平常有腹痛和腹胀感吗? 最近食欲怎么样? 是不是消瘦得很快? 血糖高吗? 有没有糖尿病? 是不是时常感到乏力? 拉肚子吗? 是不是时常感到腰酸背痛?

这些问题让向来行事果断的卓世民既不能一概否定,也不敢部分肯定。他的脑子里就像有架直升机的螺旋桨在旋转,搅得他不知如何回答。比如说体重,去年有些偏胖,今年控制了饮食同时加强锻炼,他的体重从81公斤降到了74公斤,家人都在为他高兴。又比如前段时间他失眠得厉害,吃吗都不香。那阵保姆包阿姨回家,他天天晚上要照顾老父亲的生活起居,搞得自己精疲力竭、腰酸背疼。生活规律被打乱,自然就哪儿都不舒服。至于血糖,一直是偏高的,空腹血糖多在6.5至6.8左右。而且根据今年的体检报告显示,比去年也有所增高。这些身体内的老毛病,现在和胰腺占什么位的一联系起来,样样都显得疑窦丛生、杀机四伏了。

卓世民那天如何走出医院的,一点也记不得了,他就像喝酒断了片。自己仿佛是站在一条河对岸的人,而此岸熙熙攘攘的人群、来来往往的车流,生动而鲜活,还有身边不断宽慰他的小唐和小纳,他们说了些什么,他一句也没有听清。身边的世界没有声音、没有温度、没有远近,甚至没有了色彩,像一部早年间的默片。他还记得自己两腿发飘,连上车都是小唐和小纳来扶他——他们几乎是把他搀扶进了车里。

卓世民顿时感到了羞愧:卓世民,原来你他妈也怕死啊!

你是个怕死鬼。你是个怕死鬼。他不断羞辱自己。战火纷飞、枪林弹雨中走过来的老兵,从警几十年的老刑警,无论是在战场上还是在职场生涯中,死亡还见得少吗?血肉模糊的尸体,火星四射的枪战,刀光剑影的搏杀,千里迢迢的追捕,生死一瞬间的转换……没有多少人经历得比你更多。可被一种莫名其妙的胰腺占位缠身时,你他妈还是个怕死鬼的嘴脸。

车开到卓世民所住的金孔雀城社区前,卓世民已经镇定下来了。社区里景物依旧,楼房、花园、道路、广场、喷泉、球场,让卓世民看得心痛。他对小唐说,此事你们不要在单位上多说,我自己会处理好的。小唐说已经联系好了,下午再来接您去做CT。卓局,不会有事的。卓世民强扮一个笑脸,说,我才不信啥操蛋占位呢。我能吃能睡能打球,一点不舒服的感觉都没有。哪有专家说得那么邪乎?现在人们不是说,那些个专家都是些砖头"砖家"嘛。

但不管人家是什么家,医生的话总得听。下午先做CT检查,一会儿就看到了片子,医生的解读毋庸置疑,胰腺占位是肯定的,卓世民的心掉到了冰窟里。但这次他显得比较镇定了,他说,上午那个医生说不是还有一种什么CT吗?破个案子还讲证据链哩,你说什么就是什么了啊?

寻医问药,是每一个被告知得了重病的人都要面对的问题。只要有条件,任何病人都恨不能把天下最好的医生都问个遍。卓世民那天晚上关在自己房间里,偷偷在手机上搜"胰腺癌"。上千万条的相关信息,看得他头晕目眩、心底发凉。最后自己归纳出的结论是:胰腺癌是高度恶性的肿瘤,早期诊断困难,一经发现便是晚期。一般采用切除手术,但切除了只能活七个月;如果加上放疗化疗等手段,还可多活一年半左右,能活过五年的概率小于百分之一。假设不接受任何

第 一 章

治疗，最多可活半年。胰腺癌向来被称为"癌王"，没有谁能挑战它的"王权"。

卓世民一夜无眠。

第二天去做加强CT，分管内勤的赵华清副厅长和厅机关党委隋书记、工会何主席都来了。他们以为人来得越多，会给卓世民带来越多的安慰。卓世民没好气地说：

"还不到开追悼大会的时候，你们来干什么？"

赵副厅长来当然是管用的。他请来了一个分管业务的王副院长，同时也是胰腺方面的专家，亲自来看加强CT片。所谓加强CT，不过是在CT扫描的基础上加静脉注射造影，让占位部分更加清晰地突显出来。赵副厅长宽慰卓世民道："老卓，不会有事的。上个月机关工会组织爬山，你还冲在我前面嘛。体能真是好。"

人家的话说得这么热乎，但卓世民觉得赵副是在对一个要死的人说话。你说得越春风拂面，他心里越阴风凄凉。

片子出来后，阅片无数的王副院长略带诧异地说："麻烦了，有三个结节。一大两小，挺清楚的。"

"有什么解决方案？"赵副厅长急切地问。

王副院长沉吟片刻，才说："建议你们去北京找专家看看吧。两个小的占位位置偏胰尾，如果确诊是胰尾瘤，不是胰岛素瘤，或许还有手术的可能。"

赵副厅长说："好的，我们马上就安排。"

"不去！"卓世民硬硬地说。

"老卓，我们会安排好的。"赵副厅长赔着小心说。

卓世民冷冷地看他一眼："我是个退休老人啦，不给组织添麻烦。"

当初组织人事部门来跟卓世民谈退休问题时,他们准备了一大箩筐盖棺定论的溢美之词,以宽慰他这样的大功臣。通知他退休那天,卓世民刚破了一起碎尸案,正在审结案报告。卓局,政工部门的人还在给您请功,人事部门的人却要您走人,也太不厚道了。他底下的兄弟们为他鸣不平。卓世民平和地说,别嚷嚷啦,制度就是这样,到点就得走人,谁也不能违背。省厅陈铭厅长也觉得挺对不住卓世民的,但卓世民一句话就让他释然了。他说,我早该回家孝敬我那越来越糊涂的老爹了。我这一辈子没有当成个好父亲,就去补当个好儿子吧。

不过,这个孝子可不好当。卓家现在四世同堂,六十五岁的卓世民还上有老下有小。他的老父亲卓存君九十三岁高龄,现已是阿尔茨海默症的二期,除了头脑糊涂、大小便失禁外,身子骨还可以,饭量也不错。老伴肖佳也退休多年,女儿卓婉玉、女婿杨先书和外孙女杨颖跟他们住在一起。小两口在大学城有一套房子,但离城太远,杨颖上学也不方便。所以他们情愿早出晚归,勤俭"吃"家,好在大学老师也不是每天需坐班。这个家庭的每个早晨都是一场小小的"战斗",卓世民一般五点起床,带着退役警犬阿雄在小区里慢跑两圈,压压腿,抻抻筋骨,打一套拳。阿雄曾是条功勋犬,跟随卓世民破案无数,还在全国警犬大赛中得过第二名。卓世民退休时,阿雄鼻子上长了个小瘤子,不能再服役了,卓世民把它领回家,请最好的兽医给它做手术。一个老警察和一条老警犬,颇有点要在退休生活中"抱团取暖"的意思。

晨练完毕,卓世民回家戴上手套、口罩,协助保姆包阿姨给老父亲换纸尿裤、换被子,甚至换褥子——如果碰上他拉肚子的话。多数情况下老人家面无表情,如一个木偶一般任他们收拾那一摊腥臭的"残局"。有时候他拧巴任性起来,又打又踢的,要么就往地上一躺,

第 一 章

活脱脱一个无药可救的老孩子，只有卓世民才镇得住场面。一个年过花甲的人抱着比他更老几十岁的老人去卫生间洗澡，那场面不是一般人可以想象的。老爷子当年是个桥梁工程师，新中国成立前的大学生，年轻时穿上西装帅得不行。可是，人老了，吃喝拉撒睡都是别人的负担，还连老儿子的孝心也不知道为何物了。

把老父亲弄到卫生间冲洗干净，换上干净衣裤，再扶到餐桌前坐好，这个早上才算消停。通常情况下，女儿女婿匆匆吃上两口，或者抓几个面包带上一袋牛奶，送杨颖去上学，卓世民夫妇和保姆才坐下来吃早饭。

我死了，老爹谁来管？

心中有了牵挂，死亡就成了生活中必须严肃面对的事情。恐惧，害怕，遗恨，咒骂，不服，哀痛，悲伤，留恋，忧郁，侥幸，绝望，不舍，以及对生活、对家人连筋连骨的爱，这些心中的块垒，他必须默默地去抚平。他想自己生起恐惧心，是因为家庭让他不舍，老父、妻子、女儿、外孙女，他欠亲人们的债太多，还没来得及好好偿还，自己就要撒手不管了。刚退休没几年，赋闲生活的舒适、悠闲，以及毫无压力感的松弛，那么让人心旷神怡。就像你翻山越岭走过漫长的道路，终于到了该休息的地方，正打算心安理得地享受生活，但阎王鞭子一挥：继续跟我走，上黄泉路。苍天在上，你这一辈子没有做什么坏事，没伤害一个好人，在外恪尽职守，在家有情有义，你能不感到冤吗？能不留恋生活吗？

能站着，就不躺下。这是卓世民的口头禅。与其去哀叹阎王为什么选中了我，不如向死神迎头撞去。这样的生死观并不是卓世民在得知自己得了绝症后才有的。干他这个行当的人，常年在刀锋上行走，每次和死神交手博弈，他都能安然胜出。过去压力足够沉重，天天都在负重前行,他从退休那一天起,就把自己当成一个卸下了重担的闲人。谁愿意天天面对人间的那些丑恶和苦难?波澜壮阔的人生是显英雄本色,可风平浪静的日子才是生活。虽然刚回到家那段时间还有些若有所失,没着没落,但很快他就满足于一个退休老头儿的生活了。能全身而退,就是人生的赢家。

赢家苦尽甘来,却仍要面对生命无常。正如他过去从不会告诉家人自己要去执行的任务有多危险,现在他也不打算让家人知道自己得了绝症。他准备独自面对和死神的较量,放弃对生命的执着,走得尽可能有尊严一点。他骄傲一生,绝不希望成为身上插满管子,被医生和药物折磨得形销骨立、痛不欲生,在众人的哀戚和眼泪中凄惨离去的那种人。

给自己一枪,是一个老刑警最体面的死法。可是他没有枪了,这样做也不符合国情。不过,一个老警察当然知道许多条告别人世的道路,他悄悄为自己做好了设计,既要保持体面,又要不失尊严。

可是,人们却舍不得他就这样匆忙离开。陈铭厅长把他召到办公室,说,老伙计,别着急。你还是去北京再做一次检查吧。回去收拾一下,明天老干处的人陪你去。我找了部里的人,已经安排好了。卓世民在位时是陈厅长手下的得力干将。他的病,厅长当然要操心。

卓世民回答说:"去北京还不是那么回事,不去!"

陈厅长递给他一支烟,"万一排除了呢?"

卓世民说:"我只相信概率,从不指望万一。"

陈厅长眼眶有些湿润了,说:"部里老池听说你病了,给你安排好了一切。你就算是去见见老朋友吧。"

卓世民在干刑侦局长前,曾干过十多年的秘密侦查处处长。老池

第 一 章

是公安部的刑侦专家，早年也跟卓世民一样干密侦工作。那时在密侦战线有"北池南卓"之说。还在工作时，两人几乎年年都要碰头，都退休后大家见面就少了。卓世民想，就当去告个别。不过他请求陈厅长，自己病了的事，尽量不扩散。他也不会告诉家人自己去北京干什么。

老池也是七十多岁的老人了，为卓世民的病跑前跑后地安排。在北京大学附属肿瘤医院找了全国顶级的专家资主任给卓世民会诊。资主任身后跟着一群全国各地来进修学习的医生和在读博士，有的人都两鬓斑白、满头华发了，还在资主任面前毕恭毕敬。那阵势，让卓世民感觉省医院的那些院长专家，在资主任面前当见习医生都不够资格。

资主任仔细看了卓世民带去的片子和省里医生的诊断，跟身后的医生们说了一通卓世民听不懂的专业术语，时常还夹杂英文单词。最后，资主任给出的建议是：去协和医院做个奥曲肽显像检查吧，这是个最新的显像技术。看到片子医生就可以确定下一步的处置方案了。

拿到结果大约要等十来天。老池说这个资主任可是给中央领导看过病的。最新的技术，最好的医生，老卓你就放宽心吧。卓世民说，那又能怎样？不过是看到一个案发现场。该发生的都发生了。

卓世民这些时日没少在网上搜有关胰腺癌的信息。美国苹果公司的创始人乔布斯够牛的吧，得胰腺癌后五十多岁就走了。乔布斯都如此，你一个普通人还折腾个什么劲？你比乔布斯还多活了十多年，比起他，你人生还赚得更多吧。

卓世民在北京只待了两天就回来了。他已经决定放弃所有的治疗，也不愿接受人们的慰问和同情，哪怕是老池这样的老战友。老池现在一个人隐居在一个巨大的小区里，他的家人没有和他住在一起，子女只是偶尔过来看看他。老池当年因为工作特殊,没保住自己的家庭,多年来都是一个人生活。卓世民在和他告别时说:老伙计,好好活着,我走了。干我们这行的,也许不该有家,一个人来去无牵挂。

老池患有较为严重的帕金森症,他抖着双手拉着卓世民,不失幽默也不无伤感地说,你就当先去那边卧个底吧。等几年我就来陪你。

回程之旅,不是归来,像一场告别。卓世民的飞机飞临春城上空时,正是夕阳西下时。他看到城市既熟悉又陌生的天际线,忽然想到一个人灵魂飞升时,大概就该看到这样的景象。你像一只孤独的鹰,盘旋在故乡的上空,留恋在亲人的目光里。城市在长高、在膨胀,每一条街道都流淌着希望,每一扇窗户都无言溢出生动的故事。这些故事有悲有喜,有平淡有离奇。而一个干刑警的人,总是置身于日常生活千奇百怪的反常中。就像卓世民从未料到,一向身强体壮的他会得这莫名其妙的病,这太不正常了;也像他在接下来的日子里,在脱下警服五年以后,还要重新披挂上阵。这也很反常。

2

才六岁多一点的小女孩侬阳阳从汤谷寨被带走的那个上午,是个阴天。雨云堆积在山岗,太阳躲起来了,天一副要垮下来的样子。侬阳阳的曾外祖母白桃花当时就是这样认为的。她把孩子交给拍电视的那两个人时,心里忽然有某种不祥的预感。她说要下雨了,路不好走,你们不要带孩子去了。

但那个说话怪腔怪调的唐导说:"老人家,你拿了我们的钱,别影响我们工作。鹅克(OK)?"

扛摄像机的张师已经在发动车了,他在驾驶座上说:"莫跟她鹅克

第 一 章

了，我们还要赶路哩。"

白桃花张了张嘴，不知该说什么好。她只是对侬阳阳说："阳阳，要乖要听话哦，见到你妈妈后给我打电话来。"

侬阳阳是个乡村留守儿童，她的父母在省城打工，要进城见到爸爸妈妈了，孩子当然高兴。昨天家里忽然来了两个伯伯，说是要给她拍电视。爸爸之前也打来电话，要她乖、听话，这两个伯伯要把她的乖样子拍出来给爸爸妈妈看，给所有喜欢阳阳的人看。侬阳阳虽然在乡下长大，但她知道电视里那些美丽可爱的小朋友。他们在电视里唱歌、跳舞，快乐无比。现在你也将和他们一样了。这两个拍电视的人对孩子和她的曾外祖母说。他们把侬阳阳哄得很高兴，给她看她在画面中的样子，让侬阳阳新奇不已。他们还给她带来了一个大熊猫玩具和一包好吃的东西，巧克力、饼干、糖果、烤串、果冻、奶昔，等等。许多零嘴侬阳阳从未吃过。村寨里长大的孩子，自由生长，漫山遍野乱跑惯了，也没有什么安全教育。两个和蔼可亲、身上又随时变戏法般变出很多好吃甜食的陌生人，哄一个毫不设防的乡下女孩，连唐导和张师都觉得太容易了。

车驶出汤谷寨，张师递给唐导一小盒粉红色的果冻，封口已撕开。唐导心领神会，哄孩子道，阳阳，来，看看伯伯给你带哪样好吃的了呀。侬阳阳没有多想，接过来就往嘴边塞。唐导紧张地看着她，张师也不时边开车边回头看。不到三分钟，孩子昏昏睡去。

车开上盘山路，汤谷寨已被甩在后面。张师不断看后视镜，搞得唐导也紧张地往后看，往两边看。群山寂静，道路蜿蜒，一只鸟儿从车前飞过，也让张师紧张得踩了一脚刹车。

张师说："乡村里没人养的娃儿多的是，干吗非要抱走这个娃娃，还搞那么大动静？ 嫌警察没事干是不？"

"四哥,你买头猪崽还问猪妈妈同意不吗?"

"烂眼儿,你是个要挨雷劈的狗杂种。"

被称为"烂眼儿"的人眨巴了一下眼,摘下了鼻梁上的平光眼镜,咧咧嘴说:"干我们这行,雷劈下来了再说。"

这是两个名字见不得阳光的人。张师的真名叫赵四毛,道上的人都叫他赵老四;冒充导演的唐导,真名叫曹前贵,"烂眼儿"是他在监狱里的绰号。他们是曾经的狱友,在监狱里曹前贵是赵老四的马仔,少吃了许多苦头,对他既害怕又服气。他们前后脚出狱,电话里都说有财大家发呀,别忘了难兄难弟。

来自边境线上南山村的曹前贵从小在饥饿中长大,饥饿是一种看不见却真实存在的鬼,赶着人到处觅食。有一个关于老鹰的传说让曹前贵在走上拐卖孩子的不归路上,常常把自己想象成一只饥饿的鹰。在漫长时光流逝中的某个冬天,饥饿铺天盖地,连天上的老鹰也饿花了眼。有人看见一块快速游动的阴影,涨水一般漫过山岗,漫过房舍,漫过几块玉米地,最后这阴影覆盖了农家地头边的一个小孩。原来它是一只巨大无比的老鹰啊!它一爪抓起了孩子,想飞回自己的鹰巢,好好享受一顿童男子的美味。村人敲响了瓦缸破锣,射出一支支于事无补的箭,村子周边的大山也从四面合围起来,试图挡住老鹰的去路。大山说,留下孩子。老鹰飞不过越长越高的山峰,就把孩子扔在最高的那座山头的岩石上。那里连岩羊也攀爬不上去。老鹰说,谁有比天高的本事,就来带回你们的孩子吧。

曹前贵十九岁时因为伤人蹲了两年监狱,被他一锄头打瞎一只眼的人不是别人,是他的亲哥哥。穷困让他们兄弟阋墙,痛下狠手。就像没有真正饿过肚子的人不知道饥饿的凶狠一样,没有和曹前贵打过交道的人,不知道他有多冷血。

第 一 章

曹前贵的村庄是喀斯特地貌区，主产石头，副产品才是庄稼——玉米和土豆。庄稼生长得稀疏零落，漫山遍野的石头却长势凶猛，像成群结队气焰嚣张的怪兽。它们还会赶着人跑，带给人们代代沿袭的贫困和绝望。尽管人有脚，石头没有脚，但它们会从地里长出来，从山上一片又一片地压下来。在大山的柔软处，会存留一些稀薄的土，依附在石缝间、石旮旯里，以及稍微平缓一点的地方，像肉一样诱人。因此当地人从不叫土，称之为"土肉"，这样才对得起它们的金贵。这块地，"土肉"瘦一点。人们会这样说。但天降一场大雨，地上刮过一阵强风，石旮旯里少得可怜的那点"土肉"，就被雨水冲走了，汤汤水水地漏到不知道的地方；还有被大风刮走的，像一去不回的鸟儿，抛下贫瘠瘦硬的大地。人说水落石出，这里是土走石头现。去年还可以种两三株玉米的石旮旯缝里，今年连种子都撒不进去了。在石旮旯山地里种庄稼，至少得三人同时上山。一人在前面挖一个坑，撒下种子，一人从背篓里抓一把农家肥盖上，再一人背着水桶浇一瓢水。然后，靠天吃饭。

土地包产到户那年，曹前贵家分到七分坝子里的玉米地，十来亩山地。山地就是石旮旯里一处又一处的石窝窝，石头占了百分之九十。每一个石窝窝里有几捧"土肉"，种得进三四株玉米就算"好地块"了。人在石头缝里刨食吃，虽然艰难万端，但再贫瘠的土地，现在归自己所有了，还是让人看到了隐隐约约的希望。曹前贵十七岁时，家里养了一头肥猪，父亲请了三个壮汉抬肥猪下山去卖，过山垭口时，肥猪大约不想就此引颈就屠，四个抬猪的汉子扛不住一头肥猪的垂死反抗，连人带猪地滚下了悬崖。曹父当场身亡，手里还死死地抓住一根猪尾巴。曹前贵上有老母，还有哥哥嫂嫂。一年后，兄弟闹分家，哥哥说，老二你一人吃饱全家不饥，我得养老妈和一家子人，坝子地就留给你两分，山地你就多占点。

　　老爹不在了，长兄当父，曹前贵还能说什么？他在山脚下自己搭了间木棚屋，成为村里最年轻的光棍。可分到他名下的那点地，根本不够填饱他的肚子。他分到三亩山地，一年下来，就只剩下一亩多了。"狗日的石头，去年还在半山腰，今年就跑到老子床边了。"曹前贵肚子饿慌了的时候，常常这样骂。

　　在石旮旯地里种庄稼，要比别的地方费更多的功夫，你得学会围埂，把每一个石窝窝里的"土肉"用石块围住，雨季来了那点土才不会被冲走。曹前贵没那个耐心，他从来就不是一个肯下笨力气的人。有一年，他偷偷将自家坝子里的玉米垄往哥哥那边挪了几尺。但就为了这多出来的七八株玉米苗，哥哥前来兴师问罪，兄弟俩在地头大打出手。结果是，哥哥被曹前贵一锄头挖瞎了一只眼，弟弟得了两年牢饭吃。

　　曹前贵出狱后，都能听得见南山村曹氏家族的老祖宗在祖坟里叹息，也能想象得到曹家老屋里神龛上祖先的牌位是如何黯然无光、尘垢满面，更能听见一只眼的哥哥隔着千山万水的怒喝：你还是滚吧，不要回来丢曹家人的脸了！

　　曹前贵愧对先祖，无颜回乡，只有滚了，滚得越远越好。他跑社会时，神州大地还在到处传唱《冬天里的一把火》。年轻的曹前贵那时心里也有一把火，希望的火、挫败的火、失望的火、愤怒的火、欲望的火、贫困的火，相互交织，欲壑难填，让他在家乡又瘦又薄的田野上看不到任何希望，就只能把希望寄托在自己一身的力气，以及在社会上结交的那些狐朋狗友身上。他们有的能喝酒，有的能打架，有的能行骗，有的会小偷小摸。尽管他也下井挖过矿，挑砖盖过楼，开山修过路，还养过猪，摆过摊，跑过单帮，摘过棉花，扛过大包，什么活儿能挣到钱他就去干什么,但他没有从身边那些靠辛勤劳动挣钱养家的人们身上,学到做一个好人的本分、良善、勤劳、诚实以及应该坚守的底线。他日思夜想的只是,用最少的力气,赚到更多的钱。比如抱走一个别人家的孩子,比扛一袋水泥,自然省力得多。

曹前贵看着窗外的山岗田野想:都在讨生活,为哪样我这样的人非得在刀口上讨吃?人是不是有两套心肺?一套是人的,一套是畜生的。曹前贵不知道别人如何想,因为说起活过的日子,满嘴都是苦,像一头畜生一样没心没肺会让自己好受一点。

左侧一辆奔驰车别过来,想超他们的车,对面已经驶来一辆大卡车,公路上喇叭声四起。赵老四凶了外面一句:"奔死啊!"

曹前贵说:"你好好开车,可别出啥差错。"

赵老四肥厚的腮帮咬动了两下,没有回答。

曹前贵跟赵老四不是一个地方的人,他听成"奔食啊"。人不他妈的都是在奔食去的吗?饿过肚子的人才晓得急慌慌地讨那一口食吃不容易,脸面不顾,生死不惜。

这时他的手机上来了一条短信:货呢?

他马上回复道:到手。然后长长吁了一口气。

他们的车开到省城的城乡接合部时,窗外已是霭霭暮色,似一块掩盖这人间一场罪恶的巨大幕布。曹前贵舒了一口气。刚才赵老四说要避开一些公安的检查站,得走点弯路。曹前贵想,孩子送到目的地,他就能拿到钱。曹前贵不怕赵老四卖他的马①。

车忽然拐进了路边的一家汽修厂,曹前贵问怎么了。赵老四说,车胎跑气了,换胎。

---

① 指出卖朋友。

曹前贵嘀咕道:"越急越见鬼。"他刚下车来看车胎,两个男人就迎上来说:

"老板,先到里面去喝茶吧,一会儿就弄好。"

曹前贵还没有来得及看仔细车右侧的前后车胎有什么问题,就被那两个男人拥着带进了房间。这期间他还看见另有两个男人在匆匆关汽修厂的大门。曹前贵也算是见过世面的人,拔腿想跑,但他的两只胳膊已被人紧紧捉住。曹前贵大喊:"赵老四,你敢卖老子的马!"

他扭头看见赵老四还坐在驾驶座上,不停地揉鼻子。这个家伙有个肉头鼻,过去在牢房里,赵老四要算计人、要打人的时候,就是这种让人汗毛倒竖的样子。曹前贵来不及再喊,头上就重重挨了一下,便什么也不知道了。

曹前贵醒来时,发现自己手脚已被胶带布紧紧捆住,关在一间屋子里。他想:我这是栽到黑道上了。一开初他还喊叫,但挨了几顿老拳后,他不喊了。他面对的都是些他闯荡江湖以来所遇到的最冷血的恶人。他们穿着质地上好的衣服,皮肤白皙,身板有型,头上留着板寸,胳膊上大块刺青,一看就是心狠手辣的人。他们下起手来,比牢房里的狱霸还要凶狠。有个家伙飞起一脚踢在曹前贵的腮帮子上,踢掉了他两颗大牙。

赵老四不见了踪影。过去曹前贵认为只有贫瘠地方的人才会饿肚子,可赵老四这种姥姥不疼舅舅不爱的城里人,从小在城市的大街小巷里流浪,为一个包子可以跟人动刀子。在别人的耳光和拳头中长大,骗子小偷是他的老师,少管所是他的学校。曹前贵是"二进宫",赵老四进出监狱按他的说法就像"回家探亲"。他们在一起蹲监的那些日子,谈论起小时候饥饿的感受。曹前贵说饿得头昏眼花时,看见山上的石头都以为是馒头哩。赵老四说,街角那些比茅坑还臭的垃圾桶,在大街对面我都能闻出里面有没有人家吃剩的半块面包。

赵老四曾经跟他说过,只有狠狠饿过肚子的人,才是恶狠狠的人。曹前贵不无悲哀地想:狗日的赵老四,你比老子更饿。

3

卓世民从北京回来后,彻底想开了。与其枯坐家里等死,不如走进人生的热闹处。该出去打球遛弯会朋友,一样不落下。把每一天都当最后一天来过,将每一次球赛,每一次聚会,每一件要处理的事情——无论是公事还是私事,都当成"告别赛"。声色不露地和家人告别,和熟悉的朋友们告别,和安详的生活告别,和路遇的陌生人告别,和阳光、花朵、树木、湖面、街道、商店、菜场、药店、餐厅告别。夜深人静的时候他会回想自己的一生,有遗憾也有自豪,有时还会为年轻时干的荒唐事哑然失笑。没有什么可怕的,人都有自己的命,到了认命的时候,就和死神签一份协议:我不抱怨,不诅咒,不怨天尤人,请你让我安详地离开。

卓世民是从事过特殊职业的人,特殊到很长一段时间里他的工资单上都只是一个代号,当上刑侦局局长后他的身份才逐渐为人所知。被他送进监狱、送到刑场上的犯罪分子难以计数。退休前一年卓世民搬了家,倒不是他害怕什么了,他这是为家人着想。这里虽然离城中心远一点,但环境好,既安静又安全,适合他这种需要"大隐隐于市"的人养老。他不希望再有任何社会上的恩恩怨怨、刀光剑影,影响到自己的退休生活和家人的安宁。他的职业生涯尽管充满传奇,无比荣耀,但他现在甘做一个钓鱼遛狗、买菜打球的普通老头儿。

退休后卓世民迷上了打网球,经常和他配对打双打的兰高荣,是他工作几十年的老搭档，两人同是从干刑警入行，都当到高级警官退休。兰高荣退休前是市公安局的副局长，分管市局的刑侦工作。两人在工作上的默契和生活上的互相照料，胜似亲兄弟。这天下午三点，他们在洒满阳光的网球场见了面。兰高荣说："从北京回来啦？"

卓世民答非所问，说："糟糕，水杯又忘记带了。"

兰高荣嘿嘿一笑，从球包找出一瓶矿泉水："喝这个吧。你这老糊涂。"

卓世民过去头部受过伤，最近几年来老是忘事儿，这已经成了大家嘴边的笑谈。比如他出门去买菜，到了菜市场却想不起老伴左叮咛右交代要他买的东西；有一次球场上来了几个新球友，他在介绍自己的队友时，竟然脑子里忽然一片空白，想不起队友的名字来了。那一刻他恨不得一枪崩了自己。家人曾带他去看过医生，给脑部做彻底的检查，CT、核磁共振啥的。那医生也没有说出个所以然来，什么脑垂体、神经元、淀粉样蛋白基因、早老素基因，等等，绕得你要么像进入了史前社会，要么是误闯了外太空，面对一群比自己聪明了几个世纪的人，在他们面前不当个傻子都不行。脑子不行了，对一个干了一辈子刑侦工作、事事缜密、阅人无数、在人群中靠鼻子都能嗅出哪个是犯罪嫌疑人的老警察来说，无异于宣判他是一个废人，比当年组织上让他退休打击还大。

兰高荣看卓世民有些魂不守舍的样子，便打趣道："咋啦？想桑吉老师了？人家今天不来。"

桑吉老师也在这支老年网球队里，打混双时常和卓世民配对。她过去在一家文学刊物当总编，曾经编发过一篇写卓世民的报告文学，现在她还称他为"老英雄"。桑吉老师是个离婚的单身女士，弄文舞墨的人，向来应笑多情，看卓世民的目光难免就有些青年女性才有的柔情和爱慕。

"你个'烂脱靶',净乱打枪。"

"烂脱靶"是兰高荣在警校时的绰号,第一次射击训练十发子弹他有本事全脱了靶,后来打枪一直都没个准头。甚至在刚穿上警服不久的一次抓捕行动中,还误伤了群众。那一枪其实也是为了救卓世民之急。二十世纪九十年代初期,边境口岸逐步开放,贩毒活动十分猖獗。那时他们俩都是刚入行不久的刑警,在一次缉毒行动中,刑警队在一个农贸市场将正在交易的毒贩逮了个现行,卓世民按翻了一个五大三粗的毒贩,正要给他上手铐时,另一个家伙挥舞一把砍肉刀就砍将过来。卓世民双手不空,身下还压着毒贩,只能一勾头躲过了第一刀,兰高荣就在卓世民身后,他看见那小子又要砍第二刀了,连忙举枪就打,没打中罪犯,子弹却打到一根石柱上,又弹了出去,伤到一个躲避不及的卖菜商贩。不过这一枪起到了震慑作用,舞刀那小子看到警察真开枪了,扔下刀就跑。案子了结后论功行赏,卓世民荣立三等功,兰高荣却挨了个警告处分,要不是卓世民极力为他申辩,兰高荣差点就干不成警察了。卓世民说没有兰高荣那一枪,我头都被人劈成两瓣了。但这一枪,却成了兰高荣终生的噩梦,让兰高荣一直有打枪恐惧症。

"你心里有事儿了。"兰高荣说。

"没有。"

"去北京干吗?"

"没干吗。走走,看看。"

"好嘛,换鞋。先活动活动。"兰高荣已经站到场上了。他笃定卓世民有事瞒着他。几十年的老搭档了,一个眼神一跳,都知道对方要干什么,需要什么。兰高荣知道,你不问,卓世民是不会告诉你任何心事的。他烂在肚子里的事情太多，哪怕面对他这样的老伙计。很多事情你跟他推心置腹了，他永远保持着那种令人敬畏的神秘感。兰高荣经常揶揄卓世民搞那十来年的密侦工作把人情味儿搞坏了，说他"六亲不认"都是轻的了，这家伙为了工作常常忘记了自己是谁，但兰高荣永远是站在他身边的那个人。

兰高荣还在市局当刑侦支队支队长时，卓世民是省厅秘密侦查处的处长，有一次兰高荣接到线报说有两个黑社会团伙为争地盘，在一家废弃的工厂车间内准备火拼，他带刑侦队和治安队的弟兄们冲进去时，赫然发现卓世民也混迹在流氓团伙中。那一瞬间他有被这家伙骗了的感觉。上周大家还在省厅一起开会呢，怎么没听他说在执行卧底任务？刑侦队的小伙子们可不明白这些，扑上去就开始铐人，兰高荣怕卓世民受到误伤，直接奔卓世民而去。没想到卓世民操起一根钢条就冲兰高荣砸来。兰高荣抽身闪慢了点，钢条重重砸在他肩膀上。他那时才明白，卓世民还有更重要的任务。他顺势倒在地上，放卓世民跑了。卓世民那一钢条把他的锁骨砸断，住了一个月医院。事后他也只说了卓世民一句，你小子下手够狠的啊！就不怕你兄弟媳妇守寡？而卓世民也只是嘿嘿一笑，连句道歉的话都没有，更不会说他执行的是什么任务了。

两人在场上拉底线，刚刚热身，卓世民的电话就响了。是老伴肖佳打来的，她在电话里急吼吼地嚷，老卓你快回来，婉玉的车被人砸了！

卓世民问："怎么被砸了？"

家里有两部车。今天卓婉玉开杨先书的车去接孩子，她的雷克萨斯两厢车就停在地下车库里。卓世民退休后多数情况下出门坐地铁、搭公交车，偶尔才会开女儿的车。从前他坐着闪着警灯通行无阻的车，每一个路口都有交警给他行礼，现在他把自己还原成一个平头百姓，红灯停绿灯行。这个感觉很实在、很闲适。反正再也用不着赶时间了，急什么呢？肖佳心脏搭了四个支架了，她越急，卓世民就越不能急。他对她说，我马上回来看看。没多大个事，别急。

卓世民在回去的路上想起来了，昨天他去省刑事司法技术鉴定委员会开会，把一个挎包忘在副驾驶座上了。八成是哪个蟊贼以为包里有货，撬不开车门就砸车窗。唉，我竟然也成了个丢三落四的人。这越来越糟糕的臭记性啊！

情形果然如一个老刑警的推断，车右侧前窗玻璃被砸了，副驾驶座上的包也不见了。肖佳就在车旁边，还有一个保安守在那里。卓世民大体问明了情况，车库的监控半个月前就坏了，车库门闸昨天碰巧又被一个司机撞断了。那保安一看就是刚从乡下来的，一问三不知。老伴说，叫警察来。什么人啊？敢来砸我家的车！卓世民说，算了算了，多大个事啊，一块玻璃，换了就是。

肖佳嗓门大了起来："怎么能算了？你的包怎么说呢？里面都有啥呀？"

卓世民想了想，包里有自己的驾照，有钱包，还有不多的现金和两张卡。关键是里面还有一份省刑事司法技术鉴定委员会的案卷，他退休后被聘为这个委员会的副主任，这个机构专搞疑难案件的研究和鉴定，卓世民这种身经百战的老刑侦，常被请去参加"会诊"。这事儿还得报警。刚才他已经把现场迅速看了一遍，这个蟊贼是个老手，车窗玻璃是用毛巾一类的软物裹着榔头砸的，车顶上有一层薄薄的灰尘，车架边缘还留有两个手指印。这次他得逞了，下次还会来。别指望小区物业部门会及时修好那该死的监控。

电话打给谁呢？他犹豫片刻，最后还是把电话打到了110。

接警的是个嗓门细细的警察,问明具体情况后又问:"你车里还有更值钱的东西吗?"

卓世民有些恼火了:"车里还有根金条哩! 你说值不值钱?"

那边愣了一下,才说:"我帮你转接到当地派出所吧,他们马上派人来。"

卓世民对妻子说:"你回去吧,我在这里等。"他又对那保安说,"你也走吧。"

这一等就等了半个多小时,来了一个胖胖的社区片警,一看就是个刚穿上警服没几天的新手。他的帽檐压到眉毛处,几乎看不到他的眼睛。他用两个鼻孔看人,用下巴当手:"什么情况呀你?"

卓世民心里有些发凉,遇到个喜欢耍酷的二愣子了。他指了指车说:"车窗被砸了。警官,你看看嘛。"

那警察都不愿意多走近车一步,只用下巴抬了一下:"车里丢啥啦?"

"丢了一个包。"卓世民说。

警察训斥他道:"干吗要把包放车里呀? 一点防范意识都没有! 社区里开会给你们老百姓讲解防范意识,都不来听。东西丢了就晓得厉害了?"

卓世民说:"警官,你先看看现场吧。"

"看什么现场? 跟我走,去派出所登记去。"这警察扭身走人了。

唉,不穿那身马褂,还真被人当老百姓打发。妈的,今天索性就看看这些基层警察怎么办案的吧。他正在寻思呢,那警察扭头又催了:"快点啊你。磨蹭什么呢?"

警察骑了辆电驴来的,卓世民走路,还背着球包,紧赶慢赶才跟得上,走得他一身汗。那警察本可以等他一起走的,甚至稍微怜悯一下他这个老人家,搭上他一起走,但是人家偏不,在前面把车骑得歪歪扭扭的,还一路打电话看微信。到进派出所大门,就有人叫他,小山子,过来帮个忙。这警察看都不看卓世民一眼,说,在那儿等着。然后就进另一间屋里去了。

派出所的接待厅不大,前面一个柜台,有两个人在那里补办身份证,便民服务台前坐了两个辅警,不时有些民警进进出出。卓世民怕被人认出来,找了个角落坐下。这一生中他出了多少大案要案的现场啊,这次碰到自己是当事人、受害者,人家连他的现场都不愿多看一眼。这老百姓不好当啊。今天就把这滋味体验个够吧。他想。

又等了半个小时,那片警在过道那边冲他勾了勾手:"你,过来!"

这小子派头真够大的,得治他一治了。卓世民起身,神色平静,老老实实地跟着那片警进了一间办公室,然后开始进入问讯程序:姓名、职业,家住哪里,电话,身份证号,家庭成员,什么时候发现物品被盗,损失情况,等等。卓世民没有说出自己过去的工作单位,只说是退休人员。片警的嘴唇努了一下。那意思好像是,就你们这些老倌老奶奶多事。

他忽然又想起了什么,翻了翻电话记录,问卓世民:"报警时,你不是说还有根金条吗?刚才怎么没有跟我说?"

卓世民冷笑一声:"亏你还想得起。"

"你什么意思?"警察的下巴又抬起来了。

"没什么意思。我忘记了。"

"忘记什么了?"

"车上没有金条,我以为有。就忘记这个了。"

"你以为?"警察的嗓门大起来,鼻孔冲着卓世民,"谎报警情是不是？拿我们开心是不是？没见我们忙得脚底翻天吗？"

"我没有谎报警情，警官。"卓世民尽力压住自己的火气，"我的车窗被人砸了，难道你不该出警？你是干什么吃的？警官，请你态度好一点，别对一个老人家吼。"

也许是卓世民老豹子一样凌厉的目光，让这年轻人不得不有所敬畏了。他收起了高抬的鼻孔。"好了，你回去吧。"

"就这样了？"

"你还想怎样？"警察又抬起了下巴。

"警官，我想，你们该派人去出个现场。"

"你想？你想派人就派人啊？你谁呀？我们一个月都没休息了。回去吧回去吧，我们这里有备案就是了。"

卓世民其实知道这样的小案子根本不可能派专人去查，哪天碰巧抓到那个小蟊贼了，能并案处理就算不错。自己包里的钱啦卡啦什么的都无所谓，驾照被人拿去做坏事可不得了，还有那份刑事司法技术鉴定委员会的案卷，流传到社会上也不好。毕竟他不是一般人。

"好吧，我给你找个人出现场吧。"卓世民淡然一笑。他转身出来，掏出电话直接打给省厅刑侦局的武钢局长，他从前的下属，现在的接任者。他本不想让这个小胖子太为难的，但他的作风实在该改一改了。更别说他心中憋的那股火，迟早要喷发。

三分钟以后，派出所带班的一个副所长从楼上冲了下来，跑得连帽子都歪了，见了卓世民又是敬礼又是握手，慌乱得语无伦次。副所长姓李，按他后来在会上训手下的说法，卓局这样的大人物，他出现场，我们都在三十米以外。

派出所乱成一锅粥，像出了大案，院子里的大小警车、摩托车全发动起来了。他们把卓世民恭恭敬敬地请上车，直奔案发现场。

第 一 章

　　但他们还是晚了，连卓世民都不得不佩服武钢这小子行动神速。地下车库已停了七八辆警车。拍照的、取指纹足迹的、搜集痕迹的、画图的，忙得如临大案。刑侦局里的刑侦、技侦、电侦、网侦部门的处长、副处长几大金刚们全都出来了，连追查电话号码的移动平台也搬了来。武钢局长亲自坐镇指挥，见了卓世民便拱手道歉。卓世民对他也不客气，见面就开骂：

　　"你小子不是吹嘘说要打造什么联防'马奇诺防线'吗？我看你这是马不堪一击防线。"

　　武钢说："老局长，别生气，明天我就给你把人抓了。跑不了小兔崽子的。"

　　那帮正忙乎着的警察，一多半的人都曾是卓世民的下属或徒弟，许多人向他敬礼、寒暄。那个跟卓世民耍酷的片警哪见过这个阵势，他站得远远的，小脸煞白，汗水淌得没个人样。他身边的李副所长也一脸紧张，大约恨不得把这个不争气的手下掐死。他低声凶道："你小子什么眼神？对我们卓局什么态度？经常跟你们说起的老英雄，站在你面前都不认识啊？"

　　卓世民觉得有两句话要给他们说清楚，他对李副所长说："其实今天搞这么大动静，完全没有必要。也就砸块玻璃，你们按程序办就是了。"

　　李副所长一个劲儿地点头，"是、是，我们一定注意一定改正。对不起老局长了！等我回去好好收拾他。"

　　这片警已经窘得要哭了，卓世民冲他笑道："啥局长不局长的？我就一退休老头儿，你就当我是你管片里的一老倌。以后你骑车在前面走，不要让老百姓在后面跟着跑。"

4

　　第二天早上,一家人正准备吃早餐,武钢的电话就打来了。说那小子抓到了,包里的东西都在,他马上派人给老局长送过来。老伴听说东西找回来了,从昨晚到今早一直紧锁的眉头才舒展开来,她递给卓世民一杯牛奶,说:"还是找人才好办事吧。你非要走程序报案,自讨苦吃。"

　　女儿卓婉玉送孩子先走了,女婿杨先书在餐桌对面一边刷手机一边喝粥,头也不抬地说:"现在的警察,他们什么都管不了。"

　　卓世民不高兴地回了他一句说:"没有人民警察,你觉都睡不安稳。"

　　"跨度有问题……应力,应力不够。"卓存君老人口齿不清地来了一句。通常情况下,他会在饭桌上来上几句让人摸不着头脑的话,大家也就权当外星人说话。

　　杨先书说:"他们哪里还想得起警察前面还有'人民'二字,他们是管'人民'的。"

　　卓世民把手中的牛奶杯往餐桌上重重一蹾,"人民警察不为人民办事,那还能叫什么?"

　　杨先书不搭他的话,脸冲着岳母说:"还是我妈说得对,你要是个老百姓,是个货真价实的人民中的一员,这点小事,谁来管你。"

　　卓世民眼睛都瞪圆了,肖佳忙说:"吃饭吃饭,过去了的事情就不说了。先书你不是还要去上课吗?抓紧点吧。今天几节课啊?"

　　卓世民跟这在大学里当副教授的女婿不对路子,隔三岔五地就要在饭桌上从争论到争吵,常常气得卓世民恨不得甩他两拳。在卓婉玉

第 一 章

第一次带杨先书回家拜见未来的岳父岳母那天,卓世民对他的第一印象就不好。说他目光游离、世故圆滑、不知礼节、身子羸弱。卓世民的原话是:瘦得像秧鸡,不经打。哪有这样看自己未来的女婿的呢?卓世民私下对卓婉玉说,我们刑警队里那么多优秀的小伙子,个个精明强干有责任感,我百里挑一给你找一个。其实卓婉玉很小的时候就想当一个像父亲一样的警察,但被他断然否定了。他说女孩子家,跳个舞学个琴教个书啥的,才是美好的人生。因此卓婉玉上大学时学的是人类学专业,读完研究生后如愿做了一名大学老师。卓世民对此很满意,女人嘛,生活中的危险和社会上那些乌七八糟的东西,离她们越远越好。可卓婉玉却不希望父亲给她找一个警察男朋友。她对父亲说,你都不让我当警察,还想给家里找一个警察女婿呀?妈妈这一辈子怎么过来的,我可是知道得比谁都清楚。这么一说,卓世民只好让步,勉强接受了这个自由散漫的诗人女婿。卓世民就不明白了,当年这个戴副眼镜的白面书生,是怎么打动了自己女儿的心。

在卓世民还在位的时候,杨先书还不敢轻易挑战老岳丈的权威,他退下来后,杨先书开始步步紧逼,愈发把卓世民当不中用的老头儿对待,甚至将他跟婉玉的爷爷"一视同仁"。虽然卓世民是一家之主,但杨先书自有治他的法子。这个家庭有个奇怪的"治理"循环:除了现在智商比杨颖还低的老人卓存君外,杨先书听宝贝女儿杨颖的,杨颖听她妈卓婉玉的,卓婉玉听她爸卓世民的,卓世民听老伴肖佳的,肖佳却处处、时时维护着杨先书。

这个早餐吃得不舒心,就像吃了一块烤煳了的面包,搞得满嘴苦涩,难以下咽。女婿从餐桌边消失后,保姆包阿姨收拾桌子,老伴去小区超市买菜,顺带跳一小时的广场舞,十一点多才会回来和包阿姨一起做饭。上午卓世民一般不出门,中午家里会吃得比较简单,晚上女儿女婿和外孙女都回来了，家长里短，吵吵嚷嚷，孩子满屋乱窜，屋子里有了生气，饭桌上至少也得四菜一汤。在外人看来，这是个令人羡慕的其乐融融的四代同堂之家。

回到自己的房间后，他还在生女婿的气：老子都是要死的人了，你小子懂个屁！不是自己亲生的儿，不足以托付后事。他想起明天要和兰高荣一起去钓鱼，现在就整理一下渔具吧。

卓世民找不到一只大号鱼钩了，就出自己的房间来找，转到客厅发现家里来了客人，正坐在沙发上哭泣。保姆包阿姨正陪着她一起抹眼泪，老父亲呆呆地坐在他的手扶轮椅上，对别人的哀伤无动于衷。两个女人看见卓世民都站了起来，包阿姨眼泪汪汪地说："大哥，你要帮帮我小香妹子。"

那个叫小香的女人穿一件皱巴巴的蓝色翻领短袖，蓬头垢面，脸色灰暗，她泪眼婆娑地望着卓世民，就像给按动了悲伤的开关，叫了声"卓大爹……"然后哇的一声长号起来。

卓世民问："怎么了？坐下说。坐下、坐下，慢慢说。"

卓家当年装修这套房子时，认识了来自壮族村寨的侬建光韦小香夫妇。他们在窗帘城开有一间"花街窗帘店"。卓家母女俩在窗帘城一眼就相中了侬建光夫妇的窗帘。他们的窗帘面料虽然跟其他店大同小异，但帘头的运用和搭配从设计到装饰，都别出心裁、巧夺天工。尤其是在帘头上恰如其分地镶嵌一些壮族手工绣，如太阳芒纹、云纹、水纹、花卉、山水等富有壮锦特色的图案，把现代元素和传统文化巧妙地结合。壮家女孩，从小跟家中的长辈织布绣花，针线活堪称一流。卓婉玉是搞人类学的，正在做壮文化研究，一见韦小香做的窗帘，自然爱不释手。家里的所有窗帘都交给了侬建光夫妇制作和安装。那时韦小香正怀着孕，大着肚子为卓家赶制了所有的窗帘、窗纱、帘头、

第 一 章

桌布、台布等。碰巧侬建光夫妇和在卓家干了二十多年的保姆包阿姨还是壮族老乡，包阿姨家和他们的寨子只隔着一条河。卓家搬进新家后，邻居和米走访的亲戚朋友，见了卓家的窗帘款式都赞不绝口，卓婉玉顺带就给侬建光夫妇介绍了十几单生意，甚至还介绍他们为一家美术馆做窗帘，以至那两个月侬建光连临时工都雇了四个。夫妇俩成了他们的朋友，卓家要改个线路、装个灯、打个电钻孔、换个水管龙头、堵个漏、刷墙面、补个墙漆什么的，都找侬建光来帮忙，几乎没有他不会、不能的事情。一个城里的家庭，断乎少不了这些进城务工的人们的帮助。小两口来家里干这做那的时候，殷勤周到得像家里的晚辈。似乎不是卓家需要他们来帮忙，而是他们很乐意来尽义务。卓家也常把一些不用的旧家具、电器、衣物都送给侬建光夫妇。小两口每年回家过完年，也会来给卓家拜个晚年，同时带些土鸡、土鸡蛋、柿饼、核桃、野蜂蜜等山货。

这是一个乡下人和城里人互相在走近、靠拢、融汇的时代。就像他们遇到麻烦时，也需找个城里有能力的人当靠山一样。

韦小香哭着说："大爹，我女儿……我家侬阳阳……给人……拐走了！"

卓世民略微一惊，"哦，怎么回事？坐下慢慢说。"

一个星期以前，韦小香接到她外婆的电话，说有两个拍电视的城里人来到汤谷寨，要给侬阳阳拍电视。外婆说，他们比乡长还大，我不认得他们要搞哪样。你和他们讲。

电话里的一个男人自称为唐导，操着一口比侬建光说得还要烂的普通话。他自我介绍说他们是市电视台的导演和摄像，在拍一档大型的真人秀节目，要在城里找一个孩子，乡下再找一个孩子，拍这两个漂亮可爱的小宝贝的一天。鹅克？我们拍他们怎么吃饭穿衣，怎么玩耍学习，怎么学琴绘画，怎么下河捉鱼。鹅克？我们不但要拍依阳阳在乡下的生活，还要把她接到城里去拍摄，让她去城里那个孩子家里做客。鹅克？这个真人秀节目一上电视，鹅克，全国人民都会知道这两个小可爱了。韦小香当时不相信，她说不会吧？我家阳阳都没去过城里几天，憨头憨脑的，一样都不会。唐导在电话里肯定地说，我们要拍的就是这种纯朴自然的小姑娘，你不懂。鹅克？我们是电视台，不跟你们开玩笑的。鹅克？

我们还会跟你们签一份劳务合同，依阳阳小朋友的演出，我们是要付费的。鹅克？你加我微信，我把合同传给你看看。鹅克？

合同传过来了，依建光还是不敢相信。六岁的依阳阳居然也能挣到钱了，而且是一大笔！合同上明确写了："乙方（依阳阳）参与该节目制作完毕后，甲方付与乙方监护人劳务报酬伍万元人民币。双方签订本合同之际，甲方预付人民币贰万元。"唐导说，两万元预付款一万先给孩子外婆，一万马上转给你。鹅克？合同等我们回来城里拍摄时，我再来找你们签。鹅克？一分钟后，一万元就转到依建光手机上了。

他们第一次面对电视台的人，就像一步跨进了城市的主流阶层，让小两口兴奋得夜不能寐。六岁的依阳阳有一张可爱的圆乎乎的脸，眼睫毛很长，鼻子不高，嘴角微微上翘。依建光和韦小香也追看电视台的各类真人秀节目，那些来自社会底层的人，平民家庭的孩子，站在五光十色的大舞台上，一夜成名。这就是他们的梦想。每个孩子在父母眼里，都是天使，都是天底下最漂亮的宝贝，他们只不过没有机会站在电视摄像镜头前罢了。

看看，我们的阳阳上电视了不说，一个星期挣到的钱比她爹妈干半年挣的还多。依建光跟韦小香说。哪个父母不希望自己的孩子当小

第 一 章

明星呢？

侬建光本来说要赶回去的，但唐导说，你回来干什么？孩子有大人在反倒不会表演了。我们拍完这边的活儿，就带孩子进城来，你们等着。鹅克？

侬建光夫妇那几天刚好接了个大单，一家公司要更换四层楼的窗帘，限期半个月内装完。他们已经找了八个帮工，每天晚上赶活儿都要忙到凌晨三四点。侬建光已经三天没有睡过囫囵觉了。他想，在乡下拍电视有外婆在，从汤谷寨到省城也就一天的路程，那边送上车这边接，应该没有什么问题吧。

天下事情，问题总是出现在你最不经意处。在送侬阳阳进城的那一天，上午九点韦小香接到唐导的电话，说他们已经带侬阳阳出发了，大约下午五点就可以到。让他们夫妇在家等着，他们先将孩子送到父母家，第二天再来带孩子出去拍片。唐导说得很认真、很客气、很热情，像一个充满爱心和责任感的兄长。在侬建光夫妇答应后，他说：鹅克鹅克。我们下午见。

每当唐导说"鹅克"时，侬建光感觉听起来就像一只鹅在咳嗽。可是，如果有人听到鹅在咳嗽，那一定会很诡异。

那天侬建光夫妇没有见到拍电视的人送孩子来，到了晚上快十一点了，才接到一个自称为张师的人的电话，他说唐导生病了，他是摄像。他们要在玉仙湖拍几天外景，拍孩子在湖边玩耍，还要租一条渔船下湖拍摄。你们不要着急，孩子等几天会给你们送回来的。我们还不是拍得很辛苦，挣钱有那么容易吗？真是的。

侬建光那时已经感到有些不对劲了，一个劲儿追问孩子在哪里，他要跟孩子通话。但张师说孩子今天累了，睡了。明天再说。然后张师就挂了电话。

到第二天，侬建光就再也打不通这个电话了。

他们赶到玉仙湖，湖边游人如织，哪里有拍电视的人？哪里又看得到他们的女儿？夫妇俩又开车赶回汤谷寨，还不敢跟韦小香的外婆道出孩子失联了的实情。寨子里的人说，你家阳阳不得了哦，要上电视了。什么时候电视上放，要告诉我们一声呀。外婆说，那两个拍电视的人不像个好人，是不是城里有钱人都这个样子？跟这种人打交道，你们要小心。给我的那一万块钱，我不需要。你们在城里花销大，你们拿走。侬建光夫妇心里在着火，脸上还得挂着虚假的笑。韦小香还安慰她外婆说，人家是城里电视台的人，拍电视的人都这样。

侬阳阳失联第三天，他们终于去乡派出所报了案。可是派出所的人说，你家娃娃有合同有报酬的，人家接娃儿出去拍电视，就不在我们地盘上了，我们怎么管得了？先备个案，你们再等等看吧。

小两口走投无路，便想到了卓世民。他们听卓家保姆包阿姨说起过，卓世民是管全省警察的大官。侬建光留在村里继续找孩子，韦小香连夜赶来了省城。

卓世民对侬阳阳有印象。今年春节后，小两口就带了侬阳阳来看卓爷爷和肖奶奶。她比卓世民的外孙女杨颖小两岁，一直养在乡下韦小香的外婆家，没有上幼儿园。在卓家的客厅里，这个小不点像只山林里的小金丝猴，灵性自然、稚态可掬。卓婉玉曾经说，你们看人家侬阳阳，不学钢琴、不学绘画、不学外语、不学舞蹈，在田间地头自然生长，多健康快乐呀！

在韦小香的哭诉中，卓世民把案情梳理了一遍。难道一件拐卖儿童案件，真的就在自己眼皮子底下发生了吗？但他马上就否定了。全省拐卖妇女儿童的犯罪活动早在他退休前，经过几轮专项打击行动，已基本得到遏制，在这条线上作奸犯科的犯罪分子都抓得差不多了。

第 一 章

经他手送到监狱里去的此类犯罪分子就不下三十多个。要是被拐的是个男孩，也许还有作案的"因素"。但费那么大的周折，还花那么多钱，将一个小女孩在光天化日之下拐走（或者绑架走），似乎动机不成立。犯罪嫌疑人即便这样做了，那要担多大的风险？绑架勒索则更不可能，谁会指望一个打工家庭会有多少积蓄？是绑错人了？明显也不是。拐卖女孩？但又不是随机的，设个拍电视的局干吗？那么，是被那些搞传销的劫走的吗？也不像啊。

也许是出了什么情况，暂时失联了。卓世民从警多年，经常会接到一些很奇葩的报案。他还记得有个孩子因为贪玩，在一处工地的管道中睡着了。父母心急火燎地报案，警察满城寻找。白忙乎一场，孩子自己回家了。

"你们也不要急，再等两天看看。如果真有人敢拐走阳阳，要相信我们的公安机关，一定能帮你们找回孩子的。"卓世民不觉就打起了官腔。他又开始想他的鱼钩，它会放在哪里了呢？

韦小香也许看出了卓世民的敷衍，她忽然冲卓世民跪下了，一把眼泪一把鼻涕地喊开了："卓大爹啊，求求你帮帮我们吧。你当过大领导，管过很多警察，能耐大得不得了啊！坏人都怕你。卓大爹，我给你磕头了！"

韦小香说着就将头往客厅地板上砸，咚的一声砸得人心惊肉跳。

"葫芦掉进水里，咕咚一声。"一直呆坐在轮椅上的卓存君老人突兀地来了一句，还孩子似的呵呵笑了起来。

卓世民看老父亲一眼，回头上前将韦小香扶起来，连说别这样别这样，包阿姨也上前帮忙搀扶。俩人把她安顿在沙发上重新坐好。卓世民待她平和下来了，才斟词酌句地说：

"小韦，我过去是当过警察，但已经退休五年多了。你的事我可以帮你打电话问一问。但你要知道，警察办案有他们的一套程序和规矩，外人是不能干预过问的。包括我自己。我现在不是警察了，更不是什么大领导，我只是个退休老头。你明白吗？"

韦小香又开始天呀地呀地哭起来，"你不帮我们谁还能帮呀！找不到女儿，我们怎么活哟？我家小阳阳哪个去救她呀！"

卓存君老人又忽然来了一句："人民群众的疾苦要关心。"老人经常有一些这样的"神回复"，天一句地一句的，让人不知道他老人家究竟是糊涂还是清醒。

卓世民被搞得有些下不了台。更让他气恼的是，他一转头，发现女婿抱着双臂站在客厅那头。他没好气地问："你不是上课去了吗？"

杨先书冷冷地反问道："谁说我要去上课了？我今天没课。"

杨先书尽管没有多说什么，但你可从他的眼光中读出那毫不客气的讥讽和诘问。一个社会底层的"人民"有难了吧？你们当人民警察的，怎么不援之以手呀？

"别在这里哭了！"卓世民仿佛被人看到了短处，让他有些难堪。他对包阿姨说："你带小韦去餐厅，给她搞点吃的。我给下面打个电话问问情况再说。"

在他的职业生涯中，不少受害者给他下过跪，求他为他们申冤；也有很多人给他送过锦旗、感谢信。有时他会有成就感，有时他又很反感这种封建时代的做法。破案抓坏人，将犯罪分子绳之以法，这是他的职责所在。抓个坏人就像人家在生产线上检测出一件劣质产品，老师在课堂上为学生改一个错字，农民在地里拔出一株稗苗一样，都是在做分内之事。人家这一跪一哭，只会增加他的压力，扰乱他的思路。

丢孩子的事我见多了，着什么急？老倌我命都快没了呢。卓世民苦笑着摇摇头。

第 二 章

5

  只有天上的鹰才看得见，在它的翅膀下，有高山、平坝、河流、道路、城镇。城镇有大有小，房舍有新有旧。有的村庄越来越渺无人烟，有的地方楼房高到让它不得不绕行。天上已经有比它飞得更高的铁鸟，大地上也奔跑着比它跑得更快的东西，纵使它展翅奋追，也败下阵去。鹰眼看到的世界日新月异，光怪陆离，令鹰费解。

  南山村在老鹰山下，一些山头高过了鹰的翅膀。老鹰山很多年都没有见着老鹰了，不是鹰恨山高，而是人穷了，连鹰都不来。外面的人到南山村，没有不被这里的恶劣环境吓到的。这样的山旮旯里，怎么活人？他们大多会这样感叹。南山村的北面是一面坡度六十到八十多度的悬崖，高差约两百米，村子的南面通向境外，有一座势如鹰头的老鹰山，东西两侧都是比老鹰山更大的山，还有更多的搬不动挪不走、让人陡生绝望的石灰岩石头，宛如史前洪荒时代。没有人烟，少有树木植被，连稍大一点的野生动物都养不活，石旮旯里的一点"土肉"，稀疏地生长着精瘦矮小的庄稼。唯有天上匆匆飞过的鸟儿，才让大地稍有生气。在铁桶一般合围的山洼里，有几块坡地，最大的一块也不过一个篮球场那般大。生活在喀斯特地貌区的人们，只能拥有大地上最卑微的村庄。

南山村曾经有一个很光荣的名字——南山营盘，几百年来这里都是戍边将士们的守关之地。在村庄的上方老鹰山上，清朝时就有一块界碑，现在叫198号碑。明洪武十五年（公元1382年），朱元璋的手下大将傅友德、沐英平定云南。兵锋所指，乾坤奠定。走得最远的一支队伍一路随军征战，直到在南山村驻扎了下来。他们奉大明皇帝之命屯田戍边，由一个曹姓百户长曹应征统领。据曹氏族谱上记载说，先祖们的家乡在南京应天府柳树湾，当年来到老鹰山时，这一带古木参天，土地肥沃，人烟稀少，百兽出没。百户长以军功授田，从遥远的应天府柳树湾接来家眷，前脚戍边，后脚开垦。新的家园便在先祖的解甲处建立，飘拂的炊烟驱散了战争的烽烟，牛羊的啼叫替代了征战的呐喊。先祖们销兵铸衣器，乡愁在边关。

明朝的百户长曹应征现在被南山村的曹姓人家奉为一世祖，年年清明节村子里的曹氏家族男性无论老幼都要去老祖先的坟上祭祖。朝代更替，沧海桑田，曹姓人家在岁月的深处为国家守关卡，距今已传了二十四代。有他们在，国家的版图上所标记的这块土地就有了炊烟宁静的飘拂，有了牛羊悠闲的啼叫，有了人欢马嘶、鸡鸣狗吠，以及一代又一代的山里人伴随着苦难但也充实的岁月。

每年带领族人祭祖的人是村长曹前宽。在新世纪来临的那个祭祖日，曹前宽在列祖列宗的坟前上了香，摆上供品，念了祭祖文，带着大家三拜九叩，然后杀了一只大红公鸡，鸡血滴到一个酒桶里。血酒先敬了祖先，然后村里的老少爷们一人一碗，一饮而尽。大家都知道，接下来，族长有话要说了。

曹前宽从年轻时干生产队长，到后来当南山村的村民小组长，已干了几十年，人们都"村长、村长"地叫，加之他还是村党小组组长，

第 二 章

在村里绝对是说一不二的"一把手",大事小事都得他拿主意。那年曹前宽才五十多岁,正当壮年,脾气大嗓门大,手掌也巨大。他皮肤黝黑,手臂粗壮,身体石头一样敦实,人们说他生气了能一拳在岩石上砸一个坑。但他为人正直、行事公正,村人都服他。

曹前宽背对先祖的碑,面对自己的父老乡亲,说话像石头一样有棱有角:前天我被叫到乡里开会,我跟乡长说,我们要干一条路。乡长说,你们的村庄得癌症了,水流光土流光,庄稼树木不长,只剩下石头。这叫"生态癌症",你懂不懂?别指望县上会给你们修路的钱,有这笔钱修路,还不如把你们搬下来。

南山村只有一条羊肠小道与外界相连,它像一段破败的裤带,挂在村子北面的悬崖上。在人背马驮的时代,中国的瓷器、药材、丝绸等货物,被来自四川、广西,甚至广东、福建的马帮商旅从这条古驿道运出关,远走东南亚各国。数百年来,马蹄在青石板路上留下拳头大小的蹄痕,一窝一窝地延伸到境外。这里面积攒了多少财富的梦想、离别的乡愁、羁旅的心酸,无人知晓。

二十世纪九十年代,一条公路从山下杨家寨穿过,古驿道就日渐荒凉、沉寂下来了。南山村就像一个被时代的列车落在荒野里的孤客,落寞地看着山外世界的星移斗转,飞速变迁。村人常常抱怨道:外面的世界都在赚大钱,我们连抬一头猪出去卖都难。

土地承包以后,人们开始慢慢吃得饱肚子。山下靠近公路的村寨,一年一个样。要致富,先修路,这个道理已经不需要下乡的干部多说。可是那年月政府的乡村道路建设只规划到行政村一级。南山村这样人口不足三百人的自然村,那时的政策是政府引导鼓励,群众"自筹投劳",等你路挖通了,政府以奖代补,给点水泥炸药啥的。政府的财政也紧张,每公里也只能奖励一千元。再加之上个世纪七八十年代边境不太平,这里属于前线,炮弹都会时不时地飞来村庄,谁敢往这里投钱修路?等边境安宁了,到处都在发展,喀斯特地貌地区普遍缺水少地,又多在边远山区,交通不便,要发展特别难。有一年,省上请了联合国的两个专家来这一带考察,他们在村子周边转了一圈,耸耸肩、摇摇头,双手一摊说,如此严重的石漠化程度,已经不适宜人居了。上帝啊,让这些可怜的人们搬下来吧。现在村里调皮的小孩都会学着那个老外耸肩膀,说,上帝啊,可怜可怜我家的肥猪吧,它又不长翅膀,咋个飞得下山去呀?

参加祭祖的男人们还记得,他们的族长那一天在列祖列宗面前动感情了,发火了。他的大嗓门把山风都挡回去了,林中的鸟儿也吓得噤了声。曹前宽说到悲愤处,连在地下躺了六百多年的曹家老祖宗都闻之动容:

"你们不要以为乡长是随便说说的,我们南山村就要守不住了。守不住老祖先创下的这点基业,也守不住老祖宗的坟,更没办法守老鹰山上的那块碑!没有一条路,我们就活该受穷?前些年有些人穷怕了,看人家挣钱眼红心乱了。不学好,跑到外面干些偷鸡摸狗、买卖娃娃的事,真是把我老曹家祖先的脸丢光了!丧德呀,败家子呀!没想到就要败在我们这辈人手上!当年在这里打仗,生死不管,我们是支前模范村,县里、州里、省上,天天得表扬。我们南山村还是给祖先脸上增过光的。现在拿出打仗时的劲头来,生死不管,我们就来干一条路。就是用指头抠,老子们也要从岩壁上抠出一条公路来!"

曹前宽这一番话,得到村里四五十岁以上的汉子们的共鸣,他们说,我们的老祖先从洪武年间就来到这里给国家守卡子,老祖先的坟就在我们身边,我们咋个能搬走?啥叫"生态癌症"我们不认得,我们山里人只认得有点土肉就能活人!啃着老苞谷搂着婆娘睡觉,就

第 二 章

是天下最好的日子。我们穷死饿死也不搬家。

而那些二三十岁的年轻人则纷纷说,你们这些老辈子也不想想我们的口子不好过,村里快成光棍村啦。我们年轻人讨不到媳妇,好不容易娶回的媳妇又跑了。看看我们的村子,现在哪里还有点人气?连火塘都烧不热! 山下有现成的大马路,做个生意打个工都方便。更不用说看病就医,娃儿上学,哪样不比山里好? 人挪活,树挪死,这些道理你们这些老辈子难道不晓得吗?

曹家的后人们在先祖面前吵翻了天,最后还是族长曹前宽一锤定音。"父老乡亲,老少爷们,一笔写不出两个曹字。自古修路架桥,功德无量的大事。老祖先看着我们哩。当了异乡客,我们曹家列祖列宗的光荣就再说不出口了。你们年轻人要出去打工讨生活,我们不反对。我们这辈人,不给你们修一条路出来,你们就只有走出去的脚,没有走回家的心。路修通了,我就不信我南山村过不上好日子。我们就是搬走石头,也不搬家!"

曹前宽的母亲是个小脚女人,一辈子没有走出过大山,瘫痪在床二十多年。在她八十六岁高龄时,眼看着生命之光一灯如豆,一丝风就会吹灭。老人家说,宽儿,我走了一辈子山路,还不认得大马路是啥样子哩。在我归逝前,你带我去走走大马路。

曹前宽把母亲背到山下公路边,放在路边的一块岩石上坐好,说:"妈,这是大马路,跑汽车,跑拖拉机,也走人马牛羊。将来,我们也要从这岩子上挖一条这样宽的大马路出来,让你孙子把车开到家门口来。"

老人呆呆地看着眼前弯曲的公路,时不时有车轰隆而来,又呼啸而去。汽车卷起的尘埃扑满了曹前宽母亲的脸,但老人浑然不觉,微微张了嘴呼吸,好像还很享受这汽车带来的味道。老人感叹说,汽车说话嗓门大哦。

曹前宽说："妈，那叫喇叭。汽车用它说话。"

曹前宽母亲说："宽儿，什么时候汽车也来村里说话，让你归逝的父亲听见，让曹家的先人听见。"

有辆大卡车满载堆得高高的货物从他们身边跑过，曹母指着远去的车屁股问：

"这要多少马驮才拉得走哦？"

曹前宽挠挠头，说："妈，恐怕得有几十支马帮队才成。"

"要了老命了。"曹母又极目路的远方，公路在山坡上绕了一个弯又一个弯，直至消失在群山褶皱深处，她又问，"宽儿，这路可通北京？"

曹前宽想了想，说："妈，通北京。路就是一股水，你把它打通了，哪儿都能流到啦！"

"要跑几年到北京？"

"不要那么久。妈，汽车跑得快，我想，有半个月就到北京了。"

"老天爷！过去你爷爷赶马去青山府，也要走半个月哩。"老人仰头看看眼前高耸的巉岩绝壁，朗声说，"宽儿，挖吧。屋檐水还能滴出石窝窝来哩。"

曹前宽后来在老母亲入土那天，抹一把老泪，仰天长叹：宽宽的大马路啊！我没有尽到孝啊！

就这样，南山村的挖路战争开始了。从村里挖一条公路与山下的道路相连接，也就五公里，但落差却有将近四百米。大部分路基得从悬崖峭壁上抠出来，将公路挂上去。曹前宽过去外出打工修过路，自认为有些经验。他也舍不得花钱请技术员来勘测线路。他说，先人走过的驿道，哪里该拐弯爬，哪里要顺坡走，总是有道理的。道理在了，道路就有了。我们只需顺着驿道拓宽路面、加固路基，就能走车了。

第 二 章

那时南山村只有三个党员,都和曹前宽差不多大。他们提了钢钎大锤,率先站在了山岩子下。开工前,曹前宽动了点心思,他没让大家将路从村口修下山,而是从山下往山上挖。他说,路挖不到家门口,谁也别想当逃兵。村里连一台凿岩机都没有,全靠汉子们抡起大锤干。他们不是专业的筑路队,要种地养家糊口,还要外出打工挣钱,经常在工地上的,就只有六十个像曹前宽这样的老倌。他们上午做完地里的活计,下午靠钢钎、铁锤、凿子、锄头、十字镐、背篼、撮箕、绳索等最简单的工具,像与时代不合拍的老愚公,年年挖山不止,干得连掌心都是一层层厚厚的老茧。每个月能把路挖出去一二十米,都让人心生希望。

曹前宽经常说,没有哪个比我更懂这些石山了,它就是一本书,就看你读得烂不烂。你把石头读烂了,山就开了。人家读书,这个倔老倌读石山。哪些石头是有根的,哪些石头是老子,哪些石头是儿子,哪些石头该如何看它的纹理,是用大锤打,还是用铁棍撬,或者打入铁楔子,将它一层层剥下来。曹前宽仿佛读书破万卷,开山如翻书。

当然也有他读不懂的时候,路挖到鹰爪岩子时,曹前宽说我们半年就可以把它干通了。可是,他们干了整整三年,鹰爪岩子还是锋利地悬在人们的头顶,就像一团啃不动的骨头,令人恨得牙痛。

挖这段路时,人必须从鹰爪背上吊下去打炮眼。系着绳索、悬在半空中打锤的人不容易,掌炮杆的人也难。曹前宽总是第一个把自己吊上去,让自己的堂弟曹前贵掌炮杆。曹前贵不服气地问:为啥总是叫我?

曹前宽说:"不为啥,给你淬淬火。"

那阵曹前贵刚刑满释放出来不久,在贫瘠的村庄里憋屈得慌。曾有人问曹前贵,他这一辈子都干过些啥?曹前贵会苦笑道:八十年代土里刨食吃，九十年代卖娃坐牢房，跨入新世纪了，到处打工，回村修路。多年前，由于没有路，他的父亲摔死在抬猪出去卖的山崖下；也是因为不通路，他的儿子快三十岁了才说了个女人，那女子跟媒人第一次来南山村，才走到老鹰山山垭口，望着前方波浪翻滚般的石灰岩石和肠子一样挂在悬崖上的小路，忽然就一屁股坐在地上哭得林子里的鸦雀乱飞。女人把眼泪哭干了后，扭头走了。儿子气恼不过，几天不吃不喝。曹前贵宽慰儿子道：早走了好，花一大笔钱娶回来了还不是要跑。村里的女人都跑了六个了。

当曹前宽动员大家修路时，曹前贵也想通了，路不挖通，他儿子娶不回媳妇。因此刚开工那阵，曹前贵也很积极。但他没有想到会有这样苦，这般难。曹前宽的大锤在他耳边呼呼地抡起砸下，似乎只需多一丝风，大锤就会砸到他的脑袋上。不知是石头太硬，还是曹前宽的大锤力道太足，炮杆经常被石头咬断。曹前宽就骂他连炮杆都不会扶，大锤砸下来时，你得一松一紧。曹前贵说，哥，人家一个炮眼打二三十厘米，你非要打五十厘米，炮杆哪有不逼断的？其实曹前贵也知道，炮眼打得深一些，放炮的效果会更好一些。毕竟，炸药得花钱买，而人的力气，是不要钱的。

就在挖鹰爪岩子那段时间，曹前贵泄气了，好多人都泄气了。有一天，曹前贵在山崖上被山风吹得晃了晃，扶炮杆的手就被曹前宽砸下的大锤擦伤了，小手臂顿时肿得有小腿粗。曹前贵痛得鬼哭狼嚎，说他再也干不下去了。他不是像他老爹一样，掉下山崖摔死，就是头被曹前宽砸扁。这破鸡巴路不修，还不是照样活人。

那年春节，村里几乎所有人家都杀不起年猪，有两户人家连耕地的大水牛都拉出去卖了。并不是他们想吃牛肉，而是为了凑修路的钱。村民们交来的钱主要用来赔偿占用的耕地，买炸药、筑路工具、柴油

第 二 章

等。曹前宽家那年的春节只炖了一锅老火腿汤，炒菜是用家里最后一块猪膘皮在锅里走一转，炒出来的青菜才有了点油腥。那是一个冷清得连孩子们的鞭炮声都听不到的年。正月十五后，村里的年轻人勒紧裤带、收拾简单的行装，陆续外出打工。曹前宽赶在他们出发之前，堵在每家门口，催收修路钱。住在村头的曹利群指着曹前宽的鼻子骂，说，你黄世仁啊？还要不要人过年了？曹利群虽然年龄比曹前宽小，但辈分上还比他长一辈。在一个宗亲观念极强的村子里，村干部总是最难当的。曹前宽顶着曹利群的唾沫星子说，叔，路要通，大家才有活路。侄儿把话说在这里，这公路一天不挖通，你媳妇一天不会回家。

曹利群家是赶马的，他媳妇杨翠华是他当年赶马支前时，在外村认识的。但这个女人心眼多，胆子也大。前些年两口子在赶马路上被曹前贵引诱，从给人贩子提供信息到贩运小孩，最终被政府打击，双双入狱。服了几年刑后，曹利群的女人再不愿回南山村了，故乡令他们失望，他们让村庄蒙羞。杨翠华在外面跟人到处做生意。曹利群一边要照顾家里的地，一边要盯着媳妇的行踪，城里乡下两头跑。有人传话给他，说杨翠华在外面风骚得很。这样一句话，足以让曹利群天天晚上彻夜难眠。

即便是农闲时节，工地上也常常只有三四个老倌在那里吭哧吭哧地打钎抡大锤。连曹前宽也没有想到，这区区五公里的出村道路，全村人竟然一挖就是十二年！人民公社时代那种几十上百人大战石山、围埂造地的热闹场面，再也不会有了。像曹前贵、曹利群这种不肯苦干，又在外跑野了的人，他们一年来不了工地上几天，他们情愿多交点钱。许多时候，曹前宽站在村口吆喝大家该上工地去了。他的嗓音被山风吹散，被云雀带走，独独不被人听见。

后来村里凑钱买了一台凿岩机，不用抡大锤打炮眼了。通常的情况是：曹前宽戴一顶藤篾安全帽，脚上穿一双顶破了脚指头的胶鞋，浑身是灰土，裤脚高挽，小腿肚上青筋暴起，身子整个顶在笨重的凿岩机上，随着机身的轰鸣而抖动。顶几下，停下来喘口气，再顶。就像一头和大山较劲的不知天高地厚、不管不顾的老牛。

这一年夏天，南山村的逆子曹前贵还在逃亡路上，他的堂兄曹前宽的大锤并没有将他"淬火"好，他因贪婪闯下的祸，还在继续发酵。这条路还剩下最后一公里。一个夏日炎炎的下午，曹前宽带几个人在悬崖峭壁上修路放炮，炸药量没有掌控好，一炮崩出一块巨石，滚落到悬崖下，砸垮了山下杨家寨杨二根的半间房子。好在屋子里没有人，不然这祸就闯得更大了。

曹前宽动员村里人凑了三百元钱，还把自家一头半大的猪拉到杨二根家，才暂时堵住了这家伙的嘴。杨二根说，这雨季天，就是强盗，也不会干砸人屋顶的事。杨家寨的人早就有言在先，你修路占了我们的地得赔偿，炸飞的石头砸坏我一片瓦，你也得赔。曾经因为有一小块坡地，双方差两百块钱谈不拢，工地上竟然一年多无法开工。后来还是曹前宽想通了，路要修宽，人心更要宽。多交两百块钱，死不了人。可人家说，两百块是去年的价，今年是四百块。你不知道城里的地价年年都在涨吗？两个村子的人早就生了龃龉，几次都要打起来。好在曹前宽在周围村寨还有些威望，乡上的干部也多次出面协调做工作，南山村的路，才能像春蚕吐丝一般，慢慢向上延伸。

杨二根家被砸垮了半间屋子，墙和屋椽子曹前宽已经带人重新垒好补齐了，但屋顶的瓦还没有盖上，村里再拿不出钱买瓦了。曹前宽头晚在火塘边愁了一夜，喝了半壶酒，早上爬起来对老伴说，儿子们那间房子也是空着，上房揭瓦吧，先把杨二根家的瓦补上。老伴没有

第 二 章

多言，转身去灶房，独自抹眼泪。曹前宽冲老伴的背影说了声，莫焦心，等那窝鸡养大，就有瓦钱了。

　　天上还淅淅沥沥地飘着雨，曹前宽啃了老伴准备的两根苞米，喝下一碗早酒，以酒解酒，身上恢复了活力。他家是一幢四排柱子的木瓦房，共有三间，中间是堂屋，两边各有一间卧室，他和老伴一间，儿子们一间，另有一间偏厦是伙房和柴房。正房堂屋里有一张布面长沙发，已看不出原来的颜色，沙发对面是一台电视，上面布满烟火的痕迹。堂屋里最夺目的是神龛，上面供着祖宗的香位。南山村家家有神龛，供奉的内容大同小异，神龛台上一般有香炉、蜡烛、五谷、糖果，有的还会有杀年猪时腌制的一块腊肉。神龛背靠的墙上正中央是红纸书写的"天地国亲师"位，竖写；上方横写一条幅："祖德宗功"；左手边是"曹氏宗亲香位"，右手边是"司命灶君神位"。讲究点的人家还会写上"土中生白玉""地内出黄金"，或者"清溪采藻明其洁""静夜焚香告以诚"等条幅，让这地处边地的农舍也透着汉家的底蕴。

　　曹前宽有两个儿子，都出去打工了，老大甚至在外省当了人家的上门女婿。曹前宽自己宁死也要做一棵长在岩石上的老树，但他却管不了随风飘落的树籽。

　　乡下的房舍，一般都会在天花板和屋顶之间搭一间阁楼，上面堆放些杂物或粮食。曹前宽得先把阁楼上的东西挪一挪，不然这瓦一揭，什么都在雨里了。他爬上阁楼，倒腾了半天，该搬走的搬走，搬不走的就用塑料布苫起来。乡下人家，也没有多少值钱的东西，但每一样杂什都舍不得扔。

　　曹前宽不经意间翻出一个藤篾箱子，黢黑陈旧，边角的一些藤条都朽断了，一碰就散，像一架上个朝代的尸骨。曹前宽掀开箱盖，一股霉味扑面而来。里面有一件黑色破棉袄，筋筋网网的，到处是洞，还有两条摞满补丁的粗布裤子，已看不出原来的颜色，两副陈旧的帆布坎肩，一双干瘪变形的解放鞋，鞋底和鞋面都分家得差不多了。这是人民公社时候的东西。他费力地想。

他又翻出一个用黄色油布纸包着的包裹，用麻线横竖扎得很仔细，像过去年代的炸药包。自从有了塑料布以后，现在已经不见这种油布纸了。他抓了一下油布纸包，有硬硬的东西。打开包裹后，原来里面还有一个已经变得泛白的草绿色挎包，包里是一条铜扣军用皮带和一顶解放军军帽。皮带还有韧性，皮带扣倒是锈迹斑斑了；而那顶老式军帽上的红五星，虽然没有记忆深处那么闪光夺目，但它一下让曹前宽感到血在往头上涌。

他想起来一个人了。沉重的伤感带着久远的硝烟味一下淹没了他。

这个人就是卓世民，打仗时他带着部队进驻到南山村时，武装带扎在腰间，挎包、枪套分挎左右，胸前挂着望远镜，手中还持一把微型冲锋枪。英俊、威武、沉着、勇敢，就像电影里的一个英雄。他在曹前宽的记忆深处浮现出来，让他眼热心跳。在三十多年前的那场边境战争中，卓世民是参战部队的侦察连长，曹前宽是支前民兵连长。他们一同出生入死，都是把生命托付给对方的真汉子。

几百年来，这里都是一个浸透了戍边将士鲜血的村庄。此刻，枪炮声在曹前宽的脑海里炸响，飞在天空中的炮弹比马蜂炸了窝还密集。曹前宽还记得，那是个月亮很亮的夜晚，他和几个民兵抬着身负重伤的卓世民从火线下来，他浑身是血，头部血肉模糊，已看不出人样来。卓世民的血湿透了担架，在山道上淌了一路。山风凛冽，山路崎岖，他曾想把军帽给卓世民戴上，可扣不上去呀。随担架奔跑的一

第 二 章

个女军医哭着说,头都烂成这样了,你还给他戴啥帽子? 赶快走啊大哥! 在临时设在南山村的战地医院里,医生为卓世民紧急处理了伤口,据说头上、身上取出的碎弹片都有一捧。天还未亮时,曹前宽又接到命令,马上将卓世民转运到山下去。有个戴眼镜的军医(曹前宽还记得他的眼镜片上到处是血点)紧紧抓住曹前宽的双肩,哽咽着说,老乡,卓连长的命在你们的脚下。你们早到一分钟,卓连长就多一分希望。曹前宽双眼红肿,不知是哭的还是累的,他大吼一声:那就赶紧走啊! 十二个民兵打着火把手电,轮流抬担架。平常要走三个小时的下山路,他们仅用了五十三分钟,就将卓世民送到山下的军用公路边。后来参加过这次抢运的人都说,他们不是一路跑下去的,而是飞下去的。

曹前宽曾到处打听卓世民的消息,但那年月参战部队来来往往,各种消息真假莫辨。有的说他昏迷了半个多月,转到后方大医院去了;也有传言说他牺牲了。边境战事平息后,又赶上军队大裁军,许多部队的番号都变了。他一个老百姓,又怎么能知道部队的情况呢?

卓世民被一辆墨绿色救护车拉走的那个血色清晨,此刻像一幅电影画面在曹前宽眼前呈现。救护车在山间公路上摇摇晃晃地远去,曹前宽心里在喊:开快点啊开快点啊! 卓世民上战场前三天,曹前宽见过他一面,那时卓世民靠在村口的那棵大榕树下写信。曹前宽远远地跟他打了个招呼,说写信呀? 卓世民只是笑笑,朝他挥了挥手,然后又满脸严肃的样子。经历过战场的人,最知道生死间的转换,比夏季的天空转换还快,乌云暴雨雷电,说来就来了。

军帽上两块黑色的血迹至今犹存。血就是血,时间永不会将它洗净。

唉! 卓连长,你还活着吗?

6

那天送走韦小香后，卓世民回到自己的房间，他还是给青山州公安局副局长朱正打了个电话。朱正曾经是侬建光夫妇的家乡广畴县的年轻刑警，一路干到州局分管刑侦的副局长，过去卓世民在工作上没少指教过他。平常卓世民叫他"朱子"。电话接通后，两人先寒暄一阵，卓世民才说，你那边三天前丢了个小女孩，当事人报案了，你知道了吗？朱正在电话里愣了一下，才说，不知道啊，老局长。哪里的案子？没见报上来。卓世民说，是汤谷寨的小孩，被省城的一家文化公司拉出去拍个什么节目，然后孩子就失联了。当事人已去乡派出所报案。朱正连忙说，老局长放心，我一定会关注这事。下面这帮小子，办事粗糙得很。卓世民说，朱子，你过问一下吧。孩子父母正着急四处找。朱正说，丢了孩子，哪个父母不急？我们先按打拐的程序办。

卓世民不再多说什么。人家按程序做事，你没有资格去对别人指手画脚，更不能对他们施加压力。打个电话，请他们知晓他在关注。他认为这事儿他只能帮到这个份上。退休以后，卓世民给自己定了个"三不政策"：不插手局里的工作，不掺和任何案件，不帮人说情。这些年他严格遵守自己的"三不政策"，多大的案子、多少有来头的人求他帮忙，他都没有动摇过。许多事情，你要管的话，就没有自己的晚年生活了。

但中午饭时，杨先书挑起了话题，他把韦小香来家里求卓世民帮忙的事情说了，他讲得有些添油加醋，从社区治安到世风日下，从人口拐卖到侵犯人权，从底层民众之不易到社会贫富差距之严重，从犯罪猖獗到警方不作为……一边的包阿姨心软，端着碗就开始淌眼泪。

第 二 章

卓世民又把饭碗一蹾,"你怎么知道警方不作为呢? 说话要有依据。"

杨先书说:"孩子丢了去报案,警方还不去侦办。你们可有考虑孩子父母的心情?"

他说的是"你们",而不是"他们",等于把卓世民也网了进去。卓世民最恨的就是这点,但羞愧处也来于此。他说:"警方有他们的办案程序。你懂什么?"

肖佳看两翁婿又要吵起来了,忙说:"吃饭,吃饭。老卓,你给他们打个电话,让他们抓紧破案嘛。"

一直没有插话的卓婉玉这时说:"现在怎么还会发生这样的事? 韦小香他们那么本分厚道的人,我一想起来就心痛得慌。都是当爹妈的,要是丢的是我家颖颖……"卓婉玉的鼻子也开始发酸了。

杨先书说:"这种事情,摊在谁家头上都是一场灭顶之灾。更何况人家是小老百姓,谁来管他们?"

"洪水,1961年的那场洪水……桥为什么会垮呢? 我说过的……人肚子饿……"卓存君老人又插了一句。

卓世民将碗筷一推,不吃了。

他回到卧室,将自己放躺在床上。平时他都有午睡的习惯的,但现在却怎么也睡不着,脑海里还不全是那个丢失的孩子,更多的是医生的一些只言片语、网上查到的关于胰腺癌的相关信息,对北京那边医院最终会送来的"判决结果"的猜测。如果确诊了,就该安排后事了。妈的,这么快。生命原来会如此仓促、短暂。

这些天,每当卓世民翻看自己的体检报告时,都像在面对一份生命的结论。一个小小的"占位",一招致命,这谁能想得到呢? 一个破案高手,终究也破不了生命中的"杀手"犯下的案子。单位每年都会组织体检，他经常因为工作忙不去，或者去了，也懒得认真读一读体检报告中的各项指标。退休后，在老伴肖佳的影响下，他开始关注自己的血糖、血压、血脂、胆固醇、癌胚抗原，以及脑、心、血管、甲状腺、肺、肝、肾、肠等方面的情况。老伴比他退休早几年，像几乎所有老年人一样，将康养作为生活中第一要务。卓世民过去总以工作忙逃避老伴的"健康大检查"，退休后，肖佳用自己的标准去要求卓世民。从什么该吃，什么不能吃或少吃，到作息时间、生活习惯，等等，老伴无不过问。一个退了休的人，不操心身体健康，还能操心什么？这几天，让卓世民闹心的是：怎么向老伴掩饰这次体检的结果。体检报告他可以藏起来，重要的是情绪要稳住，不能露了怯。那天老伴一句，老卓，你这些天怎么脸色有些发灰啊？让他自己也跟着紧张了半天。他有些悲凉地想：过去为了工作，经常要化装侦查，逢场作戏。现在这一套要用来对付自己老伴啦。

卓婉玉在外面敲门，卓世民只得起来给她开门。她进来往沙发上一坐，说："爸，你别怪先书，都是当父母的，听不得别人的孩子有什么事儿。"

卓世民微微一笑说："没什么的，我不计较。"

"你打电话过问了吧，爸？"

"你晓得我的'三不政策'的。"

"刚才包阿姨又在厨房里抹眼泪，说他们壮族人，丢不起孩子的。"

"谁又丢得起呢？"卓世民反问道，不觉间就中了女儿的套。

卓婉玉身子挨了过来，摇着卓世民的胳膊，"爸，你想想，要是这事落到我们头上，你管不管？恐怕你还来不及管，你手下的那些人早当大案要案抓了。一块车窗玻璃都让他们跑得飞起。"

卓世民看见了女儿眼里的泪光，那是他在这个世界上最不愿看见

第 二 章

的东西。他想起女儿的婚礼上,在他把女儿的手交到杨先书手上前,幸福的女儿泪花闪闪,他竟然也把持不住自己,在哽咽中匆匆说了两句祝福的话。后来他想:是因为自己再也不能充当保护女儿的角色,还是不放心把女儿交给那个愣头青?天底下所有的父亲,在那种情况下,大概都会有这样的情感吧?从孩子降生那一刻起,他就是她的保护神。他不允许她受到一丝伤害,也不允许自己有丝毫的失职。女儿的一滴眼泪,就是父亲心头永远的痛。现在,他希望自己离开人世时,最好不要看到女儿的眼泪。

卓婉玉又说:"爸,我在课堂上经常教育我的学生,'人不独亲其亲,不独子其子'。晓得这是谁说的吧?"

"不晓得。"卓世民老老实实地回答,他觉得让女儿学文科,还是有益的。退休后他让卓婉玉给他推荐一些世界名著看,这让他在兰高荣面前有了点"有文化"的优越感。他经常捉弄这个老伙计,你晓得《安娜·卡列尼娜》里的那个卡列宁是谁吧?兰高荣的回答是,卡列宁吗,不是列宁同志他叔,就是他舅。

"这是我们的孔圣人说的。"卓婉玉又摇她爸的胳膊,从小她就这样,一摇老爸的胳膊,万事好办,哪怕她现在也是当妈的人了,"孔子的意思是说,人不能只管自己的家人,也不能只管自己的孩子,要有爱心,有大爱。明白了吗,老爸?"

卓世民怔住了,他想了想才说:"你的老爸老了。"

"老了不是理由,"卓婉玉再次摇他的胳膊,"爸,你可以发挥自己的影响力。你一个电话,抵人家一脸盆的泪水。"

卓世民不得不说,我已经打过电话给下面的人了,但人家要走办案程序。程序就是规矩,你懂的。但卓婉玉说,爸你还得把他们盯紧点。现在的人办事,有没有人情的因素起作用,天知道。卓婉玉说到最后，再次摇着卓世民的胳膊说：

"爸爸，侬建光、韦小香这样进城打工的家庭，在这城里属于弱势群体。没依没靠的，也不富裕，我们不帮他们的话，谁能帮？乡下人进城讨生活，不容易啊。爸，你过去经常说，能站着，就不躺下。现在你得站出来，帮他们一把。"

"站出来？"卓世民仿佛连自己都感到很突兀，"我怎么站出来？我都退休这么多年了。"

"那你就躺平了吧，服老，认怂。"

"你老爸什么时候服老过？"

卓婉玉笑嘻嘻地说："所以嘛，老爸，我还不了解你呀？退休算个啥？你转个身，就没有你这老警察破不了的案。"

转身，那么容易的事吗？卓世民本想说，你是不是觉得你老爸有通天的本事，是好莱坞电影里通吃一切的英雄？

在卓世民干密侦工作时，他经常扮演不同的角色，老板、乞丐、包工头、看门人、黑社会老大、跑长途货车的老司机、金融机构的职业经理、机关里的普通干部，只有把那些犯罪分子都绳之以法以后，他才"转过身来"，恢复自己的警察身份。退休后他有时间追剧了，影视剧里的那些卧底，和他所经历的相比，都不过是些小儿科。

卓婉玉又说："爸爸，我看到一些写被拐卖儿童的文章，家庭瞬间破碎，各种惨状，不忍卒读。有的孩子被卖到很远很远的贫困山区。侬阳阳被拐走已经四天了，天知道那些天杀的人贩子把她拐到哪里去了！"

卓世民从床上起来，在屋子里踱步。"根据我在职时经办的打拐案件来看，我们省的拐卖儿童，一般不会出省，贩卖距离大体在三百公里以内，这占了此类案件的一半以上，其中将近百分之六十的拐卖

第 二 章

案就在同一个城市。春城就有一个才六个月就被抱走的男孩，从城市的西边被卖到了北郊，找到他时他已经十九岁了，竟然还经常去他家一个亲戚开的米线铺子里吃米线。所以，眼皮子底下发生的罪恶，有时连我们这些警察都想象不到。当然了，我们曾经梳理过各类拐卖妇女儿童案中人贩子们常走的路径，在我们省内就有四条。还有一些地方，是人贩子的'中转站'。在我们局里的'打拐办'，有这些数据的存档。分析比对，摸排调查一下，孩子会救回来的。"

卓婉玉高兴地说："老爸呀，你一上心，按我们的说法，就显得很专业嘛。老将出马，不是一个抵俩，而是英雄归来啊！"

"嘿嘿，别来忽悠你老爸啦。"

卓世民从来不把自己当英雄，如果说年轻时他还有英雄情结的话，现在他认为身边牺牲的战友、同行才是英雄。寂静的群山，瞬间就战火纷飞，炮弹掀起的红土，天上飘拂的硝烟，掩面哭泣的人，中弹哀号的人，戴上手铐的人，善良的受害者，阴鸷狡诈的人贩子，近身格斗凶悍的对手，警笛呼啸撕裂了的平静生活，漫漫长夜里孤独的蹲守。他的人生就是歌舞升平的和平世界里的传奇，出生入死，与各种危险做伴，常常与死神面对面。但他很幸运，他流过汗，也流过血，他还活着，因此他不认为自己有多了不起。那些战死沙场、以身殉职的人，他们用鲜血染红了自己的战袍，用生命兑现了自己的承诺，他们才堪称英雄。多年的职业生涯让他早就淡泊了功名。像韦小香把他抬得那样高，看作救星一样，反倒让他难受。他已经脱下警服，没有那份权力和责任了。更不用说现在自己都泥菩萨过河，暗自在安排"后事"，哪还有心思管闲事？

这天晚饭后，卓世民独自出来遛弯。沿小区环形大道走一圈，大约八千多步。卓世民给自己定每天走一万步的运动量。他认为，自己步伐还算矫健，像一个老小伙儿（卓婉玉语），这跟常年坚持锻炼和走路有关。

傍晚的社区最有烟火气，散步遛弯的、带孩子出来玩的、在广场做操跳舞的、街边吃烧烤喝夜啤酒的，这是你能感受到的人间万象，生动、温馨、平静、怡然。过去，你是这和平日子的守护者，现在，你已被"逐出局"，你将"躺下"了。卓世民有时想到这种角色转换，难免也会悲从心来。

一群小男孩蹬着滑板从卓世民身边飞驰而过，洒下一路的笑声和呼啸。孩子们的背影让卓世民不能不想到依阳阳，想到韦小香哭泣的脸。一个老刑警遇到一桩案子，他的嗅觉就像坡头溜车，不往那个方向跑都不行。如果依阳阳真被人拐走了，会是谁干的？动机在哪里？拐卖的路径？中转点？

还不到"躺下"的时候。他忽然有了给自己找点事做的冲动。

他给自己的爱徒普大卫打了个电话，说要见他。普大卫说，卓局，我还在外面办案呢，要么约个地点，我来会你。

这几年卓世民一般不给自己从前工作中的上级或下级打电话。过去身上两部手机，全天候开机。常常电话接到耳朵发烫，拨出的电话对方秒接、秒回。现在你一个闲人，一个电话打出去，遇到对方不接，或者半天才回过来，那种时候，你就该掂量自己究竟还有几斤几两了。这就是在位与不在位的区别吧？

给普大卫打电话，卓世民从不会有什么担心。普大卫从他在密侦处当处长时就跟着他干了。有一年春天，他对普大卫说，我要把你丢到死牢里去，你的任务也只有我知道。普大卫那时正在谈恋爱，没有犹豫就答应了。然后，等普大卫漂亮的板寸长成一窝乱草，胡子拉碴

第 二 章

的半个月不打理时,警察就将他带走了。给他戴上几十公斤重的手铐脚镣,直接押到关死刑犯的大牢里。因为一个在押的黑社会重犯取不到口供,警方在并案侦查时,怀疑他还有几桩罪行没有招供,卓世民就想到了这出"苦肉计",让这个从北京公安大学毕业的青年警官以强奸杀人的罪名与那个恶贯满盈的家伙共关一室。卓世民告诉他,干我们这行,到哪个环境,你就把自己当成那个环境下的人。在黑社会里卧底你就扮好一个流氓,在银行里你就当好职员。你要是从角色中出不来了,就活该你倒霉。普大卫蹲了三个月的死牢,愣是没有拿到一点线索。直到有一天普大卫接到即将执行枪决的判决书,长期的拘禁和身背强奸杀人的罪名,让他都认为自己真的要被执行了。当初的"剧情"设计没有这一出啊? 是不是哪个环节出了差错,或者卓世民本人出什么事了? 那他普大卫可真就冤枉死了。他拿到判决书时号啕大哭,真不知道自己会不会不明不白地给枪毙了。监狱方为他准备了一桌丰盛的"最后的晚餐",还有两瓶酒。那个重犯主动要求陪他喝酒,结果两人在醉意阑珊中,那家伙把什么都撂出来了。普大卫出来后女朋友因不明真相跟他掰了,他立了个二等功,卓世民就更加注意培养他,三十二岁他就干上了刑侦局技侦处的副处长。卓世民从这小伙子身上看到了自己年轻时候的影子,忠诚、能干、精明、无畏、有责任感。

晚上八点半,他们在一家大型购物中心的咖啡室见面。普大卫两眼血红,一脸倦容,一看就是严重缺觉。他一落座就说上周发生了一起枪击案,一个离婚男人在菜市场买菜回来,不明不白就被人从背后打了一枪。案子没有任何头绪,压力大得很,手上还有两桩厅长挂牌的督办案件。人手不够啊,都忙得脚底板翻天。卓局有什么指示。卓世民笑笑,我现在还能有什么指示,只是有个案子,想让你帮我分析一下。

普大卫挠挠头，说："师父，我还想找您帮我分析案子呢。哪里有徒弟在师父面前指手画脚的？"

卓世民嘿嘿一乐，"就当我们一起探讨吧。"然后就把侬阳阳的事儿说了。

普大卫说："卓局您可真是菩萨心肠。案子发生在乡下，又不在我们的管辖范围内。属地警方会管的。"

"犯罪嫌疑人是从春城下去的，电话也是春城本地的，还冒充电视台的人。我给你看这个。"卓世民把从韦小香手机里转来的那份合同再转给了普大卫，然后说，"你去帮我查查这家公司，还有这个电话号码，再查查去汤谷寨的那辆车。"

普大卫眉头皱了一下，但看到他师父期待的目光，便马上说："好的，师父，我安排人去查。"

"你尽快吧，算帮我一个忙。"

普大卫忙赔着笑脸道："师父交代的事，我应该的。"他犹豫了片刻，才吞吞吐吐地问："卓局，这个……被拐走的小孩，是……是你家什么人吗？"

卓世民正色道："你小子别瞎想。每一个被拐的儿童我们都要救不是？"卓世民想了想又说，"别忘了，最找不到因素的案子，才是最有挑战性的，也可能是最大的。设这么大一个局拐走一名乡下孩子，肯定是涉嫌团伙犯罪。"

普大卫扬起了眉毛："正在打击团伙犯罪这个节骨眼儿上，谁还敢跳出来，那可真是撞我们枪口上了。卓局放心，等找到线索了，我就跟您和刑侦局领导汇报。等案子一立，手段一上，跑不了兔崽子的。"

"跑不了兔崽子的"过去是卓世民的一句口头禅，现在成了局里刑警们的常用语。卓世民并不知道，他退休后留下的传奇，还在被年轻的刑警们津津乐道。

普大卫始终惦记着手上的案件。临走前，他把那桩枪击案已掌握的线索大体跟卓世民说了一下，请教自己的师父从哪里去寻找案发的"因素"。现场只找到一颗点三八子弹的弹壳，从格洛克枪打出的。杀手枪法挺准的，二十米距离，一枪毙命。我们还没有查清枪是从哪里来的。被打了一枪的那个男人是所学校的体育教师，品行基本还算过得去，社会交往也比较清白。老师嘛，想来也不会轻易与社会上的混子们结什么仇怨。只是爱酗酒，有过两次家暴史，导致也是教师的妻子跟他离婚。据学校和邻居反映，死者最近一段时间过得有些颓废潦倒。他的前妻他们也走访了，离婚是她主动提出来的，家里的财产也都归了她。但感觉她既没从家暴的阴影中走出来，又对离婚有些后悔。她是一个很小资的小学老师，一只蟑螂都会让她惊声尖叫。这样的小女子连枪长什么样子都不会知道，案发时她正在给学生上课呢。普大卫仰着头问：

"卓局，谁会杀一个净身出户的落魄男人？犯罪动机在哪里？"

卓世民狡黠地眨了眨眼睛，"冲冠一怒为红颜。"

普大卫愣了一下，说："卓局，那女老师可不是什么红颜，相貌太一般。技侦部门正在做枪的数据分析，我还要去看看结果。队上的兄弟们全撒出去了，层层走访，地毯式排查，天知道谁能撞上大运。对不起了卓局，我要走了。"

普大卫起身，卓世民淡淡地说："别瞎耽误工夫了。制式枪，肯定是从境外进来的。"

普大卫一拍脑门，再看看师父那笃定的神态，他相信了，说："卓局你要保重身体啊。"

卓世民看着他消失在人群中的背影，想起当年在密侦处时，他跟着跑案子，晚上开车送自己回家，到了单元门口了，还要下车一路护送到家门口，六四手枪保险打开，随时在衣兜里握着。现在他不需要保护自己的领导了。

卓世民又坐了会儿，透过咖啡室的玻璃看商场里人来人往，感受这世界和自己的关系。那天在医院里忽然失去对外界的感知，就像被全世界抛弃，真是既恐惧又荒唐。眼前的世界多么令人留恋啊，流光溢彩，活色生香，与往昔美好的回忆密切相连。去年这家大型的购物中心刚开业不久，他来买一双休闲鞋，却在里面迷失了自己，不知道该如何走出这迷宫一样光怪陆离的世界。这大大打击了他的自信心，难道我他妈的真的老了？这座城市的每一条大街小巷，他都熟悉如掌中纹路，到处都有他战斗过的足迹。过去在局里的指挥中心，任何一条背街僻巷出了事儿，他不用看屏幕墙，就立马能判定出方位，地形情况怎样，建筑状况如何，有几条出入口，该如何布置警力封锁或控制。在自己的岗位上，他总是敏捷的、强悍的、具有掌控能力的，上级总是对他充满信任，放手让他去干。任何棘手的案子交到他卓世民手上，陈厅长只需听汇报就行了。他总跟手下的刑警们说，只要你走心入脑，就没有破不了的案子。一切人和事物都是相互关联的，都会留下痕迹，都有因素，理清了这些关系，找到了那些痕迹和因素，你就找到了破案的路子。一个刑警，不过是社会的医生罢了。

不过刑警却不是自己的医生。刑警也不是老中医。老中医越老，经验越丰富，医术越精湛，越受人尊重；刑警到年龄了，就得退休，也得服老。他脑部的战伤，医生说估计年老后可能会有并发后遗症。什么叫并发后遗症？他不知道。但他隐约知道它的模样，那就是他年过九旬的老父亲的样子——不再是一个受人尊敬的、安享晚年的

第 二 章

老者,而是孤独的、卑微的、浑浑噩噩又毫无尊严感的等死的人。他父亲在八十多岁时逐步沦入阿尔茨海默症的"黑洞",随着生命之光日趋黯淡而越陷越深,渐行渐远,成为一个不能感知这个世界却只存留一个躯体的无智无识、无忧无虑、无所谓快乐也无所谓痛苦的可怜人。卓世民为自己骄傲一生,从不需要别人同情,过去他担心自己将来也会步老父亲的后尘,不得不穿尿不湿才能睡觉。

现在,他不无悲哀地想:自己不会有老父亲那样的"福分"了。

别去想这破事儿啦。他又告诫自己。他忽然想起一个线人,便一个电话打了过去。他很多年没有这家伙的消息,没想到电话一打就通了。

他们在这个线人的车上见面。这小子多年前是个拐卖妇女犯。曾经被卓世民办过,判了六年有期徒刑出来,成了警方的眼线,属于社会底层的"灰色"线人。他姓游,绰号游六指,是个油嘴滑舌的老江湖。

游六指开一辆像垃圾车一样的长安面包,油腻肮脏,卓世民一坐进去就闻到一股臊臭味儿。"这些年在干吗呢?"卓世民问。

"报告政府,我一直在给菜场送鲜猪肉,还有鸡鸭啦鱼啦啥的。"游六指满脸谄笑,"政府好多年不见了,又在忙什么大案子了吧?"

看来这小子不知道他已退休,这正是卓世民所希望的,"少废话。你那些狐朋狗友,最近都在干什么?"

"我早不跟他们来往了。真的,政府要相信我。政府教导得好,我重新做人,靠劳动吃饭。"

"你从前那个贼窝子的那些人,可不老实。你小子瞒得过我吗?"

"政府火眼金睛,我晓得,我放个屁、路边撒泡野尿政府您都查得出来。我们只是偶尔吃个饭啥的,狗日的要不学好,政府会收拾你们的。我也经常这样告诉他们。"

卓世民不想跟他啰唆，盯着游六指的眼问："有一个小孩被拐走了，你听到什么动静没有？"

"做小娃生意？不会吧，现在哪个还敢？"

游六指的眼神没有乱，不像在说谎，但卓世民还要给他施加点压力，"四天以前，就是这月的二十二号，你在干吗？"

游六指知道自己成了怀疑对象，马上指天发誓地说："政府，我怎么还敢做这个事？我有教训了，政府改造好我了。我每天在给人送货呢。早上四点起床，去屠宰场拉肉，下午又要去养鸡场拉鸡蛋送给人家超市，一家家送，累到晚上十点才收工。天天都是这样。政府您可以去调查，我要说了半句谎话，你再抓我进去吃枪子儿。"

"给我留点心，最近谁发财了。"

"好好，领导，我一定，一定帮您打听打听。只是，只是，我还得养家糊口呀政府。改造出来后婆娘跟人跑了，现在又找了一个，还拖着个油瓶。"

卓世民从口袋里掏出一千块钱来，递给游六指，说有什么情况打我电话。那边也不客气，满脸堆笑、唯唯诺诺地把钱收了。

卓世民从那破车里钻出来，长长地吐了一口气。想：我这是在干吗？闲得无聊想转身回到从前的日子？

又想：至少我不想那操蛋的占位。

从出来见普大卫时起，他真有点回到从前的感觉。调查、分析、判断、追踪，像忠实的警犬一样在茫茫人海中搜索一丝丝罪恶的气味，这让他感到亢奋又轻松。他还感到背后有一双眼睛在盯着他。这不是他过去干密侦工作时，常常要背对那些犯罪分子的暗箭，身后随时有一种不安全感。现在这双眼睛是无形的，又是可感的、温热的、充满激励的,柔柔地盯着他不由自主地从闲适的退休生活中"转过身来"。

你这个老家伙,难道功夫废了不成?

7

湖面是一面巨大的镜子,映照着蓝天白云,也映照人一生的某些回忆。有些回忆还沉在水底,永不为人所知;有些回忆会浮出水面,就像那咬钩的鱼,被拉出水面时,会显得那么鲜活动人,让人恨不得引之入怀。

兰高荣今天战绩不错,已经钓起了三条大青鱼、两条鲤鱼,还顺带扯起来几条小鲫鱼。离他十来米远的卓世民,已经换了几个鱼窝子了,才钓起来一条一斤来重的鲤鱼。这个老家伙今天心不静。兰高荣想。

多年来这老哥俩一个在省厅,一个在市局,默契中有配合,相处中有争执。兰高荣有段时间感到自己在警察这个行当里前途无望,想调到政法委去坐办公室。卓世民说,我给你几条重要的线索,让你办几件漂亮的案子,上面就知道你的厉害了。卓世民执行秘密侦查任务经常几个月不回家,音信杳无,兰高荣就隔三岔五地去卓家探望,有时连孩子上下学、老人去医院、家里买个米换个气罐啥的,都由他包了。尽管那时兰高荣经常埋汰卓世民说,你哪像什么人民警察哦,我看你只是介于土匪和老百姓之间。他们两人间有一种相互"守护"的气场,不管他们是不是肩并肩地站在一起,这种"守护"都存在。

就像今天早上两人一来到这龙泉湖边,各自找好自己的鱼窝子,在下竿之前,卓世民便先把四周打量了一番。他们的背后是一扇悬崖,左侧是一条山路,视野良好,路两边有几棵红木棉树,枝叶繁茂;右侧是一片湖滩，然后就是湖面。只是湖对面两百多米处有一座荒山，布满了杂树和灌木。卓世民从背包里拿出一部警用望远镜，把对面的山坡仔细看了一遍。兰高荣知道他每到陌生地方，都有观察好周边环境、留好退路的习惯，便打趣道：

"要么我去对面，当你的守护？"

卓世民道："你好意思说，老子差点没有在你面前当人家的枪下鬼。我们有阿雄呢。阿雄，去周边看看。"退役警犬阿雄得到指令，一边撒着欢儿，一边呼呼地在四周东嗅西嗅的了。出来钓鱼，阿雄总是兴奋莫名。

多年以前，市里发生了一桩连环枪击案。第一个受害者是一个在城郊河边钓鱼的老人，子弹从60米开外的对岸射来，一枪爆头。从枪击创口判断，犯罪嫌疑人用的是一支12.7毫米口径的狙击步枪，大约还加了专用瞄准镜。四天后，第二个受害者在这个片区的一处垃圾填埋场边被发现，是个拾荒的老人，也是一枪毙命，同样的步枪口径。是财杀？情杀？仇杀？黑社会火拼？全市的警力都被调动起来大排查，但从两个受害者身上完全找不到作案的"因素"和动机，他们都是再普通不过的人，那个钓鱼的只是个退休工人，一辈子本本分分的老好人一个。两个月后，第三个受害者也在这条河的上游三公里处出现，是名三十岁的农妇。她正在河边自家的地里干活，一颗子弹从她身后飞来，击中了她的后背左侧，穿前胸而过。那枪手为了迷惑警方，还把受害者的裤子褪到膝盖以下，伪造了一个强奸现场。连环枪击案让高层震动，全市恐慌。卓世民分析这是随机作案，变态杀人，不要再费力去找什么作案因素了。他在地图上画了几条线，圈出几个点，把手下的精兵强将沿着这些点全撒出去，装扮成钓鱼的，做小买卖的，做工的，跑步遛弯的。他自己则在最可能是下一个案发地点的河边钓

第 二 章

鱼，外面穿一件很醒目的红色钓鱼马褂，里面只套一件防弹背心。封控的任务就由兰高荣带市局的警力负责。卓世民选定的那个地方对面是一片乱山岗，有一家废弃的工厂，破败的厂房和几处断壁残垣。卓世民推断这是犯罪嫌疑人最好的射击点，他就在对面给他当靶子。作为刑侦局长，最危险的活儿你必须先挑起来，冲在最前面，手下的兄弟们才会服你。行动前他对兰高荣说，老哥这条命交给你啦，你得给你嫂子守护好了。这样大的行动兰高荣岂敢大意，头天下午就带人把河对岸梳理了几遍，所有可能进出的路口、隐藏的地点都布置人秘密蹲守。兰高荣自己则守在那家工厂的一个水塔上。到上午十点左右，河面一如既往地平静，周边也没有什么异常，卓世民已经钓起来几条鱼了。兰高荣忽然发现有几只鸟儿从树丛中飞了起来，他忙对着耳麦讲，一号小心。那边卓世民得到警告的同时，马上观察到河对岸草丛中白光一闪。那是瞄准镜的反光。在卓世民顺势往后一倒的瞬间，一声不大的枪声传来，子弹从他头顶上飞过。对面布控的特警们马上朝枪响处扑去，几轮枪战后将枪手擒获。原来那夺命枪手躲在一根从工厂伸向河里的排污管中，这排污管埋在土里，只有管口露在外面，又因为多年不用，早被荒草遮蔽。这小子头天上午就藏在里面了。他是一个枪迷，自己从网上买来零部件组装了一支狙击步枪，还买了伪装迷彩服，学着电影里的美军狙击手，把脸涂得只剩下两点眼白。但他又是一个变态的冷血杀手，随机杀人，只是为了检验自己的枪法。在事后的案件总结会上，兰高荣向卓世民谢罪，说他没有当好卓世民的"守护"，自请处分。卓世民只是笑着说，你赔我一瓶茅台酒好了。

所谓生死情义，于这对老搭档来说，就是一种不离不弃的"守护"，在工作中相互支撑，退休以后，他们需要共同"守护"的，不过是日益迫近的衰老和孤独罢了。

卓世民又起了趟空竿，兰高荣听见他换鱼饵时嘀嘀咕咕，就打趣道："在想桑吉老师啦？"

"老不正经的，瞎扯吧你。"

"人家桑吉老师要帮你写回忆录呢，采访开始了？"

"更扯淡了。"卓世民把鱼竿甩了出去，"我是哪根葱啊？整哪样回忆录。"

"你是人家心目中的老英雄。"

"老狗熊。"卓世民有些怅然道，"不中用啰。"

兰高荣坏笑道："哎，你说，我们这个年纪的人，还会有人喜欢吗？我们局的老屠，退休后天天去跳广场舞，认识了一个大妈。嘿嘿，现在正跟家里闹离婚哩。"

"嘿，兰老倌，你脑子发岔了是不？"卓世民扭头看他一眼，又回望湖面。他的脑海里此刻浮现的当然不是桑吉老师，而是韦小香。今早出门前她又打来电话，说孩子还是没有消息，那个唐导的电话依然打不通。县上公安局的两个警察到了汤谷寨，问了情况后就回去了。韦小香在电话里带着哭腔哀求道，卓大爹，求求你帮帮我们吧！我们不知道该去哪里找到孩子，连寻人启事都不知道该往哪里贴。我们是叫天天不应啊！

朱正那边有所行动了，但似乎力度还不够大。看来这事还得借助省厅的力量，普大卫那边能找到点线索就好了。

兰高荣又在那边乐呵呵地说："我看你没在钓鱼，鱼在钓你啊。"

"妈的，烟又忘记带了。"

兰高荣掏出一包烟来，扔了过去。嘴里嘀咕道："老叫花子。你呀，省着点抽吧，我现在一天只抽半包。好习惯让人长寿哩。"卓世民有一年为了破案，在城里扮了一个多月的乞丐，连兰高荣从他身边走过

第 二 章

都没有认出来。

"坏习惯让人舒服。"兰高荣应该还不知道卓世民生病的情况,不然他不会让他这么"舒服"。卓世民打算等自己躺下那一天,再告诉老搭档病情的真相。

卓世民点上一支烟,长长地吐了出来。然后说:"老兰,跟你说个事儿。"

"呵呵,你的事主动跟我说,还是第一次。"兰高荣不以为然地甩了次竿。

"我认识的一对打工者夫妇,前几天把孩子丢了。"

"哦,在哪里丢的?"

"乡下,青山州那边。也许是在城里。被人设了一个局,把孩子骗走了。"

兰高荣专心盯着鱼漂,没吱声。他不认为自己老搭档还会昏头到再去管案子的事,他只将之视为大家钓鱼时的闲聊。卓世民有一次乘公交车,发现两个小偷。他没有出手,而是发信息给局里,让他们派反扒队的人来。这一对儿曾经的执法者,最清楚执法的分寸和底线。尤其是兰高荣,不该他管的事,他绝不插手。

两人长久没有说话。兰高荣又扯起来一条大青鱼。鱼在水面上跳跃挣扎,他一边收线一边快活得像一个小孩那样"哟呵呵"地欢呼,他说,过来呀宝贝。别闹别闹,过来呀。

兰高荣再次放下鱼饵后,湖面归于平静。不平静的还是只有卓世民,他又说:"那小两口也可怜,说是绑架吧,两个打工的能有什么钱?寻仇?更不可能,老实巴交的一家人呢,跟谁结仇去?这事儿很蹊跷哈,老兰。"

"你的鱼漂动了!"兰高荣越俎代庖地喊。

卓世民一扯竿，还是让鱼逃脱了，"他妈的。"他换上鱼饵再甩竿出去，"有一些线索，昨晚我见了普大卫，让他去查一查。"

"你呀，安心钓你的鱼。少说两句好吧？青鱼这玩意儿，闻不得一点动静。"兰高荣眼睛也不眨地盯着自己的鱼漂。

卓世民却仿佛偏要说给水里的青鱼听。他讲了他对佽建光夫妇的印象，他们如何善良本分，一个针对他们有目的的骗局，但他却不知道为什么。他预感到背后有一只巨大的黑手。青山州那边的警方已经立了案，但似乎他们办案的力度还不够。

"那让小家伙们忙去吧，老家伙们要吃饭了。"兰高荣不想听卓世民多说，干脆摆开他们带来的午饭，他还掏出一小瓶泸州老窖来，今天卓世民开车，他就自己对着瓶子吹，"我嫂子做的这凉拌猪头肉不错。你不想喝两口啊？"

"你少来。我准备戒酒了。"卓世民说。医生告诉过他，以后不要喝酒了，烟也要少抽。你现在那里有个占位，我们尽量不要去刺激它。

"嘿嘿，你都戒得了酒的话，我用手心煎鱼给你吃。"

"我告诉了普大卫，要往团伙犯罪方向去查。"

"你就别瞎操心啦。现在人家办案，动辄就上大数据、区块链什么的，老一套的那些侦查手段，你我的那几下子，都过时啦。还有几个人肯去做什么跟踪、蹲守、摸排、走访群众的事儿呀？人家都在办公室看监控，在电脑上敲键盘，在数据库里搞比对。我们不懂这些，落伍了。明白了吧？唉，说起案子来，你脑袋咋就那么清醒？你不是有'三不政策'吗？这个都守不住，还戒酒？你想干吗？"兰高荣觉得自己的老伙计要"越位"了。

"不干吗，随便说说。"卓世民说，低头吃饭。

"我告诉你，打拐救人反被人追着打的活儿，我可不想再干了。

第 二 章

卓老倌，你要晓得，我们是老家伙了，跑不动啰。别真把自己当老英雄。"

打击人口贩卖和解救被拐的妇女儿童，全世界的警察都会遇到，但可能只有中国警察办这类案件时情况特殊，许多时候打击效果事与愿违。兰高荣曾经参加过一次打拐救人行动，是在山西。他带着专案组先打掉了中间倒卖妇女的犯罪嫌疑人，然后顺藤摸瓜到太行山深处的一个小村庄，解救被拐卖的那个妇女，市电视台还跟去了一个摄制组。进村前他先雇好两辆中巴车，停在村口外，布置好撤退路线。事先已有侦查员摸进被拐妇女家，问她愿不愿意回老家，那妇女也答应了。可是等兰高荣他们要带着女人走时，她却舍不得不满一岁的儿子。一番劝说、纠缠中，女人的丈夫回来了。这下可惨了，全村男女老少提着锄头钉耙木棒什么的都追了出来。兰高荣让人护送电视台的记者和那女人先撤，自己带几个人断后。开初他还想给村人宣讲一下政策，做做工作啥的，可村人哪听得进去？你带走人家花钱买来的媳妇，哪有不跟你拼命的。朝天鸣枪也挡不住村里人拼死往前扑的势头。他们被村人追得狼狈不堪，挨了不少扁担石头的打，还不敢还手，只能跑。那一年兰高荣也有五十三了，怎么跑得过山村里那些汉子？他落在最后，还挨了几扁担。待跑到车面前时，都累得快吐血了。兰高荣回来后说到此案就开骂，老子们是去救人的，倒成了进村的鬼子了。更让他气不顺的是，费心费力救回来的那女子，半年后自己又跑回去了，还是舍不得在那边生下的儿子。兰高荣白挨了一顿打。在打拐的专项行动中，作为中间倒卖环节的犯罪分子很容易被打掉，但行动的结果往往并不尽如人意。你救出的受害者，你以为给她（他）带去了法律的公正和尊严，但她（他）的命运已被改变，当你以法律的名义想把它扭回来时，你会发现，法律奈何不了人伦——哪怕它是被扭曲了的人伦。

  卓世民明白这个老伙计的态度了，他不再多说，吃完饭回到自己鱼竿前。那个下午，他同样收获甚微。多年前他也参与过公安部组织的跨省区打拐行动，有个上了公安部A级通缉令的本省拐卖人口嫌疑人，江湖上称为五嬢的，至少有十桩妇女儿童拐卖与她有关。卓世民带人从广东追到福建浙江，再追到山东河南山西，几乎跑了大半个中国，每次都只抓到五嬢的上线或下线，狡猾的五嬢总是见首不见尾。有一次在粤北山区，卓世民安排了一次交易，钓五嬢出来"交货"。五嬢指定的交易地点在一处正在修建的高速公路的工地上，卓世民远远看见五嬢抱着个婴儿从一间工棚里出来，她穿件蓝花格外套，戴顶草帽，一条灰色围巾从脖子捂到整张脸，只留两只眼睛在外面。卓世民走到离五嬢只有五米左右时，他身后几个当地的年轻便衣也缺乏经验，忽然喊叫着冲了过来。五嬢将婴儿往卓世民这边一扔，转身就往工棚里跑。卓世民在半空中接住了婴儿时，一辆摩托车却斜刺里冲出，载上五嬢就往工棚后面的一条施工便道上逃。卓世民那次是带着刑侦局的侦查员孙立峰一同办案，小孙一直守在后面的吉普车里，看见前边犯罪嫌疑人逃了，立即开车追了出去。可哪想到这条便道的一个拐弯处被狡猾的犯罪分子事先挖了一个大坑，坑里灌水，再撒上糠。载着五嬢的摩托车从路边溜走，小孙的车却一头扎进坑里，然后翻滚下了山崖。小孙当场牺牲。这案子办得窝囊，把卓世民给气的，牺牲了一个好兄弟，还只看到犯罪嫌疑人五嬢的一个蓝花格背影。那次专项打拐行动结束后，一举肃清了省内多个拐卖妇女儿童团伙，卓世民立了个二等功，他回家就把奖章锁抽屉里了。抓十个小偷，不如抓一个贼头。到卓世民退休移交工作时，还在五嬢的档案材料上拍了拍，说，这个女人，背着一笔血债，还是从我眼皮子底下溜掉的。

第 二 章

多年来，这是他心中的一个梗。

根据警方掌握的资料，五嬢是个老谋深算的犯罪嫌疑人，擅长策划组织人口拐卖团伙犯罪。有一次她装扮成一个护士，大摇大摆地从医院病房里将一个男婴抱走了。计划周密得连卓世民也不能不为之感叹。这个犯罪嫌疑人上Ａ级通缉令十多年了，竟然还没有抓到，她好像人间蒸发了一般，一度让卓世民觉得不可思议。一直到他退休，五嬢案是他从警生涯中为数不多的几桩未破案件之一。

从依阳阳被拐案的犯罪类型来看，这是一次有组织、有预谋、有明确目的指向的犯罪活动，跟五嬢以往的作案手段相似。难道五嬢重出江湖了？

多年的办案经验积累，会让一个老刑警拥有某种直觉。在还原案发现场的过程中，这种直觉会引领着他穿越重重迷雾，找到那只黑手的主人。就像一个高明的垂钓者，端坐岸边，也能知道鱼儿会在哪里出没。

潜游多年的五嬢，你要敢来咬钩，我就能逮到你。孙立峰牺牲后，卓世民曾写过一份自我检查，他总结了自己的失误：总认为抓几个人贩子，是杀鸡用牛刀。自己有轻敌麻痹思想。没有周密部署，做好现场的封控工作，导致犯罪嫌疑人逃脱。

尽管再聪明的猎人也有失手的时候，但那时的卓世民怎么能料到，逃掉的五嬢，还会像他身上的胰腺占位一样，成为他人生中的又一个严峻的挑战。

8

曹前贵和依阳阳被劫持已经四天了。他白天被那帮人过堂拷问，晚上被关在一间黑屋子里，有时还用胶带布把嘴堵上。他后悔刚被劫持时，为了壮胆，大谈自己的老板褚志势力如何如何，你几个小混混可惹上事儿啦！慢慢地他明白了，这些人身上透出来的狠劲儿，他还看不到边。

江湖上的风云变幻，无论是褚志还是曹前贵，都看得太简单了。曹前贵被劫持后，总是被追问一个问题：你的老板为什么抱走这个女孩？那么喜欢孩子，你老板干吗不自己生一个？他们那么有钱，找人生个娃还不容易？曹前贵被打得受不了，只能哀求：求你们别打我啦，我只是个没心没肺的人。谁出钱多，我就给谁干活。我们农村人说，猪多好喂，娃多好养。我们老板有个儿子了，可能人家想，再养一个女儿，风水啦八字啦啥的就合了吧。

他们当然不会相信他的话，继续将他囚禁在一间只有一扇窗户的屋子里。窗户是从外面钉死的，可以看见两棵树的树梢，曹前贵估计他应该是被囚禁在二楼。很明显，这帮人是要用那小女孩做大买卖。如果小女孩是诱饵，他又是什么？他还不至于蠢到幻想他们会分给他一杯羹。我该不会被灭口吧？既然你已经没心没肺地走上这条道，你一定会遇到一群狼心狗肺的人。这是他多年来在这条道上行走的苦涩经验。

曹前贵在二十世纪末因为人口拐卖"二进宫"，服刑五年，出来后又在外面混了几年，好的坏的本事都学了不少，但还是没有赚到什么钱。村里修路的艰辛让他觉得这路不是修进村里的，而是要修到月亮上去。只有疯子、傻子才会去挖这条路。他再次远走他乡，在青山州朗沙锑矿的精选车间做了一名电工。矿工们都知道曹前贵是个人贩子，卖妇女、卖小娃，就像买卖猪崽一样不当多大回事，是个没心没肺的人。但曹前贵有手艺，人机灵活络，能说会道，只是爱贪小便宜。

第 二 章

在矿山上干了不到两年,这家伙的老毛病又犯了。他每天带一个双层大饭盒去上班,上层浅浅的一格装菜,下层装饭。下班后他回到自己住的工棚,悄悄把饭盒下层的锑矿砂倒出来,藏在床下的木箱里。一个月下来他竟然能集腋成裘,偷出几十公斤锑矿精砂,比他在矿上挣到的工钱高出两三倍。

久走夜路总得撞鬼,一次他偷矿时终于被抓了个正着,公司保安把他带到矿长面前,矿长说这个贼心不改的老贼盗,给我吊起来,打断他一条腿。在曹前贵大呼小叫地要被吊上房梁时,朗沙锑矿的总经理褚志出现了,他说,这是干什么呢?把他送我办公室。

在矿上褚志是一个让上下都心生畏惧的老板。他是一个瘦高个儿,目光犀利,精明强干,一线浓密的胡须横亘在嘴唇上方,像一道黑森林,从那森林里吐出的话语仿佛林中蹿出的猎豹,再加上他那总是居高临下的眼神,让他有一种不怒自威的威严。他有一条腿是瘸的,许多人背后叫他瘸总。矿上的老师傅们说,瘸总人还是挺不错的,常跟井下的矿工们一起喝酒,酒桌上称兄道弟的,看不出老总的样子。当然了,你得啥事遂了他的心愿。

褚志少时喜欢看《水浒传》,长大后好结交社会上的朋友。干矿老板这个行当,身边得有些三教九流的人,他当然知道曹前贵是什么货色。这种人在矿上,用得着他的时候,抵十个人手。因此那天在办公室,褚志对曹前贵说,我知道你干的所有勾当。我不打你也不扣你工资。你要明白一个道理,偷那点矿,你发不了财。要想在我这里有点出息,就得听我的。

曹前贵那次感动得要给褚志下跪,褚志并不需要,像用一块骨头收留了一条流浪狗一样,挥挥手让他走了。从此曹前贵也老老实实地干活,不再干偷鸡摸狗的营生。褚志的车一来到矿上,他下班后一定会提一桶水去擦车，褚志的大别墅接个电线通个下水道什么的，他随叫随到；褚志有时要在矿上请客喝大酒，也会叫上他。一是因为曹前贵能喝，二是这家伙肚子里的荤段子多。酒桌上调节气氛，少不了这样的马仔。

半个月前的一个晚上，褚志把曹前贵带到一个豪华包间里，摆了一大桌菜。褚志说，你帮我办件事，怎么做，我会告诉你。然后，褚志拿出十万元现金和一张小女孩的照片，说：

"去给我把这个妹妹抱来。"

褚老板那口气，就像让他去把一盆花或者什么样的物件抱过来一样。曹前贵当时就给褚志跪下了，"这么大的孩子了，怎么抱得走？你这是让我去抢人啊！褚总，我再不想吃牢饭。"

褚志冷漠地说："都是站在水里的人了，还怕雨淋。我知道你过去是干过这个的。怕什么呢？孩子的父亲不过是在城里的打工者。他们在省城那样的大地方讨生活，谁会多看他们两眼？别说丢一个孩子，就是他们两口子都失踪了，也不会有人操心。老曹，事成了，我给你一个部门经理干干。听说你家里也难，人不能跟钱有仇。"

曹前贵把照片看了又看，问褚志："为什么非要去抱这个娃？"

褚志还是冷冷地说："拿人钱财，替人办事。你问那么多干什么？"

曹前贵本想说，褚总，这是伤天害理的事呀，我经不起报应了。但他的眼光又被那码成一堆的十万元牢牢吸住，就像那是一坨磁铁。褚志从曹前贵的眼神里拿准了他的心态：

"你要是不愿意，也没关系。我另外找人。"他把那堆钱扫进一个提袋里，又说，"人说养兵千日用兵一时，算我当年看走了眼。他妈的！"

第 二 章

曹前贵苦着脸说："褚总……我不是……我是……你让我再想想嘛。"

这段日子曹前贵太缺钱了。老家的房子去年在一场大雨中垮了一半，现在都还在用塑料布挡风遮雨。今年春节后，老婆刘淑琴左边乳房上长了个肿块，到县医院一查，医生说这肿块几乎可以认定为乳腺癌，建议再去省城医院复查，确诊了就在那里做手术。曹前贵从矿上被老婆叫回家，告诉他这个消息。曹前贵先是愣了愣，然后说，那里本来就是坨肉肉，怎么会是肿块？刘淑琴说，你看不到也摸不到的。就像我们村庄，早年间就说得了癌，活不成人了。村庄都会得癌，人吃五谷杂粮，还不是要癌症。癌症了，你就当又养了个不争气的儿。

曹前贵叫了声造孽啊，背时啊，报应啊！然后一猫腰蹲在门槛边，一直蹲到太阳落山。

他想这世上的三灾两病，都是天上的一场雨，落在别人的头上是雨滴，落在他头上就是洪水滔天。病不要人命，钱才要命。刘淑琴自跟了他后，就没有享多少福。她是他在工地上捡来的，就像捡到一件尚可御寒的破棉袄。他们在城市的烂尾楼里度过了新婚之夜，那天他昏头昏脑地发誓，就是去抢人，以后也要有栋我们自己的大房子。他抢不了人，抱别人孩子倒是得心应手。尽管曹前贵在外面品行差，行事猥琐，一副没心没肺的烂德行，四处不受待见，经常被人欺负，受人气。这个世界上唯一能受他的气、能和他受穷受苦的人，就只有他媳妇。他为她勉强在老家盖了栋房子，刘淑琴也为他生了一儿一女。有家后的日子过得不轻松，也与富足无缘。过去没有见识过有钱的生活是什么样子，现在富裕的嘴脸遍街都是。曹前贵在人生的跌跌撞撞中悟出自己的财富观，这个世界没有大钱小钱之分，只有快钱和慢钱之别。多大的钱算大、多小的钱算小？一个穷光蛋手里有一千块钱，算是大钱；一个富翁账上有一千万，还在喊穷哩。钱就像河里的水，在到处流淌。河水有流得快的流得慢的，看你扎进的是哪条河了。挣快钱要本事，风险大，挣慢钱靠下笨力气，但安全。兔子跑急了会一头撞死大树上，乌龟一步一爬永远不会失足，可谁都不愿当乌龟。曹前贵年轻时候想去挣快钱，结果吃够了苦头，有了家后他逐渐收了心。是乌龟的命，就不要去跟兔子比。

儿女们长大后，远走他乡，顺理成章成为民工二代，成为无数打工者大军中的一员，儿子要结婚、女儿要出嫁，房子、彩礼、嫁妆，这些问题曹前贵一想起就头痛。人这一生，都在挣钱很慢、花钱飞快的矛盾中。

医生说，刘淑琴的病要是去省城的大医院做了手术，恢复得好，再活十多年没有问题。曹前贵想，十多年后他就六十多岁啦，这个家能撑到那个时候，也不枉活一生。他的父亲才活到四十二岁呢。老婆是他们家这条破船的掌舵人，老婆不在了，船就翻了，家就没有了。

曹前贵犹豫害怕了两天，去找县城西郊的和尚算卦。这人是个瞎子，据说打从娘胎里出来就看不见任何事物。先是被寺庙收养，后来因为犯了寺规，被赶出了庙门，只得在外面给人打卦算命为生，人称孙大和尚。人们都说没有眼睛的瞎子看世事苍生最为准确，不仅能看透你的今生，还能看到你的前世和来生。其实，找瞎子算命最让人放心的是：他即便看见了你灵魂里的肮脏，但他不知道你是谁。

曹前贵那天提了一只鸡，一瓶青州老烧白酒，一包米花糖去见大和尚。曹前贵还没有开口，这孙大和尚就说，我牙齿不好，米花糖是啃不动了。青州老烧还跟天上太阳一样暖和吗？来的这位老板，你要问什么呢？曹前贵说想去挣笔快钱，不晓得做得做不得？然后报上了自己的生辰八字。孙大和尚问，钱这个东西，多快才算快？回说，

第 二 章

很快，像河水从断崖上跌下来那样快。孙大和尚沉吟片刻才说，河水急了要淹死人，要把你冲到九层地狱。曹前贵当时吓得差点出溜到地上，凭哪样这样说我啊？孙大和尚目光空洞，仿佛穿越了无垠宇宙，说，孽缘早已注定，九层地狱里有你的一个位置了，你就实话说了吧。赚的是什么钱，看我能不能给你解一解？

曹前贵那天一下守不住自己的嘴。他想反正他是个瞎子，认不出我来。于是就老老实实地说："他们要我去偷一个孩子。"

孙大和尚说："既然你已经答应了，你不下地狱，谁下地狱呢？"

曹前贵说："我老婆得了癌症，我得为她找药钱。"

大和尚面无表情地说："你老婆也要下地狱。"

曹前贵高声说："不！她跟我一辈子，可没享几天的福。我干的坏事，我自己去遭报应，不要牵涉我老婆。她应该上天堂！"

孙大和尚轻叹一口气，说："你媳妇已经来过了，问你要往生哪里。我说在地狱。你媳妇就说，那我也下地狱吧。天堂里都是那些有本事跑得快的人，太挤；地狱谁都不愿去，安静，他一个人去太孤单。我两个苦命人待在一起，也是天堂了。"

曹前贵这一生中，很少被什么东西感动过。那天他在孙大和尚面前号啕大哭，并不是要忏悔什么，而是徒生要为老婆去挣那笔快钱的悲壮。反正都是贫贱夫妻，多在一起一天，就多一天日子。日子就是你得活下去，让你的家人也活下去。

为顺利抱走侬阳阳，曹前贵的老板褚志费尽心思制订了计划。他给曹前贵搞来一台摄像机，一副三脚架，一身电视人的行头，让人教他如何摆弄这些器材，戴上副宽边玳瑁平光镜，装得像一个搞电视的文化人。还编排好了剧本，包括他该怎样跟这个小女孩的父母说话打交道。曹前贵久走江湖，见人说人话，见鬼和鬼聊，坑蒙拐骗的本事，一学就会。褚志没有看错人。

有个成天戴着一副大号墨镜的家伙给他送饭，他总是想跟这家伙套近乎，说，兄弟，你这身肌肉，一看就是练过的。兄弟，你胳膊上的刺青在哪儿做的呀，太他妈招女人爱了。她们该叫你刺青哥吧？刺青哥，你也在局子里待过吧？你在几监呢？我在二监、四监都待过的。四监的伙食比二监的好。但二监放风时，可以看到对面山头上出来采茶的女犯人。虽然还隔了一条大河，鼻子眼睛都看不清楚，可个个看上去跟花儿似的。想死了人了啊！是不刺青哥？

但这个家伙就像个哑巴，或者把他当个没见过世面的乡巴佬，懒得跟他搭腔。曹前贵是蹲过政府监狱的人，他在监狱里很少感到过害怕。你服从管教就是了，顶多被牢头狱霸欺负一下。你有刑期，知道自己什么时候可以重获自由。而被囚禁在这里，生死都不知呢。

这天上午，刺青哥又来给他送饭。曹前贵说："刺青哥，去找你老大来，我们好好谈一笔大生意。"

刺青哥嘴角边溢出一丝轻蔑的冷笑。曹前贵彻底明白他于他们已经没有什么用了，哪天暴尸荒野，只有天知道。这让他不由得背脊阵阵发冷。

中午时分，曹前贵猛踢门。刺青哥进来，曹前贵说肚子痛，要拉稀了。刺青哥也不说话，把他手上的胶带纸割断了，带他去上厕所。那个厕所有两个蹲坑，曹前贵进到一个蹲位，又出来了，刺青哥问，怎么了？曹前贵说，太臭，换一个。那家伙一撇嘴，说，还有比你更臭的？

曹前贵进第二个蹲坑，说："刺青哥，没有纸啊。麻烦你去找点纸来吧。"

第 二 章

那家伙也机灵，掏出一包餐巾纸来，说，老子在外面守着哩，别打歪主意。

曹前贵关好厕所门，心里想，你小子还嫩得很哩。这个蹲位正是他所期望的，它的门闩合页已经有些松动了，还有两颗螺丝铆在孔里。曹前贵用力摇了摇，拔不出来。他用指甲当螺丝刀，使劲旋那螺钉，愣是将它旋松动了。然后他取下一片铁合页，将它夹在屁股沟子里。

曹前贵出来，刺青哥重新用胶带布把他的手缠上。看见他大拇指还在淌血，刺青哥问，手怎么了？曹前贵咧咧嘴说，门夹了。

到了晚上，夜深人静时，曹前贵费力地从屁股沟子里取出了那片铁合页。在蹲监狱的那些年，他学到的一些本事派上了用场，开个门窗什么的易如反掌。他在房间的地板上磨铁合页，天快要亮时，那片合页已经被磨得近似一块刀片了。然后他割断了手上的胶带布。

他自由了。

第 三 章

9

曹前贵的电话打进来的时候，青山州朗沙集团的总经理褚志正准备入睡。一看到这个苦等了一周才打来的电话，他的心狂跳得几乎窒息。他接通电话就开骂："你个憨狗日的，跑哪里去了？"

但电话那头却传来一个男人不急不躁的声音："褚总，货在我这里。"

"你是谁呀？打错了吧？"

那边嘿嘿笑笑："是不同道的朋友。别想着报警，大家都站在阴沟里，满身的污，做的事情都见不得光。褚总也是明白人，五百万，既免了灾，也可领走你要的娃。"

褚志的头嗡的一下大了，他情愿自己是在一个噩梦里。但现实中的一些事情，常常比噩梦还令人难以面对。唯一让人稍感欣慰的是：这比警察找上门来好那么一点点。

那边还发来一段视频，只有十秒钟。一个小女孩在平板电脑上看动画片，神情专注，衣着整洁，不像被劫持了的样子。拍视频的人拍了她的正面和侧面，褚志认出她就是依阳阳。

褚志指使曹前贵拐走依阳阳那个下午，他在约定的地点没有等来

第 三 章

曹前贵，电话打过去先是没人接，然后就关机了。曹前贵和孩子从此失联了，失踪了。褚志的天地塌陷了。他就像踩在一枚压发雷上，随时都可能被炸得粉身碎骨。他天天在等警察找上门来，可是从调查公司那边传来的消息说，侬建光夫妇还在四处找孩子，还报了案。如果警察抓到了曹前贵，他们应该及时将孩子送回去。显然曹前贵和孩子不在警方手里，有人中途"截和"了。

褚志当然不能去报案，他被一帮来路不明的歹人暗算了，他们拿住了他的七寸。就像刚才电话里那个家伙说的那样，大家都在阴沟里，一身的污。你先干了见不得阳光的事，你就无法自证清白。有一个晚上，他在梦中被一副手铐惊醒。多么荒唐的事情啊！他刚当了一次坏人，立马就被更坏的人收拾。生活中总会遇到这样的事情，你明知道那是一片雷场，但你必须要蹚过去。有的人毫发无损地过了，有的人却刚一举步，雷就炸了。

褚志走了一步臭棋，这不仅有可能要毁掉他的企业王国，还会毁了他的妻子林芳的声誉。作为朗沙集团的董事长，能力超强的商界女能人，林芳一直是青山州标杆式的民营企业家。她的经历充满传奇，她是省、州两级的政协委员，还是州工商联的副主席。在本地的报纸电视等媒体上，经常能看到她的芳影，不是在出席活动讲话，就是在主席台上就座。她的社会形象从来都是正面的、光彩照人的。

褚志必须向妻子坦白了。尽管他知道不应该在这个时候跟妻子说事儿。因为林芳睡眠很差，一个医生告诉她治疗失眠的良方是：节食，心静。可是，从今晚起，林芳再无好睡眠。

晚上他们刚参加完一个应酬，林芳正在自己的梳妆台前卸妆。妻子虽然也是奔六的人了，但身段仍然保持得近乎完美。在本地有句话是这样赞美林芳的：要是看正面，你以为碰到了林青霞；要是看背影，你以为前面的人是张曼玉。林芳大约就是那种逆生长的女人，岁月的流逝在她的身上了无痕迹，时间只会把她雕饰得更有成熟女人的魅力。

褚志在妻子身后站了半天，才吞吞吐吐地说："芳，跟你……说件事。"

林芳愣了一下，盯着镜子里的丈夫，他就像个即将绑赴刑场的死囚。"怎么了？那笔三千万的贷款没有批下来？"

"不是。有人……曹前贵，不是，我是说，有人要……勒索我们五百万。"

林芳回过头来，脸上还挂着卸妆水，眼睑那里有一小团粉还没有洗干净。她的目光发亮，刀子一般射来。"你把人肚子搞大了？"

褚志哭丧着脸道："我哪敢？我是为了我们的孩子，才……才走到这一步……"

褚志和林芳是重组家庭。林芳第一次婚姻并不幸福，年轻时她在一家事业单位上班，而褚志是二十世纪八十年代青山州第一批"万元户"。身有残疾的褚志，一个个体户，能娶到林芳这样优秀的女人做妻子，曾令林芳身边的人大跌眼镜。这世界上插在牛粪上的鲜花不少，但为什么会是人见人爱的林芳？人们总是用自己对爱情的理解来看待这世上千奇百怪的婚姻，却没有谁知道林芳第一次婚姻失败，是因为她不能生育。她的婆家是个很保守的家庭，信奉"不孝有三无后为大"那一套伦理。婆媳关系的恶化最终导致她第一次婚姻的破裂。褚志第一次见到林芳，就为她的美貌和才华所折服。他很快离了婚，疯狂地追求林芳。别看褚志文化不高，却也是个情种。他有一句话让林芳感动，他说，生不生小娃有什么关系？爱情就是我们俩养的小娃，

第三章

我们把它一路养大，就是人家说的白头偕老了。就这样，在众人并不看好的一片冷眼中，他们携手走进婚姻的殿堂。

他们结婚后林芳辞了公职，和褚志一起在商场打拼。从林芳跟随老公经商，到后来褚志主动"让贤"，并不是他惧内，而是无论在商界还是政坛，林芳往人群中一站，总是那么光彩照人，极具亲和力。她的干练、果决、协调力和判断力，以及天生具备的前瞻性眼光，不但让褚志刮目相看，凡是和林芳打过交道的人都不能不深为折服。人们总是告诉褚志说，你妻子不但美丽漂亮，还自带"旺夫相"。褚志说，芳，你往那里一站，人气和人脉就像漏斗里的水，不往你这个方向流淌都不行啊！今后咱们"妇唱夫随"，你主外，我主内。

企业越做越大，朗沙集团从一家矿山企业，发展成集房地产、酒店、运输、木材加工、石材等行业于一体的大型综合产业集团，在青山州也算是利税大户。政府每年对私营企业的表彰会上，朗沙集团总是榜上有名的。

褚志、林芳的婚姻也进入七年之痒阶段，爱情这个"小娃"看上去养得很健康、很滋润。褚志财色双收，还有比这更完美的人生吗？没有了。除非褚志忽略这一个现实：他和林芳百年之后，没有后人来继承这个庞大的家业。

显然，这就像你装作看不见身后走过的路一样，既对现在没有信心，也对未来缺乏责任感。

夫妇俩曾经想到过去福利院收养一个孩子，但他们的要求太高了。这个养子必须是健康完美的、身世清白的，因为他将成为褚氏家族的继承人（褚志还打算重修祠堂，他的名字下，必须有后）。他要把养父母当亲生父母对待，甚至比亲生父母还亲。要做到这一点，他就应该从呱呱坠地时起，就来到褚家，永远不知道自己的亲生父母是谁。

褚志是个擅长规划人生的人，还具有超强的执行力。这种人为自己设定人生目标，也常常会伸手出去，把别人的人生道路也改变一下。他让自己的手下盯上了矿山上的一对未婚先孕的小青工，他们是来自坝区的少数民族，都才二十岁上下，文化水平不高，朴实厚道，除了一身力气，两手空空，对猝然间就要生孩子当父母这样的事情束手无策。褚志略施小计，花了五万元钱，就让一个中间人从那个年轻母亲的襁褓里抱走了刚刚出生三天的婴儿。

这对不得不"出让"自己亲生儿子的年轻人就是侬建光和韦小香。那时他们都不知道，一段故事的孽缘，就从这场骨肉离散的交易中开始了；褚志也不知道，他正在为自己的人生埋下一颗雷。

当褚志手下的人跟侬建光谈定了要抱走他的孩子时，林芳就开始进入一个母亲的角色。她在腹中塞进一个柔软的小枕头，骄傲地向世人展示自己隆起的肚子。朋友圈子和公司里的人们都在传言一个老中医治好了他们的不孕症（没有人敢问这对夫妻是谁不行），让四十多岁的林芳顺利怀孕。临产前一个月，林芳把公司交给助手打理，在董事会上宣布自己将在褚志的陪同下去省城妇产医院待产。一个月后他们"喜得贵子"，从省城归来。待孩子满月时，前来祝贺的人们纷至沓来，褚志夫妇大摆了三天筵席。那段时间林芳的脸上时时洋溢着母性的光芒，人们都说林芳生了孩子后更漂亮了，连身段都一点也没有变。林芳总是羞赧地说，不行啦不行啦，我这种大龄产妇，生孩子是拿命来抵的。当了母亲才知道什么叫命根子呀！

别看林芳在外面风头无二，回到家里却是那种梦里都在当母亲的女人。过去她经常抚摸着自己丰满圆润的乳房，泪水涟涟地对褚志说，要是我能为你生个娃，我要奶他到十岁。褚志曾经信誓旦旦地对妻子

第 三 章

保证，我会给你找一个小娃来的。即便你不能奶他，也要让他在你的怀抱里长大。

这个抱来的婴儿被取了养父母的复姓"林褚"，再加一个"承"字，寓意承继家业，后继有人。那幼小的生命在一天天长大，给褚志林芳夫妇宽大的宅邸带来了无穷无尽的欢乐。在外人眼里，这个孩子就是那种含着金钥匙出生的天养之子。褚志林芳夫妇功德圆满，天下没有比这更完美的家庭。

林芳是个追求完美的女人，在林褚承还在襁褓中时，奶妈奶完了孩子，她一定要把他抱过来，将自己的乳头塞进孩子的嘴里，没有奶水的乳房令孩子不悦，总是把头扭到一边哭叫。林芳就把炼乳涂抹到自己的乳头上，一遍又一遍地哄他，慢慢地孩子就习惯在林芳温暖的怀抱里入睡了。那些年不论林芳有多忙多累，哪怕驱车赶夜路，或者在外地办完商务坐红眼航班，她都要回到家里抱着孩子睡觉。林芳说，我要让宝贝从小就知道，妈妈的怀抱是世界上最温暖的家。

褚志还发现本来就是个美人的妻子，从此焕发出母性的光彩，显得愈发魅力十足。孩子喊出第一声"妈妈"时，林芳激动得哭了一整夜，这个养子唤醒了她从未有过的母爱。孩子刚学会蹒跚走路时，也像褚志那样一瘸一瘸的，周围的朋友都笑说，真是褚总亲生的呀。

褚家对林褚承的教育可谓费尽了心思，仅是照料他的保姆就有两个。这孩子从小就学钢琴、学外语、学绘画，请来的家教老师都够开一家贵族学校。他乖巧听话、聪明伶俐，学什么都很快。三岁认识莫扎特，四岁知道张大千，六岁可操牛津腔，七岁能开宝马车，八岁已随父母走遍了五大洲。褚志踌躇满志地说，都说三代才能培养出一个贵族，我看哪，只要有了钱，土豪和贵族也就差一代。

但是，这个仿佛含着金钥匙来到人间的"小贵族"，身体却羸弱得不行。虽然有专门的营养师伺候，他却像一株病秧，纤瘦无力、脸色苍白，再灿烂的阳光、肥沃的土地和丰沛的雨水也不能让他茁壮成长。

　　褚志接到这个勒索电话的两年前，林褚承刚满十二岁，褚志夫妇从医生那里得到一个所有父母都不愿听到的消息：林褚承得了"急性淋巴细胞性白血病"。医生说，通过大剂量的化疗可以延长你儿子生命。也许五年，也许十年。但要彻底解决问题，救你们儿子的命，只有进行骨髓移植，也就是造血干细胞移植，这很不容易。要看配型。配型成功与否是由人的HLA基因决定的，只有符合以下几种情况，才有配型成功的可能。母亲生孩子时的脐带血，同卵孪生兄弟之间的骨髓；此外，亲生父母和孩子在HLA基因上都有百分之五十的相同，兄弟姊妹间也有百分之二十五左右的HLA基因相同。如果这些条件都没有，那就只有在志愿者自愿捐献的骨髓库里，寻找HLA基因相配的捐献者。褚志说，只要能救我儿子的命，花再多的钱我们都愿意。医生说，这种病，钱是一个问题，但最为关键的又恰恰不是钱。给患者移植的造血干细胞必须要配型吻合，这才是关键。通常情况下，只有百万分之一左右的概率，相当于你买彩票中了一次大奖。这还要看时间是否站在我们一边。

　　林褚承住进了医院的血液科，开始放化疗治疗，身上插满了管子。那孩子无辜地问，爸爸、妈妈，我得了什么病？我恶心得难受呀。林褚承只要稍微碰破一点皮，立即就血流不止；有时一低头，血就从鼻孔里淌出来了；好好地说着话，眨眼就满嘴的血；一阵微风也可能将他吹进医院重症室，一声咳嗽也让人担心他的肺部会受到感染。自从患上这倒霉的白血病后，林褚承基本没有了正常的学习和生活，随时都在和死神抗争。这两年来为了给孩子治病，夫妇俩跑遍了省城、北

第 三 章

京、上海的医院。他们在中华骨髓库里做了登记，但要等到相匹配的造血干细胞，那真比在大海里捞一根针还难。

万般无奈下，他们想到了林褚承的血脉之源。林芳对褚志说：当年那两个壮族人身体那么棒，肯定还会再生孩子的。按医生的说法，兄弟姊妹间的配型虽然只有四分之一的希望，我们也许可以试一试。这是唯一的救儿子命的机会了。找一个中间人，或者我亲自出面，请侬建光夫妇出来协商，把孩子抱出来做配型检测。如果配型吻合，我们再说服他们捐出些骨髓来。林褚承是我们养大的儿子，也是他们的亲生骨肉。只要我们给他们足够的钱补偿，那小两口应该不会不同意。能用钱来解决的问题，都不是问题。

褚志却坚决反对，他说：那承承就知道他不是我们亲生的了。那两个乡下人知道了他们的孩子在我们家，后患无穷！更不要说，我们要是连一个做父母的名分都没有了，这辈子还折腾个什么劲？

这么些年来，他们一直给林褚承营造了一个美丽的童话，他是他们的血脉，他们的未来。褚志怎么甘心一户乡下人家来染指呢？这就像打劫了他的财富一样。

平心而论，褚志对林褚承也倾注了一个父亲所能付出的全部感情。他的第一场婚姻也没有子女，年轻时从不把老辈人常提在嘴边的"传宗接代"当多大个事儿，上了点年纪，才慢慢知道人们对"后代"的期冀，就是对未来的谋划。如果你无家业无资产，你会视金钱如粪土，有生不带来死不带走的洒脱；而要是你有一座财富的金山，你的人生就不会那么潇洒了。林芳对这个养子有多宠爱，他就对林褚承寄托了多大的希望。

褚志通过春城一家调查公司，大体掌握了侬建光夫妇近年来的情况。他们在省城开了一间窗帘店，一年收入大约在八万左右，刨去房租和生活开销，日子过得比较紧。他们有一个六岁多的小女儿，放在乡下外婆家；他们没有多少朋友，在城里也无亲戚。白天女的守在店里，男的外出为顾客安装窗帘；晚上他们一般都在家赶工。侬建光偶尔会去网吧，或者跟人吃烧烤喝夜啤酒。他们正计划贷款买一套三居室的二手房，等女儿上小学时就将她接到城里来。这是一对刚刚融入城市生活的小夫妻，平凡又普通，卑微而辛劳。

褚志心里有了一个计划，他想到了参与过人口拐卖的刑满释放人员曹前贵。

褚志详细问了医生，做配型检测也就半天时间，只需抽孩子零点六毫升的血即可，第二天就可出结果。要是这个孩子真是能救儿子一命的"救世主"，褚志想，他仍然可以用钱来搞定一切。他就是荡尽家产，也要搞到儿子亟须的造血干细胞。每一个要救儿子命的父亲都会这样想，褚志也概莫能外。况且他认为自己有这个实力。

褚志还回想得起当年被他叫到办公室来的这两个年轻人。他们在他面前显得土气、寒酸、青涩、赤贫。这样的一对打工者的孩子失踪几天，想来也不会引起社会多大关注。侬建光韦小香夫妇不过是和城里数目庞大的农民工阶层一样，走在大街上都没有人多看他们一眼。这类可以用钱去任意支配的人，褚志手下有成百上千。侬建光韦小香当年愿意出让自己的儿子，和现在跟他们"借"女儿来用一用，会有多大的区别呢？再说也是为了救他们自己的亲生骨肉。

褚志没有告诉林芳自己的计划。在公司里他是总经理，在家他是大管家。总经理是干什么吃的？就是贯彻执行好董事长的意图；而作为大管家，当然是要把家里的事料理好，把老婆伺候好。他为自己找各方面的理由，不是为了壮胆，而是在为家庭的完美制订保驾护航的计划，就像他实施一个项目前需要各方面的论证和规划一样。你要有

第 三 章

赚，别人就得亏；你要胜出，别人就要面对失败。这是生活中赢家的公式。

但是许多事情，人算不如天算，天算又不如鬼算。因为鬼是不讲算法的。

可哪里想得到，这个看似完美的计划，刚迈出第一步，就被歹人中途"截和"了？事已至此，覆水难收。林芳默默地淌了几滴眼泪，手里的润唇膏都被她捏断了。然后她问："这么大一件事，为什么不和我商量？"

褚志说："我想……开初，我以为，是件很容易的事。先把孩子弄去做个检测，再走下一步。我没料到……"

林芳喝道："该死的，你毁了我们的家了！还毁了另外一个家庭。你已经犯法了，你知道吗？"

"芳，不会有多大事的。即便要坐牢，也是我个人的事，与你无关。"

"哪有你想的那么简单？我也会被你拖累进去的！还有公司也得受到牵连。人命关天的事，你怎么可以随便胡来？承承怎么办啊？完了完了，你把一切都毁了！不可收拾了！"林芳痛哭失声。

在褚志的印象里，林芳从来没有这么崩溃过。他在屋子里转了两圈，跪在了林芳膝前，"芳，对不起。雷炸了我去顶。我想，这事也不是无路可走了。只要那小女孩还活着就好。我们这一生蹚过的雷场还少呀？现在不过是有两颗雷而已，警方和那帮人的。我们找人送十万块钱给那对小夫妻，让他们去撤案。同时把孩子的视频转发给他们，告诉他们知道孩子是安全的，等几天就送回去，先稳住他们。民不告官不究，警方这颗雷就算排除了。至于那帮'截和'的人，道上的事情，就按道上的规矩解决。春城道上的大哥，我还是认得几个的。想来打我的主意，也是吃了豹子胆了。"

林芳揩干净脸上的眼泪，重重叹了口气，"要么报警，要么舍钱消灾。还是准备钱吧。钱能解决的事，都不是事。你赶快凑钱去吧。"

褚志挠挠头，"芳，集团账上只有一千多万流动资金了。矿山上和石材厂三个月来都只发了半薪。"

林芳长久不语，她当然知道集团近期的难处。褚志其实有许多事情都没有跟她如实讲，集团旗下有两家企业和三家公司都濒临破产倒闭了。到处都需要钱去补窟窿。她这个掌门人，按她自己的说法：其实就是个"救火"的消防员，而褚志还给她引来一场足以焚毁一切的大火。她真想抽他一巴掌。

林芳最后做出决断："先救孩子吧。哪个孩子不是父母心头的肉！"

10

卓婉玉相信世界并不大，每个人的生活都与他人相关。自从得知韦小香的孩子丢失以后，这两天她就像自己的亲人丢了孩子一样心有戚戚，甚至偶尔也会将心比心，要是丢失的孩子是我家颖颖会怎样？这样的想法会让她吓一大跳，手不由自主地捂着胸口半天才缓得过劲儿来。一个孩子丢了，所有的父母都揪心。

她这两年正在攻读人类学的博士学位，研究方向正是壮族的族源和迁徙、婚姻及家庭变迁。喜欢上壮族文化大约跟包阿姨有关，这个壮族女人从她上小学时起就来她家当保姆，照顾她的起居，接送她上下学，甚至陪她做作业，二十多年下来处得比自己的亲姨还亲。她朴

第 三 章

实、勤劳、本分、能干，肚子里还有许许多多卓婉玉在课堂上学不到的知识，听不完的歌谣和故事。什么天是被一根通天木撑起来的呀，天上的光明是被雷公掌管的啦，太阳是被一个大力士用一根金链子拴着，站在高高的山上甩到天上去的啦，人类的谷种是一条狗在雷公的谷堆上打了个滚，尾巴里夹了几颗种子从天上偷来的啦；还有老虎为什么身上黄一块黑一块，水牛和黄牛为什么要穿不同颜色的衣裳，猴子为什么有一根长长的尾巴，雷公的儿子青蛙为什么下雨前要叫唤，有一种鱼会顺着雨丝往来于天上地下，人们吃了它就会有升天的力量，人的眼睛为什么晚上看不见东西而动物们却看得见……这完全是给一个孩子打开了另外一扇窗户，给幼小的心灵插上了飞翔的翅膀。最让卓婉玉印象深刻的是，在包阿姨的故事里，世间第一个女孩是从一朵鲜花的花蕊里蹦出来的。这契合了几乎所有的女孩子们对自己身世的想象，以至于小时候她坚信自己就是这样一个来自花蕊里的"花仙子"。考大学时她选择学人类学专业，她不能不感谢她的第一个引路人包阿姨，也不能不叹服于壮族人对我是谁、我从哪里来的浪漫想象力。

学校已临近暑假，卓婉玉这一段时间都没有课。这天下午，她睡了个午觉起来，来到客厅，发现韦小香又来了，正和包阿姨说话。包阿姨说："婉玉，韦小香要回去了。"

"孩子有消息了吗？"卓婉玉问。

"还没有。"韦小香语带哭腔，"建光让我赶紧回去，说有急事要商量。我怕他干出什么蠢事来，昨晚他还打电话来说，急得想找人打架。婉玉姐，卓大爹帮我找人没有？"

卓婉玉沉吟片刻，才说："我听我爸讲，他找下面公安局的朋友问了，正在抓紧查。小香，你们也不要急，很快就会破案找回孩子来的。"

其实卓婉玉心里也没底，她爸现在还有多大的影响力？办一件案子，动用的是国家公权力，但这样的道理你怎么跟韦小香说得清楚。

包阿姨嘀咕道："要是我家大哥还在上班就好了。他那么厉害的警察，没有坏人跑得掉。"包阿姨在卓家待的时间长了，自然知道卓世民的一些情况。尽管卓世民从来不在家里谈工作，但她感觉得出来，她的大哥不简单，几乎就是他们民族传说中的布洛陀。

卓婉玉看见了韦小香眼中的失望，她宽慰道："小香，你就放心吧，现在那些在上班的警察，大都是我爸的徒弟。他会督促他们的，你要相信我爸。"

韦小香只是泪眼婆娑地说，我们乡下人，认不得人呀，办法没有啊。

韦小香的无助和恓惶让卓婉玉徒生莫名负疚。多年以前的一个雨天，她开车出门上班，在小区道路的转弯处和一个保洁工推着的三轮垃圾车刮蹭了一下。她下车来一看，右侧前后车门一大条划痕，把卓婉玉心疼的，本想呵斥一句，怎么推的车啊你？但看到那个穿着塑料雨披的保洁工满头雨水、惊慌失措的脸，说着她听不懂的方言，似乎在道歉，又像是在为自己辩白。卓婉玉叹了一口气，挥挥手让她走了。事后丈夫去修车，花了八百元补漆，然后拿着发票去找物管索赔。一周后负责他们那个单元的物管管家送来六百元钱，说那次事故双方都有责任，保洁工应负主要责任。这是那保洁工赔的钱。卓婉玉嘴上埋怨杨先书做得有些过分，说人家乡下人，挣几百块钱不容易，何必那样较真。但心里还是认为赔钱是应该的，他们是交过物管费的业主，那些物管公司属下的电工、水暖工、保洁工、保安、园丁等，都是为业主们服务的。那时她从未想到自己是强势一方，即便不是刻意要欺负谁，但在弱者面前总是少了一份带着温暖的恻隐之心。多年以

第 三 章

来，这几百块钱没有让她更富裕，倒是令卓婉玉常常一想起来就难以释怀。

包阿姨和韦小香嘀嘀咕咕说了一通壮话，然后她告诉卓婉玉说，我让小香回去找一把稻穗喊喊魂。

"稻穗？喊魂？"卓婉玉知道，壮族作为种稻历史久远的稻作民族，其稻作文明相当发达。壮族人和水稻的文化勾连，正是她准备关注的课题之一。难道一把稻穗也是有灵性的？

包阿姨又回到当年给卓婉玉讲壮家人故事的状态，但更像一个称职的文化翻译，她说："人的魂就叫'命欵'，稻子也有魂的，我们叫'命猴'。我们壮族人种一辈子的田，人命靠谷子养活，人的魂就和稻的魂连接在一起了。"

"也就是说，你们想通过一把水稻，做一次招魂的仪式，就能找到自己的孩子？"卓婉玉问。

"稻子的魂跟人的魂一样一样的啰。"包阿姨说，"人要是有灾有病啥的，一定要去找把稻穗来问问，看看这'命猴'呢，么是跑哪里去了，么是丢失了？把稻子的'命猴'喊回来了，人的'命欵'也就会回来的，人就消灾免难了。"

卓婉玉扭头问韦小香："你相信吗？"

韦小香无助地说："我们还有什么办法？只有去找我外婆试试看。"

卓婉玉有些诧异地问："你外婆？"

包阿姨拉拉卓婉玉的衣袖，悄声说："小香的外婆是个'乜满'，这种人我给你说过的，人家是通阴阳两界的，村寨里有人家走丢失了牛啦猪啦啥的，都会去问她。她念一段经，用稻穗喊一喊魂，给你掐算掐算，隔着十几里地也看得见你家的牛在哪座山头上吃草。天上地下,阴间阳间,没有我们的乜满不晓得的事情。就像在电视里看见一样,灵得很呢。"

卓婉玉从不认为这个世界上会有通灵者,如果一个乡村老妪做一场喊魂的法事就能找回孩子的话,她父亲这样的人早就该失业了。她也不会将它简单归之于迷信,她是一个人类学学者,她情愿把它当作一种民族文化现象来考察。如果一场借助稻穗的喊魂仪轨能给焦虑的侬建光夫妇带来一些心理宽慰,也未尝不可吧。韦小香的那个做"乜满"的外婆,或许就是一个乡间民族文化的传承人。她的导师曾经告诉过她:一个搞文化人类学的人,永远应该把自己置身于人类古老文明残留下来的碎片现场。更不用说韦小香求助无门让她产生的内疚感,让她徒生此刻不和她站在一起,更待何时的冲动。有些事情,当过警察的父亲不能做,当教授的女儿或许能呢。

"小香,我随你一起回去。"卓婉玉一把搂住韦小香的肩,就像姐姐搂住妹妹。

韦小香的寨子汤谷寨为群山环绕,寨子和它下方的坝子被四面的大山所围,像一只远古时期巨大的稻盆,飘荡在层层大山的波谷间。它的东西两侧是绵延起伏的大山,南北两端为山势较低的丘陵。坝子里稻田碧绿、柔软如毯,村舍就像珍惜这天国般美景的看客,谦逊地在坝子边依坡而立。有一条机耕土路和外面勉强相连,一到雨季天,这条只能走手扶式拖拉机的道路要么被泥石流毁坏,要么就成了烂泥没过小腿、水和泥巴彼此不分的"水泥路"。古老的大水车在河边嘎吱嘎吱地转动,似静谧田野里轮转的岁月之眼,洞悉着村寨里的每一声鸡鸣、每一缕炊烟、每一曲老牛的吟唱,以及每一首壮家人久远的歌谣。

第 三 章

　　北回归线刚巧从村庄里穿过，坝子里常年阳光灿烂。一幢幢干栏式壮族民居层层叠叠，鳞次栉比，屋檐压屋檐，炊烟脚赶脚，尽显壮族民居风格和村庄气派。这个寨子符合壮族诗意地选择栖息地的生存法则：依山傍水，沿河聚集，无水不驻，无山不稳，无树不安，无田不居。清澈见底的汤谷河从山上的密林中蜿蜒而来，灌溉了坝子里阡陌纵横的稻田，也养育了富有神性的鱼虾、超越了时间的神话传说和层出不穷的爱情故事。一条河流也淌成一首诗的模样。这个比喻是卓婉玉在山间公路上第一眼看到汤谷寨时想到的。"暧暧远人村，依依墟里烟。"你们的村庄就像桃花源呢！壮族人可真会找地方。卓婉玉感叹道。我们是种水稻的民族嘛，韦小香说，听老辈人讲，汉族在街头，壮族在水头，苗族在山头，瑶族在箐头。这是一片多民族杂居的地域，不同的民族依托不同的地理环境生存。如果让卓婉玉论述这个地方各民族的人文地理特征，她也许要写成一部书，但韦小香一句话就表述清楚了。

　　卓婉玉此次前来，除了做一番壮文化学习调查外，其实最为关心的还是那个丢失的孩子。她刚进汤谷寨，侬建光就把她拉到一边，说韦小香的外婆年龄大了，经不起事的。我跟外婆讲侬阳阳还在外面拍片呢。卓婉玉问："还要请外婆用稻穗喊魂吗？"她太想记录下这难得一见的场面。

　　韦小香的外婆是个生活在传说和现实之间的乡村祭师，壮话里称之为乜满。她面色祥和，五官端正，手脚利索，一双眼睛机警过人，年龄大约在六七十岁左右，但如果你从她呼出的气息知道了她的身份，说她有一百岁，也未为不可。

　　侬建光不屑一顾地说："现在不兴搞这些了，老辈子的人才相信。"

　　卓婉玉有些惊讶侬建光的镇定，她也理解晚辈在老人家面前善意的谎言。可是她隐约感觉这个走失了孩子的家庭气氛有些不对劲。下来这一路上,韦小香要么泪水涟涟,忏悔他们鬼迷心窍了,竟然相信那两个拍电视的人的鬼话,现在肠子都悔青了;要么担心依建光干出什么出格的事情来。她说,婉玉姐,我好害怕呀,比小时候听外婆讲那些魔鬼的故事还怕。这个世界真的有魔鬼,他们要把我们的日子一口吃掉。

紧接着,依建光说了一句让卓婉玉差点惊掉了眼镜的话,他说:"我们阳阳没有事,还在忙着拍片呢。明天我就要去乡派出所给他们讲。"

难怪他显得不着急!"你在说什么?"卓婉玉以为自己听错话了。

"没有事,没有事的。"依建光不看卓婉玉的眼睛,仿佛在说一段梦话。那两个拍电视的人临时接到通知,要把孩子拉去拍外景。时间太紧,剧组要去赶飞机,走前都来不及跟他们打声招呼。外景地在藏区的香格里拉,他们要拍孩子在草原上骑马的镜头,和羊羔在一起的镜头;还要拍香格里拉的大雪山,孩子从雪山上乘坐雪橇飞驰而下。圣诞老人就在她的身后保护她的安全。他们是写了保证书的,一个多星期就把孩子送回来。孩子是安全的,没有问题的。他们的孩子就要当电视明星了。

卓婉玉感受得到他话语中的虚无,跟她所熟悉的那个干活诚实、待人谦逊的依建光完全像两个人。她没有看到一个丢失了孩子的父亲,终于有了宝贝女儿消息的欣喜和释然。卓婉玉还看到了韦小香眼睛里的焦虑和迟疑,在她丈夫浮萍一般的话语中躲躲闪闪。她再次问:"你确定吗?当初孩子几天没有消息,你就不感到可疑吗?"

依建光忽然面有愠色,不客气地说:"我看到阳阳的视频,没有事的。婉玉姐,你就别操心了。我家的事,我说了算!吃饭吧吃饭吧,

第 三 章

我还专门下河里给你们捉了些金线鱼哩。"

壮家饭桌上的菜尽管很丰盛，但这刚进壮族寨子的第一顿饭，令卓婉玉吃得很不爽。卓婉玉曾经提出要看看侬阳阳的视频，侬建光竟然说不小心删掉了。主人似乎时时在提防着什么，客人哪里还有胃口？

晚饭后，韦小香悄悄对卓婉玉说："婉玉姐，今天这一路辛苦得很。我知道你们城里人每天都要洗澡的，我带你去汤谷河洗吧。"

卓婉玉还在晚饭时尴尬和不解的情绪中，但看到韦小香的殷勤，便说："下河洗澡可是小时候的记忆。可惜我没有带泳衣。"

韦小香羞涩地说："我们这里洗澡，不穿衣服的。"

"裸浴吗？"

韦小香神秘地一笑："到那里你就知道了。"

卓婉玉想，她得跟韦小香说一说掏心窝子的话了，就像两个女子在大自然中脱光了衣服，赤诚相见。

汤谷河边有一架已发黑的大水车，自寨子里用上抽水机后，它便失去了古老的功能。水车早已不转动，像一只苍老的眼睛，默默注视着寨子的变迁。韦小香带卓婉玉来到水车下的河段，那里有几块巨石错列在河岸，圈围出一片水流相对平缓的水域，隐蔽而幽静。白天它们是洗衣石，月亮升起来时，这里就是女人们沐浴净身的一方小小的天然浴场。韦小香对卓婉玉说，不要害怕，你跟我来。她像鱼一样地潜到河里，让水漫到脖颈处，把裙子慢慢撩起来，挽在头上。然后对岸上的卓婉玉说，婉玉姐，下来吧。月亮不会为你感到脸红的。

难怪韦小香要卓婉玉穿裙子来。卓婉玉把身子潜到水里后，让清澈的河水抚摸自己的肌肤，那是跟在家中浴室里的花洒下完全不一样的感受。开初她还穿着胸衣和衬裤，后来她索性把它们都解除了。在大自然的怀抱中，像一个婴儿一样无邪，真是一次难得的体验。她的心情放松下来，笑呵呵地说："小香，没想到在你的寨子里还可以裸浴。我就像偷吃了一枚禁果。"

"哪样叫禁果？"韦小香好奇地问。

"嗯，就是……就是你的初恋，你的初吻。"她本来想跟她讲伊甸园，亚当和夏娃的故事，还有诱惑他们的蛇。但卓婉玉感觉到了韦小香的不自然，这是一个多么单纯的女子。韦小香捧起一捧水，拂在脸上，水花四溅，再悄悄跌落在河面，无声地流走。月光铺满河面，水声、蛙声、虫鸣，还有萤火虫在夜空中的飞舞——有好多年没有看到过萤火虫了，二十年？三十年？

"小香妹妹，给我讲讲你们的初恋吧。"卓婉玉想，这小两口有事在向她隐瞒，她得采取迂回战术。

"害羞多多呢。婉玉姐，我们……我们就是在这汤谷河边，有那种感觉的。"

"真够浪漫的。"卓婉玉也撩一捧水拂在脸上，"能讲来我听听好吗？越详细越好。从这汤谷河边时讲起，一直讲到你们的现在。月亮才刚刚升起来呢，我们有的是时间。"

11

一年以后，卓婉玉在写博士论文时，思路发了岔，把在汤谷寨这一段田野调查写成了两段很文学化的文字。虽然这部分文稿最终没有镶嵌进她的论文里，但她还是将之留了下来，时不时温习一遍，仿佛要随着她笔下的人物，一同回到那段难忘的岁月。

第三章

汤谷寨的壮族属于濮侬支系①，由于崇拜鸟，因此他们被称为"鸟族"，或者"鸟人"。濮侬支系的先民认为，凡天上运行的东西，都是有翅膀的，都是大小不等类似于鸟的神灵。直到今天，汤谷寨的老人们还执着地认为：天上的太阳曾经在一个夏至日转身离去，从此天丢失了，光明不再，寒夜漫漫；地也不长庄稼了，山川错乱，人兽不分。太阳为什么会丢失又找回，在一首名为《祭祀太阳古歌》的古老歌谣中有详尽的描述。它的开篇是这样唱的——

  我来说日头，我们唱太阳
  太阳如何成，太阳如何造
  寨老如是说，先辈这样讲
  以前啊以前，远古啊远古
  天下阴沉沉，人间黑乎乎
  天压楠竹弯，天地连一处
  人和鱼同游，虎与人同坐
  不识人和兽，做人很害羞
  就有个盘姑，还有个盘龙
  天地孕盘龙，里面育盘姑
  十万八千年，盘姑方苏醒
  盘龙也醒来，手持大刀砍
  又用斧子劈，劈出立足地
  砍出人行路，用肩扛天际

---

① 本地壮族支系之一，"濮"是指人或族群，"侬"是指鸟，"濮侬"可汉译为鸟人，即崇拜鸟的部落。早期崇拜鸟的壮族部落被汉语记载为黑齿人或黑齿国，为古百越人后裔。

还用手托举，一扛很多年
天就被撑高，地被踩下沉
才分天与地，天地才分明
……

在古歌里，时间是不存在的。那时天只有一根楠竹那么高，楠竹的竹梢为什么见天弯腰呢？天压的。壮族人的创世神布洛陀为了把天撑开，跋山涉水去找到了一根通天树。它是一棵像打开伞一样的巨树，顶天立地般把天撑开了。在壮族的神话传说中，布洛陀像其他民族开天辟地的创世神一样，处处展现出最拙朴原始的力量。他分开了天和地，确定世间万物的秩序，公和母，轻和重，上和下，人和兽，田和地，何处是山岗何处有河流，什么样的动物才能讲话，甚至人和动物的生殖器长短，都由大神布洛陀来裁定。

神话与现实相勾连的奇妙之处在于，在汤谷寨祭祀太阳的祭台后面，有一棵造型奇特的古树巍然挺立、直刺蓝天。它的树干笔直，冠盖华丽，像一个独臂撑天的伟丈夫。它就是汤谷寨人们心目中的通天树。它当然也没有高到云里去，我在手机识图软件上搜索，原来这棵树竟然是被誉为"植物界大熊猫"的华盖木！这种树在地球上已经存活了上亿年，现在全球野生的华盖木也只剩下几十株了。

让我们回到远古。天被撑高以后，万物可以自如生长，但光却不够用了。创世神布洛陀于是带领人们造太阳。太阳应该是什么样的形状才能在天上滚动呢？像地上的圆簸箕就是了。泥巴做的太阳要散架，铜做的太阳要熔化，布洛陀说，我们用银子做吧。银太阳做好了，布洛陀用一根藤链子

第三章

拴着,爬到世上最高的高山上,一下就将银太阳甩到天上去了。这时人们才发现银太阳虽然在夜晚明亮,但却冷若冰霜、没有热量,还一时圆一时缺。布洛陀说,就让她叫月亮,专门照亮那些想回家的人的路吧。布洛陀又带领人们造了一个金太阳,还滴上自己和妻子的鲜血。这个热血太阳终于有了遍及寰宇的激情,也就有了无穷无尽的热能。但他却是一个骄傲任性又浪漫多情的太阳,他和月亮偷欢,生下满天星星。他还经常喝醉酒,当你看到天边的晚霞时,那一定是太阳又喝醉了。他生了十二个儿女,天上就有了十二个太阳。十二个太阳本来是在天庭轮流当值的,但有时他们一调皮,一起跑到天空中来嬉戏,这就让大地炽热滚烫,庄稼枯萎成灰,山上的石头被晒黑,变成了煤,连鱼儿都被河水烫死了。人们实在受不了这些小太阳的脾气了,就选派一个大力士用箭一气射下了十一个太阳,留下最后一个女儿身的太阳,只希望她温柔一点,不要热死人。

在我们汉族的远古神话传说中,也有"后羿射日"之说。《楚辞章句》曰:"尧时十日并出,草木焦枯,尧命羿射十日,中其九日,日中九乌皆死,堕其羽翼,故留其一日也。"

汉、壮两个民族的射日说应该存在着相互影响的关系,但后者似乎又更浪漫曲折一些。剩下的那颗太阳姑娘被大力士的箭吓着了,和人类生气了,兀自躲藏在大地深处。人类便又重新回到黑暗的深渊当中,没有了阳光,万物不生,百花凋零,人兽不分,天地莫辨,女人们痛苦得在地上打滚哀号,男人们哀愁得身上长满了绿毛。

是一个勇敢的壮族母亲独自出门去找太阳,她从泰山找到昆仑山，从东海寻到南海。没想到太阳没有找到，她还丢失了自己的女儿。在她历经了天上地下所有人的灾难和非人的灾难以后，壮族母亲终于在汤谷寨村口的那棵大榕树下找到藏匿的太阳。太阳原来就是她丢失的女儿，女儿就是天上的太阳。壮族母亲请来四只巨鸟，将太阳女儿驮升上天，太阳从此便有了翅膀。她驱赶云雨，播撒阳光，大地再度光彩重生，生机盎然。蚯蚓从土里钻出，白鹭降落在田间，村口的大榕树开始蜕换新叶，提醒人们要浸泡谷种、犁田耙田了。农事的时间从这一天开始，勤劳的人们在季节的轮换中紧随太阳的脚步。村庄由此五谷丰登，人间再度香火绵延。她也有了一个独特的名字——太阳鸟母，从此成为人们祭祀崇拜的对象。太阳一度丢失过，还是个女儿身，这在全世界各民族有关太阳的传说中要么是唯一，要么就是我读的书还不够多！

　　这首古歌可以视作是壮民族濮侬支系某个部落的创世史诗，现在已经没有多少人会吟唱了。所幸韦小香的外婆白桃花是政府认定的非物质文化遗产传承人，在周围的寨子里，无论是叙唱《祭祀太阳古歌》，还是主持祭祀太阳的仪轨，都非白桃花莫属。壮民族没有专职的祭司，在白桃花年轻时，她跟大家一样，是赶花街（三月街）时被小伙子们追逐的姑娘，是田里的插秧能手，是贤惠的妻子、勤劳的母亲、慈祥的外婆。但她幸运地出生在一个祭祀太阳的世家。白桃花手上那本用古壮文书写的《祭祀太阳古歌》，据称是她高祖母那一辈传下来的，写于何时、由谁人书写已不可考。从前，能唱叙太阳古歌的人，在寨子里历来受人尊敬，家族的人也跟着沾光。韦小香说，她外婆曾经想把《祭祀太阳古歌》

第 三 章

传给她的母亲，母亲却嫁给了在镇上工作的父亲，外婆又寄希望于她。可韦小香说，我们小时候是听刘德华梅艳芳的歌长大的。谁唱太阳古歌呀？仿佛她已经和这个村庄没有了多少联系。壮民族的先人们吟唱太阳的古老歌谣，这笔宝贵的非物质文化遗产，将来该由谁来传承？

侬建光第一次来到汤谷寨，是在本世纪初，人们刚刚迎来了千禧年。那时即便是一个不相信神话与传说的现代人，也相信新世纪的太阳将不同凡响。这年的农历二月初一，是汤谷寨的人们送太阳升天的日子。那些侍弄庄稼的人们，身怀古老的情怀崇拜太阳、敬畏太阳。他们从不怀疑大地的地力，却担心天上的太阳会舍弃他们而去。正如日落之后，荷锄而归的人们有时也会有一丝丝的隐忧。

侬建光和几个伙伴去汤谷寨看热闹，同时也在寨子里"串姑娘"。在这样的民俗节日里，山歌婉转，人神共娱；野花喧闹争春，情歌随风飘逸。那一年侬建光还是个浑身印满阳光的青年，身材健硕，肤色黄亮，站在稻田里就像一颗太阳滚落在人间，在青色的稻秧里烨烨生辉。在乡村里，这样的青年是水田里的王子，山林里的精灵，庄稼伺弄得好不说，田里的泥鳅黄鳝，山上的野蜂蜜鸟雀蛋，手到擒来，易如反掌。他今天来到汤谷寨，可不单单是看人家找太阳的。

在汤谷寨，由于太阳是传说中的女儿身，因此这是一个女人们的节日。妇女是祭祀太阳的主角，男人是看客。看客们看什么呢？什么也看不见，只能在远处打望。女人们更有一个令看客们只能想入非非的活动——裸浴。按照习俗，全寨子参与祭祀的女人们将在太阳升上山岗一个牛头高时，到村子下方的汤谷河里沐浴净身，然后才换上节日盛装，方可上山送太阳升天。人们都说，汤谷寨的女子，太阳花一样暖心，稻穗花一样清香。

妇女们沐浴净身的河段像一首情诗一样令人遐想。那样一个时刻，女人们裙裾翻飞，银器锃亮，寨子里浪漫温馨，惠风和畅。阳光透过河边的芭蕉林，照在幽静的河面。河岸上传来阵阵女人们宽衣解带的窸窸窣窣声，银器配饰叮当作响，浮光耀金，还有少女们羞涩的笑语，洒在光影斑驳的河面，大珠小珠，撒落玉盘。河水清澈碧绿，氤氲蒸腾，莺声燕语，满河漂荡着女人们美丽健壮、珠圆玉润的胴体。仙女下凡沐浴的浪漫，杨贵妃华清池起浴时的妩媚，也不过如此。

就像你不能直视太阳的光芒一样，女人裸浴的河段，当然也跌落了无数的太阳。汤谷寨的男人从来都很自觉地回避那片暗香浮动的神秘之地。大水车在看着你哩。大水车是祖先留下的遗产，自然就带有了神性和老祖宗睿智的目光。即便像侬建光这样猴急急地来串寨子、相媳妇的年轻人，也不敢轻易造次。只能乖乖地和看热闹的人一起守在路边，等候着那些出浴后像荷花一样洁净、玫瑰一样芳香、仙女一样高贵的女人款款而来。她们身着节日盛装、神色虔诚坚定，人人仿佛都肩负着要把太阳送回天庭的庄严使命。那场面，连天上的鸟儿都会看呆，忘记振动它们的翅膀。

在本地人的传说中太阳是被四只神鸟驮上天的，她就是一个应该被膜拜的神灵。既然要祭祀一个神，你就得想方设法与神亲近，唱诵太阳鸟的丰功伟绩，供奉她喜欢吃的食物，

第 三 章

说她爱听的赞语，做她允诺的事情，当然也包括穿太阳鸟母喜欢的衣服——鸟衣。这身华丽的鸟衣是由黑色斜对襟上衣和宽大的百褶裙组成，上衣束胸紧腰，衣角上翘像鸟翼，袖子肥大似鸟翅，下身的裙子盘结在臀部后面，壮语称为"盘拜"，黑黑的一团高高翘起，一走路便如鸟尾随身摇摆。现在的壮家女孩子一般都不会挽"盘拜"，只有在她们的母亲或奶奶外婆一辈的人帮助下，才可挽出这风情万种的鸟尾。

那年韦小香才十七岁，跟随在一群老妇人后面，头缠印花黑布头帕，身着青黑色"鸟衣"，面带羞涩，像一只受到惊吓的黑色小鸟，随时都要逃进路边的草丛中。尽管她的身上挂满各式银器，但似乎还是不能带给她足够的自信。她的银耳环是外婆讲着一段古老的传说时给她挂上的，脖子上的银项圈是奶奶抹着眼泪把她搂在怀里给她戴上的，胸前的银坠花和手腕上的银手镯是母亲叮咛了又叮咛、嘱托了再嘱托给她套上的。这些银器都因代代传递、年头久远而散发出暗淡的冷光，只有一根银腰带是她用自己挣的钱买的。其实，当她在外婆和母亲的帮助下缠上头帕，穿上这身"鸟衣"时，就意味着一个壮家少女完成了成人礼，她从此就是一个可以让小伙子们追的大姑娘了。

但这样神秘奇怪的装束常常会被外人误读。过去那些路经此地的赶马人对濮侬支系的"鸟人"曾有戏谑的说辞："衣裳滴滴点，裙子够马驮。屁股背包药，一碰就点着！"外地人当然一点也不懂"盘拜"于"鸟族"女人来说意味着什么，他们臆想那包"药"要么是毒药，要么是炸药，因此"鸟族"女人招惹不得。

而在侬建光眼里，那个穿一身乌衣的女子，却有仙女下凡般的美丽。她就像稻田里刚刚灌浆的一株稻穗，青涩鲜嫩，水灵如玉，似胀非胀，随风摇摆，传来阵阵比稻花香多了几分香甜，又比米香淡了一点醇厚的气味。其实他们在一年前的三月街上已经相互有了好感。那是个牛日①，侬建光相信牛是自己一生的吉祥物和保护神。他在街子上撞见一个穿一身短打牛仔服、卖鸭蛋的小姑娘，她的眼睛明亮纯净，皮肤是金灿灿的谷粒的颜色，一看就是天天背着太阳在田里劳作的好把式，你在她身上都嗅得到秧苗淡淡的清香。这种女子栽秧就像绣花，能把一块田打理得像绚烂的壮锦。侬建光凑上前去假装问鸭蛋的价格，手里拿着一部在乡下还很稀罕的翻盖手机，不断地打开又合上，像一个腰缠万贯的老板。眼睛却像正午的阳光，把小姑娘照射得无处躲藏。那姑娘说今年我家鸭蛋不好，小的四毛一个，大的五毛，你拣大的去吧。侬建光说大的小的我都要了，都给你算五毛一个，可好？姑娘说大有大的价钱，小有小的吃头。可是大小有别，不兴这样做买卖的。侬建光说，你不兴这样卖，我喜欢这样买。你家里还有的话，我都要了。姑娘脸色绯红，好像不高兴了，收起那筐小鸭蛋说，我这筐不卖。大哥，你把大的拿去吧。要是喜欢的话，你明年再来。话如果这样讲，歌就要对起来。侬建光一眼望穿姑娘的心扉，乘胜追击。哎，你是哪个寨子的呀？

只不过一年工夫，侬建光觉得去年那个穿牛仔服的小姑娘长大了，仿佛稻苗抽了穗，让人看到了收获的希望。那时

---

① 本地壮族的赶集日习惯以十二生肖命名。

第 三 章

的侬建光是个聪明俏皮的年轻人,当他看见一身"鸟衣"的韦小香走近他时,便不高不低地问了一句,小妹,今年你家的鸭蛋准备好了吗?有老熟人般的随意,但又不失急于示爱的真诚。

韦小香也认出他来了,眼波里飞珠溅玉,身上披挂的银器稀里哗啦作响,如她慌乱的心。她把头扭到了一边,"鸟衣"上的鸟尾一摆,款款而去。那是世界上最为美妙的背影。

在这样的春天里,布谷鸟在鸣叫,万物在复苏,人间弥漫出天地相爱的气息,正应了壮家人的那句老话:"地气不发,布谷不叫。"吹过田野的风带着南国温热的气息,闲了一个冬天的水田已经被勤劳的壮族人犁好、耙平,谷种也已泡好,一些谷芽破壳而出,仿佛急迫地要主人将它们撒进肥沃酥软的田里,它们要长出青翠色的苗来,和太阳亲近,和拂过田野的风嬉戏。侬建光的心里,爱情的种子已然发芽。

在汤谷寨,这是一个比过年还要重要的节日,家家户户蒸出金黄色的糯米饭,那是献给太阳的美食,用春天里率先开放的黄咪咪花加入糯米浸泡而成,人们叫它"染饭花"。一碗碗金黄色的糯米饭,就是一个个饭碗中的小太阳,里面浸透了阳光、雨露、汗水、劳作时的情歌以及种稻人家的感恩。祭祀完太阳的女人们在林子里还会有一顿丰盛的野炊,凉鸡、染饭花、各种糯食、各种野花野菜、炸蜂蛹、烤泥鳅,等等。女人们祭祀完太阳,就是吃饭、喝酒、唱歌、跳舞,庆祝太阳重新回到了天上。

男人们还是不会受到邀请,只能站在坡地上远远地观望，寨子里德高望重的寨老才有资格为女人们担水送饭。侬建光在汤谷寨没有亲戚长辈，他根本无法走进女人们的欢声笑语里。他在汤谷寨只认识一个朋友韦德民，他是韦小香的堂哥。他们曾经一起出去跑过几单小生意。侬建光希望韦德民能为他说媒，但韦德民直截了当地告诉他，你就别想我家妹子了，人家是我们村的太阳花。来提亲的人，能从村头排到村尾。

像所有坠入情网的年轻人一样，侬建光把爱情想得很简单。他高看了自己的本事，对韦德民说，我驾牛犁田的本事，周围寨子哪个不知晓？韦德民却一语道出了他的人生困境。他笑侬建光，都新世纪了，还说田里驾牛的那点本事。有本事的人都骑摩托啦。侬建光唯有尴尬，第一次感到自己落后于时代。为挽回点面子，他说，没那么复杂吧？韦德民则肯定地说：有。骡子犁不了田，大象上不了树。你说这事儿复杂不？我叔在乡粮站工作，我嫂子说，她家闺女这么水灵的一朵花，不会栽在稻田里，要开在城里的大高楼上。

田园牧歌、诗情画意的生活，只是市场经济条件下乡村生活的表象。乡村正处于一个嬗变阶段，年轻人观念在不断刷新。只有等田里的稻秧青了又黄、稻田丰盈又清瘦十几载后，侬建光才会在生活的砥砺中回想起这一天。一个只会驾牛犁田的穷小子，要走多少路、要吃多少苦、要经历多少"复杂"，才能把汤谷寨的太阳花，滋养在这个飞速变化的世界——是开放在韦小香母亲希望的大都市的高楼大厦中，还是扎根在壮家人世世代代耕耘的稻田？

第 三 章

12

  侬建光独自去乡派出所撤了案，韦小香的心事布满在眉宇间，但她对卓婉玉依然守口如瓶。卓婉玉似乎成了一个管错了"闲事"的多余人。你心急如焚的事情，可能是一场骗局，一个阴谋，或者是你并不知道真相，不知道原因何在。你更不能轻易捅破那层窗户纸。因为他们的情感是那样的脆弱，他们的自尊又是如此的敏感。侬建光动辄就说你们城里人这样那样，我们乡下人这个那个。他无形中筑起一道弱者和强者之间的堑壕。不是在保护自己，就是在害怕着什么。

  此时不能谈孩子的事，那就谈谈过往的人生，或许对认知现在有所帮助。卓婉玉在考察壮族的稻作文化时，稻田里像稻秧一样蓬勃生长的爱情故事让她入迷，它和耕作技能以及民族歌谣有关，和民族传统节日、民间习俗相连。侬建光和韦小香的爱情故事，让她又一次忘记了自己的本行，尽管她看到了稻作文化在市场经济时代的式微，她为之感到惋惜，又不得不承认这是时代发展使然。一个技艺超群的种田能手在乡村有美好而清贫的爱情，但如果不走出山乡，贫困仍然会像他的影子一样难以摆脱。出于对一种单纯岁月的偏好，卓婉玉还是放任了自己浪漫的思绪，她信马由缰地写道——

  生活就像一茬又一茬的稻子，在古老的壮家寨子里循环演绎着播种和收割的故事。十几年的时光在人生中不长也不短，但足以把一个壮家孩子培养成一个种田能手。灿烂的阳光总是遍洒大地，公正无私，传递着天地间的大爱。坝子里的稻田从嫩绿到碧青，从碧青到金黄，肥沃的田野生生不息。年年岁岁稻香袭人，岁岁年年万物更替。今年的稻穗和去年的稻穗似乎只是走了一个轮回，它们在微风的吹拂下一样地弯腰颔首，窃窃私语，诉说同样的丰年话语，或者荒年故事。侬建光从不怀疑自己种田养稻的本事，他相信一个壮家姑娘，不会不喜欢听那些连稻秧听了也会疯长的歌谣。

侬建光的寨子马萨寨和汤谷寨隔着一座大青山，马萨寨在南，汤谷寨在北，两个村寨相隔十六华里，都是依山傍水的种稻村寨。马萨寨不祭太阳，祭田公地母和祭铜鼓。铜鼓一响，稻秧拔节，百鸟歌唱，人神共舞。侬建光认为这都是些老辈子的活计，一点都不新鲜刺激，现在的姑娘小伙子们，哪个还跳铜鼓舞？哪个还认识田公地母？侬建光的父亲在他九岁多时就去世了，家里的两亩多稻田眼看着就要丢荒。还在上小学四年级的侬建光就辍学回家帮妈妈干农活了。到要犁田的时令，母子俩抬着犁铧牵着牛下田。母亲问，光儿，犁得犁不得？侬建光嗓音脆脆地答道：犁得。好在牛是家里从小养大的老牛，像父亲一样忠厚沉默，伟岸如山。侬建光在田里抹一把汗水，侬母就在田边抹一把眼泪。侬母看田里的牛和孩子，常常会把他们看成是父子俩。路经稻田的人说，这孩子哪里是在驾牛嘛，是牛在拖着一个娃娃跑嘛。

汤谷寨"开秧门"①那天，侬建光摸到了韦小香的稻田边。太阳无言巡行在天边，春意有情荡漾在田野，连风儿也带着暖、带着催发万物温柔的力。瘦硬的田埂也丰满起来，

---

① 春天插秧时，每个寨子里都会请乡村祭司卜算好吉日，推举一户有声望的人家去到稻田边祭祀稻魂，供奉酒、米饭、鸭蛋、禽类肉食等，或请一位生育能力强的健壮妇人，去到田里栽插第一株秧苗，以生育能力隐喻稻谷丰收。

第 三 章

像男人的筋骨；水田则似一面破碎在大地上的巨镜，透着不规则的美。插好秧的稻田东一团西一块，人们在波光潋滟的田里编织着嫩绿色的壮锦，越编越密实、越编越丰满。韦小香家今年有个堂嫂刚刚过门，新媳妇在插秧时总是要面对一场暗中进行的"考试"。婆家的女人们站成一排，新媳妇站在中间，大家一步一退，一退一插，就像歌里唱的那样，"插秧往后退，栽在人脚窝"。新媳妇如果农活干得手生，不能和公婆、妯娌、小姑保持同一进度，眨眼就会被秧苗包围在秧田里了。那是跟不能生小孩一样丢脸的事情。

今天的新媳妇就是韦德民家的，侬建光看出她农活儿不咋样，连韦小香都跟她拉开一个身子的距离了，秧栽到田边，新媳妇恐怕上不了田埂。送秧苗的韦德民在田埂那边急得抓耳挠腮，侬建光远远地就跟他打招呼，夸他的田耙得平整哦！牛使得好。然后他操起田埂边的一副空竹箩，挑秧苗去了。

送了两趟秧苗，侬建光已成功地让田里栽秧的女人们晓得他的到来，当然，最为紧要的是要让韦小香注意到他。他看见她起身拿秧苗时瞄了他一眼，再次起身时又瞄他一眼，到后来一边插秧一边也偷偷瞄他。那眼光里有羞涩、有欣喜，也有随着秧田里的水波荡漾的爱意。侬建光的目光流连在韦小香浑圆的胳膊、结实的小腿，还有她那高翘着的臀部。干农活的好手啊！扎实好看的身子啊！妈妈一定喜欢这样健壮能干的姑娘做儿媳。每一个壮族青年都知道，情歌是走进恋人心里最便捷的路径。侬建光终于情思难抑，扯开嗓子开唱：

> 大田栽秧沟对沟，
>
> 勒少勒冒①各一丘；
>
> 盼望老天下大雨，
>
> 冲垮埂子做一丘。

田里的女人们纷纷直起了腰，喘气、抹汗，看看是哪个"幽骚"②敢来对歌。奇怪的是女人们都用眼睛看韦小香，搞得韦小香的脸灿烂如早上爬上山岗的太阳。壮族人对爱的回答当然也是一支情歌了。韦小香勇敢地把歌回了过去：

> 一块大田弯又弯，
>
> 一头有水一头干；
>
> 有水那头栽糯稻，
>
> 无水这边种牡丹。

歌是对上了，就像把稻秧插进了稻窝。侬建光心花怒放，挽起裤脚就要下田：

> 一把犁头两面快，
>
> 犁起田来两边翻；
>
> 哪个小妹嫁给我，
>
> 吃完前仓后仓在。

啊呀，呸呸！哪里来的"幽骚"呀？先吃个泥果子！田里的女人们佯装恼怒，一团泥巴飞来，正砸在侬建光的头上，他的脸马上花里胡哨、汤汤水水地挂了一脸泥。女人们的哄笑连蛰伏在泥里的泥鳅黄鳝都探出头看稀罕，搅得秧田

---

① 姑娘小伙。
② 本地壮话里指那种善于哄小姑娘的小伙子。

第 三 章

水花四溅、一派欢腾。壮家青年男女经常在田里玩这种打泥仗的游戏，来串寨子的外乡人，下乡的干部，城里打工回来口袋里有了几个钱的回乡男女，便会受到还在盘田种地的年轻人泥巴战的"欢迎"。这并不是他们的不尊重，而是种稻人家的一种礼俗。尤其是到了寨子里"关秧门"时，稻秧都栽在田里了，繁重的农事告一个段落，种田的人们就该娱乐一下啦。在最后一块水田即将插完稻秧前，人们会互甩泥巴以示庆贺。那时节泥团与歌声齐飞，没有人可以穿一身干净衣服回家。那些在劳作中早已瞄好邻家姑娘的小伙子，那些在歌声中已经传递出爱情密码的大姑娘，他们的泥团精准又高频，但坨坨泥巴都充满柔情蜜意。打泥巴战打出一个媳妇来，在种田人家是常有的故事。

侬建光那天本可以躲开韦小香扔来的这坨泥团，但是他没有。他知道，如果躲了，他就可能会错过一生的姻缘，错过汤谷寨的太阳——他才是那个在汤谷寨找到太阳的人。

太阳下山，秧苗落窝。大地披上新绿，炊烟飘过田野。侬建光被韦德民请去家里做客。韦小香的父母、哥哥嫂嫂还有来帮工插秧的亲戚们围坐在院子里，竹箩圆桌摆了三桌。壮家人向来热情，走进家门都是客。长辈们一桌，亲戚朋友两桌，侬建光和韦小香坐在一起，他们已经不再拘谨了，像处了多年的朋友一样说东道西，从邻近几个寨子都认识的熟人朋友到最近热播的电视连续剧。侬建光感到韦小香比自己更有见识，因为她念书比他多，他用羡慕的眼光望着她，说，你真不简单呀，都读到了初中毕业。

韦家人对侬建光是有好感的。韦德民有个小弟羡慕侬建光是拿手机的人，这在当时是一个人有本事的标志。他用调皮的眼光看看韦小香，又看看侬建光，说：我们韦家人多喔，你家的米粑粑可舂得够？

本地壮族习俗，当恋爱的双方确定了婚事，来接亲的男方家，要给女方家的每一个亲戚送一个新米舂的米粑粑，村庄的人们大都沾亲带故的，男方家有时要舂几十箩米粑粑，多到要用马驮。韦德民在他兄弟后脑勺拍了一掌，去去去，谷种才撒下秧田，就想吃粑粑。建光，走，我们去给老辈子们敬酒。

侬建光被韦德民带到韦小香父母前，说这是马萨寨的侬建光，是个种田好手。韦小香的父亲哦了一声，你们寨子有一栋房子是用一棵树盖起来的，就叫一棵树老屋。有一百多年了吧？

侬建光没想到自己家的老房子会在此刻被提起，忙说：韦大爷，那是我太爷爷那一辈人盖的，现在我家就住在一棵树老屋。可韦小香的母亲接上了话头，不无鄙夷地说，都一百年的老屋了，还怎么住人？小伙子，你就没想到起一栋新房子？

韦母话里的意思再明白不过，种田高手又怎样？单靠种田是盖不起新房子的，这在乡村里谁不知道。侬建光顿时羞得面红耳赤，举着酒碗不知该如何喝。一棵树老屋向来都是四乡八邻的一个传说，侬家几代人的骄傲。侬建光第一次感到一棵树老屋太老旧，就像一件过时的衣服，让人难堪、丢脸。他心里没底地说：要盖的，要盖的。

第 三 章

　　这时韦小香挤了过来，手里也端着酒杯。她大大方方地站在侬建光身边，像一个待嫁的新娘。新房子老房子，都一样遮风挡雨。妈，你老观念了，现在人家城里，房子越老越值钱。

　　侬建光顿时就像在谷堆里打了个滚儿，有丰年的踏实感。这个妹子是我的了。

　　田里的水稻扬花时节，稻花的馨香搭乘风儿的翅膀弥漫在田野，若隐若现。这是爱的气息。侬建光第一次嗅到韦小香身上的体味，就在汤谷河边。那是他们的初吻，慌乱、急促、羞涩，像牛绳没牵到牛鼻。侬建光说，你身上有稻花的味道。韦小香说，你身上还有牛的汗味哩。侬建光嘿嘿一笑，没有牛使力气，田里哪能开得出稻花来？

　　这期间，月上中天时，两个年轻人常常翻山越岭地约会。侬建光的那部二手手机在村里其实只能当摆设，要到乡政府所在地才会接收到信号。那时只有村委会里才有一部程控电话，五分钱打一次。他们约定好时间守在电话机边，一聊上便会让后面排队等着打电话的人上火。他们抱怨说，现在的年轻人，"串姑娘"不见面，只晓得抱着电话啃。

　　侬建光的母亲请一个在当民办教师的表叔公去韦小香家提亲，表叔公是马萨寨的寨老。每个壮族寨子都有大家公推的几个老人当寨老，他们深谙农桑、行事公平、德高望重，走到哪里都是受人尊敬的人物。按壮族礼俗，表叔公带去了红糖和白酒，用五色彩线捆扎得四四方方、工工整整。表叔公前脚出门，侬母就在家里翻箱倒柜找银器了。侬母已经见过韦小香，她打心眼儿里喜欢这个能干懂事的姑娘。如果提亲顺利，下一步就该定亲下彩礼了，当母亲的总是把事情往前想。侬家祖传的银项圈和银腰带已经传了四代人，彩礼不在重，而在祖传渊厚。

傍晚时分，表叔公回来了，手上还拎着那包提亲礼品，这意味着女方家长辈婉拒了这门亲事。侬母的脸顿时像下了霜，侬建光都快要哭了。他想起汤谷寨"开秧门"那天，韦德民送他出门时对他说，你要来提亲的话，至少要先盖好新房吧。他当时傻傻地说：我们的一棵树老屋宽敞着哩，冬暖夏凉呢，扎实好着哩。韦德民笑了，你这颗稻花脑袋呀，穷得不开窍。回去好好种你的田吧。

如今供奉在家中神龛上、活在传说中的侬家太爷爷仍然像神一样存在。太爷爷那一辈人丁兴旺，他有四个儿子。太爷爷去山上只伐了一棵树，就率领儿子们盖起了这栋百年不倒的干栏式老屋。天知道老祖先那个年代山上的树木有多大？也只有天才知道太爷爷那一辈人有多能干。一棵树老屋下面是宽敞的牛圈、羊圈、猪圈，还有堆放粮食、柴火、饲料的库房；二层大厅四排两人才能合抱的圆柱，分出中堂和两边的厢房。主屋东、西、南三个方向建有走马转角的廊厦，可纳凉，也供女眷们织布纺纱做针线；雕花木窗至今不腐不朽，灵活如初。只是历经百年的烟熏火燎后，一棵树老屋像一个饱经沧桑的黝黑老人，不合时宜地矗立在村头的一座小山岗上。在侬建光爷爷那一辈，侬家开始走下坡路，家境每况愈下，人丁愈发稀少，加之父亲去世得早，侬建光小小年纪就要撑起这个家，能撑到今天已属不易了。村里已经有人家起红砖新房，石棉瓦顶，水泥地面，人畜分离，睡梦

第三章

中不再有牛羊反刍的声响,看上去干净敞亮得多。侬建光不是不想盖这样的新房,但是母亲说,光儿,这两年我们才刚吃饱了肚子,米箩里有存粮,妈心里才不慌。我们这一棵树老屋,好生收拾一下,缺了脚的楼梯补一补,摇晃了的栏杆换几根,新媳妇照样可以迎进家门来。

其实侬建光也知道,要盖一栋像样的新房,至少也得花上十来万。这对他来说是一笔天文数字的巨款了,他辛辛苦苦种一年田,收两千斤左右的谷子,留下自家吃的,卖稻米的收入只有五六百块钱,加上自己跑点小生意,一年家中净收入也不会超过一千元。前年稻田遇到一次虫灾,稻子抽穗时又遭了一次风灾,正在灌浆的稻子成片倒伏,像阵亡了一支军队。秋收下来,差点连吃的都不够了。盘田种地的人,谁敢保证不遇到个荒年?

能吃饱肚子是一回事,要娶媳妇了,侬建光才认得自己真穷。穷不仅仅是你吃不吃得饱饭、盖不盖得起新房,而是你落后于时代,输了那一口气;是你要迈向生活的上一步台阶时,豁出小命来也挣不上去。

表叔公那晚出门时对侬建光说,这世道,越来越复杂了。算了吧,人家的门槛高。

第二年三月三,前来赶花街的青年男女成群结队,花的海歌的河。侬建光和韦小香不用再在人群中哥长妹短地"丢块石头试水深"了。他们找了一处河湾的竹林下,严肃地讨论了他们的未来。韦小香父母已经接受了镇上一户人家的提亲,媒人将双方的八字也去请寨子里的寨老看了,据说很相匹配。那家人的儿子在县城一家工厂工作,属于令乡下人羡慕的工人阶级。他骑一辆嘉陵摩托,每到周末便轰隆隆地回到镇上,还骑着摩托威风八面地来过汤谷寨,那是寨子里出现的第一辆摩托车,孩子们兴奋得跟着摩托车跑,叫它"摩托犊子"。不过这倒霉的求婚者出寨子时遇到下雨,那条"水泥路"不给他面子,让摩托车陷在泥里,最后不得不找来手扶式拖拉机驮走。韦小香笑着说,这说明我们汤谷寨不欢迎他。

侬建光却笑不出来。他扔了一块石头到河里,看着河水的涟漪慢慢平息,恨恨地说:摩托车,我会有的;新房子,我也会盖的!韦小香却给他传达了另外一个危险的信息:我外婆都在教我做鞋子了。

按习俗,刚过门的新媳妇要给男方家的长辈送一双亲手纳的新布鞋。不会有人告诉她鞋子要做多大,男方的长辈们穿上是否舒心、合脚,就看出新媳妇的手巧不巧、心细不细了。这就像新媳妇头一次栽秧一样,是一次入门考试。因此,这也是定亲阶段女方家必须教的功课。

侬建光那一天深受刺激,他向韦小香道出了自己想了很久的一个决定:外出打工。韦小香并不感到意外,只是说,可惜了你这一身种田的好手艺。侬建光回答得很干脆,不可惜。田里产的谷子,填饱肚子倒是没有问题,但我还是穷。盖不起新房子,买不起摩托车。我可不想当一颗谷种,年年都只生长在这巴掌大的稻田里。他还说,这个世界上有很多种活法,我们够倒霉的,活得跟我们的爹娘一样,跟我们的爷爷奶奶一样,跟我们爷爷的爷爷、奶奶的奶奶一样。电视上天天说新世纪,可我们这里跟上一个世纪有啥区别?寨

第三章

子里有点本事的年轻人都打工去啦，一两个月的收入比地里一年的收成还多。过去我是舍不得我妈，丢不下种田的那点本事。现在连我妈也想明白了，我不出去打工挣钱，她喜欢的媳妇进不了门。

侬建光没有想到的是，韦小香愿意跟侬建光一起外出打工。其实她早就想离开寨子了，她要跟侬建光一起去山外看世界，看城里的超市是什么样子，看电梯怎么一下把人提升到几十层楼高，她甚至还没有见到过一列真实的火车如何在大地上奔跑。她还有一个梦想：要去看大海。因此韦小香对侬建光说，我们就去广东打工吧，听说那里好挣钱，离大海也近。

田园牧歌般的生活就这样被现实肢解。这是一种幸运还是一种遗憾？远离故乡的年轻人，总有一种逃离了樊笼的喜悦和期冀。他们把单调乏味、贫困落后又看不到希望的乡村甩在了身后，连母亲挥动的手臂都来不及多看一眼，眸子里的渴望全交给了未知的远方。这是一群试图渡过贫穷海洋的探险者，新大陆在何方，在他们转身离开家乡时，并不十分明了。

第 四 章

13

卓婉玉认识侬建光时，已在他身上看不到一个种田能手的蛛丝马迹。两夫妇已然成为融入城市生活的打工者。小两口去布料市场批来面料，韦小香对照样板设计、裁剪、缝纫、刺绣，侬建光熨烫妥帖，装上挂钩，再上门安装。韦小香对面料、颜色、款式，以及窗帘与窗纱、窗帘与帘头该如何搭配，有着天生的审美情趣。潮流与时尚，她一看就会，领悟力极强。他们的价格公道合理，总是比别人家的优惠便宜一些，做工又好，从不打马虎眼。再加之有自己独特的设计风格，面对顾客谦逊、低调、热情、勤勉、周到，慢慢地就赢得了客户。韦小香告诉卓婉玉，开店一年后，他们就风风光光地回乡结婚，侬建光体面地完成了提亲、定亲、迎亲的乡村传统仪式。送去汤谷寨的粑粑，不是用马驮，而是用车拉。当寨子里的人们说，种田的人怎么会去做窗帘了呢？侬建光会笑呵呵地说，社会复杂，钱不好挣。城里没有稻田，生活变化快，赶得人转过来转过去的，慢慢你就找不到自己了。就仿（像）你撒下稻种，长出的是麦苗。

尽管那时侬建光家还没有盖新房，但他们在城里已经租了带电梯的廉租房，有了自己的店，还买了一辆二手微型车，在外出打工者中

第 四 章

已算是令人艳羡的成功者了。这些年他们的计划是：等阳阳可以读小学了，就把她接到城里来上学，一直供她上大学，以后考个公务员，当干部，做大事。韦小香说，等我们阳阳成了城里人，我们就是城里人的父母了。现在那些城里人，三四代以前，有几个的祖先不是从农村里出来的？

韦小香在跟卓婉玉描述他们的未来时，眼睛里有憧憬，也有掩饰不掉的哀伤。她说："我们不怕每天都淌完最后一滴汗水，不怕熬更守夜地赶工赶活，不怕在城里遭人白眼受人气，人能经受的所有苦和累，我们都能忍受。可是有哪个像我们啊，亲骨肉被人抱走，不是一个，是两个！"

"什么两个？"卓婉玉惊讶得合不拢嘴，"难道你们还丢失了一个孩子？"

那是个没有阳光的上午，她们在汤谷河边洗衣服。河水仿佛也被卓婉玉的追问吓住，瞬间静止不流淌了。河心有个波浪刚刚冒出来，竟然也被吓得缩头回去，躲进暗流里。

韦小香像泄露了天机，伸手去捂住自己的嘴。手里的一件短上衣从河水里漂走，她却浑然不知。

一个秘密不经意间被揭开。卓婉玉跳下河里，捞起那件正在漂走的短上衣，回头看见韦小香泪流满面的脸。她没有哭出声来，但让人能感受到她的悲伤正像浩荡的河水一般涌上来。

太阳照亮出远门的人的路，月亮为回家的人点灯。侬建光、韦小香是在一个太阳初升的早上离开的寨子。那天的太阳从山梁上跳出来，真大真红啊。他们坐在乡村中巴的头一排。侬建光悄悄对韦小香说，我们就要进城了，进城挣大钱去了。我们的好运就要来了！

不过他们的第一次打工之旅并没有去沿海。侬建光说社会复杂，我们先在春城看看运气，有点本事了再去看大海。刚去到省城时，他们的梦想就像寨子里的神话，跟眼前的世界完全不搭界。韦小香找工作没有侬建光顺利，到了城里她才知道自己在村寨里尚能引以为傲的初中学历，在省城几近于没有文化。她先是去一家房产中介公司，人家问她会不会用电脑，她说不会，只会开电视。部门经理就给她几页纸的手机号码，让她挨个打电话。大哥，你在金孔雀城的房子要卖吗？大姐，蔚湖楼盘下月十八号开盘，从一室一厅的小户型到湖景别墅，价格优惠。她的蹩脚普通话，常常招来人家极不耐烦的呛声：别乱打电话！房产中介每月只给她三百元的底薪，谈成一桩买卖了，她和其他参与的人才可从交易价格中提成百分之二。韦小香打了三个月的电话，一桩交易也没有谈成，连吃饭钱都挣不够，倒觉得一个城市的人都在讨厌她。要是在村寨里，做事做成这个样子，她只有去投汤谷河了。

韦小香后来看到一家小餐馆招女服务员，月薪八百元。她去应聘了，从洗碗工干到大堂里的点菜员。尽管她会把"韭菜"写成"九菜"，"红烧狮子头"写成"红少四子头"，但只要大厨看得懂就行。老板是个肚腩肥厚的中年男，他很赏识韦小香的机灵劲儿，半年后就提拔韦小香到柜台收账，这活儿对韦小香来说不难，加减乘除在计算器上啪啪啪一打就可搞定。难的是每晚打了烊，关了店门，老板要留韦小香在店里对账，常常一对就对到十一二点。有一次，老板的手摸到韦小香的大腿上。韦小香果断地推开了那只脏手，起身走人。老板在身后说，我加你工钱。韦小香头也不回，再也不去这家店上班了。

侬建光的第一份工作是钢筋工，用铁丝将钢筋捆扎成长方形、圆柱形的笼子，这是一项没有多少技术含量的工作，不到一个星期侬建光就将手里的老虎钳用得像使镰刀，捆扎那些坚硬的钢筋，其实跟在

第四章

田里捆扎一捆稻子一样嘛。只是现在他脱掉了草帽戴上了安全帽,扔掉了镰刀锄头拿起了老虎钳扳手,不是在水田里而是站在城市的高楼上。他开初挺为这份工作自豪的,说我们现在是工人阶级了。

那时他们居无定所。依建光住在建筑工地的工棚里,二十几个人一间大屋子,上下三层木板床。韦小香有一次去看依建光,还未走到门口就被里面的气味熏得进不了屋。韦小香找工作也尽量找那些能包吃包住的东家,也大多是六七个打工姐妹挤一间鸽子笼一样的屋子,情形也好不到哪里去。姐妹们随时会为谁占用卫生间久了,谁的牙膏被人偷挤了,谁晾晒的衣服挡住了光线和空气这些鸡毛蒜皮的小事争吵不休。有个晚上三个姐妹在房间里厮打争吵,另外两个人仍然能呼呼大睡,韦小香哭着劝解她们说,求求你们别打了。我们都是离开父母出来挣钱的呀,不是来打架的。

城市不是一头易于驾驭的忠厚老实的老牛,它有点像一条惹人喜爱的别人家的小狗。它对你狂吠,你仍然喜欢它,甚至它咬了你一口,你还是恨它不起来。有一个星期天,依建光和韦小香在公园里时,一条贵宾犬冲着他们不停地叫,狗主人拉都拉不住,只能歉意地对两人笑笑,任由那小狗叫。

它是不是闻得出来我们是打工的? 我们乡下骂人,说连狗都看不起你。韦小香跟依建光说,这不是我们要的生活。这个城市让我讨厌。

他们在省城打了一年工后,只开阔了一些眼界,并没有挣到什么钱。一个包工头还差着依建光两千多元的工钱,人却像天空中的鸟儿,再也不见踪影。韦小香在城里换了几项工作,干得都不顺心。社会复杂,钱不好挣。爹妈生的都是脑袋,但里面的瓤子转速不一样。人家是摩托车汽车的转速,每分钟转一两千转,我们还是牛车的转速。依建光春节回乡过年时和乡党们喝酒,说起这一年的打工经历时,不得不这样感叹。

有个老乡说青山州的朗沙锑矿在招工，招聘的工人都要送去培训，学习采矿技能。韦小香对侬建光说，我们过去懂得的东西，离开寨子都不管用了，我们还是去学点本事吧。省城是大了，楼是高了，街道是宽了，超市里东西是多了，可那都是人家的。我们连逛公园的时间都没有。

就这样，他们重新回到大山里。两人顺利被矿上录取，经过半个月的培训，侬建光下井当坑道工，韦小香因为文化考试分数较高，被分配在选矿车间照看洗矿机。朗沙锑矿雇有七百多名员工，他们大多是来自乡下的年轻人。锑矿公司对职工进行半军事化管理，敲钟下井，准点开饭。比起之前侬建光和韦小香在城里居无定所、朝不保夕的生活，朗沙锑矿让他们有了稳定感和归属感。工作虽然危险辛苦，工资也不是很高，但至少每月是按时发放的。矿山的劳保福利也不错，夏天有降温费，冬天有取暖费，坑道工还有额外的补贴和劳保。侬建光那时对自己从一个种田能手转变成一个矿工，感到很满意。工人老大哥了嘛，农民兄弟始终是老二。

矿工们的集体宿舍像大学的校舍，侬建光在城里打工时住建筑工地的工棚，韦小香来看他时，那气味逼得她简直不敢进屋。矿山上也很注重企业文化，周末时矿上会在宿舍区燃起一堆篝火，让来自各民族的大姑娘小伙子唱歌跳舞喝啤酒吃烧烤。空山旷野，篝火熊熊；青春骚动，情歌绵长。有的年轻人在歌舞声中找到了自己的终身伴侣，有的情歌唱出了头，未婚先孕。对前者，矿山给一个月不带薪的假，放有情人回老家结婚；对后者，扫地出门，不再聘用。矿山实施的规章制度，像军队一样严格。

有一天，井下拉矿石的电缆车缆绳绷断了，五辆矿石车从井口轰

第 四 章

隆隆地顺着矿井坡道冲下来。侬建光和几个去掌子面的工友正走在坑道里，他们听到了前方的呼喊。侬建光死命将自己贴在坑道壁上，五辆矿石车像一条暴怒的巨龙从他肚子边呼啸而过，带走了他身边的工友小沈。那是死神第一次以钢铁怪兽的模样与他擦肩而过，也是他第一次感受到干坑道工的风险。带他的师傅老莫说，今年的指标又超了。侬建光问，啥指标呀师傅？老莫漠然地说，死人的指标。小狗日的，以后在井下你给我警醒点，莫憨头憨脑的。

侬建光被吓飞了魂儿，夜夜做噩梦。下丁后韦小香拉他去活动室打康乐棋，去录像厅看录像，去河边散步，都不能宽慰他的梦魇。他说小沈比我还小一岁，还没有女朋友。那天我要是慢半步，被矿石车带走的也有我呀。我死了你怎么办？我妈妈怎么办？我连男人都没有做全，冤不冤啊？这社会真是复杂，复杂到你什么时候要死都不晓得了。我们还是回去种田吧。穷是穷一点，但是安全。小香，我们回去吧。

但韦小香很喜欢矿山的生活。她说我们回到寨子里，来迎亲的人肯定就不是你！这一句话让侬建光绝望。为了成为去韦家迎亲的那个幸运儿，他必须向死而生。

那期间他们的感情急剧升温。两人在一起时，韦小香极尽温柔，百般安抚。有个星期天，他们摸到山上一间看林人的小屋，空山鸟语，山花灿烂。黄鹂、百灵、画眉、云雀、杜鹃、斑鸠还有布谷鸟，在山林里此起彼伏地大合唱。侬建光说："布谷鸟叫了。"

韦小香知道他在想什么。她依偎着他说："既然已经洗干净脚上的泥了，就没有回头路可走。"

"家里浸泡的谷种该发芽了。"侬建光幽幽地说。

"别去想稻田里的事了，我们现在是工人阶级。"她用嘴堵住了侬建光的嘴，"我们现在努力干，等攒够了钱，以后还要当老板哩。"

在失望与希望中，他们偷尝了禁果，自此一发不可收拾。他们什么都不懂，稀里糊涂地就怀上了，连怎么解决难题都不知道。在寨子里遇到这样的事，还可问妈妈、问外婆，在这里他们能找谁帮忙？侬建光不可能去问他的师傅，韦小香只能将肥大的工装套上，再热也不换下身。他们曾想到去做人流，但又害怕出事，传出去了名声不好，也想把娃娃生下来。在这犹豫徘徊中，肚子眼瞅着就隆起来了。就像要灌浆的稻穗，该饱胀起来的时候，藏掖只是徒劳。

选矿车间的年主任把他们的事报到矿上，抱怨说上个月已经开除三对了，这个月还得开除几个。这篝火让年轻人上火，烧不得了。矿长没有想到的是，总经理褚志让他把偷吃禁果的人都分别叫到他办公室，他要一个一个地审。矿长感到奇怪，除非有领导和投资商来参观视察，褚总一般不常来矿上的。这点小事还劳他大驾？

侬建光和韦小香被叫到褚志的办公室时，褚志的眼睛亮了一下。眼前这小伙子长得健壮、帅气，五官端正；女的丰满、匀称，眉眼开阔，似含苞待放的花蕾。他们目光洁净，面带羞涩和胆怯，仿佛深山老林里从未吸到过污染水源的一对小鹿。褚志装模作样地翻看桌上的一页纸，那是侬建光写的保证书。他在上面说再也不会犯这样的错了，希望矿上能原谅他们。褚志问：

"你们是哪里人？"

侬建光说："我们都是广畴县的。我是马萨寨的，她是汤谷寨的。褚总，我们晓得错了。"

褚志始终板着脸，问了两个年轻人的家庭情况，父母都是干啥的，有几个兄弟姊妹，两人上过什么学，有没有得过什么病，从前在哪里打过工，甚至平常有什么爱好都问了。最后褚志才说：

"你们婚都没有结，就搞出这种事情来。按矿上的规章制度，我

第四章

必须开除你们。我还要扣你们这个月的工资。"

韦小香一听说真要被开除,羞愧加气愤,眼泪就下来了。她哭着说:"褚总,求求你不要开除我们。我们会好好干的,我们都喜欢在矿上干活。"依建光倒是恨恨地问了一句,"难道我们谈恋爱也犯法?"

褚志冷冷地说:"我不管你们谈不谈恋爱,只管你们生不生孩子。我这儿没有幼儿园。"

依建光说:"不要以为你有钱,就可以欺负我们。我们也会有钱的。"

褚志轻蔑地笑了,"是吗?等你有了钱,再来欺负我好啦。"

褚志说完这话心里忽然有些发凉,仿佛说了一句谶语,让人心生后怕。今天早上他的车撞了一只受伤的乌鸦,就像撞了霉运,让他很是懊恼。当老板的人,大都讲迷信。褚志不耐烦地挥挥手,"你们走吧。我告诉财务,不扣你们这月的工资了。"

第二天,选矿车间的年主任就找到韦小香和依建光,请他们到一家小饭店吃饭。年主任先说了一通矿上的规章制度,要开除他们也是照章办事。然后年主任问他们下一步打算怎么办。依建光喝了一口闷酒,说,能咋办?家里是没脸回去了,再找地方打工去吧。

年主任问:"年轻人,你们就不想想,孩子生下来你们怎么养?你们住哪儿?谁来帮你照顾产妇和孩子?"

依建光被问住了。他真没有想过养孩子这个问题。矿上医务室的医生说韦小香肚子里的孩子已经有五个多月了,引产已不可能,必须生下来。他们现在所有积蓄加起来,还不到三千元。如果他们再去城里打工,这点钱租房子都不够。

又喝下几杯酒,韦小香兀自在一边抹泪。年主任说:"我给你们一个建议吧。我是真心同情你们,才想帮你们一把。我听说城里有户人家愿意收养个娃,房子、营养费和其他生活费都由他在县城负责提供。

生下来如果是女孩，给两万，若是男孩，给五万。你们觉得如何？"

韦小香大声说："你这是叫我卖自己心头上的肉呀。我不干！"

佚建光没吭声。

年主任继续说："我们车间的刘姐，前些年在广东打工，跟人生下一个儿，养在工棚里，后来生了病，终于养不起了，还是给人抱走了。至少救了一条命吧。你们知道一万块的百元大钞有多重吗？二两而已。而你在井下挖矿，每月要出二十吨矿，才能拿到六七百块钱，两钱重的薪水。再说了，我晓得你们壮族人好面子讲规矩的，这三天的酒席不摆，迎亲歌和送亲歌都还没有唱，新媳妇的肚子就大了，你们让娘家人怎么把新娘子背出家门呀？①他们的脸往哪里摆呀？生下来吧，拿一笔钱远走高飞，等身体养好了，再回家办酒席。你们这样年轻，以后还怕生不出娃来？"

佚建光那时还从没见过一万块以上的大钱。这时有人来帮你解决了一个大难题，还给你一大笔钱。天下竟然还有这样的好事情？按小时候的说法，秧田里拨开秧苗照照自己。你除了能驾牛犁田，无文化无技能，懵里懵懂，赤手空拳出来打工闯社会，社会又那么复杂，空有一身力气，哪里有挣大钱的机会？自小沈出事故死了后，每天下井佚建光都觉得自己不是被矿车撞，就是被冒顶的矿石砸、被醒来的哑炮炸飞、被冒出的井水淹没、被无边无际的黑暗彻底掩埋。他再也找不到做一名矿工的满足感了。每月冒着生命危险挣这点钱，何时才能翻身？佚建光日思夜想的一辆摩托车要五六千块。他始终认为，要骑上这样的一辆摩托车，应该是在梦里。

年主任还说，你们快活一阵子，就挣到了一斤重的大钱，多少人

---

① 壮族人婚礼习俗，新娘离开父母时，得由哥哥或弟弟背出家门。

第 四 章

还要花钱才能让下面那根东西消停下来哩。多年来,这句下流话让侬建光一想起来就恨不得掐死那个尖嘴猴腮的家伙。但在当时,他就像想做坏事的孩子受到了教唆和鼓励。

当年主任再次向他举起酒杯时,他含愤饮下了这杯"苦酒"。

不久以后,韦小香顺利产下一个男婴,年主任和侬建光一手交钱、一手交人。韦小香依依不舍,哭着骂年主任是禽兽,要挨雷劈;骂侬建光不是个男人,连自己的骨血都要卖,以后怎么做人呀!

年主任劝说道:"小韦你不要这样讲,这是给小娃找个好人家。你生下来的这个娃,就是风吹到石头缝里的种子,长得出来算他命硬,你们也不想想自己有多大个能耐。有钱吗?有房子吗?能供他读书吗?种田人家的娃,还是种田的命,顶多出来打个工,就像你们一样。能生不能养,那就交给养得起的人。你们年轻人出来做事,要懂规矩。我们是签了合同的,你们也按了手印。今后我们最好不要再见面,你们拿到这笔钱,去城里开个店,做个生意啥的,好日子还在后头。你们要来找这个小娃,我就分分钟让你们没法做人。"

侬建光问:"你要把小娃交到谁家?"

年主任说:"我用我堂屋里祖先的牌位向你保证,这娃肯定是到有钱人家吃香喝辣,你就放宽心好了。这是孩子的福报哩。"

多年来侬建光夫妇从不向人提起这段往事,这是他们人生中深感羞耻的经历。就把它当成一场噩梦吧,噩梦醒来,总得面对生活。他们重新回到省城,像两头深受创伤的小兽,用饱浸了血和泪的"第一桶金"终于实现了自己开家店的梦想。那些年小两口在城里早晚打拼,赶活儿常常干到天亮。生下侬阳阳后,像大多数打工者一样,他们把孩子放在了乡下。小两口第一个孩子被人抱走,不仅仅是这个小生命没有名分，还在于作为矿山打工者，他们真的养不起、无法养。谁给你报户口？谁给你带孩子？谁给你上幼儿园？更不用说有个病痛啥的。在城里养个孩子，是要讲成本的。而在村寨里，这个成本根本不存在。孩子就像一只小仔鸭，在稻田里跟随一茬又一茬的稻谷自由自在地长大。我们不都是这样长大的吗？

侬建光总是宽慰韦小香，社会那么复杂，我们乡下人要走出来，哪有不吃点亏的？我们仔细带好侬阳阳就是了。他们朴素地想用对第二个孩子的爱来为自己赎罪，但就这一点愿景，也被无情地斩断了。

即便是日夜流淌的汤谷河，也流不尽韦小香心里的哀伤。青春的代价痛到骨髓，艰辛的往事不堪重负，让他们难以面对。卓婉玉不敢相信一对父母会连丢两个孩子，天底下没有比这更让人万箭穿心的悲剧了。简直让人不能不怀疑人生！谁在安排他们的命运？如果她知道，她相信自己会勇敢站出来，跟他血拼一场。卓婉玉问：

"你们后来就没有那个孩子的消息了吗？"

"我们再也没有回过朗沙锑矿了。一想到那些事，我都会气得发抖。婉玉姐，我们这样的打工者，年轻只是成本，不是资本。我们每走一步，都要付出好贵好贵的成本。"

卓婉玉默默地看着她，连一句宽慰的话也说不出来。

14

卓世民的线人游六指给他打电话说，道上有个小弟曾经欠他一个人情，现在一家修车厂打工。他们有一天在一起吃饭喝酒时，这小子说前几天修车厂老板让他们把一辆七成新的长安越野车拆了。不知这

第四章

车是不是肇事了。

难怪警方查不到那辆车！

普大卫曾经向卓世民通报过，警方通过监控录像做大数据分析梳理，锁定了一辆白色长安越野车。但车牌号是假的，车也不见了踪影。卓世民马上通知普大卫带人去查那家修车厂。两个小时后，普大卫打电话来说，这修车厂关门了，老板不见踪影，只剩下个看门的老人，这线索就断了。普大卫最后说，卓局，我们见个面吧。有桩事情得向你当面汇报。

他们约在一间茶室见面，普大卫早订好一个幽闭的小包间，独立、安静、隐秘。这是久干密侦工作的人的习惯，他们的身影要么在闹市，要么在不为人知的地方。卓世民先到，普大卫进来后便开门见山，"卓局，你那事，看来摊上大案了。"

卓世民笑而不语，等下文。

普大卫开始在自己师父面前梳理一个个疑点。他根据上次卓世民提供的线索，在查车和电话号码时，锁定了两个犯罪嫌疑人曹前贵和赵四毛。前者两次服刑，后者四次进监狱。他们都犯过人口拐卖罪，都和公安部A级通缉犯五孃有过关联。她是他们的上线。赵四毛第四次犯案是参与团伙诈骗，这个诈骗团伙的主谋也是五孃，但案子侦破时仍然没有抓到她。有线索表明她逃到了境外，所以这些年一直不见她的踪影。这个女人不是一般的狡猾。曹前贵使用的那个电话不是他本人的，是一个挂失的号码；那辆白色长安越野车又莫名地被拆解。普大卫说他预感到这个小孩拐骗案可能和五孃有关，但他想不出此案的"因素"在哪里？更为奇怪的是：当事人竟然主动去撤案了。他向省厅刑侦局武钢局长汇报了案情，同时也和青山州警方取得了联系。那边是朱正副局长负责。他说既然当事人都来撤案了，这事儿就可以先放一边。卓局,我感到朱副局长那边好像也不希望我们插手。

"你没有告诉朱正五孃这条线索吧?"

"没有。师父,推论的事情,永远烂在肚子里。你的话我可没有忘。"

"那俩小子的照片有吗? 他们是哪里人?"

普大卫从手机里调出照片发给卓世民,"赵四毛是春城本地人,孤儿。从小在社会上混,几乎在监狱里长大。曹前贵是青山州广畴县歌马乡南山村人。"

"南山村?"卓世民失口叫了一声。

"怎么了,卓局?"普大卫很少见到卓世民这样失态。

卓世民的脑海里已经像落了一发炮弹,炸得他眼前阵阵晕眩。就像人被猝然震醒,回忆纷至沓来,沉重得让人难以承载。

"没什么。"卓世民扶着额头说,"我知道那个村庄。"

"在那里办过案?"

"嗯。还在那里打过仗。"

普大卫满眼崇敬,"师父,能给我讲讲吗?"

三十多年前,南疆烽火连天,侦察连长卓世民奉命进驻地处边关的南山村。那个村庄有两件事情让卓世民记忆深刻,一个是边民们的忠勇善良,一个是村庄的穷困与贫瘠。到处都是一眼望不到边的石山、石头,除了石头缝里的一点庄稼,大地上没有多少绿色,令人眼目生痛。老乡们没有更多的话,只是把战士们都拉进家里,送上刚从锅里捞出来的新鲜玉米棒子——那是他们能拿出来的最好食物;烧上一锅水,让每一个战士都烫脚——这是他们表达感情的唯一方式。而在这个村庄里水比油还珍贵。部队在那里作战时,正是旱季,只有"栽

第 四 章

水坑"里才有点水。所谓"栽水",不过是在地上刨一个坑,雨季来临时储存天上的雨水。那水就像在干涸的土地上栽一棵树一样难。这一坑水,老乡们要用一年。部队进驻后,栽水坑里的水都臭了,漂浮着各种墨绿墨绿的东西。老乡们成群结队地去山下挑来清洁的泉水,把水烧开,装进部队发给他们的军用帆布水袋里,冒着枪林弹雨送到前线哨卡和阵地上。他们说,解放军为我们打仗,不能连一口热水都喝不上啊。他们甚至还把滚烫的粥都背到了阵地上。那像武装带一样穿在身上的帆布口袋并不隔热,许多支前民工的背都烫破皮了。从村庄到前沿阵地,是一条约三华里的崎岖山路,炮弹随时会飞过来,敌方的狙击手也会时不时打冷枪。有三个支前民工就牺牲在送水送粥的山道上。士兵们捧着一碗碗热粥,泪水哗哗地掉进粥碗里。都说战场上男儿流血不流泪,不轻弹的眼泪又何其珍贵?那是一段青春和热血、牺牲与奉献相伴的豪迈岁月。

南山村还有一个人和卓世民结下了生死战斗情谊,他就是村长曹前宽。他也是地方上支前民兵连长。两个连长年龄相仿,性格相投,一个喊卓连长,一个叫曹连长,都是铁骨铮铮的汉子。他们常在一个大口缸里喝酒,一张木床上抵足长谈,一起在训练场上摸爬滚打,当然,更在同一条堑壕里为国戍边。卓世民教会了曹前宽使用侦察连的各种枪械,曹前宽也让卓世民很快就熟悉了当地地形及风物民情。在和平年代,边境线两边的边民常有往来,曹前宽甚至在那边还有酒友。他说那边的一个公安屯屯长,最喜欢喝他家酿的酒。那人在这边有个苗族亲戚,过去常来往的。对一个侦察连长来说,没有比曹前宽更合适的带路人。卓世民对曹前宽说过,曹连长,在战场上,你就是我的眼睛。

有一场战斗让卓世民多年以来难以忘怀。那次他率一支侦察小分队上前线,曹前宽在前面带路。小分队通过一条山涧时,尖兵班的一个战士不幸触发了一枚绊发雷。这种地雷就只有一个月饼大小,在战区比蚂蟥还多。由于是塑料做的地雷壳,普通探雷器很难探出来,一炸就夺人一条小腿。地雷一响,敌人的机枪火力马上就覆盖了整条山涧。侦察分队被压在涧底,处境十分危险。山涧里就像猝然下起了一场冰雹,被机枪子弹扫断的树枝树叶纷纷下坠,如无数中弹倒下的生命。受伤的那个战士在痛苦哀叫,尖兵班长在喊卫生员,步话员忙着呼叫后方炮火支援,卓世民大声命令每一个人都隐蔽好不要乱动。他需要时间来做出判断。就在这猝不及防之时,卓世民看见曹前宽背一挺班用机枪,像一只猴子一样几步蹿到一丛竹林前,他压下身边的一根楠竹,抱着竹梢一弹,就跃到一棵大青树上,在树丫上架起机枪就是一通猛射。在敌人的火力被压制的那一瞬间,卓世民带着侦察分队和伤员全身而退。不到一分钟时间,从敌方飞来的炮弹顷刻间就将那条山涧打成一片火海。在战场上,生死就在毫厘之间,敢于挺身而出,把危险挡在身前的人,才是真英雄。当时大家都认为曹前宽肯定"光荣"了。可到晚上,这条汉子一身硝烟地回来了。

当年那个在枪林弹雨中跃动的身影,到今天依然让卓世民击节赞叹,他对普大卫说:"就是一个经过特殊训练的侦察兵,都不会有曹前宽那样的战斗素质和敏捷身手。"

"卓局,这个曹前宽,后来怎么样了?"

"他当全国民兵英雄了嘛。"卓世民还沉浸在回忆中,"我后来负了伤,在医院一躺就半年多。我是在报纸上看到消息的。"

"后来,就没有联系了?"

"唉!"卓世民重重叹口气,"有些人,在不合适的时候,不如不见。"

第四章

不是所有的回忆都美好。有一种记忆会像火红的烙铁一样烙在心头，一想起来就莫名疼痛，以至于人们情愿选择回避。多年来，南山村并没有从卓世民的记忆中抹去，更不用说那些与他并肩战斗过的人们。二十世纪九十年代末期的一个秋天，卓世民作为省厅督导组成员之一，到青山州指导打击人口拐卖专项行动。那时这个地方拐卖妇女儿童犯罪猖獗，甚至在公安部都挂了号。卓世民在听取案情汇报时才得知，他曾经战斗过的南山村也有人涉嫌人口贩卖。而且不是一两户，几乎全村的人都参与了。有提供拐卖信息的，有负责中转的，有参与窝藏的，有提供交通工具的，有一手买进一手卖出的。人们似乎认为这是一件有财大家发的轻松生意。当大多数人都突破了伦理和法律的底线，底线就不存在了。朱正那时还是州刑侦支队副支队长，专门负责州打拐办的工作，他告诉卓世民说：

"去年秋天打击过一次。可我们一进村，全村的男人都像猴子一样躲进大山深处去了，抓都抓不到。"

"怎么可能？打仗时那个村庄我驻扎过，村里人好着哩。"

朱正知道一些卓世民的光荣经历，他说："卓局，你那时是解放军，军民鱼水情，军民一家亲。我们是警察，他们怕我们。"

卓世民白他一眼，"警民就不能一家亲了？坏人怕你，好人凭什么要怕你？那里为什么会成这个样子？"

朱正说："因为穷么，那个村庄的人家常常穷得来连盐巴都买不起。妈的，没见过比那里环境更恶劣的地方。不打仗了，人们一身的力气好像都找不到地方使了一样。外面的人都有生意可做，他们连大山都走不出去。'卖白菜不如生个娃卖，养猪不如生娃卖'，这话就是从那个村庄里传出来的。卓局，我们这里的山村，教育程度低，年轻人都没有多大谋生的本事。如果最早外出打工的那个人做了泥水匠，那他可能带着大半个村子的人都当泥水匠。因此你可以看到很多木匠村、银匠村、铁匠村。要是那个最先走出去的人干的是拐卖人口的营生，那他可就带了一个坏头了。南山村一个村庄的人都姓曹，还沾亲带故的，宗亲观念极强。一人涉案，舅子老表啥的都牵涉进去了。"

卓世民那次直接指挥了青山州的打拐行动。他的指挥部就设在广畴县公安局，朱正带人去南山村抓人时，说，我们计划晚上八点就把村子封起来，只准进不准出。凌晨一点警力进村。每一个犯罪嫌疑人的住所也都摸清了。卓局要不要亲临一线指导？

卓世民想不到自己的人生会如此戏剧化。从警以来，他第一次对要被抓捕的犯罪嫌疑人心生怜悯。他们曾经都是多么淳朴善良的人们啊！打仗那年，南山村的每户家庭里都住了半个班的战士，老鹰山收复战打响后，从火线抬下来的伤员、牺牲的烈士，都要在南山村的战地医院临时处理后再转运。村里的那些大爷大妈们，会守在山道边，每抬下来一副担架，他们会扑上前去揭开被单看一看，如果发现是在他们家住过的战士，他们会像失去自己的儿子一样哭得呼天抢地。

卓世民不愿意再去面对南山村人的哭声，更何况此哭与彼哭，含义大不一样。他说我还是在指挥部统筹全盘吧。朱正在行动结束后来汇报说，在南山村一共抓了十三名犯罪嫌疑人，无一漏网。犯罪嫌疑人有男有女，有上线也有下线，有核心骨干也有外围通风报信的人，他们大多是为一个叫五孃的人跑腿，卖一个娃也就挣两三百块钱。一个村庄里只有村长一家没有参与犯法。

卓世民眼睛一亮，问："村长叫什么名字？"

朱正翻翻案卷说："曹前宽。"

卓世民长吁一口气，说："他还在当村长啊。我要去南山村看看这个人。"

朱正说："卓局，你不用去了，他现在就在我们的拘留室里。"

"什么？你把他也抓了？"

"上午，他带几个老头老奶来局门口闹事，要我们放了他们的人。我们请示县里后，就把他拘起来了。"

"胡搞！"卓世民一拍桌子，把对方吓得一愣，卓世民马上意识到自己的失态，他掐着额头说，"带我去见他。"

但那一次，卓世民终于还是不愿意面对他的生死战友曹前宽。他只是隔着一扇玻璃，看着那个戴着手铐、蜷缩在拘留室一角的山村老汉。这个与他同庚的老战友，看上去怎么显得如此苍老？他头发凌乱，穿一件靛青色翻领运动衫，因年头久远已变成灰黑色，上面布满洗不掉的油渍和岁月的风尘，袖口损边掉角，衣领只有半圈，脚上的解放鞋前面露出了大脚趾、后面也张了嘴。卓世民满眼热泪，很想推开门进去，一把搂住他；更想为他摆一桌，哥俩大喝一场，痛痛快快地讲一讲分别这些年来的风风雨雨。

但是他没有。他在外面默默站了一刻钟。

回到办公室，卓世民婉转地告诉朱正，朱子，这个人打仗的时候可是我们的英雄，那时你还在上小学吧？他不过是想为他村子的人说几句好话，求个情。

朱正也是个聪明人，他说："那我们把手铐给他取了，教育教育，放他回家。"

15

岁月艰辛，往事沉重。现在，南山村就是一部重新放映的老电影，勾起卓世民戎马倥偬生涯的无数回忆。退休以前，他工作太忙，只是偶尔会想到那个村庄，以及那里的人们。他记得那次专项行动之后，省厅和县里组建了一个综合防治小组，抽调了一批干部进驻南山村，一年后他看到一个简报说，政府出钱给村里接了一根引水管，彻底解决了人畜饮用水难题；村庄的风气也已大为改观，过去村里人连邻居家的香肠都要偷，现在通过教育大家勤劳致富，人心思变，年轻人大多外出打工去了，不再干邪门歪道的事情。一年来连打架争吵的事情都没有发生过。这个村庄的人和事就像一件已经完成的工作，在卓世民的脑海中渐渐走远了。

往事就像一坛尘封多年的老酒，一旦开启，经年的回忆扑面而来。这就是女儿说的退休老人的怀旧吧？但凡人经历了那么多事，哪能不缅怀？桑吉老师说过，老卓，你的经历，就是一部传奇。卓世民当时嘿嘿一笑，我怎么不觉得呢？桑吉老师说，那是因为你没有认真把自己跟别人对比。你认为生活本来就应该是这样的，而许多人的生活，你根本想象不出有多难，有多孤独，或者有多平庸。

其实，如果说卓世民过去没有闲心将自己的生活与别人相比较的话，自己退休前后生活的对比，总会在夜晚独坐书桌前，在早晨醒来时无事可做的空虚中，在去买菜的路上，在球场争胜的间歇，在钓鱼竿前发呆的某个瞬间，在面对爱犬阿雄询问的目光里，总有一种润物无声、丝丝入扣的失落感会悄然掩杀而来。这就是我的平庸吧？这就是人们所说的孤独吧？人到晚年，谁不这样？尽管他很享受退休后的闲适安宁，但他还是会想起从前，想起当年的荣耀和风光。而且，往事越是久远，越让他像对一瓶陈年老酒般眷恋。比如，他就认为，穿军装的卓世民，比穿警服那个卓世民，更让他感到自豪和骄傲。脱下军装后，卓世民有时也会想到重回自己当年战斗过的地方，见一见那些一同浴血奋战过的人们。但总是因为忙于工作，总是因为有些过

第 四 章

往的人和事,不到那个时间点上,你不会在岁月的河流里逆流而上,再度遇见曾经的那个你。

人内心里存放的往事、烦恼、忧虑,以及生活的价值和意义、希望与梦想,总需要一束光来照亮。所谓人活通透了,想明白了,大约就是卓世民此刻的心情。纵然前路不可知,生命总是无畏的。

卓世民给省厅陈厅长打了个电话,说要见他。陈厅长说,老卓,我正要找你呢。晚上来我家吧。我让你兄弟媳妇给你烧条江鱼,我还有好茶等你来品。

晚饭后,在陈厅长的书房,两个老伙计泡好普洱茶,卓世民谈了依阳阳一案的诸多疑点,然后说:

"老陈,我想去下面跑跑,摸摸情况,顺带去看看我在那边的一个老战友。"

陈厅长有些诧异,问:"你的病,不管了?"

"医生都管不了,我管它做甚?还不如出去散散心。"

陈厅长掰字酌句地说:"老卓,这期间你的身体……没有感到什么异样吧?"

卓世民嘿嘿一笑,"什么感觉都没有。该吃吃,该睡睡,该打球时还打球。得这种病的人,都是被吓死的。我这人,你晓得,从不怕吓。"

"我认为,你还是待在家里好。"

"老陈,既然要去阎王那里报到了,你就让我遂了自己的心愿,做点有意义的事情吧。一个老刑警,自有他的活法和死法。"

陈厅长和卓世民共事也有二十多年了,他知道卓世民做事有他自己的方式。这桩案子,有可能钓出五嬢这条大鱼,但眼下还没到厅里直接参与的时候,前期的秘密介入,正是卓世民所长。他给他续了一杯茶，眼睛有些湿润了。

卓世民知道自己所请获准了，脸上粲然一笑："老陈，还是那句老话吧。能站着，就不躺下。"

陈厅长叹了口气，说："去吧。有什么情况，直接向我报告。另外，你的背后，我会安排好。"

卓世民明白陈厅长是要给他安排一个"守护"，因此他说："不用了。那边是我打过仗的地方，情况熟，战友多。"

陈厅长沉吟片刻，然后说："那两个犯罪嫌疑人，让武钢他们先秘密追捕。青山州情况比较复杂，你要小心点。老卓，一旦身体有什么不适了，或者事情棘手，就马上回来。"

陈厅长似乎话里有话，卓世民没有详问。他说了句让陈厅长很感动的话："一个老兵最高兴的事，就是重返战场。"

第二天中午吃完午饭，老伴肖佳说下午要去烫头。卓世民在餐桌对面默默地看着老伴的一头银发，忽然说："我也去。"

肖佳误会了，盯着卓世民的只有一寸多长的头发看了看，扑哧一声笑，"你这头怎么烫？"

"小姑娘，我是说，我陪你去。"卓世民主动提出陪她烫头，这在他们的夫妻生活中还是第一次。他们连一起去菜场买菜的机会都很少。

包阿姨还在一旁收拾碗筷，卓世民这话让肖佳有些不自然。年轻时谈恋爱，卓世民就叫她小姑娘。肖佳嗔怪道："老不正经的。"

卓世民也有些尴尬，自嘲道："老了还装正经，那就是假正经。你前两天不是说胸闷气紧嘛，你们烫头时头上戴一个大钢盔架着烤，热气蒸腾的，我怕你喘不过气来。"

第 四 章

肖佳说："这你就不懂了吧。蒸汽是作用于药水的，一点不影响心脏。你下午不是要打球吗？"

"不打了。"卓世民想了想，才说，"老兰说有事。我还是陪你去吧，也出去走走。"

老伴老伴，老来做伴。多年来他们并不需要卿卿我我的情话来维系感情。递一杯茶，准备好要吃的药，叮嘱添加衣服，能吃什么不能吃什么，日常生活里的自然与习惯，岁月流逝中丝丝缕缕环环相扣的牵挂与惦记，如空气中的氧一样存在。体贴和温存，在对方的世界里无处不在，又消融于无形。退休前，卓世民的工作，肖佳从不过问，她只是为他担忧，却又很少表露。没有人知道，当卓世民去执行谁也不能告诉、没有时间期限的绝密任务时，肖佳一个人是如何挨过那一个个孤独的长夜。有一种爱，是永远默默地守候在你的身边。

肖佳要去的美发店就在社区里，他们走路去。小区里来往车辆多，在过路口时，卓世民趁势就把肖佳的手牵住，说慢点慢点，有车来。待过完路口，肖佳想把手抽回去，竟感觉手被丈夫紧紧握住。她有些不自然，心里又涌出一股暖意。这个死老倌，从来都是粗粗糙糙的，今天怎么又疯疯癫癫的了？

他们就这样手牵手地走进美发店，让店里的那些帅哥靓女们侧目。肖佳做头发时，卓世民在一旁跟美发师聊，就像一个要偷师的老徒弟。这个头盔里温度有多高？要蒸多久？我老伴心脏搭了支架的，不会有什么影响吗？你用的什么药水？是进口的还是国产的？成分是些什么？对头皮有无伤害？以至于肖佳说，老卓，你一边待着去吧。人家师傅心里有数的，我又不是第一次来做头。

老伴的头发从什么时候开始变白的呢？卓世民努力回忆。依稀记得退休以后的某天早晨，他突然发现老伴顶着一头银色的白发坐在餐桌对面。他诧异地问，你去染发了？肖佳淡淡地说，不是我染发了，而是我不再染发了。不习惯是吧？原来多年以前肖佳就开始有白发了，她一直在悄悄地染发，卓世民竟浑然不知。肖佳说，现在我们都是退休的老头老太婆了，我不怕给你丢脸啦。卓世民那时有些感动，他知道老伴这满头的白发都是为他操心操的，为这个家而白的。他本想说几句宽慰的话，但话一出口却显得如此笨拙。你这头白发挺好看嘛，像一个有学问的文化人。人家说白头偕老嘛，不白头，我们怎么偕老？卓世民其实观察得挺准确的，老伴的白发不是那种花白或灰白，而是不带一丝杂色的纯银白色，透着令人尊敬的知性和典雅。卓世民搞不明白的是，那个一头乌发的小姑娘，怎么那么快就变成了满头银发的老太婆了？

都说造化弄人。这个造化是个什么东西？岁月？工作？生活？事业？社会？磨难？财富？顺境？逆境？或者别的什么。卓世民经常被肖佳说他太不注意她身体的变化，每当老伴在他面前说自己胖了或是瘦了，卓世民总是不经意地说，没有啊，你挺好的嘛。一个人为什么要那么在意自己的体重呢？又为什么要在意自己的头发白了或者少了？卓世民过去没有时间考虑这些问题，造化却把一切都塑造好了。从长发及腰到风尘满面，从青春灵动到步履蹒跚。造化就是那看不见的命运吧？就像你体内的胰腺"占位"，不是你做错了什么，得罪了哪个，而是这该死的、找不到主的造化。

肖佳烫了个花菜式的小卷头，一卷一卷的银发似白色的波浪，翻滚在一张慈祥娴雅的脸上。两人从理发店出来，还是手牵着手，卓世民不断扭头看肖佳，忽然笑着说："完了完了。"

肖佳问："怎么了老卓？"

"人家会说这个美女怎么跟一个乡下老倌走在一起了？鲜花插在

第 四 章

老牛粪上咯。"

肖佳羞赧地说:"死老倌,你就疯吧。"

晚上,肖佳和包阿姨在客厅里看电视追剧。卓世民来客厅里站了会儿,电视上正在放一部热播间谍剧,老戏骨和小鲜肉搭配,谁是地下党、谁是卧底,搞得云遮雾罩的。卓世民没有兴趣,他想我要是像电视上那些红男绿女那样,任务早他娘的失败十次了。他的眼睛余光其实在老伴身上,她慵懒地蜷缩在沙发上,身上搭一条毛毯。肖佳问,老卓,你不坐下来看会儿吗?

卓世民说,不了,我去收拾一下东西,要出趟远门。肖佳没有起身,她已经习惯了这样的事。她只问了声,要帮你收拾行李吗?卓世民说,不用,还是我自己来吧。

卓世民回到自己的房间,发了一会儿呆。遥远的南山村。同样遥远的战争年代。枪林弹雨中跃动的青春身影。并肩作战的战友。隐藏在丛林中的暗堡,就像潜伏在身体里的"占位"……

他心中忽然升起一丝伤感,或者说眷恋。这或许是最后一次出行了。这是一次告别式的出门。不是与家人告别,而是向总是漂泊在外、离家千里这种生活方式告别,向闪耀着青春身影的旧日战场告别,向人生最值得骄傲的岁月告别。过去常说,总有跑不动的那一天,那时就在家歇着享清福。没想到这一天这么快就来了。清福倒是享到了,却显得这么短促,这么仓皇。

过去他出差,要带什么行装,肖佳从来插不上手。他分明在夏天出门,却要带上冬天的衣服,他从不跟家里人说要去哪里,去多久。久而久之,他的行李箱里都要装些什么,只有他清楚。有些搞密侦工作需要的行头,总不能让家人知道吧。因此他总是独自收拾行装。

肖佳端一碗鸡汤站在了门口,卓世民一回头,自己倒吓了一跳。

"电视完了？"

肖佳把鸡汤递过来，说："赶快趁热喝了。"

"晚饭时不是刚喝过吗？"

"明天你就走了，这汤谁来喝呀？"

鸡汤里有两根虫草。这些时日肖佳看丈夫气色有些不佳，就将冰箱里摆放了快一年的一盒虫草翻出来，煲汤给卓世民喝。这盒虫草还是卓婉玉去年到青海出差时买的，花三千块钱只买到一小包，大约有二十来根。之前家里为谁最该吃这名贵的玩意儿推来推去的，谁也说服不了谁。卓世民说该炖给老父亲吃，肖佳说这是婉玉孝敬你的东西，你的身体也最需要，该你吃。卓世民说，那你就不需要了吗？要吃大家吃。卓婉玉说，就二两虫草，爸爸妈妈就别推了，你们都吃吧。我只恨自己工资太低，不能像买折耳根一样，一买就是几斤。卓世民开玩笑地说，你就当它是折耳根吧，折耳根吃了还清热去火哩。话虽这么说，肖佳还是用一个小电瓦锅专门来煲这虫草鸡汤，每次放上三四根虫草。卓世民总会把碗里的虫草夹到肖佳碗里，肖佳又给卓世民夹回去。每次都要来这几个回合。后来老两口达成协议：卓世民吃两根，肖佳吃一根。卓世民又会在肖佳不注意时，将虫草夹到老父亲碗里。他的理论是，营养都在汤里了，谁吃还不一样。

肖佳守着卓世民把汤喝完，卓世民拈出一根虫草，想塞进老伴嘴里，被肖佳断然拒绝。她把头扭到一边，说，别闹啦。卓世民说，又要我减肥，又要把我当填鸭，这做人难呀。肖佳说，你要出门，还不知吃得好不好呢。卓世民心里想：就我这样儿，吃啥都是浪费了。他一把搂住老伴的脖子，说，听话哈。肖佳犟不过他，只得服从了。

卓世民嘿嘿一乐，"这就乖了嘛。"还顺手在老伴脸上轻轻拍了一下。

第 四 章

卓世民已经收拾好一个双肩包了,包的拉链还没有拉上,茶几上还有一堆药瓶没有收进去。

"这次出去的时间不会太长吧,去哪里呀?"肖佳问。

"青山州。"

肖佳的眼睛落在那堆药瓶上,"药都带齐了吗?"

"带齐了。"

"硝酸甘油和速效救心丸带了吗?"

"带了。每次都带,可从没有用过。"

"从没有用过的药,用上就管用。不然麻烦就大了。所以你还得带上防万一。"

"这世上只有概率,没有万一。"卓世民又想起陈厅长说的那个"万一"。他不相信有那样的好事。

仿佛有心灵感应,肖佳问:"老卓,那天单位上来车接你去看体检报告,你回来还没有跟我说起过呢。"

"噢,没什么,还不是那些老毛病。"

"具体指标,有升高吗?"

"嗯……血压,又高了点,高压到一百五十五、低压一百一;血糖也高了点,六点多;血脂降了些,跟我这期间控制饮食、锻炼多有关系吧。"

"体检报告呢,我看看。"

"体检报告……哎呀,看我这臭记性,那天回来时,报告落在小唐车上了。"

"其他没什么吧老卓? 心脏呢,医生怎么说?"

"没有什么啦,医生说我只要把血压、血脂和胆固醇控制好,就不会有冠心病的危险。另外就有点心律不齐。老毛病啦。"

"老卓,你血压挺高的啊!来,我给你测测血压。"卓世民本不想测,但肖佳已经去找来了电子血压仪,他只好捋起袖子,平躺在床上。老伴俯身过来帮他测血压时,他嗅到了肖佳头发上的香波味。卓世民微微闭上了眼睛。

啊,这味道,我就要闻不到了。

他情不自禁地把手搭在了老伴的肩膀上,轻轻地摩挲。尽管他们已经分床睡了,但还有性生活,每月至少一次。在肖佳看来,卓世民的身体依然很棒,还会像一头老豹子一般勇猛。她看出了卓世民眼睛里的渴望。肖佳说了声,别闹,正量血压呢。晚点再说。

"外公外婆在亲嘴呀!"杨颖忽然出现在门口,她欢快地喊,就像发现了大人的秘密。

肖佳回头,很难为情地说:"是颖颖呀,外婆在给你外公测血压呢。外公又要出门了。"

颖颖爬上床来,搂着卓世民脖子,"外公又要去抓坏人了吗?"

肖佳看了看血压仪的显示屏,说,抓什么坏人,血压都那么高了。颖颖,快下来。别打搅外公。

肖佳收血压仪时,又说:"老卓,你不会是去揽单位上的事情做吧?"

卓世民笑笑,"不会。"

杨颖说,我今晚要跟外公睡。卓世民呵呵笑着说,行啊。肖佳说不行,你外公今晚要好好休息,不然他就抓不到坏人了。

肖佳牵着杨颖往屋外走,走到门口时,她又转过身来说,"老卓,你没有骗我吧?"

"我骗你什么?"

杨颖扮了一个鬼脸,说:"外公骗人就是小狗。"

"颖颖，别闹。"肖佳说，"我怎么不放心你这次出门呢？"

"哪次我出门你不操心？放心吧，我去几天就回来。"

"外公骗人是小狗！"杨颖又喊。

"汪！汪！"卓世民做狗状，伸手去抓杨颖，"不是小狗，是老狗。"

肖佳脸上有了担忧之色，"昨晚我做了个不好的梦……"

"行啦行啦，快带颖颖去睡觉吧。她明天还要上学。"

祖孙俩走后，卓世民跟兰高荣打了个电话，说下周不能来打球了，有事。兰高荣何其敏感，一语道破了他的天机。他说：

"老卓，你还真来劲了是不？那孩子的事儿不是已经撤案了吗？"

卓世民问："你怎么知道？"

"普大卫告诉我了，还说你有些心神不定。老卓，你有事儿瞒着我。"

卓世民沉吟片刻，才说："我去见一个老战友。"

"哪里的战友？"

"青山州那边的，当年打仗时候认识的。"

"那我陪你一起去。"兰高荣说得很干脆。

"不要。我烦你唠叨。我只是想一个人随便走走，散散心。"

电话那头沉默了一阵，兰高荣才说："老伙计，悠着点吧。咱们年岁都不小了。别忘啦，我是你的守护。"

16

烈日下，南山村的村长曹前宽站在公路边拦车。他手里攥着一张一百元的票子，有车来了就不停地挥舞。那钞票已经被汗水浸湿，油腻腻、皱巴巴的。不知过往的车辆是不愿载他一程,还是嫌弃这张钱太脏,只是傲慢地扬起阵阵冲天尘土,绝尘而去。

在曹前宽的上方,是他带领南山村的人挖了十五年的出村公路。准确地说,这只能算一条乡村便道,歪歪扭扭地挂在山崖上,像一段随时都要被山风扯断的绳子。公路的路基虽已垒好,但还未封水泥加固,只是按石块的天然形状相互镶嵌咬合。农家的山墙,甚至墙壁,都是这样垒建的,唯有优秀的石匠才能做到这一点,把那些不规则的石缝垒成现代派的壁画,怎么看怎么有道理、有巧劲。天然去雕饰,民间有大师。但一条跑车的公路路基也这样垒的话,平常倒问题不大,遇上雨季天,头顶飞石,路面走水,恐怕一场暴雨下来,这路就会像被战火摧毁的了。加之道路狭窄,一边是悬崖,一边是峭壁,那崖壁上一条条炮杆的痕迹历历在目,还有一些巉岩悬在半空中,张牙舞爪的,仿佛随时要掉下来。路面大体还算平整,铺了拳头大的弹石,尚未垫土,人走在上面硌脚,车开上去像走独木桥。没有九个胆的驾驶员,大概不敢开这样的山路。

曹前宽的新难题就在这里。这条浸透了汗水的路挖通了,但是没有车敢开上来。人们还不能放开心情地来喝酒庆贺。昨天曹前宽在山下的公路边拦了半天车,好不容易说服了一辆农用柴油车,给了五十元钱,请那师傅走一趟。农用车铆足劲爬到鹰爪背处,终于像一条力竭的老马,喘着粗气出溜下来了。师傅说,大爹,这也叫路?谢谢了,我的车不好,我还有家小,我还你这五十元吧。

昨天晚上村里一些流言已被山风吹到曹前宽的耳朵里。修公路这样的活儿,哪是我们几个山里老倌干的?人家外面挖路都靠挖掘机挖,铁胳膊一伸,就把岩石啃下来了。哪有我们这样一锤一锤打的?挖路又不是挖一条排水沟,水往低处流,路得往高处走。走得通走不

第 四 章

通，光有蛮力气还不行，得靠那些读书读得狠的人说了才算数。好比那蛇有蛇路，象有象道，马帮走的路能跑车轮子的话，儿子也可打老子了。

曹前宽的老伴被这些流言催出了眼泪，说十多年来口水说干了，汗水淌尽了，胡子头发也苦白了，还换不来一句好话。这人心难道比石头还硬？曹前宽说，山里人嘛，心就是要比石头还硬。要不你怎么搬得动那些石头？车开上来了，就堵人家的嘴了。

这天早上，曹前宽下山前对在村口观望的村人说，农用车马力太小，爬不上来，没关系啊。我们的路是修给大卡车的，修给后生们将来要开回村里来的小汽车的。我今天就给你们叫一辆车上来，你们在村里等着听汽车喇叭声好啦。

曹前宽坚信自己修的路是可以跑汽车的，至少跑越野车没有问题。他知道一条新公路得有一两年时间来将路基压实，边坎护坡再做些修整，然后再跟政府申请点水泥，将来路面铺平了，什么车不能上来？小狗烤火还得慢慢来嘛。山里人，就是性子急，眼睛看不到的东西，他就想不到，也不相信。因此，他在路边专拦那些看上去有些档次的越野车，它们底盘高马力大。不过他忽略了一个问题，他看得上越野车，越野车们看不上他。

太阳快落山时，终于给曹前宽拦下一辆黑色的越野车。驾驶副座上一个穿短袖白衬衫的中年男人探头问：

"大爹，你要去哪里？"

曹前宽说："老板，老板，我想请你做个好事，帮我跑一趟山上。我给你一百块钱。谢谢了老板！"说着就把钱塞过去。

那人推开曹前宽的手，问："跑哪里？"

曹前宽指指头顶的那条路，"去我们村，从这里拐上去，就五公里。刚刚挖出来的新路，宽宽的大马路。耽搁你半个小时，拜托了，老板。"又把钱递过去。

那人再问："你是谁？上面是哪个村庄？"

曹前宽说："我叫曹前宽，是上面南山村的村长，还是村民党小组组长。老板，我不是个坏人，你要相信我。我这把年纪的人了，不会编坏话来哄你。这条路是我带着村里人挖了十多年挖出来的，还没有走过车呢。我只是想请你帮我走一趟。看看我们修的路，能走车不？路宽着呐老板，你的车好，几脚油门就上去了。"

这人跳下车来，抬头仰望山崖上挂着的路。车后排座紧跟着又跳下一个年轻人，麻利地站在他身边，还递过去一个茶杯。白衬衫中年人说："南山村我听说过，过去是个支前模范村。"

曹前宽心中一喜，朗声道："就是咯，老板。我们村庄过去很风光的，上过中央电视台哩。"

白衬衫中年人一挥手，"我们上去。"

他身边的年轻人想要说什么，但被他用眼光及时制止了。曹前宽激动得连声道谢，今天可算是碰到贵人了。

车摇摇晃晃驶上曹前宽的路，走得不比一匹骡子快。行到鹰爪背处，越野车竟然拐不过去。驾驶员头上在淌汗，曹前宽也感受得到他身边的那个年轻人的紧张。倒是那个白衬衫中年人心宽得很，他说："倒一把，就过去了。"

在这种地方倒车，车屁股冲着悬崖，真是考验人驾驶技术和胆量。曹前宽感动得眼眶都湿润了，他说："老板，等会儿到家里，我给你逮两只土鸡。"

白衬衫中年人说："谢谢，不必了，大爹。给我讲讲你们村的事，还有这条路，怎么修了十多年？"

第 四 章

"十五个年头了。"曹前宽向前弓着身子,粗壮的手指头张开又握紧了三次。

"哦? 就你们自己挖,没向政府要点帮助?"

"唉,我的村庄命苦。政府也想帮助。不过,先是说山上石头多土少,活不了人了,得了'生态癌症',要让我们搬下来;后来政府修路的规划只到行政村一级,我们这小小的自然村,还不晓得哪年哪月才规划得上哩。我们就只有自己挖。乡上县上有钱了,就补贴我们一点炸药钱,没有补贴了,我们就自己凑。水养人,路才能活人哩。人总不能被大山困死。我叫曹前宽,朝前走一步,天地就宽一点嘛。"

中年人转头望着曹前宽,笑着说:"你这话说得好。"

曹前宽的故事才讲了个开头,车转眼就到了村口。曹前宽打住话题,对驾驶员说:"师傅,麻烦你按一下喇叭,朝死地按。谢谢,我给你们一人逮两只鸡。"

白衬衫中年人笑了,"大爹,你家养了多少只鸡呀?"他又对驾驶员说,"你就按嘛,又不费电。"

汽车喇叭清脆地在山村里鸣叫,惊飞了村口树上的一群鸟儿,吓跑了山岩上觅草吃的山羊,还惊动了山里人家的炊烟,炊烟仿佛也不动了,呆呆地悬停在半空中,探望着这闯进村里来的黑色怪物。坐在驾驶副座的白衬衫中年人听到他身后传来一阵阵喃喃自语:

我家老母亲,汽车开进村里来咯! 我家老爹,汽车喇叭在喊你咯! 曹发标、曹发勤、曹友民、曹友君、曹前东,汽车开来咯,喇叭响咯! 曹家的列祖列宗,我们村有宽宽的大马路咯……

白衬衫中年人再次回头,看见了这个山野老汉眸子里的泪花。他对司机说:"你继续,使劲按!"

一些村人跑出了家门,惊讶、兴奋、激动,小孩子们新奇得大呼小叫,好像这车不是开上来的,而是天外飞来。村人眨眼就把车围住了,当然,他们还是心存敬畏,离车有五六米远地围观,指指点点。不是他们没有见过汽车,而是他们还不敢相信自己的村庄也可以开来汽车。

有个老倌也像曹前宽的老母亲一样,几十年没有下过山,他豁着一张无牙的嘴说:"这车是公的。"

一个年轻人逗他,"大爹,你咋个看出车是公的呢?"

老人指指车屁股后面的排气管,"得给人家穿件衣服嘛。害羞多多咯。"

一个山村的美梦成真,让曹前宽重新找回当年戴大红花当支前模范的光荣与自豪感。他笑呵呵地把车上的三个客人拉进家,吹燃火塘,烧茶倒酒,杀鸡炒菜。他说:"老板,我们山里人,拿直套。你是第一个开车来到我们南山村的人,说明我们的路没有修错。贵人啊!生死不管,咋个也要喝一碗酒再走。"

车上那个年轻人想推辞,但白衬衫中年人倒也爽快,在曹前宽家的火塘边坐下来,端起土碗就喝了一口老苞谷酒,然后说:"噢,好久没有喝到这样有劲道的酒了。来吧,曹村长,村里修路的故事你还没有讲完哩。"

曹前宽其实已经隐约感到这个穿白衬衫的中年人像个下乡的干部。但他前面老板长老板短地喊出口了,人家也没有反对。现在改口已经来不及了。管他是谁吧,再大的干部他曹前宽还是见过几个的。这村里修路的故事,石头人听了也会动容。

不过,曹前宽是个直套人,修路的故事讲完后,他心里憋着的话还是直杠杠地说出来了。"这位老板,敢问一下,是做什么生意的呢?"

第 四 章

白衬衫中年人哈哈一笑，"我像做生意的吗？"

"不像。"曹前宽大着胆子说，"你像个下乡干部。"

开车的驾驶员终于忍不住，说："这是我们州里的刘书记。"

"书记？管哪个……哪个单位的书记？"曹前宽惊讶得张大了嘴。

刘书记身边的年轻人说："青山州州委书记，哪个单位不管？刘书记是刚刚从省里调来的。"

曹前宽一拍大腿，"哎哟，我的老天爷爷！遇到贵人了！冒犯冒犯了。刘书记，我们山里人拿直套，得罪了你也生死不管了。我喝一碗酒赔罪。"他的酒碗高高举起来。

刘书记忙拦住他，"有什么冒犯得罪的。你给我上了一课，曹村长。"他又转头对秘书小王说，"把在乡政府等着的那些人都叫上来，让他们都来听听曹村长讲修路的故事。对了，让他们进村时，按喇叭。"

一个小时后，山村再度骚动起来，喇叭声此起彼伏，热闹非凡，一溜车辆塞满了村口的道路。一干人马匆匆赶来，他们是县里的书记、县长，还有歇马乡的干部们，他们本来在乡里迎候刘书记的调研，谁也没想到刘书记直接扎到村里来了。当他们涨红着脸、揩着汗，一个劲儿道歉说"刘书记，我们来迟了"时，刘书记说：

"的确来迟了。我们都来迟了。"

曹前宽后来逢人就说，不是我遇到贵人了，是我们南山村遇到好政策了。当年把土地分给大家的政策有多好，人家刘书记带来的新政策就有多好。

那天，青山州委刘云天书记在曹前宽家的院坝里开了一个现场会，他把曹前宽的手掌举起来，说："你们看看这只手，掌心都是厚厚的老茧呀！村里这条路是怎么挖出来的，你们都来摸一摸就知道了。曹村长说前几年换二代身份证，他在派出所连指纹都按不出来。过去，政府的公路建设规划不到自然村一级，是受历史条件限制。但是人家不等不靠，自己挖出一条路来了，这就是当代愚公。这就叫等不是办法，干才有希望。难道我们现在不需要这种精神了吗？更不用说这里曾经是前线，当年为什么在这里打仗？每一寸土地都有先辈洒过热血，难道我们就不该珍惜？曹村长，老鹰山上那块界碑的故事，你再跟我们说说。"

曹前宽是个不会怯场的人，领导越多，他的嗓门越大，情绪越高。他还捧着水烟筒，像给后生们讲故事一般自然。"过去除了打仗和支前，我们南山村的男人只会两件事，打柴和挑水，地里那点活儿交给女人们干就是了。我们南山村曹家，从一世祖曹应征老大人算起，一边种地，一边为国家守关卡，一股水淌下来是清清白白的。九十年代初期，枪炮声不响了，我们这边依然不敢睡安稳觉。那边不服气，总想偷偷把界碑往我们这边挪。有一回他们上来六十多个人，荷枪实弹的，想要挪198号界碑。一个放羊娃下来告诉了我。我一边给上面报告，一边带上全村男女老少，生死不管，操起扁担锄头砍刀都上去了。我告诉他们说，你们敢把界碑挪一寸，我们就和你们血拼到底。我曹家老祖先在这里传了二十四代人，怎么敢在我们这一代人手上少一寸土地？后来边防部队和外事部门的人赶来了，他们才撤了回去。"

"听见了吧，同志们。"刘书记说，"这才叫家国情怀。曹村长，我有个好消息给你。国家刚刚有了新政策，边防不能空心化。边境线五公里以内的村庄，一律不搬。边境不安宁，就没有我们的和平生活。"

"刘书记，这政策太好了！"曹前宽高声叫道，"边境线上的界碑，

第四章

虽说有边防军随时来巡逻,可人都搬走了,谁来招呼人家边防军喝口热水?谁来跟他们讲讲边境线上的新情况?从来都是军民一家守边疆嘛。"

"你说得对!军民一家,才是钢铁长城。"刘书记说,"曹村长,我们首先要建设好自己的家园,边防线才能长治久安。今后,国家要加大对你们的扶持力度,我们既要脱贫致富,还要固边守土。要让边民们留得住,关键要让他们富起来。对于那些生存条件险恶的村庄,像南山村这种被判了'生态癌症'的村庄,再苦再难,我们也要像当年打仗一样,向贫困开战。'生态癌症'不可怕,可怕的是人没有了脱贫攻坚的干劲,缺少了为国戍边的精神。我们的边防,绝不能空心化。今后州、县、乡、村、人,五个层面联动起来,强边固防,人人有责。南山村有它的光荣历史,也走过弯路,不就是因为少了一条路嘛。曹村长说了一句话,你们搞宣传的应该用来做报纸头题,'水养人土养人,路才能活人'。有了路,脱贫致富才有希望。我看南山村就可以搞成一个爱国教育示范基地。曹村长,你这条路,我的车都不好走,游客怎么进来?今后谁愿意来做买卖?外出打工的年轻人,又怎么能指望他们能回乡参加建设?"

曹前宽低下了头,"屋檐水也能滴出石窝窝来哩。等我们缓过劲儿来,再挖就是。"

"我可等不起了。"刘书记笑了,"县里高书记、戴县长,你们安排交通局的人来重新测量一下,按四级村组公路标准设计,把专业筑路队派上来,重新修。坡度要降低,弯道要拉直,路基要加固。你们县所有靠近边境线的村庄,都要照此办理。国家财政已配套了专项资金,你们下周就给我报上方案来。南山村这条路,我要亲自督办。一个为国家守边境线的村庄,一不能再穷下去,二不能没有一条路。"

刘云天下山时,天已经黑了。曹前宽要去逮鸡,刘云天笑呵呵地拉着他的手说:"曹村长,你的土鸡就留着下蛋吧。我看哪,你这里土地不多,但山上的植被还好,地方也大,以后你带领大家把养殖业搞起来,也是一条脱贫的路径。路修好了,山里的好东西不愁卖不出去,对吧?"

第 五 章

17

　　这是一次归来之旅，也是一次告别之旅。

　　乡村中巴客车只路经南山村下面的杨家寨，卓世民背一个双肩包下车。其时，夕阳西下，山岚飘拂在群山腰，炊烟在村寨里升起，不知名的鸟儿在空谷里鸣叫。当年打仗时，杨家寨是师部驻扎地，他所率领的师直属侦察连驻扎在南山村。那时杨家寨也不通公路，后勤给养什么的都只能靠支前民工和骡马从歇马乡驮运上来。崎岖不平的山道上到处都是奔赴前线的士兵和负重支前的民工，那场面真是让人血脉偾张，豪情满怀。师直属炮团在杨家寨下方抢挖了一条便道，勉强能把122榴弹炮拉进炮阵地。今天卓世民在路上还能看到这条战时公路的影子，不过它的路面已经铺上了拳头大的弹石，虽然拓宽了许多，但它依然弯多坡陡，让坐车的人心惊肉跳。卓世民还记得一辆炮车在这段路上翻下了悬崖，牺牲了一名战士，炮团王团长差点没被师长执行了战场纪律。王团长抱怨道：这是在什么鬼地方打仗啊？我的炮弹可以长上翅膀，可炮车又不是飞机。

　　杨家寨在半山腰，南山村在山顶上。刚才那个中巴车师傅对卓世民说，老大爹，你要去的那个地方得爬上去了。卓世民笑笑说，我知道。进出南山村的山路，他当年不知走了多少个来回，他相信自己现在闭着眼睛也能摸上去。那个老司机又问他，是去南山村走亲戚吗？卓世民回说，不是，去看个朋友。老司机娴熟地左一把右一把地打着方向盘，还不断扭头看卓世民，然后说，大爹，你是个老兵吧？卓世民又笑了笑，不置可否。被人看出身份，是他最不愿意的事情。老司机又说，这些年回来看战场的老兵不少。大爹，你打过仗吗？如此光荣的经历，卓世民不能否认了，他轻轻点点头。到卓世民下车时，老司机一手扶方向盘，一手从车前的盒子里抓出一张二十元的票子，递给卓世民说，大爹，我这车从不收老兵的钱。

卓世民站在公路边，手里攥着那二十元钱，目送中巴客车远去，心中暖意融融。他仰头望望自己的头顶，老鹰山主峰海拔2487米，南山村海拔1986米，他现在的位置杨家寨海拔1503米。还有老鹰岩山主峰周边一些山头，打仗时都以某某高地命名。每一个高地，每一块阵地，每一个哨卡，每一片雷区，都不仅仅是标在他的军用地图上，而是铭刻在一个老兵的记忆深处，岁月从不能将之遮蔽。年轻时流过血的土地，自然就有了青春和生命的烙印。

杨家寨上方有一片荒草丛生的坡地，过去是部队的训练场和靶场，从班排战术突击训练到步兵轻重武器的实弹射击。那时当地老乡们最喜欢来讨要八二迫击炮弹的装弹筒，他们拿回家去凿一个眼，再加一个烟嘴，灌上点水，就是一个乡村老倌们随时不离身的水烟筒。卓世民就是在这里学会了抽水烟筒，在他搞密侦工作时，曾经装扮成一个大型货场的守夜老倌，和一个监守自盗的盗窃团伙周旋了一个多月。一个守夜者怎么能少一支烟筒呢？以至于他回到单位后，也在自己办公室摆一个大烟筒，再好的烟都要把过滤嘴掐了抽才过瘾。

打靶场上方就是通往南山村的山路。卓世民发现有一条三四米宽

第 五 章

的毛路穿过打靶场，向山顶延伸。两辆挖掘机伸出长长的胳膊，砰砰砰地钻向岩石，声音像平射的高射机枪。还有几辆装载车在工地来来往往，十几个头戴安全帽的筑路工人在边坡上浇灌水泥。裸露的岩体散发出熟悉的尘土味，喧嚣的工地让群山不再寂静。

嚯，咱们的南山村要通公路了？卓世民眼睛热了。曹前宽、曹前顺、曹家友、曹家祥、蒋大妈、曹四姐……南山村的战友乡亲的容貌在他脑海里纷至沓来。曹前宽，我的好兄弟，你还好吗？我们的村庄可是大变样了啊！过去光秃秃的石山，大约是因为这些年封山育林的缘故，现在长满了胳膊粗的松树、栗树和葳蕤的灌木，看上去绿意葱茏，这倒让他有了些陌生感。毛路紧贴着悬崖蜿蜒而上，岩石上到处是打过炮眼的凿痕。卓世民想，这是要把一条路挂在峭壁上了。当年解放军的工程团，才能干这样的活儿。

卓世民看见路边有个火塘，一个戴着藤篾帽的老倌蹲在那里烧茶水。他便上前问：

"老乡，你好。南山村是往这里上去吗？"

那人缓缓转过身来，一张尘土满面的脸，只见两处白眼仁。他定定地看着卓世民，沙哑着嗓音喊了一声：

"卓连长……"

然后他像中了一枪似的，瘫坐到火塘边。

"曹前宽曹连长，是你吗？"卓世民扑了上去，先是想蹲着，但他看见曹前宽两行止不住的眼泪哗哗地无声流淌，在灰扑扑的脸上冲出一道道沟渠，他情不自禁地就跪在了他的面前，双臂紧紧地抱住了曹前宽。

山风呜咽，但是温暖如春风扑面。苍老的眼泪也会让群山动容、顽石崩裂。一只苍鹰盘旋在天上，久久地观察山坳上的两个老人，那是它从未看见过的人间最温暖的重逢。

卓世民紧紧攥住曹前宽布满老茧的手,"好兄弟……曹连长……你这是……"

"给修路的师傅们烧茶哩。县上派来了筑路队……村里挖一条路……"曹前宽话语哽咽,不断抹脸上的泪,"卓大哥,你可想死我了!"

"对不起,对不起。我早该来看看你了。"他眼里也有了泪花,望着繁忙的工地,他又感叹道,"变化真是大呀!"

曹前宽说:"大哥,你来得是时候,是时候啊。我们的好日子就要来了。走,回村里喝酒去。"

老战友相聚,岂能无酒?曹前宽那晚让老伴杀了两只鸡、倒空了自家的酒缸,和卓世民把碗畅饮。村里几个参加过支前的老人,也被曹前宽招了来。他们说,卓连长,那年把你抬走后,都以为你牺牲了呢。曹前宽也说,下午你在背后招呼我,我一开初不敢认你呀,以为是你的魂回来了。生死不管,我还是喊了声卓连长。

卓世民呵呵笑道:"现在只有一个人会叫我卓连长。"

山里人说话直,从不遮掩自家内心的真实想法。有个叫曹家祥的老人说,你是不是在外面当了将军,做了大官,把我们忘记了?他只有一条胳膊,卓世民问他是不是打仗时受的伤。他说,不是,领导,我这是打工被机器轧断的。领导,老板,你给我评个理啊,我一只手,他们只赔了我三千块钱。三千块钱我都交给村里买炸药去了。我跟老板说再多赔我一点钱,结果被人打了出来。老板,领导,你在这里打过仗,说得起话。你早些日子回来,我们还有个靠山。我们南山村的人穷啊,说话没人听啊……

曹前宽忙制止这个说起话来就一脸哭腔、叫苦叫穷的长辈。"二

第 五 章

叔,你就别啰唆了。刘书记不是派筑路队来帮我们修路了嘛。"

在一些偏远的村庄,见到一个干部不容易,外面去的人都被高大化了,哪怕他只是城里的一个普通干部,但在村人眼里,其能耐堪比省长。

卓世民忙着赔不是,说自己很早就转业了,他不是什么大领导,也不是什么老板。过去一直因为工作忙,没有时间回来看望大家,对不起南山村的父老乡亲了。

他当然也会联想起多年前的那次打拐行动,这些来喝酒的乡亲,多半都曾经和拐卖妇女儿童犯罪有所牵连。他可以为他们守边疆,但他却不能保证他们都做好人。打仗时,家家户户踊跃支前,甚至在战争结束后相当长一段时间里,他们都是不穿军装的戍边人。可是一进入市场经济,他们便显得有些无所适从了。南山村的光荣不再。面对这些山民们淳朴憨厚的笑脸,卓世民还是莫名地感动,把一碗酒斟满,高抬酒碗说:

"各位父老乡亲,当年大家一起为国家保边疆,共同流血流汗,结下深厚的战斗情谊。今天再次见到大家,我卓世民要再说一声对不住,我回来晚了。我自罚一碗,敬大家!"然后一仰脖子,干了。他不敢再多说什么,因为鼻子已经酸酸的了。

这种山村火塘边的苞谷酒,既刚烈又爆头,卓世民好久没有喝到过了,今晚他想把自己喝醉。什么胰腺占位,什么不能再喝酒了,见他的鬼去吧!

曹前宽倒是很体贴地说:"老哥你可别把自己喝伤了。你是房柱子,我们是茅草。你是做大事的人呀,生死不管,你不能跟我们茅草命拼酒。"

卓世民也酒到酣处了，"兄弟你说些什么呀。房子立起来了，没有茅草遮风挡雨，光有柱子有什么用？前宽兄弟，我再敬你一碗！"

曹前宽忙上前护住酒碗，"卓大哥，使不得使不得，要敬也是我敬你呀。我们慢慢喝。你们城里人，身子骨金贵，不能跟我们山里人拼酒的。"

卓世民哈哈一笑，"要说拼酒，当年你可是输给我的啊！"

曹前宽什么都记得，他一拍大腿，"可是我也扳倒了一头牛，没有输。是不？"

老鹰山收复战打响之前，参战部队天天在村庄里训练。那年月地方上支前物资丰盛，来慰问的单位应接不暇，酒、烟、肉、水果等慰劳品堆积如山。部队有什么好吃的，都会叫上村民们来一起吃。有一天卓世民请曹前宽来喝酒，两人酒量都深不见底，一个说自己是口深井，一个说自己是座水库。他们直喝得天上的太阳都醉了，仿佛都还没有喝到位。最后两人从喝酒到掰手腕定输赢，曹前宽掰不过卓世民，输一次喝一碗，连喝了三大碗，曹前宽实在喝不动了，就说，生死不管，我可以扳翻一头牛，你信不信？卓世民也在酒兴上，说，你能把牛扳倒，我也喝三碗酒。通讯员，去找一头牛来。战士们和老百姓围了一圈，为曹前宽加油。这汉子借着酒劲上前去，一把抓住两只牛角，和那可怜的牛较开了劲。几个回合的较量后，曹前宽在大家的呐喊声中，真的把那牛掀翻了。

往事像烈酒一样醇厚。打仗时边境地区的百姓见了不小的世面，部队来来往往，明星歌星们都来偏远的村庄慰问演出，沉寂的村庄热闹非凡。一个国家的关注点都在这里，英雄的事迹到处传扬，英雄的歌声随风飘荡。村庄里的人们亢奋激昂，虽然炮弹时不时就落在村边地头，生产也被迫中断了，但他们从来没有这般骄傲自豪过。他们第

第 五 章

一次感受到，为前线送一箱弹药、送一口水，就是在保卫边疆，就是在为国出力。我们要是偷懒怕吃苦了，就对不起前方为我们打仗流血牺牲的解放军。全国人民都在看着我们哩。"

那个夜晚两个老战友在火塘边几乎通宵未睡。酒倒是没有多喝了，毕竟都不比当年，他们一人抱一个烟筒，在呼噜呼噜声中倾诉无穷无尽的往事和思念。村庄里的变迁，曾经熟悉的亲人和朋友，各自的经历，以及南山村马上就要修通的路。曹前宽问：

"卓大哥，凭你的能耐，后来当了很大的领导吧？你是国家的大柱子。"

卓世民笑笑说："我转业后只是当了一名警察。"他看到曹前宽有些失望的表情，便安慰他道，"干什么工作都是为社会做贡献嘛。能安安稳稳地退休，还能回到当年战斗过的地方见到老朋友，喝酒、谈天、叙叙友情，多好的生活。比起那些躺在烈士陵园里的战友，我很知足了。"

曹前宽忽然说："卓大哥，你还有一件东西落在我这里了。等我给你找来。"

卓世民惊讶不已，他有什么东西值得一个山村老汉珍藏几十年？

曹前宽起身去堂屋，一会儿他捧着一个包袱回来了。他说："我前不久才在阁楼上翻出来的，我把它供在神龛前。我时常念叨你不会死，就该回来了。祖宗显灵，这不就把你等来了嘛。"

还是当年的油布纸，包裹得严严实实。经年的油布纸一层层打开，就像在卓世民眼前展开往昔的岁月和硝烟。他看到了自己的军用挎包，他用颤抖的手抚摸它，慢慢将它打开，挎包里面的皮带和带血迹的军帽，将人一把拉回到战火纷飞的战场。军帽上的红五星在火塘光芒的映照下，像当年一样红光闪闪。

"这些东西怎么会在你这里?"卓世民血往头上涌,他捧着挎包,眼睛湿润了。

"是我把你从火线上抬下来的嘛。"曹前宽淡淡地说。

"哎呀!"卓世民大叫一声,眼泪终于夺眶而出,"我一直在找把我抬下火线的恩人,原来就是你呀!"

老鹰山收复之后,双方你来我往反复争夺。在一次战斗中,一发迫击炮弹在卓世民前方十五米处爆炸,他只记得眼前一片红光,便再也不知道后面的事了。待他醒来,已经是半月以后。他躺在陆军医院的病房里,曾经四处打听过是谁把他抬下来的。医生告诉他,战场上那么混乱的局面,伤员层层转运,谁知道是哪个军工抬你下来的呢?你能保住这条命,也亏得抢救及时。

卓世民啊卓世民,你活得够糊涂的啦! 幸好你死之前还有力气回来一趟,不然,你到了那边,既愧对那些战死在这片土地上的英灵,也对不起人间这些与你生死与共的人们。

"老曹,咱们南山村,是得想办法脱贫致富。我能帮你点什么?"

泛白的军用挎包上有一个用红丝线绣的"卓"字,现在那字还散发着暗淡的光泽,一如久逝的青春。这让卓世民猛然想起一个姑娘。他问:"今天怎么没见到你妹妹?"

当年,曹前宽的妹妹曹兰花常常来连部帮卓世民洗衣服。挎包上这个"卓"字就是她收去洗了后绣上的。这个像兰花一样在山野里寂静地开放的姑娘,卓世民还记得她清丽脱俗的纯净模样。大辫子大眼睛,眉毛弯弯的细细的,皮肤出奇地白,一点也不像山里人。

"唉!"曹前宽伸手去抓烟筒边的酒碗。碗里没有酒了,他又抓过酒桶来,哆嗦着倒酒。然后自己端起碗来,埋头大喝一口。待抬起头时,眼泪已经嘀嗒嘀嗒地掉酒碗里了。

第 五 章

"怎么了，老曹？"

"卓连长，你可亏欠我家妹子了。"曹前宽抹一把眼泪，又说："当然，这也怪不得你。"

"什么什么？曹连长，你说啥？"

战前，曹前宽的妹妹曹兰花从师范学校毕业后回到村里小学当老师。这所小学有十多个学生娃，老师就她一个人，是人们所称的"一师一校"，她既是老师又当校长。打仗的时候学校也没有停课，搬到一个炮弹打不到的山头背面，由部队出面搭建了两个帐篷，取名"战地小学"。连队的指导员和文书都被聘为校外辅导员，中央电视台还专门来做了报道。南山村的"战地小学"一时为神州大地所瞩目，捐赠物品纷至沓来。美丽清纯的小学老师也经常来连部帮战士们洗衣服，尤其是卓世民的，上午才穿上身的衬衣，中午睡午觉刚换下来，就被她收走了。后来连部的人不知何时达成了默契，小曹老师来了，他们都借故溜出去，搞得就像卓世民真有那么回事一样。他跟指导员说，你告诉通信员，以后不要让曹老师来连部洗衣服了。指导员笑嘻嘻地说，卓连长，军民一家亲，我们怎能伤了老百姓的感情？

那个年代人们最崇拜解放军，走到哪里都会迎来热辣辣的目光。卓世民对此早已习以为常。尤其在南山村的战斗岁月里，家家户户都把任何一个士兵当自己的亲人。尽管卓世民那时还没有女朋友，但他是要上战场的人，个人婚恋大事，等战斗胜利了再谈。年轻的卓世民就是这样想的，跟他父母也是这样说的。他们那一代人，在为国征战的豪迈精神鼓舞下，只知道能战死疆场、为国献身，是无上光荣自豪的事情。曹前宽是他的好兄弟，他们在一起训练、谈工作，甚至到曹家吃饭喝酒，曹兰花默默为他盛饭、搛菜、倒酒，脸颊春风满面，眼里秋波荡漾，眼仁儿像受到惊吓的野兔，在卓世民视野里跳来跳去。卓世民当然也觉察得到这个才十七岁就误入情网、纯朴得像一株野兰花的山村小学老师眼睛里的内容。他不忍心伤害，又不知该如何婉拒她。要论感情，卓世民对小曹老师只有怜惜和疼爱，就像哥哥对妹妹那样。他和小曹老师说的话加起来不会超过十句，他们连一次私下的见面都没有过。小曹老师远远看见卓世民走来，脸就红了，端着洗衣盆不知道该往哪里走。

当身负重伤的卓世民被抬回南山村时，第一个来到担架边放声大哭的人就是小学老师曹兰花。曹前宽说："军医把你接进战地手术室后，我妹子跑回家煮了十二个红糖鸡蛋，满满一瓦罐端到你们部队的医疗帐篷前。部队的医生出来说，姑娘，你回去吧，伤员现在不能吃这些东西。但是我家兰花生死不管，眼泪兮兮地端着那罐鸡蛋一直守在外面……"

卓世民自己往酒碗里倒酒，仰头喝了。

曹前宽也倒了半碗酒，一扬手，酒泼到火塘里，火焰"轰"地升起，像一朵粲然怒放的花儿。"兰花，你卓大哥看你来啦，你高兴高兴。"

卓世民一脸惊愕，"小曹老师，她……"

"那晚，我们把你往山下送，兰花抱着那罐鸡蛋跟了来。我们走得快啊，我在山道上听见她喊：哥，等一等我！这是我听到兰花最后的声音……第二天，有人在鹰爪背的岩子下找到了她。瓦罐摔碎了，鸡蛋也干硬了。我家兰花呀，就这样，去了……"

卓世民像中了一枪，瞪大了眼，僵直了背，看着曹前宽，又看看火塘，那火焰里有曹兰花的脸，年轻、鲜艳、娇嫩、羞涩，隔着一条时间的长河，在岁月的深处痴情地凝望，纵使风尘一度将这目光掩埋，

第 五 章

但在你蓦然回首时,她就在青春闪耀的山野里,寂然开放。

"对不起,对不起……我不知道……"卓世民抓住曹前宽的手,热泪长淌。

"我问过兰花,说你喜欢上卓连长了? 她只是害羞地笑,说我的事不要你管。卓连长,我们山里人拿直套,不怕你多心。你那个时候是不是有女朋友了?"

卓世民严肃地说:"没有。真没有。"

"卓大哥,有一天,就是你上战场前三天,我看见你坐在村口树下写信,很认真的样子。我想,你怕是在给你女朋友写情书吧。"

卓世民努力回想了一下,才说:"是在写遗书。你知道的,我们上战场前,都要写好一封家信。如果光荣了,部队上会安排人送到家里。"

"唉,我晓得,你们命都不要了,哪还顾得上谈朋友。我家兰花从小性子就倔,跟我一样,认准了的事,九头牛也拉不回。我那晚要是喊住她就好了,可……没那个工夫啊!"

卓世民的愧疚从此无以复加。你以为你在这里为他们打过仗,你就该享受人们对一个英雄的赞美? 不,你错了! 真正的英雄是这些恪守祖传家训守边关、为了一份得不到的爱默默奉献出自己的人们。你欠这个村庄太多,而你却浑然不知。当年伤愈后,至少也应该给南山村写封信吧,但是你没有。卓世民,你可真够操蛋的。

其实,在后方医院的很长一段时间里,卓世民都在医生的指导下做恢复记忆的训练。严重的头部创伤让他的记忆断了片,混乱、模糊、零星、无序,连亲人的面孔也辨析不清,折磨得他像个傻子一样,恨不能将自己与世隔绝。一个心理医生让他尽量忘记过去,面向未来。可是,人若是没有可资依托的、实实在在的过去,又怎么面对不可知的未来？没有人知道卓世民用了多大的毅力，才让自己逐步恢复了正常。多年以后，有了核磁共振技术，医生们才查出卓世民右耳后的头颅里还有一颗半粒米大小的炮弹碎片，它已经和骨头长在一起了。

卓世民反躬自省，我爱过曹兰花吗？回答是否定的。卓世民有一次带着通信员小杜去给小学生们送两箱饼干，把孩子们高兴坏了。他们离开时，曹老师紧张得竟然不敢跟卓世民握手道别。她拉着小杜的手，不看他，也不看卓世民，脸扭向一边，只是一再说，要照顾好你们连长啊！小杜在回来的路上调皮地说，连长，小曹老师的手上全是汗哪，就像刚洗了手。卓世民凶了小杜一句，你乱弹琴！以后这样的事情，不要叫我来。

那个年代的人，要说一声爱，就跟要上战场一样。况且，卓世民的战场在前方。

曹前宽对望着火塘发愣的卓世民说："大哥，打仗嘛，啥事都会遇到。要怪只能怪村里这条该死的路，兰花不是第一个摔下山去的人。所以十多年前，吃得饱肚子后，我们发狠要挖一条路。"

"怎么挖了那么久？"

曹前宽苦笑道："没有钱嘛，当时国家没有政策，公路规划不到我们这样的小山村来，只有靠我们农闲时，能朝前挖一米是一米。现在好了，半个月前州里刘书记来到村里调研，宣布了新的政策，边境线的村庄，路要村村通，还要打赢脱贫战。"

曹前宽说："路修通了，啥都好办了。边境口岸开放后，那边和我们开始做生意，有钱的大老板都来了，把我们这些山里人眼馋得，人心就像守不住的阵地，一下就垮了。可我们山里人，出去做生意吧，他们比上战场还害怕。找不到门路啊，害怕被人骗啊。打仗时我们南山村是支前模范村，报纸电视啥的都上过，记者见天往村里跑。卓大

第 五 章

哥，不瞒你说，我们村子里第一个走出去的人就没有学好。早年这憨狗日的为争地伤了自己的亲哥哥，政府判了他两年，出来后跟着一帮坏人干起了拐卖妇女孩子的买卖。唉，一个村子里的人都被那憨杂种带坏，把周边村寨人家的女人骗出去，说啥养猪不如生娃卖。唉！丧尽了我曹家祖宗的德。"

"那人叫曹前贵，对吧？"

"你怎么知道？哦，对了，你干过警察。"曹前宽望着卓世民，忽然苦笑起来，"有一年警察来我们村里抓人，一下抓走十几个。村子里鸡飞狗跳，老人哭娃儿叫。我去县城里求情，还把我关起来。这事儿你知道吧？"

卓世民怎么能忘记当年在县公安局拘留室的一幕？他狠狠心，转移了话题，"那个曹前贵，是个什么样的人？"

曹前宽撇撇嘴，"那次政府专项打击后，又进去待了几年，出来后我带着他修路，说是给他淬淬火，想让他学点好嘛。没想到这狗日的经不起淬，干了两年就跑去一家矿山上打工。唉，说起来曹前贵还是我不出五服的堂弟，他们那一支，从来就不发达。爹死得早，兄弟又不和。因为穷嘛，一年到头不是打就是闹，不是偷就是抢。从小偷鸡摸狗，长大偷牛偷娃。老天爷心里有一杆秤，你干坏事，报应会像山上滚下来的石头，追着你打。曹前贵的媳妇是他在外面打工时捡来的，跟着他遭了好多罪，现在得癌症啦。唉，苦命的女人。"

"明天带我去曹前贵家看看。"

"曹前贵不在家呀。"

卓世民想了想，才说："老曹，有一桩案子和他有关，我要去他家看看。现在还在秘密调查阶段，你知道就行了。"

曹前宽一拍大腿，"这个败家子啊，净给我老曹家丧德！"

18

198号界碑安静地矗立在老鹰山主峰山脊线上。从山顶俯瞰下去，大好河山绵延起伏，山峦似浪奔浪涌，深谷如韵律回旋，河流蜿蜒在大地，翠色装点了人间。云雾随着季节的演变，从山的两边轮番漫涌，此消彼长。山顶植被茂盛，万物葳蕤，百鸟鸣唱。有两条小径通向山顶，在界碑处汇合。一条是边防部队的巡逻线，一条连着南山村。曹前宽说，前几年排雷部队来排过雷，我方一侧基本上清除干净了。凡是老乡们种地、放羊、挖药采蘑菇的地方，排雷部队那些兵，排完雷后，手拉着手走了一遍又一遍，然后才交给地方。但有些人都上不去的岩子陡坡，难免也会有雷。因此，"小心地雷"的木牌，还插在一些山崖上，让人知道，这里曾经是战区。

卓世民和曹前宽今天起了个大早，在晨曦中向老鹰山主峰进发。此刻，太阳已经跃上东方的山头，翠色群峰似一道道绵亘的绿色长城，威严又端庄，柔和而安详。在老鹰山顶，灰色花岗岩的界碑矗立在一个四四方方的两层水泥台上，面向我方一侧上书"中国，198，2001"几个红色大字，简洁、厚实又庄重。在这极边之地，国家的疆域因之而界定。没有到过边境线的人，是不知道国门与疆界，是怎样一条肉眼看不见，却又在每一个边疆人心目中重如千钧的界线。

卓世民双手抚摸了一遍198号碑，"真是一块威风凛凛的碑啊！"他感叹道。

二十世纪八十年代老鹰山收复战打响，198号界碑曾经被炮火炸断。九十年代中期双方重新勘界，每一块界碑才永久固定，再不起争议。现在边防部队的一个哨所离198号界碑还有五华里远，他们只做

第 五 章

定期的巡逻，平常对这块界碑的守护就靠这些淳朴的山民了。

卓世民在水泥台上坐下，掏出烟来，一气点了十三支，一字排开，摆放在界碑前。他的连队有十三个战友牺牲在老鹰山收复战中。他在心中一一呼唤他们的名字，跟他们说，兄弟们，我代你们来看看我们的界碑，还有我们的阵地，我们曾经驻扎过的村庄。"人在阵地在，人亡英魂守。"你们当年的口号我还听得见。

曹前宽也动情了，"卓连长，你手下那些兵的样子，个个我都想得起来，都是些好后生呀。"

卓世民突兀地说："老曹，帮我在这老鹰山找块地方，我死了后就葬在这里。"

"大哥，活得好好的，还不到说这话的时候。不吉利的。"

卓世民很认真地道："能和我的战友们在一起，继续守卫我们的界碑，是我的福气。"

曹前宽满腹狐疑地望着卓世民，然后说："大哥，我们下山吧。这上面阴气重得很。"

"你错了，我感到满山正气。"

曹前贵的媳妇刘淑琴是个快要被生活压垮的苦命女人，她形容枯槁，衣衫破旧，头发灰白稀少，脚下的一双短帮雨靴都开了口。这女人刚刚从玉米地里回来，脸上的泥土和汗渍将一张扁平的脸搞得不忍卒看。卓世民和曹前宽提了一箱方便面，一桶香油，两瓶1.5升的橙汁，一箱牛奶。这是卓世民在村里的小卖部能买到的最好的东西。曹前宽说，妹子，我家卓大哥来看看你。

卓世民看出了刘淑琴眼神里的些许慌乱和警觉。一般乡下妇人，对城里人的造访会有些羞涩。她们会为自己的房子太破旧，屋子里太凌乱或者满院子乱跑的鸡鸭而感到难为情。但刘淑琴没有，她一直在某种紧张的压力之下，表情僵硬，神色焦虑。

这个破败的小院眼下只有刘淑琴一个人住，院子右侧垮了一面山墙，导致右边的厢房坍塌了一多半，那屋子过去是孩子们住的，现在堆放了些农具杂物，上面只是用塑料布临时遮挡风雨。女主人把两个客人让进光线昏暗的堂屋，自己忙着去伙房烧水。曹前宽说，这房子是去年夏天下大暴雨时垮了，曹前贵这家伙说冬天回来修，现在又一个夏天到了。

卓世民当年在这里驻扎时，刘淑琴还没有嫁过来。

刘淑琴烧好了水，提了一壶开水来，用两个土碗给客人泡茶。话题一说到曹前贵，她就开始抹眼泪，说他上个月还在矿山上上班，后来跟人做生意去了。现在她不知道这个死鬼死哪里去了。真死了倒好，反正她也是要死的人了，没钱治病。在阳间是苦命夫妻，到阴间了，还得搭伙过日子。这都是我们的命。前世造了孽，今生要偿还的。

曹前宽回了她一句："前两年搞'新农合医保'，动员你们参加，嘴皮子都说干了，你们也不相信。现在晓得厉害了？"

刘淑琴并不示弱，"人又不是神仙，样样都掐算得到。我要掐算到哪里要长癌，我就买你的'新农合'。"

这是个见过些世面的女人，卓世民想。他观察了一下屋子，堂屋里有一张陈旧的沙发，有台尘土满面的电视，也供有神龛，但很破败了。"天地国亲师"的牌位字迹都残破不全，祖先的牌位更是看不清名字。似乎祖先和后人两不照面，以免相互羞愧。卓世民问："这房子有些年头了吧？该修一修了。"

曹前宽说："村里就他们这家房子没有翻修了。我这个村长每次去到乡上都要为他们背书。"

第 五 章

卓世民站起身,说:"我看看房子,能否找人捐点钱来帮助一下。"

曹前宽用不解的眼光看着卓世民,仿佛说你这是在帮懒人呢。刘淑琴则像遇到了财神,立马跟着站起来,说,领导,我们不是要给村里人丢脸,真的是没有钱来修房子啊。她带卓世民看他们凌乱昏暗的睡房,两边的厢房,还有厨房。卓世民看见了火塘边的一个烟筒,八二迫击炮弹筒做的。他的眼睛亮了一下,对曹前宽说:"呵呵,你们还在用这玩意儿啊。让我来一口吧。"

他把烟筒拿出来,回到堂屋里,抽出一支烟,掐掉过滤嘴,然后按到烟嘴上。烟筒里还有过滤水,卓世民闻了一下,眉头皱了皱,但他还是点上火吸了两口。"呼噜呼噜"的声响在烟筒里翻滚,烟从口里缓缓吐出。

"我抽到特别的味道了。"他说。

卓世民问了一些曹前贵家的基本情况。刘淑琴话匣一打开就是滔滔不绝的抱怨和控诉。曹前贵这个死鬼在州上的朗沙锑矿干活,过年过节才会回家。可一回来不是灌马尿就是去镇上打牌赌博,一年到头挣的那点钱都输牌桌子上了。曹前宽插话说,镇上这两年在搞禁毒树新风活动,不准赌博了。你老公自己不学好,偷着赌,也是活该。卓世民问,你们一年收入有多少?刘淑琴说,有什么收入?地里那点庄稼刚够填饱肚子。十天半月能吃一回肉就是天上的好日子啦。曹前贵那个死鬼当年骗我说南山村满山满坡都是肉。屁话呀!石头缝里那点土,也叫肉?卓世民问,你家没有养猪?刘淑琴道,我一个女人家,一身的病,养活人都恼火,还养猪?镇上的肉价那么贵,是哪些人才天天吃得起肉哦?

回去的路上,卓世民悄悄对曹前宽说:"曹前贵跑回来了。"

"啊?怎么可能?"

"这个女人抽水烟筒吗？"他问。

"不抽。"

"烟筒里的水应该是昨天的。另外，睡房的床上有一件男人的夹克，厨房的火塘上方挂着的腊肉刚刚割去一大块，甑子里的苞谷饭也不少啊。"

曹前宽一拍脑门，说："到底是干过侦察兵的。"

卓世民笑笑，"早不干啦。我只是重操旧业，看看自己的老手艺忘记没有。"

曹前宽见卓世民在往四面的大山观望，便有些明白了，"你认为，这家伙躲在山上？"

卓世民气定神闲地说："到晚上我们就知道了。"

追踪、调查、走访、分析、蹲守、抓捕，这才是卓世民熟悉的生活。他有些小小的兴奋，像一个刚入行的新警察。重要的是，他再无闲心去想什么操蛋的"占位"不"占位"了。人站在最能发挥自己才华的位置上，这才是有意义的"占位"。

那个晚上月明星稀，卓世民和曹前宽蹲守在村后山的一处柴棚里。山坡下就是那条古驿道，蜿蜒在黑夜的深处。山风吹来阵阵林涛声，像有千军万马在衔枚疾走，让卓世民有如置身当年。他说，咱们南山村最大的变化就是山绿了。曹前宽答道，是啊。封山育林快二十年了，山上的土肉越来越多了，石头也不赶人跑了。刘淑琴那个婆娘瞎扯。人只要勤劳肯干点，哪里会过不好日子？等我们村的公路挖通了，半天就可以到县城，一天就可以到州上，两天就能到省城，三四天就可以到北京了。今后我们进进出出，比天上的老鹰还方便哩。卓大哥，你啥时想来南山村，分分钟就回来了。

不是回来与否的问题，而是如何告别。卓世民想。

第 五 章

　　柴棚里四面漏风，冷风嗖嗖，由于怕暴露目标，两人没有生火，也不抽烟，有一搭没一搭地念叨过往的人和事。为掩护支前民工牺牲的事务长，村前玉米饼烙得最香的蒋大妈，来自西北一脸络腮胡的一班长，声音婉转好听人又勤劳美丽的曹兰花，连队唱歌时打拍子像个木偶人的王指导员，爱写点小诗啦快板书啥的文书小魏，曹利群家那匹被地雷炸开了肚子的骡子，炊事班里皮肤白得像个大姑娘的"小江苏"……

　　"卓连长，"曹前宽下意识地又叫起了从前的称谓，"你打仗时害怕过吗？"

　　卓世民借着月光能看得见曹前宽直盯着他的眼眸。他不能回避，更不能说谎。

　　"害怕过。"卓世民说，"就是我们在3号阵地前有人触发了地雷的那条山涧里，敌人的火力铺天盖地倾泻而来。那一瞬间我真害怕了。我的手抖了，喊大家隐蔽的嗓音也变了。我还记得我想往前跃进几步，腿却居然使不上劲！我只有横滚到一棵大树后，才找到隐蔽点。敌人的火力来得真猛真快啊，我判定我们中埋伏了，可我一时找不到解脱的办法。"卓世民动情地握住了曹前宽的手，"曹连长，是你那天赶走了我身上的害怕。"

　　曹前宽说："这话说颠倒了。跟你们解放军在一起，我才生死不管。"

　　卓世民拍拍曹前宽的肩膀，"带兵打仗的人，最喜欢听你说这句话了。我还记得我给你报过功的，让文书把这句话写进了报功材料里。"

　　"当了民兵战斗英模，我还到处去做报告哩。"曹前宽脸上放光，"第一次去到省城，哦哟，在大楼房里吃肉，放开肚皮吃哟。人家大饭店的门是玻璃的，我们不认得喔，生死不管，一头就给人家撞得稀烂。"

"哈哈哈，你这脑袋比石头还硬。"

"也是闯了鬼了，背时得很哟。"

"我连队的那些兵，都老啦，都差不多到退休年龄啦。还有三个没有死在战场上，后来得病死了。"卓世民不无伤感地说。他没有说出口的是：下一个就是我啦。

"村里当年支前的那拨人，还不是走的走，死的死。那个年代的人和事，现在想来，像看电影。卓大哥，我还是觉得那时的人好。现在呢，人心好像茅草上的露水，被钱一照，就看不见那颗心了。"

有一只夜宿在树窝里的斑鸠忽然从夜空飞过。卓世民和曹前宽对了对目光，卓世民指指路前方的一块巨石，曹前宽心领神会，猫身躲在了大石头后面。不到五分钟，一个不知是人还是鬼的魅影出现在山道上，他一手拄一根木棍，一手拿一把砍柴刀，在夜色下飘飘忽忽、若隐若现。曹前宽跳将出来大喝一声：

"曹前贵，你给老子站住！"

曹前贵"妈呀"了一声，转身想跑，但卓世民已像影子一样地贴在他身后。他还没有明白过来，已经被摔倒在地了。卓世民一把抽出他的皮带，麻利地将他捆了个结实。

卓世民和曹前宽当天晚上就把曹前贵审了一遍。曹前贵的交代让卓世民愈发相信自己的判断：这个案子不简单。青山州最大的民企老总褚志浮出水面，曹前贵交代说他并不知道褚志为什么要让他去拐走侬阳阳，他只拿钱帮人干活。把曹前贵和小女孩一同劫持的又是一帮什么人？是五孃犯罪团伙吗？曹前贵说他也不知道，他从未见过五孃的面，只感觉那帮人心狠手辣。他们的目的很清楚：他们嗅到了腥

第 五 章

味，要钓大鱼。

案中案让卓世民脑神经高度兴奋起来。一个老刑警，破案无数，唯有最具挑战性的案子，才会光荣地进入他人生的记忆库。

曹前贵从劫持他和依阳阳的犯罪团伙手上逃出来后，没有手机，没有证件，也没有钱。要说流窜逃亡的本事，曹前贵算个"老司机"。这个家伙有本事靠一路乞讨、蒙骗、扒车加徒步潜逃回了老家。他从不在班车的始发站上车，都是走到半路拦车；警方可能会设卡的地方，他能蒙个八九不离十，到有警方检查点前几公里了，他会下车徒步，从庄稼地里绕过去。在县以上的城市，他也不去住店，径直去到医院，在急诊室外的椅子上躺一觉，第二天继续亡命天涯。他千里潜逃，只是想把给老婆治病的钱送回家。钱在哪里？曹前贵说，这是我拿命换来的钱，我不会告诉你们在哪里的。打死我，我也不会说。

过去，卓世民很少对犯罪嫌疑人动过恻隐之心，一旦证据确凿，他们就是社会的"病毒"，他的职责就是把这些"病毒"找出来，让法律去"医治"他们。南山村由来已久的贫穷，自身角色的转换，让他首次用一个普通百姓而不是警察的身份去看待曹前贵的犯罪。曹前贵的家当加起来不会超过三千元，而他们却要准备数十万的医疗费。褚志给曹前贵的钱一定会藏在曹家的某个地方，按执法程序，这笔沾染了罪恶的钱该没收充公。现在卓世民情愿那个身患癌症的女人能靠着这笔钱做手术。没有钱去医院，不应是我们这个社会应该有的常态。其实，不要说一个乡下女人得了癌症会被钱难倒，当卓世民得到那份胰腺占位的检查报告时，他也在心里盘算了一下，自己多年的积蓄能否支撑得起有可能面临的昂贵药费。尽管他有医保，但他听说在关键时刻，那些进口的自费治癌靶向药，一个月几万几十万地花出去，就跟花的是纸一样。他相信亲人们愿意为他花这笔钱，哪怕卖房子也要救人命。这是每一个家庭都会做出的痛苦抉择。但这有必要吗？绝症面前，你还有积蓄可花，有房子可卖，这些乡下人又有什么可供抵押？

乡村的贫困显而易见。当年边境作战寸土必争，用血肉筑起了一道钢铁长城，但这"长城"后面的家园却还在贫困线上挣扎，这让卓世民像丢失了阵地一般感到莫大的羞耻。那些呐喊和鲜血、奉献和牺牲，不就是为了让堑壕、哨卡后面乡村里的人们过上安适富裕的日子吗？边地的人们正在向贫困宣战，修路、打工、脱贫、振兴乡村、巩固边防，这是一场与当年守土保疆同样具有重大意义的战争。卓世民，你得发挥点"余热"。

19

卓世民抓到曹前贵的第二天早上，就给自己从前的部下朱正打电话，说抓到一个犯罪嫌疑人，让他派人来带走。多年来卓世民挺欣赏朱正的机灵劲儿。现在朱正已经进步到青山州的公安局副局长了。他在电话里先是惊讶得大叫，卓局来了，我们怎么不知道？这点小事，还要劳烦卓局您这样的大领导？卓局，您先在村里好好地抽着烟喝着茶，我亲自来接您。卓世民回说，朱子，你忙你的。这个嫌犯你给我看好了，会有人来提审他。

卓世民同时也给陈厅长将情况做了汇报。抓到曹前贵让陈厅长大为高兴，说老将出马，一个顶俩。然后陈厅长简要谈了厅里对此案的部署，卓世民在下面的调查仍保持秘密状态，有什么情况直接向陈厅长汇报。卓世民又像回到当年，从厅长那里领了任务，该怎么干就是他的事了，他只需汇报任务的执行情况。通话结束前陈厅长又加了一句：对了，老卓，你的身体怎么样？卓世民说，好着哩。我一下来，

第 五 章

心情舒畅得很。我都忘记那个什么占位了。

卓世民说的是实话。他甚至想：如果病发作了，他也不回去。就在南山村找个地方安静地离开人世，也比在医院里做无谓的医治好。

中午时朱正就带着两辆警车风尘仆仆地赶到杨家寨，在几个警察的陪同下气喘吁吁地爬上南山村，见到卓世民先是一通热情洋溢的欢迎词，然后赔罪，说是怠慢了卓局。卓世民只简单交代了几句，就把曹前贵交给了他的人。朱正问："卓局，您审过他没有？那个孩子呢？"

卓世民心里咯噔了一下，直视着朱正的眼，直看得他有些不自然。然后卓世民嘿嘿一笑："我是个退休的老头儿了，审犯罪嫌疑人是你们的事。我只是来看老战友，碰巧帮你打了次工。"

朱正忙说："怎敢让卓局给我们打工？不敢的。您可帮了我们一个大忙。卓局，我们下山吧。兄弟们听说你来了，晚上都等着请您喝酒。"

卓世民一把拉过曹前宽来，"来来来，朱子，认识一下，这是我的老兄弟，老战友曹前宽。当年可是我们的支前模范、民兵英雄哦。"

朱正看看曹前宽，说："我认识你。"

曹前宽有点摸不着头脑，卓世民对他说："老曹，你跟我一起去州上，我带你去看看当年的老战友。"

曹前宽说："正好，我还想去见见州里刘书记，汇报一下修路的情况。刘书记你可认得？"

卓世民说："认识。不是很熟。"

那天晚上朱正叫来了几个卓世民熟悉的老下属，都是干刑侦的，过去在业务上卓世民没少给他们指点，有些大案还带着他们一起干。大家说，卓局，您退休后，我们好长时间不适应呢。说的是真心话，但卓世民不允许人家这样说。刑侦这一行，不仅技术性风险性专业性强，还要靠丰富的侦破经验和社会阅历。每一任刑侦局长都有自己的办案风格，风格往往决定破案率。在卓局手下干活，痛快，不累。大家都这样说时，卓世民只是笑而不语。

曹前宽可能是第一次跟城里的大人物们吃饭喝酒，有些缩手缩脚。卓世民坐上席，他把曹前宽拉在自己身边，说这是我的生死战友，救命恩人。你们都给我好好敬敬他。那天在座的还有朱正请来的两个老板，其中有一个老板就是广畴县人，在州上开着最大的一家建材市场，他说，大爹给村里修路放炮砸坏了山下人家的房子，还揭自家的瓦赔人家，真是不容易。现在有一种岩石膨胀剂，不用放炮炸岩石，不会崩得到处都是。你用风钻打好洞眼，灌进这膨胀剂，第二天岩石就被撑开了。我先送你四箱，不够再说。曹前宽高兴地说，我们南山村要搬走的石头多得很，有你这东西，啥石头搬不走。卓世民也很高兴，主动走到这老板面前敬他酒。他这一生很少求人，现在无职无权了，只能以酒代谢，大杯大杯地喝，让他的警察同行们都感到有些异样。

只有卓世民心里知道：这是今生和大家的"辞别酒"啦。

那晚卓世民喝高了。朱正开车将他和曹前宽送到青山州唯一一家五星级酒店，卓世民只记得自己说了一句，我现在是退休人员了，住不起呀。然后就被人搀扶着送进房间，躺下睡了。

第二天早上，卓世民起来冲了个澡才清醒。他想，昨晚那场大酒也没有让那啥"占位"发点小脾气嘛。你不感觉它，它就不存在。道理就是这么简单。

他去敲开隔壁曹前宽的房门，说走，我们去餐厅吃早点去。曹前宽说，这么高级的酒店，早餐怕是贵得能买一头猪崽。我们还是去外

第五章

面喝碗米线吧。卓世民笑着说,都在房费里了。你跟我走就是。餐厅里也应该有米线的,随便你吃几碗。在早餐厅,曹前宽愧疚地说,卓大哥,真是难为你了,为我喝了那么多酒。卓世民说,没事的,昨晚我高兴。

两人正聊着天,朱正匆匆走进早餐厅,说过来陪领导吃早餐。没想到领导起得这么早。卓世民说,别张口闭口领导领导的,我现在一退休老头儿了。你也不用像过去那样前脚跟后脚地陪。

朱正说:"卓局客气,你永远是我的领导嘛。上午想去哪里走走不?"

卓世民说:"我是闲人,你是忙人,哪耗得起你的时间。干你的正事去。对了,曹前贵审了吗?"

朱正愣了一下,随即不好意思地说:"昨晚我也喝多了,回去就睡了。我上午就安排审。卓局,你在位时,大家都说你是神探。这次我是领教了,千里追逃,一抓就准。"他转头对曹前宽说,"曹村长,你们一个村的,就不知道自己村里的犯罪嫌疑人躲回来了吗?要不是我们卓局,这小子还不知在逃多久呢?你知道他犯的事儿了吗?"

曹前宽正要搭腔,卓世民在桌子下用脚碰了他一下,接过话头说:"我们老哥俩分开几十年了,见一面不容易,说不完的话。人老了嘛,就喜欢怀旧。只是在聊天中找到点线索,顺带就把那小子给逮了。哪顾得来审他。"

"原来卓局不是专门来抓曹前贵的呀?"朱正看见卓世民用一种令他捉摸不定的眼神望着他,忙又补充了一句,"我写结案报告时,得给卓局报功。"

"扯!"卓世民呷了口杯里的咖啡,"我一个退休老人,要什么功?"

曹前宽总算接上了话,"该!该给我家大哥记一个大功。人家一进村,到曹前贵家里……"

卓世民又在下面踢了他一下,对朱正说:"朱子,昨天饭桌上那个老板说的岩石膨胀剂的事,你可得追紧一点。不然酒桌上的话,酒醒了就啥都忘了。"

朱正忙说我这就打电话,他不敢说话不算数的。他起身去隔壁桌子打电话,然后又加了一句,不好意思,我顺带打两个工作电话。

曹前宽悄声问卓世民:"大哥,我说错话了?"

"没有。你不来杯热牛奶吗?"

"喝不惯那东西,我把米线汤都喝了。"

"上午带你去一趟州交通局,我有个战友在那里当局长,不知道退了没有。我把我的熟人都介绍给你,以后你来州上办个什么事,也方便。"

曹前宽脱口而出:"早晓得你州交通局有熟人,我们挖路就不会那么苦了。"

卓世民愧疚地看着他,无言以对。

朱正打完电话回来说,膨胀剂这两天就送过去,曹村长只需回去招呼点茶水就行了。曹前宽连忙道谢,说真是给朱局长添大麻烦了,太感谢了。人家送膨胀剂的人来,我给他们逮两只土鸡。

朱正并不理曹前宽的答谢,他问卓世民:"卓局,你也一起去南山村吗?"

"我说了我要去吗?"卓世民反问。

朱正有些尴尬,说:"我的意思是,卓局要去的话,我安排车。"

"你别安排这安排那的了。我私人的事,不能用你的公务车。现在的纪律那么严,别给自己惹麻烦。"

第 五 章

朱正对曹前宽说:"曹村长,你先回房间去休息吧,我有件工作上的事情给卓局汇报。"

曹前宽也是个精明的人,他一直觉得今天这两个人在打哑谜。警察的事情,在老百姓眼里都神秘庄严。因此他忙说,好好,我这就先上去。

朱正目送曹前宽的身影离开餐厅,才说:"卓局,我刚才接到电话,曹前贵在看守所被打坏了。"

"打坏了?"

"看守所那帮臭小子监管不严,把他随便扔到一间号子里。大约犯罪嫌疑人之间起了什么争执,里面有个牢头就让一帮人揍他。声带打坏了。现在人在医院抢救,不能说话。"

他们可真会找地方下手。卓世民知道曹前贵没文化不识字。没有了口供,下一步再没有了意识,曹前贵几乎等于从这个世界上消失了。

卓世民默默地盯着朱正,盯得让他心里发虚。朱正端起桌上的咖啡杯喝了一口,才说:"可惜呀,卓局,你那晚审他一下就好了。"

"会查清的。"卓世民站起身,"你忙你的去吧,我回房间去了。"他走两步又转回头来,朱正已起身来送他,卓世民冷言道:"朱副局长,你知道这个污点证人的重要。该怎么做,不用我提醒了吧?"

朱正忙点头,"我知道,我知道。老领导,我会处理好的。"

朱正把卓世民送到电梯口,等到电梯门关闭才长长吁了一口气。卓世民从叫他"朱子"到称他"朱副局长",自是意味深长;他从叫"卓局"到称"老领导",也不是没有用意。

而卓世民在电梯里,却有一股悲恨袭上心头。悲曹前贵这个可怜又可憎的犯罪嫌疑人,小命能否保住,都未为可知;恨自己看错了人,铸成大错。他已经在一片罪恶的海洋上捕捉到了案件的冰山一角,但一夜醒来，露头的冰山眼看着又沉到水下去了。

在南山村审完曹前贵后，那家伙曾请求见自己媳妇一面，但卓世民断然拒绝。他不想看到警车带走犯罪嫌疑人时，家属追赶着警车又哭又喊的场面。早知有今天，还不如让他们见一面。

卓世民本来打算带曹前宽在青山市转几天，大家一起会会老战友，叙叙旧情，方便的时候就带他去拜会一下州委刘云天书记，跑一跑相关的部门。他知道山里人进城办事的难处，他卓世民这张老脸，相信人家还是认的。但是今天早上陈厅长通报给他的情况和朱正带来的讯息，让卓世民改变了主意，曹前宽还是离开青山市为妙，越早越好。

卓世民先去酒店旁边一家银行取出五万元现金，用一个包包好，然后他来到曹前宽房间，说，老曹，你今天先回去吧。我在这边还有点事要先办。刘书记那边，我约好时间再通知你。

曹前宽愣了一下，说："人家是大忙人，工作多。我是该走了，破费不起的。"

卓世民满怀歉意，把那个包递过去，"这是捐给村里的。村里为修路欠了账的人家，包括你家买瓦的钱，还有两户五保户，我记得当年打仗时，他们都是为我们送过水送过弹药的。还有那个外出打工断了手的曹家祥，我看他家的房子也该修了。钱不多，你拿去分给大家，只是我的一点心意。对了，曹前贵家媳妇，也分给她一些。快拿着。"

曹前宽惊住了，感动得手发抖嘴哆嗦，坚决不收这钱。卓世民为了宽慰他，情急之下也说了句笨话。你放心，这钱绝对干净，是从我的退休金里取的呢。曹前宽更不干了，他说，咋敢花你的养老钱？卓世民呵呵一笑：

"老兄弟啊，你老哥工作一辈子，积蓄还是有点的嘛。现在退休

第 五 章

了，国家给的工资也不低，女儿也成家了，我又没有什么负担，退休金花也花不完呢。"

曹前宽说："我不相信还有钱花不完的人家。"

"好啦好啦。我们哥俩就别争了。这笔钱我是一定要出的，为我们曾经战斗过的友情，为我们共同的村庄，更为我多年来欠南山村的情。"

这么一说，曹前宽不再推辞了，收下钱，小心地放进他的挎包里。"村里还真是家家都欠了一屁股的债。刘书记叫来了筑路队，我们再不好向政府伸手了。曹家祥的孩子今年考上了省外的大学，不敢去呢。老哥你这钱可救人急了。卓大哥，等路修通了，我要立一块功德碑，碑上第一个就刻你的名字。"

卓世民哈哈一乐，"我还没有死呢，要立什么碑？"

他又想，死后埋在南山村，和那些牺牲的战友们做伴，真是一个好选择。

曹前宽看卓世民坐在窗户前的沙发上发呆。上午的阳光从外面射进来，斜打在他的身上，让卓世民的身子一半明亮金黄一半模糊阴暗。曹前宽忽然回想起有一次在寺庙里也看到过类似的画面，只不过彼时那是一尊佛，眼前的是一个人。他嘀咕了一声：

"佛菩萨保佑。"

卓世民没有听清楚曹前宽说的什么，他望着他的目光里有温热的泪。他郑重地说：

"拜托你们，守护好我们的界碑吧。"

送走曹前宽，卓世民打车去州交通局见他的一个老战友毕生鸣。当年毕生鸣是炮兵连长，两人一起当的兵，又一起提的干。打仗时，一个在最前沿，一个在炮阵地。卓世民曾侦察到敌方的一个隐蔽炮阵地，通报给了前指。毕生鸣一个急射就给端掉了。毕生鸣立了功，事后给卓世民送来一箱苹果。卓世民当时说，你小子财迷得很，慰劳品就这些？毕生鸣只得拿出一条大重九烟来，分了一半给卓世民。卓世民在出租车上想到这一段时，心里涌上一股暖意。他想，大约有十来年没跟这老伙计联系了吧？

在州交通局门口，保安不让进。卓世民说我找你们毕局长，毕生鸣毕局长。保安说，我们只有龚局长，没有毕局长。卓世民看这保安像是新来的，就说你通知一下办公室的人，我跟他们说。保安不耐烦地说，你到底要找谁呀？你是干什么的？你的工作证，拿来看看！

卓世民还没有被门卫这样凶过，他没法说清自己现在是干什么的。过去干警察时，去任何单位，只要一亮证件，便如入无人之境。现在他没有警官证了，就像没有了那身底气。

卓世民不断在心里告诫自己，不跟这小保安斗气。他环顾四周，终于看到一个干部模样的人从门里出来，就上前去询问。那人告诉他，毕局长三年前就退休了，回广东老家养老去啦。卓世民噢了一声，暗笑自己都退休了，还指望你的战友还在岗？人生易老，旧友易散。这一代人已谢幕久矣。

卓世民在青山市的街道上瞎逛，民族商场里看看，中央广场里坐坐，就像一个看热闹的外地游客，然后他回到酒店，用房卡打开门，先看看深红色的地毯，再掏出兜里的一小瓶足迹增强显示试剂，贴着门边地毯喷洒了一遍。不一会儿，两个男人的足迹就清晰地显示出来了。一双是软底运动鞋鞋印，一双是皮鞋的。卓世民进到房间，从包里取出一卷软皮尺，放在两个鞋印旁边，推算出软底鞋是四十一码，平足；皮鞋大约四十三码，外八字脚。卓世民用手机拍了照，再环顾房间四周，想象着那两个不速之客的样子。

第 五 章

他妈的，搞到我头上来了。有种的就来吧。

其实，刚才在州交通局门口和那保安理论时，卓世民就发现了跟踪他的"尾巴"。他随后在城里瞎逛，只不过是想考查一下对方的跟踪技术。

卓世民干密侦工作时才三十多岁，正是年富力强的好年华。他没有想到自己在花甲之年以后，还会重操旧业。一个搞密侦工作多年的老刑警，出门在外时，身后才是最重要的。卓世民经常告诫自己的徒弟们，要"慎独"。你独自受命办案，行动不用汇报，经费没人管，打交道的都是些有问题的人，你身跨"红""黑"两道，卧底在社会最阴暗的阶层，只能靠你自己严于律己。但这还远远不够，很多时候，你没有"守护"，没有搭档，孤军作战，一个疏忽就可能全盘皆输。以身殉职算是演了一场人生正剧，把自己折进监狱里了，那才叫人生悲剧。

卓世民推测房间里应该装了隐蔽的摄像头或窃听器，他也不去找。先泡了杯茶，然后故意开着手机免提，给肖佳打电话。问老伴，最近干吗呢？肖佳说昨天去社区老年学校报了个书法班，每周一、三、五上午去听老师讲课。现在开始学写书法了。卓世民说，怎么又开始写字了？肖佳说舞要跳，字也要练，手脚多活动，预防老年痴呆。卓世民说，好嘛好嘛，有事做就好。等我回去也报个名，学学写字。卓世民又问老父亲状况如何。肖佳回说，还好，就是有天晚上看电视时，说电视上的坏人要来我们家了，让卓世民去抓。闹腾了大半夜哩。

肖佳不是诉苦，每当这种时候，卓世民在心里总是生起愧疚之情。世上没有比肖佳更贤惠善良、更任劳任怨的老伴了。肖佳是卓世民在治疗战伤时在医院里认识的，那时她带一队学生来医院慰问"新时代最可爱的人"，为他们献花、唱歌。在卓世民头上还缠满绷带，五官都看不全时，年轻的中学物理教师肖佳就爱上这个极富传奇色彩的军人了。卓世民长达两年的恢复期，肖佳一直伺候在病床前，帮助他进行各种机能恢复治疗。她是让他重新面对生活、坚强地站起来的那个人。卓世民伤愈出院，他们携手走进婚姻的殿堂。

卓世民想宽慰老伴几句，但一时竟找不到合适的话，只说辛苦辛苦，辛苦你了。肖佳说，别给我打官腔啦，首长才辛苦。几时回来呀？卓世民说这边老战友老部下多，大家见一面也不容易，因此还想多待一段时间，反正回家也没有什么事。肖佳也不多说什么，只是叮嘱道：要按时吃药，不要喝酒，不要太累。

身患阿尔茨海默病的老父亲经常会干些令人束手无策的事情。他把屎拉到裤裆里，他出溜到地上像个孩子一样撒娇，他把一桌的饭菜全拂到地上，他一不留神就走丢了（在腿脚还利索时这样的情况不止一次），他莫名其妙地在浴室里对着镜子痛哭检讨，他发烧了咳嗽了拉肚子了血压升高了心律不齐了……女儿婉玉出差在外，那个当副教授的女婿早就有言在先，他教学工作忙，不会管老爷子的事。他对卓世民这个岳父也越看越不顺眼。小两口最近关系紧张，似乎要散伙。

这些林林总总的烦心事，就是卓世民的家事。当然，这还不包括卓世民新近查出来的绝症，以及他现在自己找来的麻烦——他的眼睛一直在找房间里的侦听装置。

还不到中午，不出卓世民所料，朱正又打电话来，说已经在大堂里了，等卓局下去吃午饭。卓世民没有再客气，说，好的，我收拾一下就下来。

大堂里只有朱正一个人，他请卓世民上车，然后一路往城外开。朱正说："卓局，我带你去吃菌吧。现在虽然早了点，上市的菌少，但山里的雨下得早，头批菌已经出来了。"

第 五 章

卓世民想：莫非这小子要摊牌了？

当朱正在南山村急切切地问卓世民是否审过曹前贵和依阳阳在哪里时，卓世民就开始怀疑他了。曹前贵还在秘密追捕阶段，并没有正式通缉，州局的人还不知道案情，更不用说依阳阳被拐案，当事人从报案到撤案，朱正却还在问孩子在哪里。朱正无意间露出的破绽，怎么逃得过一个老刑警的眼睛？你一个眼神儿不淡定了，卓世民都推测得出来你内心的波浪，你到底站在哪一边。陈厅长上午跟他打电话时说，青山州公安局班子有问题，纪检部门正在查，要他多个心眼。卓世民失误在本该让普大卫来把人带走，他没有料到朱正会如此张狂、肆无忌惮。这小子再不是卓世民曾经栽培过的"朱子"了。

朱正的车在一家离城区足有三十多公里的农家乐停下来，周边是绿水青山，没有任何村落房舍。卓世民已经察觉出，朱正是带了枪的。这农家乐外面看上去不咋样，里面却有挺上档次的包房。朱正把卓世民引进一间小包，浓妆艳抹的老板娘马上就跟了进来，说，朱大哥，好想你呀！说完身子就想往上靠。搞得朱正一时有些尴尬，呵斥了一句，别闹！快泡茶来。都有些什么菌？能找到的都上来。

卓世民借口要先去上个洗手间，把这农家乐里里外外看了一遍。只有一间房间的包房有人，卓世民推门而入，餐桌边有四个男人坐着嗑瓜子，桌上没有菜。卓世民说了声，对不起，走错房间了。

卓世民回到自己的包房，问朱正："没有其他人？"

"没有。"

"你的人呢？"

"他们都忙。今天就想跟老领导安安静静吃顿饭。"

"就只是吃饭？"

"是……就不喝酒了吧，我下午还要上班。卓局想喝的话……"

"不喝。"

也许因为大山里的头几场雨水催生出来的野生蘑菇还没有吸足山野之灵气，也可能是这僻静之地的农家乐厨子手艺太差，做不出野生蘑菇的鲜味。当然，如果是一顿鸿门宴，再好再新鲜的菜肴，也会吃得索然寡味。

两人绝口不谈曹前贵的事，但是双方都清楚，芥蒂由此而始，疑点以此生发。要掩饰的人故意视而不见，揪住把柄的人却引而不发。都在等一个恰当的时机，一招制敌。就像餐桌上的野生蘑菇，虽说是山珍美味，但如果煮的时间不够，它就会毒死人。

这时卓世民的电话响了，是兰高荣打来的，他说，下周的老年网球赛就要开打了，你怎么不来球场练球呢？卓世民顿时明白老伙计这个电话的含意，因为下周没有老年网球赛。他说我在青山市这边呢。现在跟州局的小朱、朱副局长在一起。兰高荣在电话寒暄几句后，说小朱我认识呀，你把电话给他。朱正一接听电话，兰高荣就装着很熟络的样子说，我这老哥子是乐不思家了，你们青山人就是热情。少让他喝酒哟，他老人家血压高。小朱你要照顾好老卓，他可是我们的宝，昨天陈厅长还问起他在哪里。

这个电话阻止了朱正有可能随念而起的疯狂。他只好继续装下去。在长一句短一句、实一句虚一句的闲聊中，朱正不无动情地谈起多年前卓世民下来督办的一起缉枪案。那是在边境战争刚结束后不久，社会上流散出一些枪支弹药，导致社会治安一度很混乱。那时一把五四手枪100元就可在黑市上买到，电影院、舞厅里，地痞流氓打架斗殴，时不时就扔出一颗手榴弹。因此，收缴民间枪支成为当地警方的重点。那次卓世民督办的是一起在公安部都挂了号的大案。根据情报反映，有个犯罪团伙以开家具厂做掩护，私自制造枪支和子弹，

第 五 章

每月竟能产三十支钢珠枪和一些仿造的制式枪。这家家具厂平常戒备森严,养有几条德国狼狗,还有高大的石围墙和两道大门。第一道是铁门,第二道是木门。抓捕那天警方包围了家具厂,两个特警翻墙进去打开了第一道大门,几条狼狗扑上来缠住了两个特警。卓世民那时就在朱正的车上,他们已看到第二道紧闭的大门,还看到有人顺着围墙冲过来。卓世民怕先进去的警察吃亏,立即命令道:跟着我的车,冲进去!朱正一轰油门就往第二道大门冲去,只听得轰隆一声巨响,门没有撞开,车头却给撞瘪了,朱正当时就给撞晕过去了。原来这是一面坚固的石墙,门是画在石墙上的一扇假门。卓世民在缓过劲儿来后,看到院子里有几个人操枪舞刀地杀过来。他打开车门,操起一把冲锋枪朝天就是一梭子,大喊一声:警察!都给我站住别动!你们被包围了。谁跑我打谁!

多年以后的今天,朱正还说:"要说玩枪,没有哪个有卓局玩得熟。那天我们头都被撞得晕乎乎的,卓局还一枪打在一个想反抗的家伙腿上。"

卓世民笑着说:"你们搞情报的那小子也太臭,门都没有摸清楚。"

朱正咧咧嘴,"州局的情报水平,哪能跟省厅比嘛。更不用说跟卓局比。"

卓世民不语。他听到的赞美多了,哪些是诚心实意的,哪些是虚情假意的,一听就明白。但今天,他有些拿捏不准朱正的赞美了。

果然,朱正的话题像太阳移动留下的阴影一样掩杀过来。他说,当年搞制枪窝点那个犯罪团伙,好些判刑的人都出来了。一些人改邪归正,一些人还在邪道上混。朱正把身体向前倾了倾,压低声音说,卓局,我们得到线报,他们知道你来青山市了。那个腿上挨了你一枪的家伙,道上叫高瘸子的,叫嚷着要找你算账。卓局,你从警那么几十年，在社会上结的仇家多，这里又是边境地区，你可要小心呀。"

这样的威胁几乎伴随卓世民一生，从朱正嘴里说出来，倒让他听出了逐客之意。他目光炯炯地盯着朱正，"想搞我的人，手艺还嫩着哩。"

朱正忙说："当然当然。我们只是怕万一有什么闪失。保护好老领导的安全，是我的职责。刚才那位兰局长不是说了嘛，连省厅的陈厅长都在关心着你呢。"

卓世民说："那我下午就走，不给你添麻烦。"

卓世民想，上午进他房间的肯定是朱正的人。他倒不怕什么高瘸子矮瘸子的，自己不能再在青山市公开露面了。在某些人眼里，他成了不受欢迎的人。

朱正在手机上发短信，似乎很随意，但卓世民猜得出他在发给谁。这小子认栽了。他也拿出手机查列车时刻表，然后说："四点有一趟回省城的动车，我就坐这趟吧。"

朱正似乎早就在等这句话，他说："那我送卓局去车站。"

饭后，两人出来，卓世民眼角的余光看到了普大卫。他戴一顶草帽，蹲在饭店门口，面前摆了一筐桃子。卓世民也不往他那个方向看，径直走向朱正的车。上车前卓世民环顾四周，发现还有三个年轻人在公路边养护公路。他们并不看这边，但你可以感受得到他们的警觉。朱正大约也看出一些异样，他说："卓局，上车吧。"

卓世民问："这地方是你的窝子？"

"卓局，什么意思？"朱正显得有些紧张。

"嘿嘿，吃菌的窝子。"卓世民轻描淡写地说。

"噢。"朱正吁了一口气。

在动车站，朱正愣是看着卓世民坐上动车才转身离去。列车启动，

第 五 章

卓世民看着车窗外那个殷勤挥手告别的身影，心中不由泛起一阵惋惜。这小子太张狂了，张狂到不知敬畏和收敛。

动车启动，卓世民起身到车厢连接处。普大卫悄无声息地跟了过来，他说，刚才饭店里那四个人，一个是朱正的手下，三个是社会上的。抓不抓？卓世民说，先别动他们，等等看。普大卫问：那小子想搞你吗？师父，你要小心。卓世民冷笑道：他还嫩着哩。

动车到下一站，卓世民下车，反身登上回青山市的动车。普大卫仍然像他的影子一样离他二十米远。当他再次出现在出站口时，他脸上一圈络腮胡，头戴一顶旅行团发的那种红色窄边软帽，背一双肩包，外面加了一个防雨罩，混迹在一群老头老太太中间，跟在一个打着旗子的导游后面，毫不引人注目地出了站。

20

褚志林芳夫妇的别墅在青山市郊的森林公园边，坐落在一个小山坡上，有一条长达两华里的私家专用车道，道路两旁绿荫匝地，修饰规整。别墅有高大的圆形铁拱门和围墙，后院靠山，前院有月牙形水池，喷泉，欧式风格的石雕，裸体的大卫和半裸的维纳斯，还有带翅膀的小天使，在水池边嬉戏。在池子一侧也立有关公像和观音菩萨像。风格虽然不搭界，但这就是豪宅的标配。近千平米的草坪上配以造型独特的花园，种有玫瑰、月季、菊花、兰花、扶桑花、郁金香、仙客来，等等，再间以桃树李树、樱花石榴，花园里无论空中地下，四季花开不败。

别墅里那个常年在褚志家干活的花工黄大妈，是个细心负责又吃苦耐劳的人。花园里每一棵树的树枝都经她精心修剪，每一株花朵都在她的呵护下绽放。不过黄大妈却常常因为花园里的病虫害而束手无策。并不是因为她不知道打农药防虫治虫，而是别墅的女主人不允许她在院子里施任何一种农药。这些年黄大妈也学到一些生物和物理防治病虫害的手段，比如引来捕食螨来对付月季上的红蜘蛛，撒干石灰来抑制树根和土壤里的病菌生长，用白醋兑水来喷洒玫瑰花蕾上的蚜虫等。今年不知是什么原因，天牛特别多，乌泱泱地在花园里飞来飞去。这种黑色天牛专门啃吃植物的茎和叶，大的啃茎，幼的吃叶。在它们终于引起人注意时，花园里的枝叶已经呈现出病态疲惫之势了。往年，当天牛出现时，黄大妈会请养蜂人搬来一个蜂箱放在院子一角，一周以后，天牛们就不见了踪影。蜜蜂是天牛的天敌，这是一个搞生物防治的农科人员告诉她的。但是今年女主人林芳说，不能再在家里养蜂了。蜜蜂的鸣叫让她睡不好觉。

黄大妈又去请教了搞生物防治的农科人员，他们告诉她说，又不让打药，也不能养蜂，你就只有采用点笨办法了。我们给你一种拌了农药的毒泥，天牛都会在树上蛀洞的，你用这毒泥将这些洞一一封上。麻烦一点，但不污染环境。

黄大妈五十多岁的人了，要上树可不容易。这天上午也是巧了，黄大妈出来扔垃圾，碰到一个拾荒的老人，他戴顶破草帽，一脸污垢，穿一件油腻腻、松垮垮的圆领衫，裤脚高一只低一只，正在别墅外面的垃圾桶翻拣垃圾，身边有一堆捆扎好的纸板和一些易拉罐啤酒瓶啥的。老人见她出来，努力扮出一个沧桑的笑脸，沙哑着嗓子说：

"富人家的垃圾更值钱。我这就走，不会给你翻得一地都是。"

黄大妈觉得这老人蛮可怜的，便说："没关系的，大爹。储藏间里还有些要扔的东西，你等等，我给你搬出来。"

老人说："那就太感谢你了，你真是菩萨心肠，老天保佑你富贵

第 五 章

长寿。"

"富贵什么呀,我们也是帮人干活的。"黄大妈把老人上下看了一遍,心里有了主意,"大爹,我看你身子骨还算硬朗,能不能帮我个忙,我不敢说开你多少工钱,这个要管家来定。但家里不要的东西,都归你,还管你几天的饭。"

老人眼睛亮了一下,是那种饿肚子有了着落的表情。他问:"干什么活,要干几天?"

"你跟我来就是了。我会告诉你怎么干的。"

这个老人说他姓郭,黄大妈就叫他郭大爹。他的工作就是架上梯子、用拌好农药的毒泥去封树上的天牛洞,包括把那些依附在树枝树茎上的天牛捉下来。这幢别墅种有上百株大大小小的树,还有几十种花卉。天牛们大约是从附近的林子里飞来的,似乎堵也堵不死、捉也捉不完。黄大妈跟管家说,这老大爹大概要干一个星期。管家说,我可不会开给他钱。黄大妈说,人家也没有啥要求,到时给他几包旧衣物就行了。

郭大爹到别墅干活的第二天,他对黄大妈说,天牛都是早上飞出来,如果天亮前就把它们封在洞里,园子里的天牛就会少许多。黄大妈问,你家住在哪里呀? 郭大爹说,我哪里有家? 我住城北老乡的工棚里,今天为了赶早,我就在外面公路桥洞下对付了一晚上。黄大妈叹了口气,说这么大年纪的人了,本该是享福的时候。她去跟管家求情,让郭大爹住进车库旁边的一间工具间。老人也不讲究什么,有口吃的有张铺就很满足。他回去拎了一个包袱就住进来了,平常就跟厨子、保安、保姆、司机一干为这幢大别墅服务的人们一起吃饭。他对黄大妈说,从来没有吃到这么好的伙食,也从来没有在墙壁刷得白白的房间里睡过觉。

别墅里养有两条身形巨大的昆明犬，大约有五岁左右。这种犬多被用作警犬，调教好了特别机警凶猛，据说这两只狗也是在警犬学校训练过的。郭大爹刚进到别墅时，它们对他虎视眈眈，咆哮不已。但到第二天，狗们已经把他当家里的人了。他从树上下来时，那只叫哪吒的狗竟然会随着郭大爹的手势跳跃几下，让别墅里的两个警卫都眼红。他们说，这狗奇了怪了，怎么就认你这个老头儿。我们比你还更先来，怎么就不听我们招呼呢。听黄大妈说，这两个警卫是最近几天才住进来的，过去别墅只有负责看大门的两个保安。

两个警卫身材健硕，一个姓洪，一个姓傅，一看就知道是练过把式的。据说洪警卫还得过省里的散打亚军。他们分别跟在林芳和褚志身边，既不开车，也不为他们拎包，眼光总是机警地打量着四方。

这天晚上，都快十二点了，褚志夫妇坐同一辆路虎车回来，两个警卫随车，那个姓洪的警卫从后备厢拎出一个看上去很沉的黑色双肩包，四个人一声不响地上楼了。

第二天早晨，万籁俱寂，远处林子里画眉鸟的鸣叫隐约传来。厨子王师傅比平常早一个小时起来做早餐，昨晚他接到管家的吩咐，今天一大早老板要出门，早饭提前半个小时。他从厨房窗户里看见郭大爹已经把梯子架在后院的一棵红木棉树上，他穿一身陈旧的迷彩服，正准备往树上爬。

王师傅想这捡破烂的老头儿人不赖，勤奋，还讨人喜爱。昨晚他们一起喝茶聊天吹烟筒，说起本地唯有上了点年岁的人才听得懂的"言子话"①。王师傅说他明天要做一道"荞麦绿、大浪淘、死皮烂"

---

① 当地习俗，如在餐馆里需要点菜时，不直呼其名，而以"展言子"的方式，言者每句故意漏说最后一字，听者将漏说之字串起来，会意而知其本意。

第 五 章

的菜，问大家是什么菜。谁都答不上来，郭大爹那时半张脸都埋在烟筒上，吸了两口抬起头来说，豆沙肉嘛。原来这段言子的底是"荞麦绿——豆，大浪淘——沙，死皮烂——肉"。郭大爹还将了王师傅一军，说我也给你点一个菜，"春兰秋、铁树开、瞎子摸"，你家做得出来不？王师傅想了半天也没有想出来，郭大爹呵呵笑道，菊、花、鱼嘛。你老哥想想，是不是这道菜？王师傅当时笑道，好你个郭老倌，都说瞎子摸象，你偏说瞎子摸鱼。我以为你要我做道"菊花象"的菜哩。我到哪里去找这大象肉？

王师傅回想起昨晚的聊天，自顾自地说，老子今天就给他做一道菊花鱼。他往窗外再看时，已经看不到逮天牛的人了。

勤劳的天牛捕捉者此刻有更重要的事情要做。他已经离开了梯子，顺着一根大腿粗的树枝攀到和三楼窗户齐高的位置，即便有人看见他，也会以为他置随时可能摔下来的危险于不顾，在堵树干上的那些虫洞。

三楼是主人的书房，有一道窗户永远开着，只是关着扇纱窗。窗户上方有一道做装饰用的白色水泥横梁，突出墙体约二十公分左右。天牛捕食者在树干上小心站起来，稍稍一纵身，手就搭在横梁上，再一弓身，双脚就落在窗沿上了。

这幢别墅有三层，一楼有大客厅、中西餐厅各一，两间客人房间，一间保姆房；二楼是褚志夫妇、孩子和林芳父母的起居室，外加一个桑拿房和小会客室；三楼是书房、茶室、阳光房和一间健身房。自从褚志接到那个勒索电话后，两个新聘来的警卫住进了主楼一层的客房。家里的厨师、营养师、花工、保安、司机等住在别墅的侧楼，那是一栋两层楼的建筑，下面车库，上面住人。

这天早上褚志起得很早，其实他几乎整晚未合眼，兀自在二楼的小会客室喝了半夜的茶。今天他就要去交钱赎人了。这就像要去蹚一片雷场，你不知道哪一步会触发那颗在你的命运中结下了冤孽的雷。生死善恶，生活中必定要面对的难题。它们看似互不搭界，其实，它们会突然出现在一张试卷上，让你选择、解答。

褚志在自己的盥洗间听到有人敲门，他想，莫非妻子也是一夜未眠？昨晚临睡前林芳悲恨交加，又大哭了一场，不是心疼那500万赎金，也不是悲伤他们的儿子命运多舛，而是气愤自己被黑道算计，竟然要为一个从未见过面的小女孩冒这样大的风险、受如此大的冤枉。江湖上阎王小鬼齐上阵，让他们只有招架之功，毫无还手之力。褚志连跟对方讲价钱的可能都没有。

褚志嘴里的牙膏沫还没有涮干净就过来开门。一见门外之人，他差点没有被一口牙膏呛着。那个三天前被叫来堵天牛洞的老人正目光如炬地盯着他。管家曾给他说起过这人，他有点印象。

"呸！呸！"褚志转身回盥洗间吐掉嘴里的牙膏沫，背对着老人说，"你……怎么跑上来了？下去！"

"褚志褚老板，我要跟你谈一谈。"老人不慌不忙地说。

褚志转过身来问："你？想钱想疯了吧？讨工钱也不是这个时候。滚出去！"

老人笑笑，"是有人想诈你的钱，不是我。对吧？"

褚志一愣，"你他妈是谁呀？来人呀！小傅小洪，上来！"

老人镇定地说："不要紧张，我不是来打劫你的。"

褚志想推开老人往外走，但他刚一伸手，手腕就被老人一把捏住，就像被鹰爪抓住一样，且直接抓进了骨头。褚志痛得大叫起来，不得不顺着老人手中的力道，侧着身子被强行带到小会客室，按在座位上。

楼道上传来急迫的脚步声。两个警卫眨眼就来到了二楼，姓傅的

第 五 章

警卫率先冲过来，老人顺手操起一张靠背椅，迎着他的肚子顶了上去，只听得"咔嚓"一声，椅子折断一只腿，对方还在用力往前扑，老人敏捷地一侧身，借力使力，傅警卫便连人带椅子飞出去了，还带翻了桌子上的一套茶具，杯盘碗碟摔了一地。

得过全省散打亚军的洪警卫善使腿，还隔着老人三米远就飞腿劈来。但他的对手哪里像个只会捉天牛捡破烂的老头儿啊，功夫堪比当年击败过他的散打冠军。老人一闪身，躲过那致命一击，一掌劈在洪警卫膝弯处，洪警卫"哎哟"一声惨叫。不知道是筋撕裂了还是半月板碎了，躺在地上再也爬不起来。

跌倒在桌子那边的傅警卫偏偏倒倒地爬起来，还想再战。褚志知道对手来者不善，他说："别打了，都住手。"

老人拍拍手说："不要欺负一个老人家。你们的功夫不好，家教也不好吗？"他拖开一把椅子，在褚志对面坐下，"还是自报家门吧。本人卓世民，省公安厅刑事侦查局……前局长，二级警监。现在是省刑事司法鉴定委员会副主任。"卓世民从屁股兜里掏出一本印有警徽的省司法鉴定委员会的证件，向褚志晃了晃，又收回去了。

"褚志，我有充分的证据指控你涉嫌犯有教唆、指使他人非法绑架拘禁儿童罪。"

"你……你是怎么……你乱说。"褚志就像被一股强劲的气流顶到了墙角，"你要有证人……证据！"

"曹前贵，这个证人怎么样？"卓世民探过身去，将自己的鼻尖几乎抵到褚志的脸。他审过难以计数的犯罪嫌疑人，他总是能够在这样近的距离里，看破嫌疑人的谎言，看到罪恶的真相。

褚志被卓世民的气息所笼罩，他的崩溃近在眼前。但他一听对方提到曹前贵，心里就有底，"我不认识他！"他反常地喊道。

这时,林芳仪态万方地出现在二楼的小会客间。刚才发生的格斗,卓世民和褚志的较量,她想必已看了个明明白白,她穿一身黑色长裤,上身是红色的宽松家居常服,头发还有些零乱,虽然是随便绾了一下,可也显得利索干练。她的脸上是即将赴难的凛然之色,定力非凡。她语气平和地说:

"既然来了这么重要的客人,干吗不到三楼茶室去喝茶呢?这位卓先生,卓警官,我有十年的冰岛。请。"

打林芳一进门,卓世民就微微一愣。直觉就告诉他,这位才是这个家的真正主人。在这几天的独立调查中,他无数次听人说起过朗沙集团的董事长、大能人林芳的大名。卓世民也算是阅人无数的老江湖了,什么样的美女老板没有见过?但他没有想到一个边陲城市的女老板也会有如此强大的气场,她的魅力并不是因为她长得漂亮,而是那种临危不乱、桃李无言的典雅气质。

"有好茶当然要大家分享。林芳林董事长,久仰了。"

茶室里就褚志林芳夫妇和卓世民三人,宽大的金丝楠木根雕茶台前,林芳亲自烧水、烫壶、温杯、洗茶。林芳还随手打开了茶室的音响,放出的是一支二十世纪八十年代初期在战场上很流行的歌曲《小草》,上乘的立体环绕声音响设备,熟悉的旋律,让卓世民都有些走神了。

  没有花香 没有树高
  我是一棵无人知道的小草
  从不寂寞 从不烦恼
  你看我的伙伴遍及天涯海角
  春风啊春风你把我吹绿

第 五 章

> 阳光啊阳光你把我照耀
> 春风啊春风你把我吹绿
> 阳光啊阳光你把我照耀
> 河流啊山川你哺育了我
> 大地啊母亲把我紧紧拥抱

褚志坐在林芳身边，魂不守舍，与林芳的气定神闲相比，他更像一个捅了大娄子的马仔。卓世民坐在对面，端起第一泡茶，在嘴里品了一下，下喉，然后说："好茶，有回甘。"

林芳淡淡地说："一杯好茶就像人生，越有年头岁月，才越回味无穷。"

卓世民直截了当地问："林董事长当过兵吧？"

"卓警官好眼力啊！我当过兵，没错。我看你还打过仗哩。"

"被硝烟熏过的人，也有一种东西掩藏不住，是什么呢？"

"血性。"林芳又给卓世民冲了杯茶，"敢问卓警官当年在部队是干什么的？"

"侦察兵。"

"噢，英雄。我以茶代酒，敬你！"林芳举起了手里的茶杯。

卓世民回敬，说："我不是英雄，那些为国捐躯的人才是。我只是上过前线，受过伤。"

"伤员我见得多了。"林芳淡然一笑，说，"我是卫生兵，那阵儿天天跟鲜血、绷带、手术钳、担架，还有断肢残臂打交道。"

卓世民怎么能不知道战场上那些傲然盛开的玫瑰？她们有许多动人的名字，"老鹰山兰女子救护队""火线花木兰救护队""十姐妹救护队"，等等，他也是她们从火线上救下来的呢。那些手臂上戴着红十字白袖箍的女兵，像勇敢的雨燕穿梭在枪林弹雨中。她们在阵地上，在猫耳洞，在医疗帐篷里，在伤员的病床前，在硝烟弥漫中，给那些小草一样的普通士兵，带去阳光、春风和爱的憧憬。她们出现在哪里，美丽就在哪里，爱就在哪里，生命的希望就在哪里。伤再重的伤员都不叫唤了。

卓世民当然明白林芳在打战友牌。他话锋一转，"褚志，你指使曹前贵冒充电视台导演，和一个叫赵老四的人去广畴县回水乡汤谷寨，以拍电视之名，趁机带走了侬阳阳。但是你没有想到的是，赵老四又串通另一伙人劫持了侬阳阳和曹前贵，并向你们勒索巨额赎金。是这样的吧？"

褚志的脸煞白，汗珠也从额角渗出来了。他端在手中的茶杯晃了一下，半杯茶水洒在拇指上，烫得他赶忙放在茶台前。林芳倒很镇静，很优雅地往褚志的茶杯续了点茶，说："茶杯小了一点。"

林芳又往卓世民的杯里再续茶，说："这是第四泡，味道出来了。老战友，喝茶吧。"

卓世民冷冷地说："跟我一同在枪林弹雨中出生入死，活得勇敢敞亮、堂堂正正的人，才会是我的战友。"

林芳脸上稍有愧色，但仍然镇定地说："你看这汤色，琥珀色了呀。"

"不要跟一个老警察耍花招啦。我在这栋别墅抓了三天的天牛，可没有白干。你们家的管家、厨子、营养师、花工都成了我的朋友，这栋房子就没有多少秘密可言。曹前贵的交代让我了解到了劫持侬阳阳的幕后黑手。我只是不明白，你们为什么不惜犯法地劫走一个进城打工家庭的孩子？难道人家前世欠你们一个孩子？"

林芳沉吟良久，才说："不是谁欠谁的事，只是为了救我儿子

第 五 章

的命。"

"哦？怎么回事？"卓世民问。

林芳神色哀戚地说："我不能生育。多年前，我们抱养了侬建光夫妇的一个孩子。我们把这孩子当自己的亲生儿子养到十二岁，却不知，这孩子得了白血病。医生说，得从同胞兄妹那里提取造血干细胞，才能救我儿子的命……卓警官，我们……才想到侬阳阳……"

卓婉玉已经告诉过她父亲，侬建光夫妇第一个孩子被人抱走之事，现在侬阳阳被拐案的"因素"清楚了。卓世民问："为什么不去跟人家好好商量？"

"我们不想让儿子知道他是抱来的。"褚志不无傲慢地说。

卓世民厉声道："就为这点理由，不惜以身试法？"

褚志辩解道："这可不是一点理由！我们的儿子将来是要继承家业的。他进了我褚家的门，就不是一般的孩子了。"

卓世民喝道："胡说！农民工的孩子就不是人了吗？就可以随意绑架吗？你们有钱，就可以高人一等、随意毁坏一个家庭的幸福吗？如果这个世界上任由有钱有势的人和心术不正的人胡作非为，那么那些正直善良的人们就没有公平了。社会的正义又何在？即便你们的儿子要造血干细胞，也必须是合理合法的，捐献者和受捐献者你情我愿的。可是，看看你们都做了些什么？你们已经犯法了，该负什么法律责任，司法机关自有判断。你们必须悬崖勒马，配合警方尽快救出孩子，争取立功赎罪。"

褚志说："这些事情都是我一个人做的，与林芳无关。我们也是受害者，我们自己去解决这个难题，犯不着你来管。"

卓世民冷笑两声，"褚志，你以为有钱就能跟魔鬼做交易，但你只会在犯罪的道路上越陷越深。根据警方目前掌握的线索，绑架孩子的是一个隐藏得很深的犯罪集团。所以,你们只有老老实实地跟警方合作,才可能尽快救出孩子。除此以外,你们再没有别的选择。"

褚志还不甘罢休,他说:"据我所知,你是个退休警察,已经没有执法权了。你这是何苦呢?我们本不想伤害到任何人,只是想救自己儿子的命。只要赎出了侬建光的女儿,我们会给他们补偿的。我们不在乎花多少钱,只求大家平安。卓先生鞍马劳顿地为此事奔波,我们也会考虑你的辛劳。"

卓世民冷冷地说:"褚志褚老板,你看错人了。"

褚志忽然语气强硬起来,"你就不怕走不出这院子吗?"

卓世民哈哈一笑,"就你这点本事,也敢来威胁我?褚志,我警告你,别再执迷不悟啦!"

林芳忽然啜泣起来,"求你们都别争啦!我儿子还在医院做着化疗,身上插满了管子,头发都掉光了,除了两个眼珠子在转,人消瘦得风都能吹倒。我天天都在担心,哪一阵风,会把我的儿子带走!苍天啊,你难道不开开眼,我们养一个孩子有多不容易……天底下那么多健康的孩子,为什么偏偏是我家孩子要得这种怪病?"

卓世民无言地看着褚志林芳夫妇。得了绝症的人都会这么想:为什么偏偏是我?这也是我的天问。他忽然想:他受伤时,那些给他紧急包扎伤口、抬他下火线的女卫生兵中,会不会也有林芳呢?他也在陆军医院养了长达两年多的伤,他们打过照面吗?他只要问一问他们在哪支部队,参加过哪场战斗,他们是否曾经并肩战斗在同一个战场,答案就一目了然了。但他不能问。如果褚志林芳夫妇问,他也绝不告诉他们。

林芳继续说:"我也懂法律的,转业后自修过法律专业,曾经还想考律师……卓警官说得对,他们是魔鬼,不是人。他们威胁说,他

第 五 章

们是讲规矩的人，只图财不害命；如果我们报案，他们就撕票。一切后果都要我们承担。我们只是想：保住了那孩子的命，才能保住我们儿子的命。花多少钱都无所谓了。"

卓世民哼哼两声："你们把他们想得太简单了。"

林芳问："除此以外，我们还有什么办法？我在商场打拼这么多年，也遇到过恶人、歪人，跟他们讲不清道理时，钱就是最大的道理。"

卓世民正色道："你错了。钱只会为虎作伥，法才是最大的道理。"

林芳操起音响遥控板，摁下关闭钮。没有背景音乐，空气也仿佛凝固。三人不再说话，似乎都在内心里权衡对方手里到底握有多少张致命的牌。茶室里只剩下电茶壶烧水的"嗞嗞"声，一会儿玻璃烧水壶里的水开了，在里面"呼噜呼噜"地翻滚，林芳也不去关电源，任那翻滚的水像内心激荡的风云。

"这事儿发生后，我也想到过去报案。谁愿意被歹人勒索呢？与其给他们五百万，还不如拿这钱去扶贫。我正在跟州上谈一个扶贫项目，也需要五六百万。哼，人若正直，钱就善良；人若有罪，钱也就污秽了。我现在时常想起一个才十八岁零二十三天就走上了战场的女兵，那么单纯、正直、善良，一腔报国热情。现在的我跟她怎么差距那么大呢？难道我们不是一个人？不是一个人的青春和她的回忆？"

突破口就要撕开了。卓世民站起身，踱步到茶室的窗户前，点了一支烟。别墅外面的树林，满目苍翠、绿波荡漾，有鸟声如歌。普大卫要是来得及时的话，他带来的人应该就藏匿在树林的某处。

卓世民往窗外吐了一口烟，"打仗时，我的通信员小杜，一个机灵无比的四川兵，能学各种鸟叫。画眉、斑鸠、百灵、鹧鸪、云雀、白鹭，还有许多大家不知道的鸟叫声。在阵地上的枪炮声停息下来时，没有比鸟叫更好听的声音了。有时我也奇怪，那么激烈的战火，竟然都没有吓跑那些鸟儿。这个世界上，总有一些生物，生命力最强盛，最让人心生怜惜之情。比如那些在猫耳洞里养的兰花，那些在病床上唱着《小草》的伤员。小杜有一次引导一只云雀站在他的肩膀上，他就像和情人说悄悄话一样，和那只云雀一唱一答，而他肩上的枪还闪着寒光。我那时要是手上有台相机，拍下来一定可以在报上发表吧？题目我都想好了，就叫《和平鸟》。谁不渴望和平？可惜，小杜四十多岁就得了骨癌，不多久就去世了。他一定化作一只云雀飞走了吧？我总是这样想。"

林芳忽然啜泣起来，"求你别说啦！上过战场的人才最知道活着的美好，也更知道生命的脆弱和珍贵。卓警官，我们还是来签一份合同吧。但愿它是既能救我儿子的命，也能拯救我们自己的合同。"

林芳毕竟还是更顾惜自己的声誉，她转变了立场，卓世民让她看到解决难题的希望。她向卓世民坦陈，这帮人掌握了朗沙集团的所有业务情况，尤其是林芳在政、商两界的社会声誉和地位。他们还威胁她说，如果不按他们说的办，不仅要杀了那个孩子，还要让她身败名裂……褚志林芳都犯事儿了，朗沙集团还会存在吗？这可是他们三十多年打拼出来的家业！那伙人让褚志将五百万赎金兑换成金砖，兑换的凭证、现场拍摄的照片，都发去曹前贵的手机上。他们确认后，再通知交换地点。林芳说我们当然要确定孩子还活着，才会付这笔巨额赎金。卓警官，我们是真心要救她的。林芳还承认，他们看到过孩子昨天的一段视频，是那伙人用曹前贵的手机发来的。

卓世民说："把视频调出来我看看。"

画面中依阳阳在吃饭，有一个看不到面目、穿短袖的中年妇女在看管她。孩子看上去有些落落寡合，又显得谨小慎微，眼神里是生怕

第 五 章

一个巴掌打过来的那种畏惧和胆怯。卓世民将这段只有十几秒的视频反反复复看了几遍,然后才说:

"人质不在青山市。"

林芳问:"你怎么知道?"

"你看孩子身边那个穿短袖的妇女,还有孩子身上的短 T 恤。青山市现在还穿不着这样的夏装。再说昨天青山市还下了雨,天挺凉的。你们今天不是要去交钱吗?"

林芳答:"是。"

卓世民问:"你们想过没有,钱交出去了,人却换不回来?"

褚志说:"我们有两个武功高强的警卫。"

卓世民鄙夷道:"就他们那点本事?你就别添乱了。"他掏出电话来,调出一个号码拨通,只说了句,"你们可以进来了。"

五分钟后,三辆没有任何标识的车开进了别墅的大院。刑侦局局长武钢率先跳下车来,普大卫跟在他身后。便衣警察们麻利地封锁了别墅的所有通道,闲散人等都被隔离开来。卓世民看到兰高荣从最后一辆车下来,便笑道:

"你个老赖皮,没人跟你在网球场上吵架,嘴痒了吧?"

兰高荣说:"我来看看那个老叫花子头发长长了没有。"

"叫花子嘛,头发没有不长的。"

第 六 章

21

依建光的寨子马萨寨比韦小香的汤谷寨大,两地相距不过十来华里,虽然都是依山傍水、"宁居陡坡,不占良田"、种稻为主的壮族村寨,但风俗也有差异。这个寨子不祭太阳,却特别注重祭祀田公地母。马萨寨的壮家人认为,人活着的时候是有十二魂的,死后九魂消散,剩下三魂,一魂留在坟墓里守尸,一魂投胎转世,还有一魂寄宿在家中的神龛上。但凡三代以上的先祖,他们的灵魂就不再高居神龛供后人供奉,而是飞过了村寨山岗,穿越了漫漫岁月,战胜了生死轮回,降临到了田间地头,化身为无所不知、无所不能、洞悉一切、安抚四方的田公地母,为后辈日夜守护着命根子一般的稻田。每到农历六月,稻田进入中耕管理期,稻秧如长身子的少年,稻子正要结穗,天上的虫子来了,鸟儿来了,地里的老鼠来了,不知名的稻瘟病也来了。这个时候,人们一边打农药除虫防病,一边在田间地头搭上一个小小的祭台,献上彩饭鱼肉、高香米酒,祈求田公地母保佑大地五谷丰登。壮家人在祭台前总是谆谆教诲后人:这是祖先耕耘过的田地,更是被田公地母守护的稻田。稻子种不好,愧对先人哩。

卓婉玉这次本来就打算在濮依支系的几个壮族寨子跑一跑的,依

第 六 章

建光也曾热诚地邀请她去他的寨子做客。他说,有名的壮家特色菜岜夯鸡就他们寨子做得最正宗好吃。因为煮岜夯鸡的酸汤用马萨寨的汤巴汤加野生细芫芹、发酵酸红青菜腌制,才最有那种酸酸甜甜、香香辣辣的独特风味。

从韦小香的寨子汤谷寨出来后,翻过一道山梁,就到了马萨寨。卓婉玉总算看到了侬建光家名气颇大的一棵树老屋。百余年来它高耸于一道山坡之上,不歪不斜,不朽不漏。壮家干栏式建筑样式,梁、柱、门、窗、屋檐、地板、楼梯、回廊,全是闪着黑色暗淡光泽的老木料。卓婉玉楼上楼下看了个遍,反复问:真的是只用了一棵树就建成的?这该是多大一棵树呢?没有人知道。传说总是带有多多少少的神秘感,才会经久不衰。

在侬家的百年老屋里,卓婉玉不但吃到了风味奇绝的壮家特色菜——岜夯鸡,还见识到了壮家的花米饭,一碗饭里红、黄、蓝、紫,色彩斑斓,看得人眼花缭乱、食欲大增。这种饭完全用山里的天然植物煮水染色,没有任何污染。那天摆上一个大簸箕里的菜肴还有用糯米做的各种糯食,大粽粑、面蒿粑、千层粑、麻旦,等等。侬建光说,我妈可以用糯米做四十多种好吃的东西。韦小香说,婉玉姐,你随时来我们壮家,都有吃不完的好吃东西。春天吃花,夏天吃菌,秋天吃果,冬天吃食菜,样样都是最新鲜生态的哩。卓婉玉暗中数了一下大簸箕里的菜,大约不下二十多种,壮家人的好客就像他们的酒一样浓烈火爆。以至饭后卓婉玉说,如果不到田野里走走的话,她会撑得睡不着觉的。

晚餐之后,夕阳正在西边的天空一跳一跳地下山,像一个赶路的红脸汉子。这个比喻是侬建光说的,他说,太阳就是在天上勤劳奔忙的汉子,早上赶着云朵出山,在天上犁田、犁出风、犁出云、犁出雨、犁出彩虹；太阳总是在跟田坝上栽秧子薅秧子打谷子挑谷子的人赛跑，当太阳挑着云朵下山时，谁再干不完田里的活，谁就得饿肚子。卓婉玉赞叹道：小侬，你一回到你的稻田，就是个诗人。

卓婉玉相信，无论是做文还是做人，人一接地气，才会有精气神儿，才会灵动飘逸、出神入化。昨天在汤谷寨，她为了考察"鸟衣"，就请韦小香穿一次给她看看。当她在外婆的帮助下穿上了"鸟衣"，披金戴银地从里屋出来时，卓婉玉惊得险些掉了眼镜。这哪是那个开一间小店的韦小香呀？分明是一个壮族公主嘛。从头帕、对襟上衣，再到裙子，通体素黑，领口、衣襟下摆，以及袖边、裙摆处，镶上手绣的绿色、黄色、白色花纹图案，再配上脖子上、胸前、腰间披挂的那些琳琅满目的银器，虽然都不是很贵重的饰品，但与她印满太阳烙印的稻谷般金灿灿的肤色相搭配，便浑然天成，相得益彰。这肤色在城里时会给人一种缺乏水土滋养的枯黄与粗糙的感觉，而一回到壮乡、穿上壮民族服装，它就闪耀着黄色绸缎般的光洁和细腻了。卓婉玉的肤色也比较偏黄，为了让自己更白一点，她像大多数女性一样，往自己的脸上花了多少钱呀（以后她决定不管白与否了，本女子就以稻穗黄为美）！卓婉玉还发现，韦小香的那身壮族服饰甚至把她的眉眼都撑开了，五官也舒展开来，让她看上去风韵十足，卓尔不群。卓婉玉甚至心生一丝怜惜：这么干净一个女子，干吗要去城里打工呀。

暮色从田野里升起，一切显得柔和而诗意。他们走在田埂上，有蛙声隐隐传来。卓婉玉一直在找机会想和侬建光夫妇好好谈一谈。自从随韦小香来到乡下后，她一直处于迷惑不解中，还不仅仅是面对陌生新奇的乡野风情和古老拙朴的壮文化，而是她对侬建光夫妇回到乡里后的态度，感到费解。人家一个电话，就让他们从刚开初的惊慌失措，到现在的满不在乎，也一点都不担心孤身在外的女儿——至少

第 六 章

表面上看不出他们的焦虑。卓婉玉要走访寨子里的人家，他们殷勤地为她带路，和村人朋友喝酒聊天；他们带卓婉玉转山看水，采摘山花野果，在饭桌上做出各种好吃的风味美食，极尽地主之谊。每当卓婉玉提到侬阳阳时，侬建光总是将话题引开。他们甚至暗示她该离开了，出来这么多天了，难道你就不想你家女儿吗？

卓婉玉对侬建光夫妇的看法逐渐发生了改变。她从同情他们，到审视他们。她想知道：是什么让一个纯朴的种田能手，变成一个说话虚虚实实、真假莫辨的"江湖中人"？ 又是什么，可以让这对年轻父母在事关孩子性命安全这样天大的事情上撒谎？ 难道他们不需要她的一点宽慰？ 难道他们就笃定孩子是安全的？ 侬建光过去经常挂在嘴边的口头禅"社会复杂，钱不好挣"，现在好像他已经把复杂的社会捋清爽了。

他们肯定有什么难言之隐。

走在田埂上，韦小香告诉卓婉玉，侬建光曾经是伙伴们公认的大"幽骚"，这不仅仅是指他能言会道、机敏时尚——当年他是寨子里最会赶城里人时髦的人，第一个用上手机，更因为他还是一个做农活的好手。卓婉玉不相信，她说现在好多进城务工的青年都不会做农活了。

侬建光说："我的父亲去世得早，穷人的孩子早当家，十岁时我就能驾牛犁地了。"

"你十岁才多高啊，就能犁田了？"卓婉玉不相信地说。

"还没有一架犁高。"侬建光颇有些自豪地说，"从小就跟在我爹后面在田里干活，只要有了把力气，不用人教都会了。牛是能听懂人话的，'白——'是让牛往右，'勒——'是让它往左，比较难的是让牛掉头。它要发起牛脾气来，你一点办法也没有。那时我们寨子里有首歌好像就是专门为我们家编唱的，人家一唱，我妈就要抹眼泪。"

"哦，你现在还记得是怎么唱的吗？"卓婉玉问。

侬建光看着远方的稻田，仿佛要在那里打捞自己的童年。"'四月里来水汪汪，手牵牛儿去插秧；有夫之人秧插完，丧夫之妇田丢荒。'我妈总是说，光儿，我们的田丢不起荒啊。要饿肚子不说，对不起祖先的。"

侬建光的母亲是个话语不多的壮家妇人，还不到六十岁，卓婉玉见到她时，以为侬妈妈至少有七八十岁高龄了呢。

已经离开乡村多年的侬建光此刻不能不沉浸在对往事的美好追忆中："立冬之后虫入眠，大雪之前翻冬田。冬天到来时，我就该下田驾牛了。我们小孩子皮没有大人厚，不经冻呀。冬水田里的水凉得咬骨头哩。"

"犁田不是在春天吗？"不谙农事的卓婉玉问。她在本地的一些史料上看到，明朝和清朝时期，春天来临时，地方官员要亲自下田开犁，以表劝农耕桑之情。

侬建光笑笑说："春天是撒种栽秧啦。在这之前，田要三犁三耙。冬天里各种害虫都在地里冬眠，在霜降前深翻一下田地，将躲藏在土层中睡大觉的害虫翻出地面，让霜雪冻死，太阳晒死，来年虫害就少了。"侬建光忽然扯开了嗓子，面对暮色中的稻田唱起了儿时的歌谣，"犁完冬水田，转眼要过年。过年串寨子，姑娘花楼前。哥哥长得丑，妹妹就放狗。哥哥会犁田，妹妹笑开颜。"

卓婉玉听得直乐，击掌道："小香也来一首。"

韦小香羞赧地说，好多歌都忘记了，我们现在只会唱流行的呢。卓婉玉鼓励她说，唱吧唱吧。流行歌谁都会，终究是别人的。只有你们自己的歌，跟你们的服饰、习俗、信仰一样，是你们自己的。

第六章

韦小香忸怩了一下，柔声开唱：

> 二月春风急，三月香花开。四月虫吃叶，五月水变浑。关鸭进家圈，不准去踏秧。哥哥人勤劳，磨铧又收绳。日头才升起，哥哥已下地。左手牵水牛，右肩扛着犁。头天把田耕，二早去耙田。耙得细又细，一遍又一遍。到处撒籽种，四方无地闲。人勤秧苗壮，牛好哥喜欢。

这歌似叙似唱，内容质朴，旋律简单，说唱之间，真情流露，毫无矫饰，透着想说就说、想唱就唱的痛快劲儿。"哎，等等。我怎么没有看到你家的牛呢？"卓婉玉忽然有所发现，"这些天在几个寨子里都没有看到壮家人的水牛。你们的牛呢？"

"早不用牛啦。"侬建光也有些惋惜地说，"自从有了微耕机，牛就不再是我们的好伙伴了。我们壮族人心疼牛，从不吃牛肉，所以现在没有人养牛了。"

韦小香倒是想得开，她说："微耕机好用，牛犁田要三犁三耙，微耕机犁一遍耙一遍，万事搞定。我妈都能推着微耕机下田。养一头牛，除了犁田时用得着，平常都要占个人手。小时候放牛，可苦死人了。"

卓婉玉在侬建光和韦小香家都看到过放在院子里的微耕机，只是那时不知道这玩意儿的作用。她轻叹一口气，说："幸好有了微耕机。要不你们这些放牛娃都进城去了，谁来放牛呢？不过，这乡村里没有了牛，好像又少了点什么。"

侬建光说："我家那头牛叫阿童，从还是一头生牯子时就来到我家了，被我多调教得很乖。它的头上有两道旋，跟我一样，好打架。嘿嘿，我们就像两兄弟。卓老师，你不知道牛也是通人性的，我要出去打工那年，我跟阿童告别，说，阿童我要挣钱去啦，回来娶媳妇盖大房子。阿童听了淌眼泪呢。我在城里打工时，除了想我妈，最惦记的就是我家的阿童了。"

卓婉玉问："阿童还在吗？"

"早卖了。"韦小香替侬建光回答。

侬建光从田埂上捡起一块泥团，扬手扔出去老远。"卓老师，你小时候打过泥战吗？我们打泥战可好玩了。一般的牲畜，见到泥团飞来，都会躲会跑。我家阿童太懂事啦，我打泥战时，它就是我最好的掩护，别人扔过来的泥团，打在它身上，它只甩甩头。我要攻过去时，它就像为我开路的坦克。卓老师，这稻田就是我们的游乐园呀。你那天问我为什么不多读点书，学校哪有我在田里好玩？捉泥鳅抓黄鳝捞鱼虾打泥战，还跟隔壁田里的妹子对歌。有一支叫《水姆鸡》的歌，大人小孩都会唱。小香唱得最好听。"

卓婉玉问："水姆鸡是一种什么鸡呀？"

"不是鸡。"韦小香解释说，"它只有一个拇指大小，在田里能像野鸭子那样潜水，又可在天上飞。薅秧时累了，我们就捉来水姆鸡，把它放在手心上，对着它唱《水姆鸡》，唱着唱着，它就飞起来了，越飞越远，越飞越高，直到看不见。那时我就想呀，我要是像水姆鸡一样飞就好了。"

"唱来听听吧。"卓婉玉请求道。

韦小香环顾四周稻田，"我真想给卓老师逮一只水姆鸡。"

侬建光说："你给卓老师唱就是了。"

"水姆鸡呀飞呀飞，飞上天去不远游；水姆鸡呀游呀游，回到你的家乡，寨子里有你的情郎！"

"真好听。"卓婉玉又问，"你们想过回到家乡吗？"

第 六 章

"绝不。"依建光回答得很干脆。

"为什么不？"

"回来干什么？"依建光反问道，"家里那两亩多田，一年只打得下来一千来斤谷子，脱糠成米，只剩下五六百斤，全部卖了也就三四千块钱。你前期还要花钱买种子啦化肥啦农药啦啥的，还不算你投入的劳力，可能遇到的自然灾害，面临虫灾、风灾、旱灾、洪水、稻瘟病，等等的风险。歌里唱得再好，但田里产的东西，从来都不值钱啊！我们在城里，再苦再累，一个月总能挣够这点钱吧。运气好了，挣一笔大钱，够我在乡下干一辈子了。"

"你挣到大钱了吗？"卓婉玉直视依建光的眼睛。

"没……还没有。"依建光不敢看卓婉玉，头扭向一边，"我想……快了吧。"

城市生活正在改变这一代乡下人。卓婉玉一方面为他们走出山乡由衷欣慰，一方面又对他们身上发生的变化感到陌生。就像现在她眼前的依建光，你说他是个大都市里的新潮青年，也一点不为过。下身板鞋、弹力裤，上身宽松的套头帽衫，耳朵里永远塞着蓝牙耳机，听的是卓婉玉也不知道名字的新潮歌手的歌，电视上的各类选秀节目，网红明星的私生活，小鲜肉们的爱好，以及在手机上玩的游戏，追的那些宫廷剧、情感剧，一点也不逊色于城里的时尚青年。他们怀揣梦想，勤勉苦干，不放过任何挣钱的机会，毫不犹豫地接受一切城市文明，也轻而易举地抛弃乡村的传统。不能说他们不热爱自己的家乡，也不能说他们就是数典忘祖之辈。他们是游离在都市和乡村之间的折叠部分，被两种不同的文化撕裂。城市进不去，故乡回不来。依建光曾经对卓婉玉说，我们再怎么努力，也洗不干净腿上的泥；再怎么想家，每次回来也待不住一个月。城里人瞧不起我们，村里的老人们也看我们不顺眼。除非我们挣更多的钱，当上大老板，开一辆大奔回来，把一棵树老屋推倒了，盖成城里的那种洋房别墅。卓婉玉当时就说，你可千万别这样干。一棵树老屋可是你们村里的一段历史，没准儿还会成为一个景点哩。那时侬建光不无鄙夷地说，那是你们眼中的风景，你今晚住住就晓得了，上个厕所都不方便。

作为一个人类学学者，卓婉玉并不担心生活上的不便。下乡搞田野调查时，老乡的牛棚柴屋她都睡过。她想弄明白的是：一种民族文化，在这个年轻人大迁徙的时代，还能存留多少？

她换了一个话题，问："小侬，晚饭时你妈妈说，明天你们家要祭田公地母。你会参加祭拜吗？"

"当然，我好多年都没有在家里供奉田公地母了。你看看这些稻秧，长得有些稀疏，有虫了。"

卓婉玉睁大眼睛，也看不到稻秧上有什么虫。但这块稻田的长势，的确不旺盛。她又问："祭田公地母有什么作用？"

"让稻子长得好么。"侬建光顺口说。

"就这么简单？"卓婉玉追问。

"还有……还有就是，听我妈妈说，田公是老祖，管雨水；地母是老祖母，管田肥。你要是不学好，做了坏事，说了谎话，田公地母听见了、看见了，他们就要么不下雨，要么来洪水。"

"你知道田公和地母长什么样子吗？"

"不晓得，我连我爸爸长什么样子都记不清了。家里倒是有一张我爷爷的老照片，田公大概就是他老人家那个样子吧。"

卓婉玉在一棵树的堂屋里见过那张老照片，那是一个面容清癯的老人，颔下一撮疏朗飘逸的白胡须，目光苍凉而悲悯。卓婉玉想，一个和稻田打了一辈子交道的种田人，死后的灵魂当然是要归于这片肥沃的田野的。难道还有比这更好的去处吗？神性的光芒和祖先的亡灵巧妙地融汇在稻田里，在种田人的心目中与日月同辉，永远供奉在敬畏与崇拜的神坛。每一块稻田都闪烁着祖先的身影，每一把稻穗都浸透了种稻人的灵性，这才是这个民族稻作文化得以代代传承的密码。

此刻，晚霞残留最后的余光，晚风下的稻田翻滚着朦胧的绿波。卓婉玉不知是在问自己还是问侬建光：

"他们住在哪里呢？"

"我妈妈说，哪里有稻田，他们就住哪里。"

卓婉玉再次直视侬建光的眼睛，"小侬，我是不是可以这样认为，现在，田公和地母，你的先祖们，他们就在我们的头顶，或者就在我们的身边。只是我们看不见。"

"可以……这样说吧。"侬建光被卓婉玉盯得有些慌张。

"小侬，你现在面对田公地母，诚实地告诉我，侬阳阳是安全的吗？"

侬建光瞬间脸涨得通红，他目光茫然地望着暮色中的田野，似乎无颜面对自己的先祖，更无法回答卓婉玉的问题。他只有蹲下去了，抱着头说：

"卓老师，我……我不知道呀！我害怕……"

然后他像一只黑暗中的巨大青蛙，趴在田埂上长声干号。

22

省公安厅成立了专案组，由刑侦局长武钢直接负责。他两天前就带人秘密进入了青山市。卓世民不是一个人在战斗。

青山州纪检委、监察委开始了对朱正的秘密调查。朱正利用职务便利编织的警、商利益关系图很快就露出水面。他一被"双规",很快就将一切都招了——

一家民企四年前通过朱正个人牵线担保,向褚志借款一千万,年息百分之十五。这家民企两年后连本带息偿还了借款。褚志只收了本金,利息三百万全部落入朱正腰包。一个曾经很优秀的警官就这样被三百万收买。朱正认为自己做得神不知鬼不觉,但却被褚志套牢了。曹前贵和孩子一起失踪后,褚志要朱正不惜一切代价找到他们,并威胁他说,曹前贵如果被警方抓获,我们大家一起完蛋。朱正这才痛感这世界上真是没有白拿的钱。当朱正听到曹前贵被卓世民抓获,第一时间就告诉了褚志。褚志便要求朱正"处理"好曹前贵,朱正只有赌上自己的职业生涯了。曹前贵好"处理",卓世民才是最大的隐患,因为他怀疑卓世民已经审过曹前贵了。他能想到的万全之策是让卓世民也"消失"。那天中午在郊外农家乐吃饭时他曾动过这样疯狂的念头,也做了相应的安排,最终他还是不敢。徒弟打倒师父的事情,在卓世民身上绝对不可能发生。更不用说兰高荣在饭桌上打电话进来,让朱正察觉到卓世民应该有所提防。他只有试图赶走卓世民。只要卓世民在青山州,这个案子就捂不住。可是,就像卓世民判断的那样,朱正栽倒在他自己不知敬畏上了。

卓世民从警几十年,也处理过几桩绑架案,但涉案金额如此高、案情如此错综复杂的还是第一次。他只有一次失手,但也不能怪他布置得不够周详,那次解救人质失败纯属意外——每件案子的侦破,都会遇到一些预料之外的事情,否则谁都可以干刑侦局长了。那次犯罪团伙将人质交换地点指定在一个废弃露天矿山的复垦区,到处是错综复杂的矿山公路,蜿蜒缠绕在一片杂树林中,虽然便于隐蔽,但视线很受遮挡,你不好轻易判定犯罪分子会从哪条路上来。卓世民带人

第六章

隐蔽好以后，却不料百密一疏，一个不明就里的本地警察开着警车回家路经这里。这家伙大约想在乡党们面前耍一下威风，拉着"呜哇呜哇"的警笛一路闯进设伏区。对方听到警笛，马上就取消了人质交换，第二天人质家属便收到剁下的一根手指，把卓世民给气的！此案虽然最后把犯罪分子悉数抓捕归案，人质也解救出来了，但仍被卓世民视为一次失败的营救。

省厅刑侦局综合相关的情报资源，将目标锁定在通缉多年的 A 级通缉犯五孃身上。一个在人口拐卖犯罪领域内罪恶累累的幽灵，就要现形了。为了不打草惊蛇，警方暂时没有刑拘褚志，让他和林芳继续和那伙人周旋。

刑侦局的特警队、狙击手、电侦高手、谈判专家都来了。青山市的警力只是负责外围封控、交通管制、后勤支援等，各警种都归武钢统一指挥。武钢对卓世民说，五孃这只母狐狸就要露头了。老局长，你就看我的吧，跑不了兔崽子的。

卓世民说："曹前贵十多年前第一次参与贩卖人口，就是受五孃教唆。但他也从没有见过五孃，只知道是她下线。这个母夜叉，不仅毁了不知多少家庭的幸福，还毁了一个曾经无比光荣的村庄。更可恨的是，多少又狡猾又强悍无比的罪犯都被我戴上铐子了，偏偏她一个女人，竟然从我眼皮子底下跑掉了。为了抓她，我们还牺牲了一个好兄弟孙立峰。真是小阴沟里翻了大船。"

孙立峰牺牲那年，他的孩子才五岁。小孙的妻子在一家工厂上班，效益也不是很好。多年来卓世民一直在资助这孩子读书，现在他都上大学了。每当小孙的儿子收到卓世民的善款，给他打电话、发短信说谢谢卓伯伯时，卓世民心中便会有一声深深的叹息。这种时候，他会想到五孃，也会自责自己当年的失误。

武钢当然知道老领导的遗憾，一个人从事一项他深爱的职业一辈子，到退休后，这职业带来的人生荣耀感最好不要有缺憾。

　　武钢把警力都撒向有可能是交换人质的区域。这是一场不对称的战斗，一方面警方占有绝对优势，但同时又没有一丝主动权。五孃到底是谁？她是哪里人？现在可能会藏匿在哪里？这些情况警方一概不知。根据一些已被抓获的犯罪分子的描述，警方描绘出的五孃头像也缺乏准确性，画像上她有细小的眼睛，肥大的塌鼻，宽宽的嘴，一张普通村妇的脸。但是，那些已伏案的人贩子却说不像。五孃跟人打交道时，总是用一块围巾遮盖住半张脸，就像卓世民当年抓捕她时那样。以至于有天卓世民对武钢说，也许我们的思路走偏了，五孃其人，或许是个迷惑我们的幌子。

　　武钢问："那你认为谁会是五孃？"

　　这个问题卓世民也回答不出来。

　　犯罪分子隐匿在茫茫人海中，他们在暗处，用已身陷囹圄的曹前贵的电话跟林芳联系。这是一个幽灵般的电话，来自邪恶的深渊。

　　这天下午两点，林芳的电话令人心惊肉跳地响起，依然是用曹前贵的电话打来的。警方这边马上全力跟进，但追踪到的信号位置居然靠近边境线。人家见势不妙，一步就可跨到境外去，可见这帮犯罪分子既狡猾又布置周详。对方让林芳把车开到青山市一家超市的露天停车场。车上只能有林芳一个人，装金砖的黑色双肩包放在车里，交货地点等待通知。林芳按照他们的指示开一辆普通款的黑色帕萨特去，在指定的交换地点，她会在附近的同一款车内看到孩子，会有一辆车停在这车前面。然后她下车，锁好车门，上送孩子的车，确认孩子完好后，用遥控钥匙将自己的车门打开，有人会上车去验货。确认无误后，停她前面的车开走让开路，他们也开走林芳开来的车。

第 六 章

卓世民、兰高荣随武钢一同守在带有微波传输平台的警用指挥车上。林芳的车后备厢里藏了一个身材瘦小的特警，其他警力隐秘跟随。待他们赶到停车场时，对方又说交换地点改了，二十分钟内必须赶到城市中央广场。到了那里后又得到电话，去中央广场的电影院买下午三点半的电影，包放在车上，进五号放映厅，有人会在那里跟她接头。几个便衣跟着林芳进了五号放映厅，可是等林芳看完那场电影，也不见人来接头。卓世民在指挥车里安慰林芳，这些都是绑匪惯用的伎俩，不要急，他们在看我们的破绽，我们在等他们露出马脚。我们只需跟他们周旋下去。

林芳从电影院出来不久，又接到电话说一小时内赶去城西郊一处建筑工地。那是一片在建的小区，高低错落着十来栋只有框架的烂尾楼，工地上看不见一个工人。林芳认识这片小区的开发商，资金链断裂后地产老板跑路了，扔下这一片烂尾楼和数不清的债务纠纷。等林芳开车到了那工地，幽灵一般的电话再次传来，问林芳看到靠近大道边最高的那幢30层高的烂尾楼没有？林芳说看到了。对方说，那你辛苦一趟，十五分钟内爬上去。要是有人跟着你，我们就把孩子从上面扔下来。那烂尾楼没有电梯，林芳一看腿就软了。警方来不及在这烂尾楼上布置警力，又担心保护林芳而去的人被对方发现。就让林芳告诉对方，自己一个女人家，背么重的背包，怎么爬得上去？对方只是冷冷地说，你慢慢爬，多给你五分钟。

武钢和卓世民、兰高荣在指挥车里调来这片区域的图像分析，林芳如果真上去了，就面临着没有保护交换人质的局面，要是犯罪分子不讲信用，很可能她的性命也难保。卓世民说，烂尾楼顶不可能是人质交换点，犯罪分子拿到金砖后能往哪里逃？难道他能飞下来不成？何况犯罪分子可以躲在任何一层的楼梯口，我们怎么控制？兰高荣也说，周边那么多空置的楼房，天知道他们的眼线会躲藏在哪里？武钢说，如果我们的人不去，他们又会怀疑我们。岂不更糟？

这片楼群中许多楼层已被一些无家可归的人临时占用，空洞的窗户上到处挂满晾晒的衣物床单。在场的警力根本无法控制每一个可疑点。武钢道，换我们的女特警上去吧，我想那帮家伙也不太清楚林芳的长相。万一人质真在上面，金砖先交给他们，我们在外围堵截。

卓世民和兰高荣对了一下眼神，两人不再说什么了。

在一个隐蔽处，一个身材和林芳相似的女特警换上了林芳的衣服，背着双肩包一层一层地往上爬。武钢同时调集警力将这片地区暗中围了个水泄不通。卓世民本想说，动静太大了，调来的人少一点好。但他不是总指挥，有些话，不便多说了。

女特警爬上顶楼，四处空无一人。她独自在上面待了半个多小时，天已向晚，城市华灯初上，一切静谧安详。街道上塞满了下班回家的车辆，对一些人来说，刀光剑影、生死攸关的生活还远没有结束。

林芳这一天下来，又惊吓又劳累，花容失色，人都累得变了形，而且心智也被拖垮了。她傻傻地问卓世民："孩子还活着吗？他们为什么还躲着不出来？"

卓世民反问道："你钓过鱼吗？哪有刚抛下饵食鱼就上钩的？"

23

这天晚上，林芳快到十二点了才回到家，褚志在客厅里失魂落魄、焦头烂额，见到林芳了马上迎上去。林芳冲他就是一个耳光。"看看你干的这傻事！"

公司办公室黄主任也在。他倒不是来安慰林芳的，而是他有重要

第六章

的事情通知林芳。青山州委刘云天书记约林芳明天上午九点谈事。

"不去！哪儿也不去！等着进班房好啦！"林芳歇斯底里地喊叫。如果说进家门甩褚志那一耳光，是一个人已经被逼疯了的话，现在她已经崩溃了。

她兀自走到客厅沙发，把自己往沙发一摔，捂着脸号啕大哭。在商场叱咤风云是一回事，跟阴险的犯罪分子打交道，大多数人都会显现出不堪一击的脆弱。她今天不仅被吓破了胆，还丧魂失魄了。年轻时上战场她也害怕过，但那时她和所有为国而战的战友们一样，有崇高的报国热情和牺牲精神，上战场之初的恐惧挺过去后，就什么也不怕了。今天这事儿算什么呀？尽管她知道身后有警察在保护她，但她为这件事感到羞耻、胆怯、愤怒、恶心。一个女人被强暴，应该就是这种心情吧？林芳不断问自己。这帮歹人不就是在强吃她吗？一向心高气傲的林芳怎堪忍受？她甚至想跟警察们说：给我一把枪吧。我和他们拼个鱼死网破。

褚志赔着十万个小心，"芳，我们上楼上去吧。黄主任，你先回去。"

"可是……可是，州委办公室还等我回话……"黄主任满头大汗地说，好像刚才是他挨了一耳光。

褚志犹豫许久，不断抽纸巾给妻子。等林芳的哭声小了，他才对黄主任说："告诉他们，说林董生病了。改天再去拜访刘书记。"

"不！"林芳抬起一张泪眼婆娑的脸，"我去。"

青山州委刘云天书记是搞工业出身的，履新前在一家大型国企当过老总。他在调研过程中认识了朗沙集团的董事长林芳。林芳的一些想法正契合了刘云天要走工业强州路子的发展规划。

这个上午，九点刚过，林芳准时前来。她已经把自己收拾得典雅端庄，云淡风轻，昨天的事情仿佛从来没有发生。秘书将她引进一间会客室，州里分管工业的张副州长、州发改委的冼主任、州纪委的白副书记和州委办主任等人已经落座。虽然州里的领导林芳都认识，但她还是略微有些吃惊，纪委书记怎么也来了？不过她很快镇定下来，笑说："这么大阵仗呀，我可受不起。"

张副州长笑说："林董事长什么阵仗没有见过？美国的州长都要跟你拎包哩。"几年前朗沙锑矿要从美国进一套大型矿山设备，林芳曾率队去考察，一个设备厂家所在地的州长全天候陪同。据说那个叫罗伯特的家伙为林芳的美貌气质所倾倒，半年后还以旅行之名来青山州看林芳，搞得林芳的老公褚志一阵紧张。

林芳淡淡地说："张副州长就是会拿人开涮。"

张副州长道："你家老公都要跟人家决斗了，还不是我出面才挡住了那个美国鬼子的进攻。"

谈笑间刘书记走进了会场，林芳忙上前打招呼、握手。刘云天发现林芳的眼圈有些发黑，虽然化了很精致的妆，但还是掩饰不了焦虑、操劳，以及负案在身的压力在一个漂亮女人脸上反复碾压后留下的憔悴。大家分头落座，刘书记开门见山道：

"今天请朗沙集团的林董事长来，是要议一议我州工业园区天然气管道项目的问题。上周我在朗沙集团调研时，林董主动请缨说愿意来投资这个工程。我们当然要支持民营企业投身到州里的建设中来，尤其是，天然气管道工程涉及工业强州的基础。我刚来州里工作，许多事情还不是很了解。下面请张副州长先介绍一下项目的立项情况。"

张副州长也不说客套话，直接进入话题："目前，中石油的一条天然气主管线离我们青山市还有五十公里。根据州委部署，我们今后

第 六 章

要走工业强州的路子，实现跨越式发展。省里念及我们是边疆民族地区，打仗已经耽误了我们十来年发展，现在要加大对我们的扶持力度，计划要在我们的工业园区引进几家大型的国企，包括纺织、矿产品精加工、轴承、生物制药等产业，预计投资总额达五百亿以上。这些企业一旦入驻园区，我们全盘棋都下活了。全州实现整体脱贫，就指日可待。但是有些国企的老总们说我们园区内的基础设施不够好。现在我们水、电、路、气通了前三样，气还没有通，人家就在犹豫观望。我们去跟中石油联系，希望他们能帮助青山市铺一条天然气管道过来。可中石油的人说，按国家规划，'十三五'期间天然气的管网建设，人口超过五十万的城市都覆盖不全。我们青山市满打满算人口不过三十万。这意味着，青山市天然气管网建设大约得排到'十四五'规划以后。所以脖子就卡在这里了。天然气管道铺设工程，就成为我州打响脱贫攻坚战的第一场大战，意义自然非同小可。这次州里下了决心，要招商引资来建设这个项目。林董事长，今天就请你将你们公司的打算，给刘书记汇报汇报吧。"

青山州的工业园区划了十多平方公里的土地，但到目前为止，只有七八家企业入驻，且都是州内中小型企业，省级的企业一家都没有。一个基础设施都不完善的偏远州市的工业园区，你给再多的优惠政策，都没有人愿意来。

朗沙集团也不是没有看到能源领域里的发展空间，按林芳的设想：一个矿业，再加一个能源业，今后将成为朗沙集团的两大支柱产业，是集团实现腾飞的强劲两翼。朗沙锑矿有上百台二十吨以上的重型大卡车，以后都改装成烧液化天然气，一年不知要节省多少能源成本。林芳肚子里的那本账，从来是算得清晰明了的。

但是，那都是在褚志没有犯案之前。现在不一样了。

大家都望着一向能说会道的林芳。她说话字正腔圆，思路清晰，逻辑性又强，再加之天然具有感染力的嗓音，柔和、磁性、圆润，听她讲话，是一种享受。有人曾经说，林芳要是不下海经商的话，现在干个副州级领导都没有问题。但是此刻林芳的话语，就像河道淤塞了，缓慢而沉重。

"刘书记，各位领导，我们集团公司，最近遇到……财务困难了。"

刘书记问："上周你不是说，拿出六百万来启动这个项目，没有问题吗？"刘云天在调研中已经摸清，天然气管道工程这个项目，在青山州唯有朗沙集团才有实力来投标。到外面去招商引资也不是不可以，但刘云天还是希望扶持一下本地企业。

"上周……是上周。这周的财务报表报来，我才发现……"林芳斟字酌句、表述困难。

刘云天书记也知道，在全球经济下行的情况下，产能过剩，市场萎靡，大宗矿产品交易一直处于低迷状态。上个月他看到一份报告说，州里的民营骨干企业朗沙锑矿上半年出现负增长，员工的收入都减半。当然，他也已经知道，林芳家里遇到麻烦了，但是刘云天还是不想放弃。他一语双关地说：

"林董事长，我还是希望你克服眼前的困难，放下包袱，相信党和政府。你抓紧上这个项目，管道当年投建，当年就可回笼资金。我们的工业园区搞上去了，助力全州的脱贫攻坚，你就立了头功。州委州政府对你们企业一向都很扶持的嘛。"

州发改委的冼主任也对林芳说："天然气项目，没什么市场风险，可是一个千载难逢的机会。我咨询过省发改委和中石油的相关专家了，林董事长如果先筹几百万开工，然后用投建的资产和政府批给你

第 六 章

们的土地,再去办一些抵押贷款。专家们跟我说这条管道线预计总投入不会超过两个亿。"

刘书记接过话来:"天然气管道铺到青山州来,不仅一举解决了工业区的能源问题,还可解决青山市民的生活用气问题。将来,我们还可将天然气液态化,做成 LNG 项目,州上那些没有管网的县城和乡镇,我们就用车给他们运送生活用气。更不用说,现在国家大力提倡清洁能源,我看到外地的很多大型载重卡车都改用液化天然气了,动力好又环保。今后我们搞新农村建设,让老百姓都用上液化气罐,他们就不用上山砍柴了,我们的绿水青山也保住了。林董事长,这可是一桩政府和企业双赢的工程。"

刘云天书记讲得绘声绘色,为青山州的未来描绘出一幅美好的蓝图。可林芳想的却是如何渡过难关——企业,儿子的病,被劫持的小女孩,勒索她的犯罪团伙,即将身陷囹圄的褚志,可能还有她自己。

刘书记在等她表态,林芳清了清嗓音,低声说:"刘书记分析得很对,不愧是干工业出身的。我也不是没有看到这条燃气管道对我们青山州经济发展的重要性。我是青山州人,是青山州这片土地养育了我,我有责任和义务……我……我们矿山上那些从农村来打工的小青工,上个月矿上工会做了调查,有百分之二十的小青工,一周只吃一顿肉……他们还要下井呀!不是我短了他们薪水,我发给他们全额工资时,他们也是这样。家里都穷啊!我小时候,也穷过。记得有一年过年,想买一枚两分钱的发夹,去跟妈妈要钱,妈妈拿不出一分钱,自己在灶房急得哭……今年春节我回了趟老家,我的一个伯父,七十多岁了,还要下地干活,可连年猪都杀不起。我的老家呀,多年前怎么穷,现在还没有多大改变。可我能帮他们多少呢?都说救急不救穷,到处都是贫困,倒显得我们这些当老板的人有罪了……"林芳忽然失态了，哽咽起来，"有钱，真是一种罪孽呀！我真想、我真想出家当尼姑去算啦。"

会场一下显得很尴尬。刘书记为了缓和气氛，呵呵一笑，说："你敢去当尼姑，我就挡在庙门口，拽也要把你拽回来做事情。这样吧，燃气管道工程项目就先议到这里。散会。林董事长，你来我办公室一下。"

在刘云天办公室，林芳刚一坐定，刘书记就说："省公安厅的卓世民过去是我的党校同学，他来见过我了。"

林芳愣了愣，还是说："很抱歉，给刘书记添麻烦了。我们该负什么法律责任，都认。"

"警方正在全力破案，案情查清了，再做定论。但我想告诉你的是，朗沙集团不能乱，更不能垮。几千人要工作，要吃饭，你有责任扛住这一切困难。我是相信你的。"

林芳眼泪出来了，"刘书记，我现在真的是六神无主了。"

"相信政府吧，不会冤枉一个好人也不会放走一个坏人。你还要相信警方的能力，那个孩子会被解救出来的。我只是希望你，在这种时候，坚强些，能做到将功补过。"

24

兰高荣那天给卓世民打电话，是受陈厅长之托。他才知道这个老伙计重新出山了。陈厅长也告诉了他卓世民主动请缨的原因。兰高荣当即说，那我得去照顾他。陈厅长说，他身后有普大卫。兰高荣说：陈厅长，他就这点时间了，你就让我好好陪陪他吧。

兰高荣在青山市见到普大卫时，这后生多了一句嘴，他说："老局

第六章

长,有我在,您还不放心吗?"

普大卫曾经下派到市局锻炼过,兰高荣对他也有知遇之恩。平常,兰高荣对他说话就像对自己的孩子。那天他可把普大卫好好训斥了一顿:

你算老几?你小子了解他多少?哪有晚辈挡老辈子的道的?我跟卓世民是老搭档。你晓得什么叫老搭档吗?那个像父母一样了解你的性格,宽容你的烂脾气,护着你的短受着你的气,还疼你呵护你的人,是老搭档;像你兄长一样默默地站在你身边、身后,在你需要的时候就伸一把手的人,是老搭档;像发小一样和你一同经历成长的苦与乐、一起爱与恨的人,是老搭档;像战友一样和你冲锋陷阵、敢给你挡刀子抵枪子儿的人,是老搭档;为了破案拍桌子打板凳争吵,该干活儿时还相帮着熬更守夜地一起干,漫漫寒夜里一起蹲守,和你分着抽最后一支烟、掰着吃最后一块面包的人,是老搭档;关键时候一个眼神儿就让你明白对方在想什么要干什么的人,是老搭档;不论你顺的时候还是走背字儿的时候,不论你辉煌光鲜的时候还是落寞孤单的时候,始终守护在你身边的人,是老搭档。你小子才"守护"他几天?我们相互守护了一辈子了。

兰高荣这一通骂,只不过是要发泄一下自己心中的悲伤。他气卓世民,这样大的事情,竟然不告诉他;更气他采用这种方式向亲人、朋友、世界告别。不过,当他冷静下来时换位思考,如果是我,被宣告只有半年时间可活,我会做出怎样的选择?

他也没有答案。

兰高荣下来之前就想,就是用绳子绑,也得把卓世民拉回去。他对卓世民说:"我找到一个专治癌症的老中医,人家有祖传秘方,还去北京给中央领导看过病。好多不治之症都被这老中医几服中药就给拿下了，可神了。要去找他看病把脉的得排大长队。我已经给你预约了，就在下周五。"

卓世民笑了，说："你也信这些包治百病的神医？当年那些满大街电线杆子上张贴小广告的'神医'，你抓过多少？"

兰高荣说："都说病急乱投医，你跟我回去先试试嘛。"

"老兰，你真是老了。老得跟那些神神叨叨、糊里糊涂乱拜鬼神的老人家一样啦。喝凉水也治百病，甩甩手脚也会长寿。你信吗？"

"哈，你还同情起我来了？现在是谁要治病呀？"兰高荣反问道。

"我没病可治。"

"哄鬼还是哄自己呀？"

"伙计，没病可治，就是没医可治、没药可治的意思。明白了吧？"

兰高荣苦笑道："这是啥逻辑？"

"能站着，就不躺下。就这个逻辑。"

兰高荣当然知道他这句"卓氏语录"，只好无奈地说："好吧，普大卫管你的安全，我管你的生活。这期间你啥事得听我的。"

普大卫是介于传统和现代之间的80后刑警，传统的刑侦手段和互联网大数据时代带来的技侦革命，有时也会让他无所适从。他是卓世民一手带出来的，做人行事学了他师父不少的做派，这也让他受了不少磨砺。他从省厅刑侦局密侦处下派到市局锻炼，在基层也改不掉跟他师父卓世民学的那一套做派，常常我行我素、独往独来。有一次他在外办案时被召回市局开会，主持会议的是刚刚从另一个系统调来的女纪委书记，正派传统，严谨保守。她在主席台上看见会场门口一个头发染成金黄色、夹克拎在手上、身着黑色紧身真丝圆领衫、胸前斜挎着枪带、腋下一把枪腿上还绑一把枪、脚蹬大头登山鞋的愣头青，

第六章

火急火燎地就要往会场闯，惊得大喊了一声：那人是谁？干什么的？全场大骇，随即哄堂大笑。普大卫从此就给这个纪委书记留下了不好印象，说他流里流气的不像个人民警察。兰高荣也是给他一通好骂。你小子太招摇了，不认识低调二字吗？你师父是怎么教你的？后来普大卫连立两个二等功，连女纪委书记也不得不对这个个性十足的年轻人刮目相看。

在普大卫眼里，卓世民就是那种靠智慧和经验破案的老派刑警，断人断事断案，如有神助。他对卓世民不仅仅是佩服和信赖，而是崇拜到五体投地的地步。上次他向自己的师父咨询手上那桩枪击案，卓世民仅根据他提供的那点线索，先判断出那把格洛克枪是从境外来的，不用搞枪的数据比对了。更神的是卓世民在分析案件的"因素"时，说了句"冲冠一怒为红颜"。普大卫相信了前者，搞清了枪的来源，没有相信"红颜"说。可等最终抓到了枪击犯罪嫌疑人，一审才知道这是一起雇凶杀人案，雇凶者正是死者的前妻，因为她实在不堪忍受前夫在离婚后对她的一再骚扰。那家伙是一个色情变态狂，把跟她强行发生性关系的一段手机录像用来威胁她。这个可怜无助的女人从网上找来一个杀手，在讨论作案过程中和杀手又产生了感情。杀手不要雇主一分钱，还自个儿跑到境外购枪，再潜回国内杀人。这复杂的过程卓世民怎么一说就准呢？如果当初他从"红颜"入手，要少走好多弯路。

有天晚上专案组加了夜班，普大卫就约了几个人出来吃烧烤，把卓世民和兰高荣也请出来喝啤酒。普大卫就问了卓世民一个问题，也是每一个干刑警的都希望能拥有的才能：面对一桩复杂的案件，怎么才能一眼就看到它背后的"因素"。许多案件，属于激情作案，因为财，因为情，因为邪恶的欲望，因为利益纷争，因为愚昧不懂法，等等，你很容易就找到案发的"因素"。但一些诡异复杂的案子,你抓破脑袋也想不出案发的"因素"在哪里。

"痕迹。"卓世民喝了一口啤酒,淡淡地说,"这不仅仅是指你们在警院痕迹专业课中学到的那些东西。有人的地方,就有人们留下的各种各样的痕迹。生活的痕迹,话语的痕迹,工作的痕迹,爱情的痕迹,欲望的痕迹,甚至思维的痕迹,也会写在人的脸上。一只鸟儿飞过天空,总要留个鸟影。你没有看见,总有人会看见;这一次谁都没有看见,总有一次会有人看见。我们的很多工作就是去找到那个看见鸟儿飞过的人,最终逮住那只逃跑的'鸟儿'。"

有个刚入警不久的年轻人问:"卓局,大家都说你的眼神特别毒,一眼就能把犯罪嫌疑人的心眼儿看透。这是怎么练出来的呢?"

"阅历会擦亮你的眼睛。"卓世民指了指街对面,"看见那个在街边烤罗非鱼的小子没有?他一定是刚刚刑满释放不久。我跟他一对眼神就知道了。刚才来卖老冰棒的那个中年女人,八成当过老师,至少是乡村民办教师。你看人家的头发、衣服收拾得那干净利落样儿,还有卖冰棒时的神态,递一根冰棒出去像发还学生作业。"

兰高荣今晚本来反对卓世民出来喝酒的,他看他兴致那么高,怕他话一多,酒就更多了,于是就打击卓世民道:"别在年轻人面前做报告啦,是不是领导的讲话瘾又发了?现在不是我们那个时代,你眼睛再尖,尖不过监控镜头。"

卓世民怼了他的老搭档一句,"总有监控不到的地方。"

普大卫问:"卓局你怎么看出朱正是腐败分子?"

卓世民轻轻吐一口烟,"他眼睛不干净了。"

一个年轻刑警借口给大家买老冰棒,一会儿就捧一堆老冰棒回来,说:"神了,人家真当过老师。服!"

第六章

卓世民不无得意，又说："这几年青山州搞乡村学校合并，一批民办教师重新择业。是这么回事吧？一切事物都是有因果的，跟大环境相吻合的。你经历的事儿多了，看尽人生百态，才可断人，断事，断案。这是一个刑警办案的三大法宝呀。"卓世民注意到了兰高荣脸上的表情，忙改口道，"看看你们兰局，八成在想，你终于活成自己曾经讨厌过的那种喜欢啰里啰唆的人。好了，我不多说话啦。"

小伙子们不明就里，不断来敬卓世民的酒，兰高荣在一旁挡驾，说老家伙们的喝酒指标都差不多用完了，不能跟你们年轻人比，得悠着点悠着点。卓世民一高兴又忘记收敛了，他推开兰高荣的手道："高兴就喝嘛。都像你这也不喝那也不抽，活得还有意思吗？"

兰高荣声音大了起来，"怎么没有意思？我还没有活够哩！你活够了吗？我不死，你就不能走！"

兰高荣忽然开始抹眼泪，用手掌捂了眼睛不断地揩。小伙子们都愣住了，一时不知该说什么好。卓世民把一只手搭在兰高荣肩膀上，说：

"你们兰局喝多了。扶他回去吧。"

第 七 章

25

依建光一个人在柴棚里磨砍柴刀，卓婉玉在一棵树老屋的楼上都能听到他的磨刀霍霍声。可是，他的刀，能砍向哪里呢？

这段时间依建光手机随时抓在手里，任何一次铃声或短信提示音都会让他心脏狂跳。那个给他送来十万元钱的人也联系不上了。他彻底蒙了，不知道女儿被拐的背后是怎样的算计和阴谋。他陷入后悔的深渊，暴躁、易怒、焦虑得像一把随时就要燃烧的干柴。社会复杂呀，我们乡下人脑袋里的瓢子，怎么转得过那些坏人？有一天他在喝醉了酒时说。

头天下午，在卓婉玉的陪同下，小两口重新去县公安局报了案。这次有专人接待他们，所有跟孩子有关的细节都问了个遍，连依阳阳喜欢看什么样的动画片都让韦小香开了个清单。警方还采集了他们的指纹和血液，以便将来做 DNA 鉴定。他们在县公安局待了一下午才出来。依建光抱怨道，问这问那的，有什么用？又不去抓坏人。卓婉玉宽慰他道，问你话的那两个警察，有一个是省上来的，我在家里见过他。我父亲也下来了，大家都在帮你。你该放心了吧？

但依建光依然感到无助、愤懑，像一座盲目游走、随时要爆发的

第 七 章

小火山。这天早上，侬母说，地里的辣椒都熟透了，你找几个人来收几筐，拉到镇上三文不值两文地卖了吧，总比烂在地里好。乡村里年轻人几乎都出去打工了，六七十岁的老人家还在田里劳作是常态。过去从不缺劳力的乡村，现在却金贵得请一个劳力一天至少要付一百元钱，要么就采用换工形式，今天我到你家地里犁地，明天你来田里帮我薅秧。但侬建光家就只有一个老母亲，他家的田都丢荒了，侬母只是偶尔种点小春作物。最近辣椒行情不好，卖不起好价钱。常常是你花钱请人来收辣椒，拉出去卖了还要倒贴本钱。因此，许多农家情愿让辛辛苦苦种出来的辣椒烂在地里。卓婉玉就像大观园里的林黛玉，看见田间地头的满地残红心痛不已。这些新鲜生态的辣椒在超市里都是抢手货呢！为什么一个地方丰沛的物产，却不能转换出相应的价值？她在寂寞的田野上看不到丰收的喜悦，感受到的却是无奈和抱怨。

没想到侬建光和韦小香去镇上卖辣椒，却换来一场斗殴。侬建光下午回来时头缠绷带，眼冒杀气。侬母吓得大呼小叫，韦小香哭哭答答地才把事情原委说清楚了。原来在街子上侬建光跟几个来旅游的背包客打了一架。本来也不关他们的事，一个背包客跟街边卖桃子的老汉争吵起来，侬建光听出背包客春城的口音，就大喊一声，打这个狗日的春城人！他冲上去就打，人家也不是吃素的，三个人围着他一个人打，侬建光哪能不吃亏？

卓婉玉下楼来，默默地站在侬建光身后，感受得到他浑身的戾气四处散发。她还想起他这些天常挂在嘴里的话：你们城里人如何如何，我们乡下人又怎样怎样。今天他打架时要是有一把刀在手，天知道他会不会丧失理智跟人挥刀相向？从前那个朴实、勤勉、谦逊，为顾客上门装窗帘时服务周到热情、笑容可掬的侬建光到哪去了？

"小侬，我听人说，刀磨过头了，伤刀刃。"卓婉玉轻声说。

侬建光头也不回，仍是"嚓嚓嚓"地磨刀。

卓婉玉蹲下来，把手搭在侬建光肩上，"小侬兄弟，问你一个问题，好吗？"

侬建光停止了磨刀。

"我们非亲非故的，为什么会成为像兄弟姐妹一样的朋友？"

侬建光嘟哝了一句："你们人好。"

"不是，是你人品好。还记得你第一次来我家装窗帘吗？你打电钻时钻出的土灰，撒落在地板上。干完活后，你跪在地上将地板擦得干干净净。还一个劲儿道歉说，不好意思，把你家的地板弄脏了。"

"我干活都这样。"

"这就说明你的人品好啊！一个人善良、勤奋、诚实、谦逊，不管他是乡下人还是城里人，大家都会喜欢他。我介绍过十来个朋友给你去装窗帘吧，他们都说，小侬真是个好小伙。"

侬建光不说话了，看着手中的柴刀发呆。

"小侬，你现在这个样子，我可不喜欢。"

侬建光放开了手中的柴刀，蹲在地上，抱住头，无话。

"我喜欢听你们谈寨子里的生活，听你们谈在城里打工的经历，听你们谈未来的打算。当初把韦小香娶回家时，没有来得及盖新房，该是回乡建新房的时候了。不是今年，就是明年。不过呢，我还是希望你不要把一棵树老屋推倒了。留着它吧，以后会派上用场的，我相信。等盖了房子，就该换车了。要四驱的越野，以后回乡方便；'花街窗帘店'再招两个固定工，最好是能有韦小香刺绣手艺的，这样她就不那么累了；你呢，再找一个帮手，或者带两个徒弟。以后生意做大了，就开他几间分店。你当个有业有家的小老板。等攒够钱，付个首付，在春城贷款买一套三居室的房子，要带电梯的，小区有花园、

第 七 章

有超市、有娱乐设施,再把依阳阳接到城里来读书,给她上好学校,一直让她读到大学。阳阳那么聪明,她会成为一个有知识有文化的人,无论她将来做什么,都会为你们争气的。"

依建光呜咽起来,"可是……婉玉姐,我把这一切都毁了!都毁了!我是个混蛋呀……"

卓婉玉拍着他的肩说:"兄弟,事情还没有你想的那样糟。就像你们的山歌里唱的,河中有旋涡,山路有坎坡。人生路那么漫长,哪个不遇到一些挫折呢?一切都会好起来的。你要相信。"

卓婉玉这两天随时跟她父亲保持着热线联系,她已经知道了依阳阳被劫持的原因。她没有告诉依建光夫妇,她不想他们受到更大的刺激。她坚信失散的兄妹终有团聚的那一天。如果按现在的司法解释,当年他们"出让"自己的第一个孩子给褚志林芳夫妇,就已经触犯法律了。他们是受害者,又是违法人。你只能这样想:谁年轻时没有干过糊涂事呢?

晚上,一棵树老屋很宁静。吃晚饭时卓婉玉才得知,依母下午去找了寨子里的摩公。韦小香告诉了婆婆依建光因为依阳阳被人拐走了,气闷不过才跟人打架。这个乡下女人便认定儿子媳妇一定邪魔上身了,才遭遇如此劫难。她抹着眼泪出的门,傍晚时一脸轻松地回来了。摩公说,阳阳没有事的,等两天就回来了。你小两口别再打打闹闹的了。依母心情放松,脸上写满信任的祥和。

卓婉玉做壮族宗教文化研究时,曾经对壮族原始宗教的摩教文化有所了解,摩公们就是这种文化的传承人。摩公也叫博摩,"博"有"父王"之意,也可翻译为"酋长""王""(部落)最高首领",这是一个古老的壮语词汇,含义丰沛、能指多义。在当下,摩公主要充当民间信仰的男祭司角色，在祭神通灵、占卜打卦方面和村寨里的女祭司乜满相似。摩公们信奉的本民族宗教经典《摩经》，其内容涉及历史、宗教、文学、历算、哲学、民俗民风等方面。根据一些民族学者的描述，摩教的核心思想就是传承稻作文明，可以说几乎所有的宗教活动都围绕水稻生产来开展。在过去，牵牛耕田时要先请摩公看日子、到田间地头祭祀；栽插第一株秧苗时要举行"开秧门"的仪式，也要请摩公念经；天旱了、水涝了、虫来了，当然更少不了请摩公来呼风唤雨撒豆成兵；稻穗灌浆、丰收在望，种田人虔诚地祈祷，不要有风，不要来病，摩公的经文会给他们信心；收谷入仓后，人们需要感恩先祖庇荫、感恩各路神祇护佑，当然也要请摩公来向天界传递人间丰年的讯息。在卓婉玉的想象中，当摩公们庄重的身影出现在稻田，每一株稻穗都仿佛浸染了摩教文化的色彩。

马萨寨的摩公名叫张孝田，卓婉玉曾经去拜访过他。他的年龄大约有七十来岁，跟一个普通的乡村老人没有多大区别。他头戴黑色呢帽，洗得发黄的白色衬衣外套一件藏青色对襟盘扣短褂，外面再套一件黑色中山装。他的这身装束显示出他对"政府干部"的尊重——他把卓婉玉当成了干部。老摩公的皮肤粗糙，手指骨节粗壮，一看就是个还在下田做农活的人；但他面色慈祥，两道寿眉横亘在明亮尖锐的眼睛上，大约因为有部分白色的眉毛已长成弯曲状而显得特别耀眼、不同凡响，看上去便有仙风道骨之威仪和庄严。有师传的大摩公们由于能解读古老神秘的经书《摩经》，因此他们就被誉为民间的智者，政府也认可他们为非物质文化传承人。张孝田每月还可从县里领到三百元非物质文化传承人的生活补贴。一个壮族寨子，如果缺少一个摩公，人们将不知道自己从哪里来，死后的灵魂往哪里去。当然，还有一些现实生活中遇到的难题，也需要摩公来招魂除邪，指明方向。

第 七 章

卓婉玉希望，这个摩公至少能宽慰侬母焦灼的心，当然也包括侬建光夫妇。

卓婉玉曾经问过侬建光，现在寨子种田时还请摩公吗？侬建光说，很少啦。有些偏远的寨子还做。老辈子们一边给田里打农药，一边请摩公念经驱虫。好笑吗？相信科学，就不要相信摩公。对吧，卓老师？卓婉玉回答说，当然。正如你说的，科学种田后，每亩稻田的产量翻了两番。但是，作为壮文化的传承人，摩公又是告诉你们从哪里来的、最终要到哪里去的那个智者。我认为，他代表了你们民族文化的一部分，一个壮族寨子少不了这样的人。因为人们的心灵总是需要抚慰的。

一棵树老屋外蛙鸣四起，把夜渲染得纯厚、宽广、幽深。侬建光的母亲在堂屋的神龛上摆一碗米，用一枚白色的鸡蛋竖立于米中，然后跪在前面用壮语悄声为走失的孙女喊魂。她一头华发，佝偻着背，脸上是虔诚敬畏的表情。现在的乡村尽管已经被移动信号全面覆盖，连老太太都知道用Wi-Fi，但古老的村寨依然魔幻。本地濮侬支系的壮族认为宇宙分为上、中、下三界，对应现实世界的天、地、水三个界面。太阳、月亮、星星、飞鸟、云为上界，人、植物、陆地上奔跑的各种动物在中界，水里的鱼虾等在下界。而魔鬼们神出鬼没于三界间，时不时就不知从哪一界钻出来危害人类。

尽管卓婉玉听不懂侬母的祈祷，但在寂静的乡村，在昏暗的灯光下，在悠长缠绵的祷词中，在无助而卑微的心灵里，卓婉玉也在默默地为侬家祈愿。

这个夜晚月亮很圆，乡村里人们一般都睡得很早，一到晚上十点，就夜深人静。卓婉玉当夜猫子惯了，不习惯早睡。她踱步到老屋宽大的外走廊上，竟发现韦小香坐在一张竹凳椅上发呆。她打了声招呼，走了过去，也拉张竹凳和韦小香并排坐下，一抬头就看到天上的月亮，圆润又透明，仿佛伸手可及。"噢，你原来在观赏月亮呀？"卓婉玉说。

韦小香苦笑一声，"哪还有那个心情？"

卓婉玉也不多说什么，只是把她的手拉过来，握在自己的掌心里。然后，两人默默地看月亮。

有两行眼泪顺着韦小香的脸颊无声地滑落，在月光里透着冰凉的光。卓婉玉将韦小香的身子轻轻揽住，说："小香，说点什么吧。想说什么就说什么。你说，我听。"

"我们的祖先找回了自己的太阳女儿，可惜只是传说。婉玉姐，我们阳阳……"

卓婉玉抚摸着韦小香的肩："你要相信，有些传说，是可以变成现实的。你们的传说中，人可以飞上天，法力深厚的乜满、摩公能听到远方的声音，我们现在在借助飞机、电话，不是都实现了吗？你们走出了山寨，见识到了多少曾经是神话传说中的事物呀？其实即便是我们城里人，还不是一样生活在这个飞速变化发展的社会中？二三十年前，我们怎么能想象现在的生活？生活的步伐总是越来越快、越来越快……"卓婉玉说着说着就进入到自己的情绪中，"人们该停下来了，好好想一想了，梳理一下自己的精神家园了。就像你们，走出去、再回来，重新汲取力量。"

"怎么有脸回来啊？婉玉姐。"韦小香叹口气，"小时候，我听外婆唱过这样的歌，'天上太阳赶月亮，月亮忙着洒露珠；田里老倌驾老牛，老牛坡上寻青草。青草夜夜恋露珠，露珠颗颗望月亮。月亮转身赶太阳，天地万物各自忙。'长大后我想，都是在忙，为啥有的人可以在城里挣大钱，有的人只能在田里赶老牛呢？人家是越忙越富，我们是越穷越忙，越忙越乱，乱到都不知道自己姓什么了。"

第七章

26

卓婉玉的大学同学叶晓阳在广畴县挂职任副县长，大学时他们曾经有过一段"无疾而终"的初恋。青春时期的爱情，懵懂青涩，磕磕绊绊，率性浪漫，双方都对能否修成正果，从一开始就信心不足。他们相爱、分手，有校园生活的浪漫，但无多少青春飞扬的激情，仿佛只是觉得，该谈个恋爱了。置身于校园文化的氛围中，不谈场恋爱既对不起自己，也显得没有魅力；到分手了，也没有哭哭啼啼、难舍难分，否则又成了她所鄙夷的幼稚小女生。大三时，卓婉玉开始准备考文化人类学的研究生，而她的男朋友叶晓阳却一心想考公务员。初恋火热丰满，现实却冷酷骨感。叶晓阳认为既然他们学的是以人为探究对象的专业，早日进入社会工作，和各阶层的人打交道，才是最明智的学以致用。他们这一代大学生，出生于国家改革开放后，成长于市场经济遍地开花之时，视野开阔，思维活跃，理性聪慧，精致现实。两人都不会为了对方放弃自己的理想，反而希望对方能为了爱情做出让步，这就决定了他们注定不能携手终身。卓婉玉如愿考上了北方一所重点大学的文化人类学研究生，叶晓阳也顺利考上政府公务员。铁轨分了岔，人生之旅由此不同。

多年以后卓婉玉像许多婚姻出现了问题的人一样，她会想起自己的初恋，假设人生的种种可能，但这又有违她的专业素养。一个注重田野调查的人类学学者，总是先发现实证，再归纳提炼，得出性质和演变规律。而一场爱情，哪怕开始时轰轰烈烈、诗情画意、浪漫传奇、撼天动地，也会随着时光的流逝、社会的发展而演变进化。步入婚姻之后，它可能会演变成历久弥坚、白头到老的伴，像她的父母那样;也可能"进化"得更世俗、更自私、更破碎、更凌乱,甚至分道扬镳。卓婉玉从本科到研究生,受过七年人类学专业的训练,她知道人类的来源、属性、发展和演变,能科学地分析人的种种行为,理性地解剖不同民族的婚姻家庭,准确地描述种种文化现象,却不可能对自己的情感世界做出精细入微的分析梳理。正如古人早已说过,"剪不断,理还乱",爱情这门课,没有老师可以教。

卓婉玉和杨先书的情感危机还不是因为出现了第三者,而是在同一屋檐下,个性十足的诗人和性格刚烈的老警察火星撞了地球。杨先书那张嘴是最令人讨厌的,骂天怼地,在他眼里就没有一个好人;再加上丢三落四、落拓不羁的诗人毛病,处处让行事严谨缜密的老岳丈看不顺眼。卓婉玉了解自家的老爸,他向来是个敬重文化的人,因为知道自己行伍出身,读书不多,在有文化的人面前身段总是要放得低一点。他和兰高荣参加的社区老年网球队里就有几个像桑吉老师那样的文化人。有作家和编辑、记者和舞蹈家,人家都很正常啊,哪像卓家女婿那般浑身长刺?

翁婿冲突终于在今年春节前全面爆发。导火索是在对颖颖的教育上,这或许是每个三代、四代同堂的家庭都会遇到的问题。从要学什么到吃什么穿什么,两代人永远有不同的看法。在卓婉玉看来,老爸也有伸手过长的地方。也许他退休后,能够操心的事就只有颖颖了吧。他和妈妈一起管颖颖的生活就已经让小两口不甚放心,不是他们做得不够好,而是他们太宠孩子了;他们偏还要来管孙女的教育,那天卓世民在教颖颖唱"我在马路边捡到一分钱,交到警察叔叔手里边"。下班回来的杨先书说,这是唱的什么歌呀,低级庸俗,把孩子都给教坏了。卓世民喝道,我们起早贪黑地给你们带孩子,怎么就把她教坏了?杨先书说,昨晚颖颖都能背《春江花月夜》了,颖颖,还能背吗?

第 七 章

颖颖看到外公脸色不好看,而爸爸的要求又不敢违背。孩子一紧张,只背出两句"春江潮水连海平,海上明月共潮生",就再背不下去了。杨先书却还在叨叨:看看嘛,这烂歌儿给颖颖一唱,好不容易培育出来的古典感觉又没有了。颖颖说,外公讲,这是唱给警察叔叔的。杨先书嗤之以鼻,瞎编乱造的歌儿,以后不准唱了。卓世民在一边早瞪圆了眼睛,孩子不是你这样教的。肖佳赶紧从厨房里出来圆场,说老卓,你少说两句吧。先书,你爸干了一辈子警察,拼着老命抓坏人,立功受奖无数。他对警察这个行当有感情,你就多理解理解。杨先书一撇嘴道,就那点打打杀杀、抓人铐人的本事吧。卓世民气得一拍桌子,大喝一声:闭嘴!再乱说老子就先铐了你!肖佳两边都劝不住,急得快淌眼泪了。家里火都快上房顶了,杨先书还嘴如刀子,不识好歹。他是那种不把自己老岳丈怼到悬崖边,血压升到200以上,绝不会闭嘴的货。他竟然也跟自己的老岳父吼了起来:粗鄙!野蛮!你手铐亮出来呀,手枪拔出来呀!还以为你是局长啊!

卓世民那天被逼得无路可退,他如一头暴怒的老豹子,两步上前,冲女婿就是一巴掌。顿时全家大乱,肖佳哭孩子叫。杨先书的眼镜被扇飞,他砸了一个杯子,拂袖而去。家里一片凌乱,外婆孙女一起哭。卓世民呆立屋中央,像放错了枪误伤了人一样,气得浑身发抖,却不知道自己干了什么。

杨先书跑回他们在大学城的房子,两天不回家。肖佳带着外孙女去给杨先书赔礼。杨先书借机撒横说,长这么大,自己的亲生父母都没有打过他。有理说理,岳父凭什么打人?把我当他的犯人吗?犯人现在也不准打哩,真是作威作福惯了。肖佳说婉玉爸爸不是那样的人,他那天脑子犯糊涂了,是不该打你。我来替他向你道歉,可以不?杨先书说,又不是你打了我,谁打人,谁来道歉。肖佳说,那我带着颖颖给你跪下了。你也是知书识礼的人啦！她流着眼泪拉着杨颖真给女婿跪下了。颖颖说，爸爸，你回家吧。我跟外公说了，以后爸爸惹外公生了气，外公就打我，不打爸爸了。祖孙二人在骄横的诗人面前哭成一团，全世界可能没有比卓家更糟糕的翁婿关系了！

"扇耳光"事件后，卓婉玉一度想到了离婚。母亲一句话让她只能选择忍受。你让你父亲如何想？好像你们的婚姻是被他一巴掌打散的。今后他又如何给颖颖解释？

卓婉玉昨天给叶晓阳打了个电话，他显得有些兴奋，说，自己刚好回来开一个会，明天我们抽时间吃个中午饭吧，下午我还要赶到乡下去。

卓婉玉想，多忙的副县长大人啊！见初恋都要"抽时间"。自毕业后大家虽然都在同一座城市生活工作，但除了有外地同学来，他们也少有相聚，有时一两年也见不到一面。也许是要刻意回避一些东西，也许是大家的压力都大。婉玉情愿是前者。有些情愫，深藏于心，是一种痛、一种遗恨，但也恰恰是生命中的某种美好。

或许这种美好应该藏而不露才能完美如初。卓婉玉今天特意带来了侬建光夫妇，上午她陪他们先去县公安局打听了一下情况。中午时侬建光说，你们老同学见面，我们就不去了。但卓婉玉说，我这同学是你们的父母官，你们认识一下，有好处。不是卓婉玉担心见到初恋恋人不自然，而是今天她还有自己的安排。

她和侬建光夫妇先期抵达叶晓阳订好的餐馆，一个多小时后这家伙才匆匆赶来。卓婉玉第一眼竟然没有认出叶晓阳来。他晒得肤色黝黑，似乎连脸上的胶原蛋白也被烤干了；头上的发际线大踏步后退，两鬓开始花白了。还不到四十的人，看上去有五十岁人的老成稳重，

第七章

六十岁人的沧桑衰老。以至于两人见面握手后,卓婉玉不无调侃地说:"你怎么'成熟'得这么快啊?"

叶晓阳尽管也是有家室的人了,但看卓婉玉的眼光里,还是内容丰富。只是大家心里都明白,韶华飞逝,旧情已老。这一点连侬建光都看出来了。不过,似乎卓婉玉显得更坦然一些。

饭桌上没有多少叙旧,更多是叶晓阳在谈自己的挂职体验。脱贫攻坚的压力有多大,任务有多重。本县的贫困发生率达到百分之十九点七,许多人家年人均收入不到一千元,贫困面积广,贫困程度深,再加之民族众多,又地处边境,交通基础设施差,要产业没产业,要旅游没旅游,老百姓受教育程度又低,社会发育程度比内地至少落后三十年。想一想现在人家已经进入高速、高铁时代了,我们这里许多山村连一条毛路都还没有。我们这些七品官、八品官,一个月有大半时间都在下面跑。从帮老百姓找水盖房、修路架桥,再到找种苗找鸡崽鸭崽找产业。老百姓口袋里每增加一个子儿,我们的汗水都要摔成八瓣。等几年全县脱了贫,我大约也会全部脱了发。你再不来看我,就认不出我来啦。

卓婉玉笑着说:"有那么严重吗? 我看你在县里比在省城的大机关状态更好,脸上都是阳光四季轮换的痕迹。多棒啊!"

叶晓阳下来挂职前在省里一家厅级机关当个小科长,一直在努力往上挣。他们分手几年后卓婉玉才知道他当年急于考公务员,一个主要的原因是他家经济条件困难,他父母都是下岗工人,母亲还多病,家里亟须他来挑大梁了。卓婉玉有时会在心里一声叹息,你家里有困难就明说呀,扯那些服务社会学以致用的淡干什么?

吃完饭后,侬建光说你们两个老同学好好聊天,我们去城里逛逛。卓婉玉忙说,你们别走,我还有事情求你们帮帮我这位同学。

叶晓阳和侬建光夫妇都吃了一惊，互相看着对方。侬建光忙说："我们乡下人，怎么能帮得到县长，从来是县里的干部来帮我们。"

叶晓阳也顺嘴说："你们有什么需要，尽管说。"他认为卓婉玉说错话了。

卓婉玉哈哈一笑，对叶晓阳说："你别搞错了，不是你帮他们，而是他们会帮到你。当然，他们也需要你的帮助。"

叶晓阳挠挠头，还是有些没听明白，"哈哈，老同学，你究竟要泡哪壶茶？就明说了吧。"叶晓阳拱拱手道。

卓婉玉问："你去过汤谷寨吗？喏，就是他们小两口的家乡。那里有个女子祭祀太阳、寻找太阳的民俗。"

"好像听说过。"

"亏你还是学文化人类学专业的。读书时干吗去了？"

叶晓阳窘得搓着双手，"毕业以后就把专业丢得差不多啦。我现在一年都看不了几本书。"

"我看你一本书都翻不完。"卓婉玉叹一口气，"晓阳同学，还是我来帮你补一课吧，然后我的妹妹韦小香给你上第二堂课。"

卓婉玉喝了一口茶，清清嗓子，开始给自己的旧时恋人讲课——

你应该知道在人类社会发展史中，太阳崇拜是一切神话的核心。19世纪自然神话学派的代表人物马克斯·缪勒就提出，人类所塑造出的最早的神是太阳神。而在我们中国，太阳崇拜和太阳神的观念从新石器时期就有了。这从四川三星堆和金沙遗址出土的青铜器、青海乐都县出土的彩陶盆上的太阳纹、广西宁明花山岩画和四川珙县僰人悬棺壁画上的太阳图案，都可以看出古代先民们对太阳的崇拜。噢，我特别要提醒你的是，在贵县也有两处岩画跟太阳崇拜有关。一个在明花乡撒马沟，一个就在我这次去的汤谷寨的后山上，时间至少是在新石器时期以上。壮族人对太阳的情感从他们的神话传说、服饰文化、铜鼓文化、宗教绘画等多方面都可以得出一个结论：这是一个祭拜太阳的民族。

叶晓阳微笑着说："卓婉玉同学，马克斯·缪勒的观点，我记得我们上大二时老师就讲过。你想说明什么呢？"

"猜想太阳。"

"猜想？像个孩子一样地猜想太阳公公何时起床？"

"你的想象力哪去了？古人尚能把太阳想象为一只鸟。古籍中说'金乌''赤乌''阳乌''踆乌'，现在人们爱说'太阳鸟'，诗人们经常用这个名词，本地的壮族人不也是这样认为的吗？汤谷寨的人们就称太阳为太阳鸟母。"

卓婉玉头转向韦小香，"小香，给你们的县长讲讲寨子里是如何祭祀太阳的。"

韦小香害羞地说自己讲不好。卓婉玉鼓励她道，就像你讲给我听那样讲。你放心，读书时，你们这个县长成绩没有我好，现在学历也没有我高。我都在向你们讨教，他更应该。

韦小香第一次向县里的干部讲自己的村寨，这让她既紧张又兴奋。她从一开初的磕磕巴巴到后来的流畅自如，连外婆唱的《祭祀太阳古歌》都哼唱了几句给叶晓阳听。她也发现婉玉姐的这位同学县长，越听越入迷了。

叶晓阳说："太阳都是由男人们来祭祀的，这是父系社会遗留下来的传统。女子祭祀太阳，应该是母系社会的遗风吧。这说明我们祭祀太阳的文化更古老。"

"谢天谢地，你总算没有把自己的专业丢光。"卓婉玉高兴得拍了一下叶晓阳的肩膀，"你说县里什么都没有，但在我看来，至少在民族文化资源上，这里是一个宝库，只是你没有一双文化发现的眼光。你有没有发现这是在世界各地的太阳崇拜中，独一无二的现象呢？无论是太阳崇拜盛行的东亚国家日本韩国、东南亚国家印尼马来西亚，还是中美、南美曾经拥有印加文明、玛雅文明的诸国，我们都还没有发现专由女子祭祀太阳的传统。"

"为什么会这样？"叶晓阳问韦小香。

韦小香现在已经完全赶走了胆怯，她说："在我们濮侬支系壮族人的传说中，太阳是一个被母亲寻找回来的女儿，只能由女人来祭祀。"

卓婉玉补充道："汤谷寨又恰巧在北回归线上，太阳从这里转身南去。她是一个在夏天里慢慢离去，经过漫长的秋天和冬天，在春天里终于被找回来的女儿。一个女儿身的太阳，这在世界上各民族宗教文化的传说中绝无仅有。"

韦小香说："从小我外婆就告诉过我，你不能直视天上的太阳，因为太阳女儿升天时没有穿衣服，太阳的母亲就给了她一包银针，说谁敢偷看就用银针刺他的眼睛。"

"太有意思了！"叶晓阳拍了一下桌子。

"现在被列为世界文化遗产的阿斯德加文化、印加文化、玛雅文化等古代文明，都有巍峨壮观的太阳神殿遗址。我们虽然没有太阳神殿，但它是建立在一个民族血脉里的，在他们的传说中、服饰上、铜鼓上。在北回归线上，在太阳转身的地方，让我们贫穷的村庄也华丽转身，脱贫致富！大有文章可做啊晓阳县长。"

"你可帮我找回来一颗金太阳了。我一定安排时间去汤谷寨调研。我们去猜想太阳，寻找太阳女儿！"

一直没有多说话的侬建光忽然说："叶县长，现在我们也在找失踪的女儿。你要帮帮我们啊！"

叶晓阳诧异地看着他们，又看看卓婉玉，问："这又是什么情况？"

27

侬阳阳劫持案现在被定为厅长督办的"6·22专案"，专案组的大本营就设在青山州公安局的饮马湖培训基地，卓世民、兰高荣随专案组的干警们一起行动。年轻的干警们在这里接受驾驶、射击、擒拿格斗、人质解救、体能等专项技能的培训。这里过去大约是马帮们取水饮马的地方。它在青山市西郊外，有一条国道相连。马帮们过去在崇山峻岭中蹚出来的路，现在都被柏油路替代，只是一些老地名留下来了。曾经人喊马嘶的地方现在被每天早晨的喊操声和射击训练的枪声所替代。

这天中午快一点时，卓世民正打算午睡，手机响了。他一看，是北京老池的号码。报丧的来了，他想。心跳急速加快，血直往脑门上涌，血压大约升到了两百。

他努力让自己平静下来，就像面对枪口，从最初的惊慌失措到勇气回升、恢复镇定。在手机铃声就要中断的最后一响，他接通了电话。

"老卓，是我，老池。"电话那头老池的话语很严肃。

"嗯。老池，你好。"

"检查结果出来了，老卓。"依然是很平静的口气。

"说吧。我有准备。"卓世民眼睛望着窗外，一只鸟正站在一棵樱花树的枝头上，像一个人跃动的灵魂。

电话那头沉默了，像是在压抑着某种情感的爆发。卓世民很想再说一遍，拜托别娘娘腔啦，我准备好了。但他历来很敬重老池，所谓英雄惜英雄，那一个惜，非常人可以体会到。

突然就传来一阵爆炸般的笑声，"老卓啊，恭喜你了！"老池在那边声如洪钟，爽朗大笑，"阎王也怕你呀老卓！他娘的屁事也没有。那个什么奥曲肽显像的医生说，从片子看，你那胰腺啥鬼东西也没有。B超和CT显示的东西应该是脂肪粒，被你们那边的医生误认为是胰腺占位。这事儿整的，太他妈操蛋了！老卓，老卓，你在听吗？"

"在听。"窗外那只鸟儿仿佛也被电话里的笑声感染了，一飞冲天，小小身影消失在蓝天里。飞吧，飞吧，可爱的鸟儿。活着多么美好啊！生活多么色彩斑斓啊！

"老卓，你好像不相信？"

"我相信。老池，谢谢！"

"这些天吓得够呛吧？哈哈。"

"害怕了两天。过去了。"

"快把这消息告诉家人吧。"

"他们都不知道。"

"老卓，你有种。现在在哪儿呀？"

"青山州，靠近边境的一个地方。"

"都那样了，还到处乱跑啊？"

"老池，当年我在这里打过仗。"

"噢，难怪你不怕。"

"是的，老池。我不怕。从战场上下来，活着的每一天都是赚，都有意义。现在更是了。"

"好好活着吧，老伙计。你还可以喝下一吨酒。"

"是呀，老伙计，我们都要好好活着。"

卓世民放下电话后，兀自在房间里转了两圈。他转到浴室，用冷

第七章

水洗脸，面对镜子里的自己，问：这不是做梦吧？然后索性将头伸到水龙头下冲，再抬头看镜子里。不是梦。是比美梦还更美好的日子，活色生香的日子——有冷热，有痛感，有声音，有色彩，有记忆，有情怀，有追求，有责任，有爱——他忽然发现，自己是多么爱家人，爱这个世界啊！

命运不过跟你开了个玩笑。他妈的。

能站着，就不躺下。老天让你继续活着，是因为还有更重要的事情要你去做。

他去敲隔壁兰高荣的门，兰高荣穿着背心短裤出来，嘴里抱怨着说："不是说睡一会儿吗？"

卓世民挤进门，摇头晃脑地径直走向室内沙发，右手还打了一个响指，"有酒吗，老兰？"

兰高荣看卓世民一头一脸的水，但脸上那得意劲儿，就像他刚破了一个大案，得胜归来。兰高荣问："你在发烧？"

卓世民像个孩子似的抹一把脸，脸上荡出一个坏笑。"你才在发烧。你可以回去啦老兰。"

"你发梦癫了吧？老疯子，坐下，要茶不？"兰高荣没好气地说。

"比美梦成真还圆满！"卓世民手举得高高的，"北京来消息了，他们摆了一个大乌龙。"

"谁摆乌龙了？"

"那些啥B超啦、CT啦、加强CT啦，全是扯淡。人家北京那边医院的奥曲肽显像一照，吗事儿没有！大约是几坨肥肉吃进去了不消化，才他妈占了位。"

"哈！"兰高荣就像被吓了一大跳，大叫，"哈！这……这他妈乌龙摆得够大的。"兰高荣的嘴唇激动得哆嗦起来。

卓世民走到沙发上坐下，跷起二郎腿，点上一支烟，"你这个催命鬼，现在不催我回家了吧？"

"哎哎，你刚刚捡回一条老命，就不想想自己将来该如何健康平安地过好每一天，珍惜生命，好日子还长着哩。"

关于是否该回家了，这两个老搭档这些天一直在纠缠不休，卓世民总有一千个理由拒绝回去，只有当兰高荣问：难道你不想利用这最后的时间陪陪家人吗？你掰起指头算算，这辈子你有多少时间陪你老父亲？有多少时间陪肖老师，又有多少时间陪你女儿？这一连数问，才会让卓世民无言以答。现在你看卓世民得意轻松的神态，好像兰高荣所有的问题都迎刃而解了。

兰高荣给卓世民冲了一杯茶，"你还想在这里赖下去？陈厅长交给你的任务你已经完成了，下面的活儿让武钢去干吧。他的办案风格跟你不一样，你也知趣点，明天我们就回去。"

"6·22专案"的案情分析会也会请他们参加，都是武钢主持会议，卓世民和兰高荣作为顾问旁听。武钢过去长期在缉毒战线，和卓世民办案风格有相似之处，也有不同风格。武钢多次跟贩毒分子面对面枪战，舍生忘死、身经百战。他喜欢采用强力手段，铁腕打击。面对罪犯，像坦克一样碾压过去。他手下的刑警们都叫他"钢坦克"。而侦察兵出身和搞过密侦工作的卓世民，却是那种喜欢抽丝剥茧、探幽索微的老派警察。不过，作为前任局长，卓世民知道自己该如何拿捏分寸。案件现在进入"钓鱼"阶段，但犯罪团伙就是不上钩，警方和劫持依阳阳的犯罪团伙连续周旋了三天，除了那部神出鬼没的电话，犯罪团伙的影子都没有见到。

卓世民并不在意兰高荣的话，他笃定地说："人质交换的地点不会在青山市，这帮小子净在瞎折腾。"

第 七 章

他伸手去摸裤子口袋,两边口袋摸了个遍,什么都没有,最后他才从屁股兜里掏出一张纸片。"来来来,老伙计,你再帮我回忆一下,哪一个案子,是那个我们的人一出动,作案那小子就知道得清清楚楚,让我们回回扑空。"

那张纸片上写着他们共同经手的七八桩案子,"红玫瑰歌厅迷奸案""小白宫杀人案""火车东站货场枪击案""6·18硫酸泼洒案""飞车党抢夺案""11·23绑架案""西山村水源连环投毒案""李家湾社区连环入室盗窃杀人案",等等。

兰高荣掏出老花镜一一看了,笃定地说:"'6·18硫酸泼洒案'么,我还陪着你去找了一个大学心理学教授,在人家的指点下才找到作案的'因素'。"

卓世民一拍大腿,"妈的,为这案子苦了快一年,也挨了厅长一年的骂。"

卓世民刚当刑侦局长不久,市里就发生了一起硫酸泼洒案。一个骑车的女孩在街上忽然就被人泼了一脸硫酸。警方接案后先是按一般治安案件来处理,把受害女孩的社会关系查了个遍。那女孩才二十一岁,是个无线电厂的青工,正在谈恋爱。相貌一般,其男朋友也是同厂的工人,都是初恋,查不出有人反对他们谈恋爱。案发是在晚上十一点,女孩加完班骑车回家,在一条比较偏僻的巷口被一个穿雨衣的人骑车从后面追上来,用一个玻璃罐头瓶从女孩左侧把大半瓶硫酸泼出。可怜的女孩无端毁了容。一周后的一个雨夜,又一个骑车的女子被以同样的手段施害。全城大骇,市民恐慌。省厅刑侦局奉命介入,将两件案子并案侦查,很快就发现两件案子的相似之处,受害者都为年轻女子,她们互不关联,但都是穿白色连衣裙,都是在晚上骑车遇害;作案者骑车,穿雨衣,用玻璃罐头瓶装硫酸,作案地点一般选择在便于逃匿的僻静小巷交叉处。半个月后又发生第三起，受害女子穿银灰色连衣裙，接近白色，罪犯更为嚣张的是，当时受害者的丈夫还在身边。那个大学里的心理学教授告诉卓世民和兰高荣，这个人在情感上肯定是受到过严重伤害，他追求过的女人喜欢穿白色连衣裙。他的心理已经扭曲，一定是个报复社会的变态狂。省厅刑侦局会同其他警种，一到雨夜就将警力全撒到街头巷尾去。女便衣们穿上白色连衣裙，骑着自行车到处逛，身后跟着暗中保护她们的男便衣"挂外线"。一些身材瘦小的男便衣，甚至也化装成女人。但是这个疯狂的家伙不断变换时间地点和作案手法，从用玻璃瓶泼硫酸改为用喷雾瓶，从伤害骑车女子的脸到将硫酸喷到受害者裸露的胳膊、大腿、脖颈等部位，连续作案竟达到十九起！那阵卓世民压力大，见天被厅长叫去骂一通，大会小会地点名批评。这种毫无"因素"可言的变态随机作案，你怎么在人海茫茫中去找？布点蹲守，社区调查，群众走访，可疑对象梳理了一遍又一遍，可失恋的人那么多，变态的就那么一两个，你只有等待时机。一直到雨季结束，天气转凉了，再没有人穿白色连衣裙了，他才消停下来。到来年，天气转暖，亚热带季风带来阵阵清凉的雨，女孩子们纷纷穿上自己喜爱的连衣裙，卓世民那时真想借助电视向全体市民呼吁：别再穿白色连衣裙了！但这是根本不可能的事，他只有把自己的女便衣们再撒到街上去"撞大运"。这些女警花也真不容易，她们浓妆艳抹、手枪放在坤包里，带着受到攻击时可以立即冲洗面部的防酸剂，把自己当作"诱饵"引罪犯上钩。卓世民这一年有些预感，为什么我们每次行动都扑空？是不是我们的行动被对方掌握了呢？难道局里有内鬼？或者他本人就是一个警察？他采取了秘密行动的手段，出征的女便衣和"挂外线"的男便衣都先从局里"消失"几天，然后再从不同的地点秘密上街。这一招果然就见了效,一个有雨的夏夜,那个邪恶的幽灵骑车悄无声息向一个女便衣扑去,女警花察觉情况有异,立刻按预案骑车飞奔,并发出警报,她周边几个骑车"挂外线"的男便衣立马冲上去,将那家伙撞翻按倒在地。事后一审,那家伙果真是个失恋的变态狂,他的女友和他分手南下广州的那天,穿的就是一身白色连衣裙。这个女人后来抛弃了他,还在广州做了"鸡",使他痛恨万分并开始报复社会。至于他为什么数次逃脱警方的追捕,是因为他的家就在刑侦局小院的旁边,从他家的楼上可以俯瞰刑侦局大小车辆和人员出动的情况。

兰高荣抖抖手上的纸片,问:"你找到什么有关联的东西了?"

"我担心,我们这兴师动众的围捕,早被对方看了个一清二楚。林芳可能会'脱线',自己去完成交换。那小孩危险了。"

兰高荣明白自己的老搭档想怎么做了。他语气严肃地说:"卓老倌,我看你是脑子发岔了是吧? 你现在跟我一样,是个安享天年的老人。没灾没病了,没有谁追着你非要去破这案子。人家已经接手了,你不该做的也做了,该做的也不归你管。别在这里给人添乱。"

"下午开案情分析会,我得跟武钢提个醒。"

"对了,想起一件事就说一件事。"兰高荣说,"你传给我的那两张足迹的照片,省厅痕迹中心的小赵给我回信了。那双四十一码软底鞋,是朱正手下的,已扒了他的'马褂'了。穿四十三码鞋的那小子,是社会上的,叫龚三,有贩枪的前科,判了五年出来的。这小子听到风声不对就溜了。朱正这些年可不本分,除了褚志那桩受贿案,纪委还查出他好多馊事。你在这边的道上,已经有点'名气'啦。连朱正这样的人都想搞你,你以为你还是刑侦局长?"

卓世民嘿嘿一笑,"不当局长就不能做事了吗? 你我可都是干刑侦出身。"

"你个老花子，真把自己当老中医啊？连办过的案都记不住了，还想给人把脉看病？"

"嘿嘿。"卓世民不当回事地一笑。

"笑个屁！我看你是中邪了。卓老倌，有一天我家老爹毛病犯了，躺在地上不起来，一躺就是两个多小时！肖老师没有办法了，才打电话给我。老子去给你当孝子，好话说了一箩筐，好歹才把我家老爹哄到床上。你也为人家肖老师想想，为你老父亲想想。别再在外面晃荡了。你有自己的家事！"

家里发生再大的事，肖佳宁愿找兰高荣来帮忙，也不会给卓世民打电话，这是多年来的习惯。兰高荣喊卓世民父亲"我家老爹"，卓存君老人叫他小兰子，兰高荣都退休了还这样叫。兰高荣来卓家当孝子，从来都是当得乐呵呵的。卓世民怎能不知道这些？

他唯有沉默。

"你走不走？"兰高荣站了起来，咄咄逼人。

"你知道一个男人最难的是什么吗？"卓世民缓缓地说，"不是你不能忠孝两全，也不是你没有本事养家糊口，更不是你没有权势没有金钱活得贫苦卑微，而是你难以面对牺牲战友亲人的眼泪。打完仗后我一个个地去看望牺牲战友的家人，四川、贵州、山东、江苏、北京、河北、甘肃、广东。好多年后，我才从那种愧疚的情绪中振作起来，没有保护好他们的儿子、哥哥、兄弟。孙立峰殉职后，我再次回到从前那种负罪感中。他儿子去上大学前，曾问我：卓伯伯，你抓到那个罪犯了吗？我当时那个恨啊！"

"唉，你这个犟老倌，老子不管你了。"兰高荣重新坐下来，自己摸一支烟，点上，然后说，"晚上我想喝两杯，庆贺一个老不死的死里逃生。"

第七章

28

朗沙集团董事长林芳参加完州委州政府召开的青山市天然气管道工程项目协调会后,心里踏实了许多。主持今天会议的马州长给了林芳一系列的承诺和鼓励。过去搞项目,哪个不是她去政府各部门烧香拜佛?腿都跑断了还盖不了一个章,一个小股长也是你的爷。现在这个项目是政府求她,马州长要求各部门在此项目上一切手续依法从简从快,项目报规、用地、融资、施工、安评、环评、跨行业协调等问题,企业可以边建边报,政府各部门现场办公,积极协调。按马州长的说法,"先上马,后配鞍",确保两百天顺利通气。这是一项政治任务,谁挡道,摘谁乌纱帽。

从州政府大楼出来,林芳走向自己的路虎车。傅警卫从驾驶副座钻出,神色有些古怪,他动作僵硬地把右后车门打开,音调怪怪地喊了声:"林董……"

林芳并没有看出什么异样,一头钻进车里。后排左侧竟然坐了一个人,让她一时恍惚,以为自己上错了车,脸上的墨镜都吓得掉下来了。

"林芳林董事长,冒昧打搅了。"

"你怎么会……"

"开车。"车内的不速之客就像个主人似的命令司机道。傅警卫已坐进前排驾驶副座,一句话也不敢说。车启动,轰鸣着开出州政府大院的停车场。

"路虎车的动力就是不一样。师傅,给我秀一把,把后面跟踪的警察甩掉。"那人笑呵呵地说。

林芳镇定下来，"卓警官，你很喜欢不请自来呀。搭个顺风车也这样反客为主。后面的人可是你的同行，据说他们是来保护我的。盯着我一个女人家有哪样用？有本事去抓坏人呀。"

"别发牢骚啦。多少人为了你的事熬更守夜的。找个安静的地方，我们聊聊。"

褚志已被警方秘密刑拘，他把所有的罪责都揽到自己头上。林芳现在被警方全天候监视，为了不惊动劫持依阳阳的犯罪团伙，警方让她继续保持日常生活状态，该去公司就去公司，该谈业务就谈业务，该回家时就按时回家。警方同时也向林芳申明，在此案中他们已经触犯了法律，唯有先配合警方抓获犯罪分子，戴罪立功，争取宽大。这一段时间，林芳已经身心疲惫、形容枯槁。如果说警方的帮助是她需要抓住的一根救命稻草，那么，劫持依阳阳的那伙罪犯也可能是压垮她的另一根稻草。一方面她得高度紧张地对付警察，同时还要和那伙要劫她钱财的犯罪分子周旋，一方面她在公众场合仍然强作笑颜，光鲜亮丽地出现在各种场合，开会、讲话、谈业务、布置工作，参加饭局，出席剪彩。

林芳把卓世民带到一处高档私人会所，说这里到处都有监控，你们的人进不来的。卓世民看会所外面停放的一溜豪车，笑笑说，能进这里来的也不一定都是好人。

两人在一僻静雅室坐定，一穿旗袍的年轻女茶师前来烧水泡茶，一套程式之后，林芳挥手让女茶师离去，说有事再打铃。

茶过三泡，两人无言。有轻柔的古琴声幽幽传来，此情此景，却不能让人心生宁静。他们像是分别多年的旧情人，有"老情感"深藏于心，内心越是风云激荡，口里越是欲说还休。

林芳问："知道这首曲子的名字吗？"

第七章

卓世民摇摇头，林芳说："《渔樵问答》。我正在跟着我的古琴老师学这支曲目。"

卓世民自嘲道："我一个粗人，只会唱一些老歌。"

林芳莞尔。"听这样的曲目，真是让人有归隐山林、出家为尼的想法。什么名誉呀、地位啦、财富什么的，都不过是过眼云烟。"

"林董事长的事业不是干得风生水起吗？"

"你认为，现在这种状况下，我还有什么事业可言？"林芳哀戚戚地说。

不知听古琴能够抚平内心的焦灼烦恼，还是应对了人生的凄风苦雨。卓世民不明白。他宽慰她道："大家都在帮你嘛。据我所知，州委州政府还在支持你上项目。"

林芳沉吟良久，喝下一泡茶后才说："卓警官，虽说你早退休了，不干警察了，但我感觉，你这种老派警察，跟他们不一样。我很欣赏你。"

卓世民想，都这样了，还拿大老板的派头。不过他隐约感到林芳还有话要说。这正是卓世民今天约她出来的目的。"有什么不一样呢？"他问。

"你身上不带枪了。"

"呵，不带枪就不可以上战场了吗？"

"可以。"林芳回避了卓世民如炬的目光，"你我都是上过战场的人，战场上不带枪的英雄多的是。我所在的医疗队，都不愿带枪。背不动那些铁家伙啊。我们队上的王军医说，我是拿手术刀的，不是拿枪的。上面配给他的手枪他都不愿意背。那时我们真不懂战争呀。第一次接触到伤员的伤口时，我吓得哭，手脚直哆嗦。受训时学的那些战场救护知识全忘记了，王军医要止血钳，可我们只会递上纱布，心里想那么多的血呀，要赶快捂住才是。后来经历多了，才不怕血了。但是当看到敌人叫喊着冲过来时，还是害怕。"

"你上过火线？"卓世民问。

"有一次，我们的野战医院被对方的特工偷袭。警卫班的战士和轻伤员都挡在了前面，可还是挡不住啊。一个又一个的战友中弹倒下，敌人的手榴弹都扔到手术室来了。手术室是一间草棚房子，一下就着火了。我和五个姐妹只有一把冲锋枪，几颗手榴弹。王军医提了冲锋枪就往外冲，刚到门口就被打倒。牺牲了，可惜呀，这个军医大刚毕业的大哥，戴个眼镜，秀气得像个女孩子。敌人的机枪子弹压得我们躲在手术台下抬不起头。我想这下完了，我们几姐妹中年龄最大的高大姐说，敌人冲进来，我们就拉响手榴弹，宁死不当俘虏。你知道的，在战场上，女兵当了俘虏，意味着什么。我们都听得见对方的叫喊和脚步声了。幸好这个时候，援兵赶来了。"

卓世民身子微微往前倾了倾，以示诚意。"林芳，我们都是经历过战争的人，那么残酷的战斗都过来了，生活中就没有迈不过去的坎。我们之间还有什么不能坦诚相见呢？你知道的，当我们走上战场时，身边的战友都是可以托付身后事的。"

林芳漂亮的凤眼这时闪现出一些泪珠的光芒，令人共情。尽管她也是一个五十多岁的女人了，但当你被这样一双眼睛逼视时，你的内心还是会泛起怜花惜玉般的柔软。

"我叫你卓大哥，可以吗？"

卓世民耸耸肩，"当然，你愿意的话。"

"卓大哥，我……我不相信那帮警察了。"

"他们，我是指勒索你的那帮人，跟你私下联系了？"

林芳有些诧异，脸上是你怎么知道的表情。

第 七 章

"有人给你递来一部电话，或者一张纸条。"这些伎俩卓世民已经预料到，他已经和武钢分析过这种情况。但为了让林芳放弃单独谈判的幻想，他要先稳住她。

真是什么都瞒不了这个老警察。林芳犹豫片刻，还是从身边的爱马仕包里拿出一部手机，"昨天下午，有人给我送来了它。他们……让我靠这个跟他们联系。你们不知道这个号码吧？"

"交换的地点变了，不会在青山市。"

"你确定？"林芳问。

卓世民微微一笑，"只是还不知道具体时间和地点。"

"他们没有说，让等信息。这帮人不到最后时刻不会说真话。"

"如果你想绕开警方单独去交换，你就大错特错啦。"

"卓大哥，只有尽快把孩子救出来，我们也才……有救。儿子还在医院里啊！"

"你要明白，你们随时都在警方的监控之下，怎么能独自完成交易呢？"

林芳道："他们……大约知道你们的存在了，让我找个人去完成交换。还威胁我说，如果我再耍滑头，就撕票。"

这些天警方让林芳要求劫持团伙每天都发来孩子的视频，不然就要中止交易，那帮家伙也照办了。他们肯定不会轻易放弃，至于这帮人是否知道了警方的行动，也许是在玩心理战，也许有所察觉。但即便他们感觉到了点风声，五百万的诱惑还是会让他们依仗地利之便，有恃无恐。就像他办过的那桩被自己认为"失败"了的人质解救案，犯罪分子被误闯进来的警车吓跑了，可他们依然想冒险一搏。这正是警方所希望的。

因此，武钢昨天说，老局长，只能请您亲自出马了，我们跟林芳演一出双簧。

卓世民看时机已成熟，林芳对他再不会有任何戒备，于是说："给我找一辆车。"

"卓大哥，你……不会告诉他们吧？我是指你的同行。"

卓世民拿起那部黑色的手机，"既然你告诉我实情，就相信我好了。有什么情况，你就用它随时跟我保持联系。记住，打这个电话的时候，自己找个僻静点的地方。"

林芳点点头。她犹豫了一下，又问："卓大哥，你要带那些金砖去吗？"

"你希望我向犯罪分子妥协吗？在我的从警生涯中，还从来没有过这样的事。留着你的钱，早日把燃气管道建成吧。天然气能输送到青山州这样偏远的地方，你功德无量。别看你张口就上亿上千万的，不要短自己员工的工资就好。"

林芳有些羞愧，又满怀感激，眼泪又要漫出来了，"卓大哥，什么都瞒不了您。我的意思是，只要能救出那个小女孩，我不在乎钱。更不用说，我怎么能让您去担这个风险？"

卓世民淡然一笑，"一个干过侦察兵的人，知道怎么去应对风险。"

"你是我的贵人，也是恩人哪。"林芳有些动情了，她的眼波里有了复杂的内容，一双保养得很好的手，像是眼里感情的延伸，温热地伸向卓世民。

这是一种崇拜英雄的情感的自然流露。卓世民这样的铁血汉子，这一生中还真经历得不少。他巧妙地回避了那双手，抓起桌子上的烟。他说：

"救你儿子命的人，才是你的贵人。我们现在得先把她救出来。"

林芳本来要留卓世民在会所吃午饭，但他婉拒了。卓世民说，知

第七章

道我们在一起的人,越少越好。在停车场和林芳分手前,林芳忽然向他行了个标准的军礼,喊了声:

"战友,保重!"

卓世民那时内心有种被战友情轻轻撞了一下的感动。但他没有还礼,只是默默地注视她。然后,一轰油门,走了。

林芳大感羞愧,抬起的右手怅然垂下。

下午一点,卓世民开车回到饮马湖培训基地。他悄悄进入自己的房间,简单化了一下装,戴上假胡子和灰白色的假头套,再把脸抹黑一点,让自己更像一个本地人。兰高荣还在隔壁房间午睡,他不打算跟这个老搭档辞行。为要不要回去的事,他们经常争执不休,甚至吵得兰高荣拂袖而去。

卓世民收拾停当,背上自己的双肩包,去食堂看有啥吃的没有。食堂里还有一伙训练刚结束才来吃饭的年轻人,个个膀大腰圆、强壮健硕,一看就是干特警的。他们嘻嘻哈哈地各自端了盘子在取餐台盛饭舀菜。卓世民要了一碗鸡蛋面,找了一个偏远的空位坐下。两天前基地主任非要请他给受训的干警们办个讲座,他再三推托,实在盛情难却,最后答应只跟警督以上级别的警官开个座谈会。他不喜欢坐在台上正襟危坐地讲话。干密侦工作出身的人,从来不愿意在聚光灯下。哪怕是在警官食堂这样的场合,他也不想被人认出。偏就有个高个儿青年警官端一盘子饭菜坐在卓世民对面,卓世民认出他前晚来听过自己的讲座,但他并没有认出卓世民来。青年警官问,大爹你是来看儿子的吗?卓世民说,不是,我有个亲戚在厨房工作,我来看看他。

看着这个脸上布满青春痘的青年警官,卓世民想:臭小子,我白给你讲一课了。

他只花了十分钟就吃完那碗面，然后出门去停车场取车。正午的太阳明晃晃的，培训基地显得空旷而寂静。没有人知道一个老警察将以他们的名义出征。车开出基地大门，一拐弯，路边站了一个老倌，拎一个人造革的老款手提包，像个进城赶街的老农。老倌伸手拦车，卓世民一下就乐了。

"你要去哪里？"他头伸出窗外问。

"搭个顺风车。"那老倌说。

"不顺道。"

"少废话！都搭档几十年了，从来都在一条道上。"

老倌绕到车右侧，自己拉开车门坐了进来，"你个老叫花子，还想吃独食嗦？"

卓世民嘿嘿一笑，"烂脱靶。跟我倒是跟得紧。"

第 八 章

29

  盘山公路蜿蜒在喀斯特地貌地区，落差并不大，只是弯道多一些，路面窄一些。道路两边的山头像青翠的绿馒头，远远近近地散落在大地上。石山之间是时而碧绿时而金黄的田地、河流、村庄，让人想起桂林山水。卓世民边开车边对兰高荣说："封山育林二十多年，这些山头都绿了。哪像过去呀，到处都是光秃秃的石灰岩石，看得人想哭。"

  兰高荣不接他的话茬，直截了当地问："接到新任务啦？"

  卓世民嘿嘿一笑："你这个跟屁虫。"

  "是守护。别以为我老了。你私下跟那个老美女见面，我就晓得你这个老叫花子又嗅着香味了。"

  "好吧，算你狠。我有陈厅长的授权，可以独立采取行动。本想吃一份独食的，可谁叫你是我的老搭档呢？"卓世民说。

  卓世民昨天向省厅陈厅长汇报时，说他推测犯罪分子可能会在靠近边境线的某个口岸附近交换人质。而青山市有四个县紧挨边境，边境线长达五百多公里。在一些地段，老百姓种棵南瓜都可能要出境去收回来。曹前贵的手机信号第一天在富阳县边境，第二天又到了西关县，然后又到了平坝县、广畴县，都贴着边境线游走。这说明对方的反侦查能力太强，不是一帮好对付的家伙。每个县都有通商口岸，来往人员多，通关手续又简单，犯罪分子跨一步就到境外了。尤其是西关县，边境线是一条界河紫烟江，紫烟江对岸有个叫沙帕的地方，也是我们的领土，同时跟Y国和L国接壤，俗称"一眼望三国"，也叫飞地①。二十多年前为了搞活边贸经济，我们在沙帕设立边境自由经济贸易区。它享有很多特殊政策条款的保护，像免税店、自由通关等。三方的边民有不少都是同一民族，跨境而居的亲朋关系密如丝网。边境口岸开通后，边民们有一张边民通行证就可从沙帕飞地通关去异国做生意、探亲访友。国内的游客去沙帕飞地旅游时，托旅行社花几十元就可给办一张出境旅游签证。随着沙帕飞地的商业繁荣，境外的Y国和L国的勐梭、都弄、涛瓦、曼陀等城镇也开放了边境游，尤其是赌场这种藏污纳垢的地方，吸引了不少异国的游客。陈厅长认为，即便是在沙帕飞地交换，也不好搞。那么多外国人和商家，搞不好就弄成外交事件。如果犯罪分子躲在境外跟我们做交换，就得通过国际刑警组织，跟Y国和L国的警方合作了。卓世民说，但是现在我们掌握的证据链和线索还不足。我得先去边境一线摸一下情况，青山市这边让武钢先跟他们周旋。陈厅长权衡再三，才说，你相机行事，随机应变。

兰高荣听完卓世民的介绍，说："边境地区，还就得这么干。我们这些老家伙，扮个游客啥的，少了好多啰唆事。陈厅长给你派守护了吗？"

"普大卫会在沙帕那边待命。"

---

① 飞地是一种特殊的人文地理现象，指隶属于某一行政区管辖但不与本区毗连的土地。如果某一行政主体拥有一块飞地，那么它无法取道自己的行政区域到达该地，只能"飞"过其他行政主体的属地，才能到达自己的飞地。

第 八 章

"这小子,还靠谱。有些跑腿使力气的活儿,我们还得指望年轻人。"

兰高荣掏出烟,点上后,递给开车的卓世民,然后自己再点一支。卓世民笑说,你不是在控烟吗?今天第几支了?兰高荣说,出门嘛,灵活点。

公路上堵车了,大小车辆排成长龙。卓世民说,这条通往边境口岸的国道让我想起当年,尤其是这堵车,像战时开往前线的军车队。老兰呀,这世上没有任何车队,有军车队威武、雄壮。你只是站在路边看,就不能不为自己的国家感到骄傲自豪,更何况你还是那车队中的一员。我想起我们连队指导员做战前动员时的一句话:我们就是绿色长城上的一块砖。

"一块老砖。"兰高荣说。

"没听人说古砖老瓦啥的更值钱?"

兰高荣忽然大叫一声:"嗨,我怎么像你一样的健忘了呢?昨晚我想起了一件事!"

卓世民像嗅到情况的老警犬,"说来听听。仔细点。"

兰高荣说,多年前的一次打拐行动中,他曾经抓过一个人口拐卖女嫌犯,叫杨翠华。这个女人有其他人贩子不具备的本事,特别能哄孩子。有些孩子被拐后,因为哭闹,被人贩子在路上就给捂死了。有一次杨翠华将一个拐来的三岁男孩一路带到了河南。因此她在这条道上还成了人贩子们的"抢手货"。兰高荣说,我寻思这案子中的小孩也够大的了,被劫持了那么多天,一定有个特别能哄孩子的人。我记得杨翠华后来被判了五年,应该早就出来了。我看到林芳手机里的视频里,有一个中年女人在照料依阳阳,虽然看不到面貌,只有半个身子。但我怎么就忽然想起杨翠华了呢?

卓世民呵呵一乐,"好嘛,你个烂脱靶,枪打不准,记性倒蛮准。"

"哪个枪打不准啦?退休前那年,我们去射击场打靶,十发你打七十四环,我打六十七环,就只差你七环嘛。"

关于射击,这对老搭档过去没少掰扯过。有时是相互埋汰、斗嘴取乐,有时是业务交流、切磋技艺。卓世民常用"有心栽花花不开,无意插柳柳成行"来开导兰高荣,让他理解教官在射击课上讲授的"有心瞄准,无意击发"。但兰高荣由于性格的原因,加上年轻时为救卓世民误伤群众的那一枪,让他在扣动扳机的那一瞬间,思前想后,导致自己总是打不准。桑吉老师曾经在一次打球时问过兰高荣,你们当警察的,是不是经常跟犯罪分子枪战?兰高荣的回答是,除了打靶,这辈子在办案时还真一枪都没有放过(他隐瞒了自己误伤群众那一枪,卓世民当然也不会说破它)。兰高荣早年的一个笑话是:有一次他带人执行一次抓捕任务,他们冲进屋子,兰高荣抢先一步揪住了犯罪嫌疑人衣襟,竟然没有掏枪,而是用两个手指头顶着对方脑袋大喝一声:不准动!在用枪这个话题上,兰高荣永远奉行能不动枪就不动的法则。

卓世民说:"那你就别跟我比枪法啦。快说说那个女人的事。"

兰高荣还在心有不服,"我只是有打枪障碍,准头还是有的。哼,我就晓得你这个老叫花子,闻不得腥味。我让普大卫去数据库里查了一下,发现杨翠华刑满释放后去浙江做小生意,一个月前回来了。也是巧了,这个杨翠华就是南山村人,她是早年嫁到这个村庄的,她老公也干过人口拐卖。当年他两口子一起入的刑。"

卓世民高兴得一拍方向盘,"小鬼,这才像个老警察嘛!"

卓世民立马打电话给曹前宽,他大约还在工地上,电话里"轰轰隆隆"的像在战场。卓世民简单问了杨翠华家的情况,曹前宽说杨翠

第 八 章

华的老公曹利群就在村庄里，杨翠华不知所踪。卓世民临时改了主意。他说，老曹，我下午来村里，等着我。然后收了电话，一打方向，从车队中钻出来，直奔南山村。

卓世民轻车熟路，傍晚时分就赶到了杨家寨。两人停了车，顺着公路便道往上爬。一路上卓世民给兰高荣大体介绍了一下南山村的情况，过去与现在，光荣与苦难。卓世民说，等路修通了，就不穷了，就是好山好水好地方了。我还想到这里来养老哩。兰高荣环顾四周，说：

"小鬼，别天真了，我才不陪你来呢。"

通往村庄的路又拓宽了许多，贴着悬崖盘旋而上的弯道也拉直了不少，不时有大卡车拉着渣土轰隆隆从新开的便道上驶下山来，道路的工程进度让卓世民都感到惊讶。曹前宽已经在村口等着他们，三人寒暄了几句，卓世民让兰高荣和曹前宽互相认识，曹前宽说都是我的老大哥，走，鸡已经下锅了，先去家里喝碗酒再说。

卓世民说："都是老兄弟，不用那么多客气。趁天还没有黑，你先带我们去杨翠华家吧。"

杨翠华家在村尾，是一栋三年前盖起的两层小楼，家境在村里算中等。她家的公婆还在，老公曹利群当年也参加过支前，在骡马队当队长。曹前宽问卓世民对他还有印象没有，卓世民说要看到他本人才晓得，现在记性都成了潜逃犯了。

在一间昏暗的屋子里，卓世民看见躺在床上的一个枯萎的老人，他开初还以为是杨翠华的公爹，曹前宽说，这就是曹利群。利群，卓世民卓连长来看你来了。你还记得他吗？

曹利群眼睛亮了一下，一张晦暗惨白的脸瞬间有了活气，用喑哑的声音说："记得，记得。解放军的卓连长，大英雄。"

如果提到南山村支前民兵连的那个骡马队长，卓世民还有点印象，依稀记得是个个子不高、很敦实的一条山野汉子。但他根本无法将眼前这个萎靡得像一根朽木的男人与当年那个在山路上如履平地的赶马人联系起来。有一次骡马队里的一匹骡子触发了地雷，被炸翻在地，肝、肺、肠子啥的血花花地摊了一堆，头骡惊恐得在山道上狂奔，骡马队的十几匹骡马都跟着乱跑。是骡马队长冲了出来，追上了头骡，死死拉住缰绳，才止住了一支骡马队的灾难。山区赶马，头骡最为重要，它如果在慌乱中坠了崖，其他骡马都会跟着跳下去。卓世民当时并不在场，是从报来的材料中看到这起事故的。现在他想，那个冒死拉住了头骡的汉子，是眼前这个人吗？

但此人却在后来也跟着同村人曹前贵参与了人口贩卖，被政府打击后蹲了三年监狱，出来后先是在城里打了七年工，做点小生意。这人也是命运多舛，四年前曹利群在修村里那条路时，被岩石砸断了腰，就一直瘫在床上了。他媳妇杨翠华说去给老公找治腰的钱，便一去不回。村里人都说她是个心肠比蝎子还毒的女人。

卓世民递给曹利群一支烟，他双手哆嗦着接了。卓世民给他点上，问："你知道你媳妇在哪里吗？"

曹利群可怜兮兮地说："领导，她跑了好多年了，也不管我。"

卓世民扭头看曹前宽，曹前宽说："她这几年连过年都没有回来过。有人说在浙江看到过她。从前村里家家户户知根知底。现在，一个人三五年不归家，也没有谁感到稀罕。"

卓世民又问："你有她的联系方式吗？"

曹利群恨恨地说："电话，早打不通了。死哪里都不晓得。"

曹利群的母亲现在身子骨还硬朗，由她照顾曹利群。曹利群没有

第 八 章

后代,和他长兄一家一起过,这个家有没有杨翠华,似乎已不重要。按曹前宽的说法,过去造孽太多,现在总得偿还。

从曹利群家出来,三人去曹前宽家吃晚饭。兰高荣面有为难之色,卓世民知道他不太习惯乡村生活,想今晚就离开,怕人家家里不卫生。刚才在曹利群家,这老家伙坐不敢坐,递来的茶不敢喝,样样都嫌脏,还是下基层太少了。卓世民便说,老兰,就算是让你体验一下原生态的乡村生活吧。今晚喝酒表现好了,明年过年才会带你来吃杀猪饭。兰高荣怼了卓世民一句,这话你说多少遍了?曹前宽忙说,好啊好啊,我的猪要养一年才杀,绝对不喂饲料的,满山找食满山跑,养得像野猪一样。肉香着哩。

曹前宽的老伴已经搞好一桌饭菜,一大钵青椒鸡,一大碗蒸火腿肉,一盘凉拌蕨菜,一盘干炒胡豆和一盘炒玉米。苞谷酒倒进大玻璃杯里,曹前宽双手举杯,说两位大哥,感谢的话不多说了,我先干为敬!然后一仰头喝了。卓世民一口喝下半杯,兰高荣只咂了一口,就呛得直咳嗽啦。

酒菜吃了一半,卓世民问起修路的情况。曹前宽说,政府派来的挖掘机上来五天了,按这进度,下周就可将路挖通。卓大哥,好日子就在山垭口,翻过坡就到了。

卓世民也仿佛看到一条公路的雏形。他说,好啊,以后我回村里来就方便了。他又给曹前宽斟满酒,说:"兄弟,我还要拜托你一件事,这期间多帮我注意一下杨翠华家的情况,有事就立即给我打电话。"

曹前宽爽快地说:"没问题。大哥,她是不是在外面犯着什么事了?这事跟曹前贵有关联吗?这家伙这次又得关几年吧?"

曹前贵现在已成了植物人,卓世民暂时还不想告诉曹前宽真相。毕竟他们还沾亲带故。他问:"曹前贵的媳妇怎么样了?去医院了吗?"

曹前宽叹了口气,"你走后,那女人就打上我家门,说我出卖了她老公。她不去医院了,反正没有钱看病,要在家里挺尸给我看。这家人的事啊,让我脑壳痛。前些年搞'新农合',我动员他们参加,嘴皮说烂了也不愿意,好像政府要骗他们一样。现在病了,晓得厉害了。你捐给村里的钱,我分了三千给她。曹利群那边,我给得多一些。生死不管,人家是为修路砸断了腰。"

卓世民说:"你还记得那天我们审曹前贵,他说是回来送钱给他媳妇的。我已经调查清楚了,雇他的人给了他十万定金,这钱肯定在他媳妇手上,只是没有证据。这事就你我知道,这钱,本来不该……算了吧,那女人再来找你闹,你就点她一下。"

曹前宽想了想,才说:"我也想,老子这辈子不管他家的事了,找气受。那笔钱不干净,我也晓得。唉,既然大哥你这样说,生死不管了,就当它是救命钱吧。"

那个晚上卓世民和兰高荣睡一屋,曹前宽铺上崭新的褥子、床单和羽绒薄被,卓世民连说好舒服的床,兰高荣却总感到被什么小动物叮得难以入眠。山风呼啸,长夜漫漫,兰高荣被叮咬得无法入睡,卓世民索性爬起来陪他,抱个烟筒蹲在床前吹,两个老搭档就有一句没一句地聊天。兰高荣说:

"贫困地区我也算是跑得不少了,没想到还有这么穷的地方。地没有,水没有,路没有,要啥没啥,活个人都难。"

卓世民说:"在马帮时代,南山村也是个出境的交通要冲,据说那时来自两广地区的商人,都在这条线上做生意。所以啊,要致富,得修路。"

兰高荣感叹道:"过去我们抓罪犯,只晓得有案必破,有罪就抓。从不考虑犯罪的环境,南山村这种穷山恶水的地方,人不起歹意也难。

第 八 章

那个曹利群，照理说也是经受过战火考验的人，怎么也干人口拐卖这种龌龊事？"

"打仗是一回事，搞市场经济又是另一回事。国家民族利益面前，这些边境地区的人们都有担当，也敢于奉献牺牲。我们那时在前线，常常被这些踊跃支前的老百姓感动，你为国家而战，就是为他们而战。可是有谁知道，当和平来临以后，战胜贫穷一点也不比战胜外敌轻松。"

"唉，到头来还得去抓他们。我情愿自己的判断失误，林芳手机视频里的那个女人，不是曹利群的老婆。"

"一定是她。"卓世民肯定地说，"而且突破口就在那个女人身上。我好像已经看到了她的模样，一根又粗又大的黑辫子，眼睛大大的，看人时既羞涩又野性；脑门发亮、脸庞黑红，嘴唇有些厚，手脚粗大，肩膀浑圆。呵呵，这当然是三十多年前的她了。至于现在嘛，她已经是一个没有精气神儿、体形松垮下垂、目光散淡慌乱、面色晦暗冷漠的中年妇女啦。人群中我一眼就能找出她。"

第二天早晨卓世民被山林里的鸟儿唤醒，兰高荣还在抱怨，一个抓了一辈子坏人的老警察，也抓不到一只跳蚤。卓世民打趣道，那说明你这块老腊肉还挺香的嘛。

吃过早饭，两个老搭档继续自己的侦破之旅。曹前宽执意要送到山下，到山腰处的杨家寨时，太阳正欲从群山后喷薄而出，满天朝霞绚烂铺展，苍莽大山雄壮无言。山岚似轻曼裙裾，在天地间缓慢飘动，时而厚重如貂、时而翻飞似絮。山涧涌来习习清风，如大山吐纳出的婴儿般气息。山里的清晨，天籁之音出自鸟儿的歌喉，勃勃朝气则来自天地之间，既可以用肌肤感知，也仿佛能够一把抓在手上，细细历数。这亘古沉睡的大地一旦苏醒，连一株寂寂无名的野花也会生机勃勃地粲然怒放。

曹前宽忽然想起当年把卓世民抬到这山路边的那个血色清晨。送别战友，再回首便是三十余年。

卓世民准备登车时，一回首，看见曹前宽在揉自己的眼睛。他说：

"卓连长，你要经常回我们南山村呀！人这一辈子，没有几个三十年。"

卓世民则恍然回到当年出征前的某个场景，战士们整装待发，壮行酒一口饮干，乡亲们肃立道旁，眼里饱含期待胜利消息的目光……

慨然出征，凯旋而归。这才是一个顶天立地的好男儿。卓世民眼眶不禁也有些湿润了，他粲然一笑，说：

"曹连长，等咱们的路修通了，我还想在村里盖一小间房子养老哩，山清水秀的地方，闲人长寿。"

曹前宽笑逐颜开，"一言为定啊卓连长，我的宅基地分一半给你盖房子。我两个老倌喝着苞谷酒吹着散牛，闲闲散散地养老，生死不管。"

卓世民肯定地说："生死不管！"

曹前宽突然抬手给卓世民行军礼，身板笔挺，一脸肃穆。卓世民半个身子已经坐进驾驶室了，他连忙抽身下来，"唰"的一个立正，举手还礼。

一滴眼泪，终于还是从卓世民眼眶里掉了下来。

30

杨翠华认识曹利群那年，边境地区还在打仗。她那时的模样跟卓世民描述的相差不离。她未来的丈夫曹利群带着生产队的七匹骡马和

第 八 章

十来个赶马人,为部队驮运弹药和物资。民兵连那时也跟部队一样待遇,吃部队的伙食,每人发一支步枪、一身军装,只是没有领章帽徽,走在乡间也挺威风光荣的。有个晚上骡马队借宿在杨翠华的村庄,村人都跑来看热闹,打探前线的情况。杨翠华那年十九岁,对这些能上前线的乡党充满好奇和崇敬。马倌曹利群就像部队里的大首长,把身上的步枪、弹夹、军工铲、军用水壶故意碰得稀里哗啦响,枪栓拉开又关闭。学着解放军的口吻喊:老乡,闪开点闪开点,枪走火可不是好玩的。嗨,小鬼,站远点,招呼马使蹶子踢到你。他越装模作样,围观的人就越多。曹利群一眼就相中了人群中的杨翠华,丰满、健壮、朴实,一看就是能干活能生娃的好把式。曹利群便借口要给骡马喂水,请杨翠华给他带路。在山道上,曹利群掏出部队上发的一盒午餐肉罐头和两块压缩饼干递给杨翠华,说这是从伟大首都北京专门送来给前线部队的,只有上过战场的人才会有。多年后杨翠华说,这个挨刀的就靠这点"彩礼"把我娶回家去了。老娘把那压缩饼干几口就吃了,肚子胀得来哟,都要爆了。那时想,跟了这个男人,这辈子天天吃得肚子饱鼓鼓的。哪晓得,这个挨刀的家里从来都没有人吃饱过饭。

话虽这样说,杨翠华当年还是很崇拜曹利群的,那个年代的人们都有崇拜英雄的情结,能上战场的民兵也是半个英雄。杨翠华本人上过初中,文化程度不算低。要不是因为家里父亲死得早,她也不会轻易就嫁给曹利群。曹利群家人口多,又是赶马出身,小两口索性赶着分到的一骡一马闯世界。过去女人是不赶马的,但时代不一样了,为了讨生活,山里人什么都能干。

山路崎岖,岔路众多,赶马女人杨翠华没有想到自己会走上一条人口拐卖的歧路。她的第一个孩子出生在山路边的柴棚里,是曹利群用砍柴刀割断的脐带。那婴儿因此感染,只活了三天就不幸死了。大悲痛之后杨翠华对孩子有了一种奇怪的麻木感。有一段时间她看到婴儿用品广告中那些宝宝的头像，便会从骨子里泛起无法言说的悲哀：要有好人家，才养得出这样好的娃娃。只要对娃好，谁养不是养。当她跟随丈夫参与第一个孩子的拐卖时，她就是这样想的。

她在这道上越陷越深，欲罢不能，抱走别人孩子就像在集市抱走一头猪崽，扯白说谎跟聊家常似的。有的人口贩子见杨翠华一个女人家，能吃苦，人活络，胆子也大，就雇她跟着一起跑，从南国到北国，从西部地区到东部沿海。一路上虽然担惊受怕，但吃香喝辣，跑腿费动辄几千上万。一般来讲，人贩子把人家孩子骗到手后，心里还是很发虚的，加之孩子哭闹，更怕事情败露。杨翠华无师自通地学会了跳大神，她说，孩子被抱走后，魂儿还在过去的家里，得做法事消灾。她装神弄鬼的所谓法事也搞得煞有介事，买来三尺三的红布、三尺三的黄布，用三根柳树枝扎成一个人形替身，然后再备上一只活公鸡、一条红鲤鱼、一块肉、一块豆腐、三枚鸡蛋、五种水果，以及黄香、红烛、黄表纸等祭祀用品，在夜深人静时点上黄香红烛，把纸人儿替身烧了。再天上地下地胡诌一通，什么断了旧魂，迎来新魂，到了新家，鬼不来拍门，等等。以至于后来在这条道上的人贩子都说，经杨翠华跳过神做过法事的买卖，都不会被警察抓到。她还得了个"送子娘娘"的邪恶绰号。

不过，当杨翠华所在的拐卖团伙最终被警方一网打尽，法官问她是如何让拐来的孩子不哭不闹时，杨翠华的回答是：我自己的孩子就死在我怀里。死的哄不回来，活的就哄得走。

曹利群杨翠华夫妇分别被判了刑，杨翠华还比丈夫多蹲两年大牢。刑满释放后两人下决心洗心革面重新做人。出去闯荡过天下的人，就再不想回到自己的穷山村了。他们先是在城里倒腾一些小买卖，北

第 八 章

上四川贩运辣椒花椒等土特产品，南下广东进磁带录像带。他们不赶马了，坐火车，没有座位就把随身带的麻袋往人家座位下一铺，一头钻进去，到站了再蓬头垢面地爬出来。方便面、冷馒头、自来水、袋装咸菜、廉价火腿肠，是他们的"标配食物"。不倒卖货物的日子里，曹利群就帮人打临工，有啥做啥。杨翠华则更为辛劳，早上四点起来去批发《广播电视报》和《都市晚报》，上午卖完报纸，下午就去小商品批发市场进点衣物鞋子针头线脑之类，推着板车沿街销售，常常要到晚上十一点才会收摊。他们在城里租了间十来平方米的小屋，里面堆满了各类卖不出去的货物，稍微宽敞一点的地方就是那张不到两米长、仅有一米五宽的木板床了。

生活重新回到艰辛、清贫、劳累但安宁、平和的日子中，在诚实的劳作中积攒一点点的希望。出狱后第二年，他们有了自己的第二个孩子，那是一个健康的男婴，出生在城市的大医院里。艰辛的打工漂泊生涯终于盼来一线希望的曙光，杨翠华说，我们的儿子不会是山里的放羊娃，不会去打柴，不会爬坡上坎去挑水，不会走十几里路去上学。我们要让他像城里的孩子一样，穿着漂亮的校服、背着书包去上学。以后在城里找个媳妇，让他当一个城里人。为了实现这个美好的梦想，曹利群索性给孩子取名曹进城。是的，我们的孩子从一生下来，托他爹妈的福，就进城了。

曹进城小时候长得虎头虎脑，令人疼爱。杨翠华是拐卖过儿童的人，因此从不让儿子离开自己五步远。杨翠华推着板车上街卖杂货时，要么将他背在背上，要么就把他放在板车头。那些来买东西的人，见这母子俩夜晚还伫立在寒风中守摊子，小孩小脸冻得通红，鼻涕糊在嘴唇上，都会逗一逗他，摸摸头，拉拉手，有的好心人还送给他玩具、零嘴和一些家中孩子穿过的旧衣物。曹进城五岁多时，已经会帮母亲吆喝了。"手工布鞋塑料拖鞋小皮鞋,买二送一价廉物美","牛仔裤迷你裙棉T恤,四件套棉床单外搭鸳鸯枕"。世界上大概没有比这更令人心动的吆喝声了。有些本来不打算买什么的家庭主妇,心一软就买走一大堆。

杨翠华生孩子时落下腰疼的毛病,能坐着是最舒服的,如果能躺下,当然就进了天堂。但干活儿的人离天堂很远。曹进城小小年纪,不论是在家里还是在外面,只要看到妈妈手上闲下来了,就赶紧搬一张凳子塞到妈妈屁股下。晚上杨翠华回到家里时,腰常常胀痛得直不起来。她会趴在家里那张捡来的三人沙发上,让曹进城帮她踩背。那孩子把这当成一种游戏,在母亲的背上一边跳来跳去,一边唱着:

我不是奥特曼,但我不要不要平凡;我不是奥特曼,但我也要也要震撼。做懦夫还是英雄,哪怕只有几分钟,我拿起武器,从战壕中开始冲锋……

多年来,每当杨翠华腰痛得直不起来时,她时常会从鼻子发酸到眼眶湿润再到暗自垂泪,直至母狼一般的长号。不是由于痛得难受,而是对儿子痛彻心扉的思念和忏悔。那个料峭春寒的夜晚,曹进城的精神状态从白天就开始不好,总是昏昏欲睡的样子。晚饭时杨翠华买了两碗米线,曹进城吃了两口就不吃了。他说,妈,我想吃块萨其马。杨翠华的板车上就有批发的萨其马,这段时间学校刚开学,板车上的零食比其他货物走得快一些。杨翠华瞅了眼食品格子里的萨其马,已不多了,大约还有一斤左右。她想万一哪个顾客要来买一斤萨其马,不就不够了吗?因此她对儿子说,进城乖,进城听话,萨其马是留给客人的呀。把碗里的米线吃完哈。儿子没有吃完那半碗米线,也没有

第 八 章

吃到一块萨其马，他昏昏沉沉地歪倒在板车上，不多说话也不玩游戏，杨翠华只当他要睡了。到晚上九点了，大街上已行人稀少，寒风凛冽。杨翠华想再挨一个小时吧，等下晚自习的学生娃出来，还可卖出点东西。这时一个经常来照顾她生意的大妈来买瓜子，她对杨翠华说，你这孩子今天有点不对头呢，说着就伸手摸曹进城的额头。哎哟！大妈一声惊呼，孩子发着烧哩，你还不赶快回去给他吃药。杨翠华摸摸儿子的头，不是很烧嘛。她说。她还想守下晚自习的学生娃。

在后来越来越走下坡路的惨淡人生中，杨翠华时常捶胸顿足，骂自己是一头蠢猪！不懂儿子会无缘无故得那么要命的病。学生娃还没有走出校门，杨进城忽然开始呕吐抽搐，而且是喷射性的呕吐，吐出的秽物洒在板车上。杨翠华急忙打电话给曹利群，哭喊着说，快呀快呀快来呀，我们的儿子发毛病了。丈夫赶来时，已有几个人围观。有个稍懂点医的路人说，怕是脑膜炎哦。快送医院吧。曹利群抱着儿子就往医院跑，杨翠华那时已经吓得不知所措了。她把板车交给旁边一个卖热奶茶的大姐照看，自己捧了一包萨其马，也往医院狂奔。她一边跑一边大骂自己：儿子都病得这样了，为什么不给他吃一块萨其马？杨翠华你是个日脓包啊！你是个猪脑子！你比猪还蠢！你脑袋里一泡猪屎呀！

杨翠华赶到急诊室时，只看到儿子的头耷拉在丈夫的胳膊上，一绺柔软的头发耷拉下来。曹利群咧着大嘴干号，却听不见他的哭声。杨翠华眼前发黑，双脚一软，一屁股坐在地上。儿子想吃的萨其马撒了一地。

别人的生活看上去总是像顺水而下的小船，为何自己连普通人的日子都过不下去？一个乡下女人最易理解的就是因果报应，也最怕因果报应。杨翠华从参与第一起人口拐卖时，就一直在心里念叨造孽啊造孽，报应呀报应。报应什么时候来，她不知道，但她晓得"不是不报，时候未到"这句老话。

而曹利群却不这样想，他不甘心。我几个哥哥家都生的是女儿，老子就不相信，你那一身肉，就播不下种长不出庄稼来？曹家不能在我这一代断了后。那张窄窄的木床每天晚上成了他们搏杀的战场。杨翠华将自己缝制的粗布衬裤裤带系成死疙瘩，两人在床上翻滚扑腾，直至曹利群每次都力竭而衰、败下阵去。杨翠华即便被丈夫打得鼻青脸肿，也绝不解开自己的"贞洁裤"。她跪在曹利群面前呼天抢地地哭号：我们从前抱走别人的娃，就仿（像）抱走一只鸡仔。造孽大，报应就多。老天有眼，让我们生下娃儿来养不活！直到有一天曹利群听到一个让他五雷轰顶的消息：杨翠华做绝育手术了。

这是一个有罪之人的赎罪吗？杨翠华倒没有想那么多，她只是无法再次承受心头肉被一刀剜去的那种撕心裂肺的痛。她参与过六个孩子的拐卖，作为这条犯罪链条中的一个女马仔，被政府判刑改造后，杨翠华也不是没有看到自己的罪孽。把别人的孩子拐走，将一个幸福的家庭从此推向悲痛欲绝的深渊，过去她认为这是给孩子一条生路，现在老天让她也饱尝痛失爱子的滋味。既然你干过"送子娘娘"这样龌龊的营生，命中就不该有后。

但是穷追猛打的报应似乎没完没了。先是丈夫回村修公路，被石头砸断了腰。曹利群的报应先到，他再不能在她身上折腾，再也不会有传宗接代的梦想了。在南山村，杨翠华对一眼望不到头的穷困深感绝望，就像她面前层层叠叠的大山，时常压得她喘不过气。她索性远走高飞，一去不回头。

蹲过监狱的人，狱友群比同学群还活跃。很快，她的一个狱友就为她在浙江的一家建材城找到了一份工做。那里工资高，又远离悲苦

第 八 章

的家乡。穷困如果不能战胜,那就只有逃离。古往今来的穷人都只有这一法子。为什么说树挪死、人挪活呢? 所谓活路,就是让生活能继续下去的那条路。

杨翠华在那个建材城先是帮人守一家五金批发店。她人不算笨,很快就熟悉了各种型号的电线、开关、灯座、插头、线板等货物的用途、价格,以及水暖器材、电工木工泥瓦工所需工具的进货渠道、销售方向。在一个聪明的浙江人眼里,一个小小的五金店,可以做全世界的生意。

杨翠华就是在这样的环境下接受熏陶,五六年工夫下来,她从店员做到了店长,然后在朋友的帮助下,自己开了家店,除去个人花销,一年也可有四五万存款。生活开始展现出充满希望的那一面,杨翠华计划挣够十万,再衣锦还乡。这笔钱或许能治好男人的腰,或许能为自己"赎身"。

一个单身女人,独自在外打拼,人长得也不算差,情事自然是绕不过去的。哪怕你紧闭了感情的大门,带着各种目的的情爱和欲望(不是爱情,在杨翠华的一生中,它几乎从来没有过),也会从门缝里钻进来。一个叫青哥的男人,是介绍杨翠华来浙江打工的狱友的表叔,他有家室,但人豪爽热心,很快就将杨翠华收入"囊中"。青哥常给杨翠华介绍来一些业务,有的赚头大,有的不亏钱。杨翠华对青哥从没抱任何幻想,她把他当成自己人生荒原里的一个暂且遮风挡雨的屋檐,哪怕他只是一片瓦。其余的,就是一个挣的钱多还是钱少的问题了。

但世上许多事情,就败坏在一个钱字上。青哥有天过来跟她温存了一晚上,然后说有个工地需要一千吨水泥,就是你上次送去三百吨那家。现在人家要添货了,你先往那边发货。上一个月杨翠华送去的水泥，人家那边很快就结账了，她一周之内就赚了一万的差价。要水泥的那家工地是个新开发的楼盘，高楼林立。杨翠华想都没有多想，就开始组织货源，联系运输车辆。她押上了自己全部的积蓄，还跟民间放贷的借了一笔高利贷。一千吨水泥三天就按要求运往工地。

当杨翠华去结水泥款时，人家却告诉她，款项已经结给青哥了。你们不是一家人吗？可是从那天起，青哥的电话再也打不通了。

民间借贷的人传话来说，如果不还钱，就来封她的店。她几年的心血眼看着就要付诸东流。就在杨翠华走投无路的时候，有人给她打来电话，有请"送子娘娘"出山帮忙带个孩子，酬金二十万。

31

紫烟江在绿意葱茏的坝子里蜿蜒流淌，正如它的名字，像一缕飘荡在大地上的青烟。村寨掩映在一丛丛的竹林和香蕉林下，土地肥沃，田畴广袤。时而有身着艳丽服装的傣族女子的身影在田野阡陌中闪现，她们即便是下地劳动，仿佛也是经过精心打扮的，头发绾成利落简洁的发髻，配以五颜六色的发卡、彩带和发梭，上穿紧身对襟小衣，下身着霓裳羽衣般的筒裙，腰身毕露，风情万种。她们迈着碎步、扭着腰肢，挑着轻巧的竹箩，在田埂上款款而行。那感觉不像是在干劳动，而是在大地的舞台上表演。山退到了天边，只剩下一些朦胧舒缓的轮廓。海拔在这里陡然下降，季节垂直转换，把热带风光像拉一幅幅明信片一般优美地呈现。

沙帕飞地在紫烟江的西岸，有三点九平方公里。它的北面和南面，分别和Y国的木郎镇和L国的都弄县接壤，东面有一座跨越紫烟江的大桥与中国相连。上个世纪初，与我们紧邻的这两个国家还是法国

第 八 章

的殖民地。那时紫烟江两岸都属于中国的领土,法国人趁满清政府腐朽没落、摇摇欲坠,开始蚕食鲸吞紫烟江两岸肥沃的土地。中法两国在这南国边陲也打过两场战争,其中一次清政府还难得地获胜。但那个时代的荒谬在于,清政府既输不起,也赢不起。胜利的一方竟然要求"乞和",战败者却要求"赔偿",一系列的不平等条约签下来,法国人不胜而胜,清政府不败实败,紫烟江西岸的大片土地划给了法国殖民者,仅剩下沙帕一块地方,孤悬于紫烟江界河之外。在紫烟江上没有建大桥之前,沙帕镇的中国百姓要往来,要坐渡船越过界河,才能回到自己的家园。一百年前,这是一个背负着民族屈辱的小村庄,强敌环伺,寂寞衰败;一百年后,它成了国家的重要边境口岸,边境自由贸易经济区设立后,这里便流金淌银、万商云集。贸易、加工、仓储、物流、玉器等行业相当繁荣。二十一世纪初口岸刚刚开放时,色情和赌博业也一度很昌盛,后来经过当地政府大力整顿,做此行业的境内外商人,都把这些乌七八糟的场所搬到国境线那边去了。

在沙帕镇的街道上,挂着境外牌照的大小车辆来来往往,它们都涂得花花绿绿,车头车厢上镶嵌着大大小小的圆镜,像老电影中的大篷车,极具南亚东南亚风情。穿花格子纱笼裙的男人和着筒裙的女子站在车厢里,或者躺在货物堆得山一样高的货车上,风尘满面,呼啸而来,又呼啸而去。喇叭不是"嘀嘀"声,而是一鸣响就是一连串,"嘟嘟嘟嘟——",像打出一梭子弹。国内牌照的车除了大巴旅游车和货车外,私家车很少见,游客们大多乘旅游车过来做购物一日游。沙帕也有几家中外合资的四星级酒店,黄墙红瓦绿色百叶窗,白色花岗岩罗马廊柱,看上去也颇有些法式风格,欧陆情调。许多内地游客到了此地,面对塞满免税店的日本、韩国、欧洲的各式舶来品,以及琳琅满目的玉器超市,烟火缭绕、人头攒动的夜市,五光十色的歌舞厅,令人瞠目的人妖表演，不相信这是西南边陲之地，其豪华、奢靡、开放之风，还让人以为一步到了珠三角。

卓世民和兰高荣参加了一个"七天游三国"旅游团，坐旅游大巴到的沙帕。卓世民穿一身黑色打底小翻领丝绸花衬衫，白色休闲裤，酒红色意大利铁狮东尼软底休闲鞋，头戴黄色软边圆帽，鼻梁上架着范思哲品牌的墨镜，嘴唇上贴一线浓密的黑胡须，看上去气度非凡，像个阔绰的老板，与他在南山村判若两人。兰高荣开初还反对卓世民这样打扮，说我们去那种地方，还是不要太招摇的好。但到了沙帕，兰高荣不得不暗自佩服老搭档不愧是化装侦查的老手。如果像他这样一身普通退休老人的装束，无论是在珠光宝气的玉器商店还是流金淌银的中英街、中缅街、中印街，可能连搭理你的人都没有。兰高荣就像跟在卓世民身后的一个账房先生，而那老家伙腋下夹一个高仿爱马仕黑色手包（天知道他从哪里搞来的），器宇轩昂地进到那些价格不菲的玉器店，往贵宾区的软皮沙发上一坐，东南亚风格服饰打扮的小姐马上就过来泡茶。卓世民根本不理会一路跟随他的服务生，只说，都有些什么货呀？把你们的经理叫来。那气派仿佛就是一个独步玉器行当的老江湖。一会儿一溜水灵灵的小姐便用垫着金丝绒的托盘端来各式各样的玉器，手镯、玉佩、玉佛、玉观音、挂件，等等，价格动辄上百万。肤色深黄、凹眼高鼻的外籍经理侍候一旁，一方说简单的汉语，一方操蹩脚的英语，借助手上的计算器讨价还价。

"This one，200万。人民币。"

"No,what……种……is this？"

"150万，OK？"

"Which 坑？ from……"

"100万，OK？"

第 八 章

"No，no，it's too……too 他妈贵了。"

兰高荣在一边看得心里直乐。好嘛，你就扯嘛。把我们剁碎了卖也卖不到100万。卓世民似乎很享受眼下的这种角色，就像他在网球场上击出了一个好球，这老家伙会忘记自己的年龄，高兴得手舞足蹈。唉，退休多年的老同志，难得重温往昔风光，就让他过把瘾吧。兰高荣想。为什么人家在职的最怕请老领导回去呢？就怕你忘乎所以回到以前的角色，一讲话就不带刹车，一指导就乱点鸳鸯。像卓世民这种赋闲的老刑警，他一身的武艺都在发霉，似乎到了该在这南国的阳光下晒一晒的时候了。

他们在川流不息的夜市上溜达时，卓世民会悄悄告诉兰高荣，瞧那歌厅门口站着的小子没有，吸粉的，可能还是以售养吸的小马仔。那边榴梿摊前的两个家伙，正在物色小姐哩。旅游团安排有去看人妖表演的额外项目，每人一百元。兰高荣说什么乱七八糟的玩意儿，不去。卓世民看他一眼，干吗不去？开开眼界嘛。那人妖来自泰国，长得比选美大赛的冠军还妖冶漂亮，身段柔软、眼波妩媚，一颦一笑，勾魂摄魄。兰高荣看了直说，这分明是女人身子嘛，怎么会是男的呢？真他妈变态。卓世民说，你看看他的脚吧，至少穿四十码的鞋。兰高荣恨恨地看了自己的老搭档一眼，就你眼毒。真是煞风景。

在把沙帕几乎所有的热闹与繁华看过一遍后，晚上回到酒店，两人去桑拿房蒸桑拿。白天虽然天气溽热，但卓世民说要把汗出透，人才会清爽。干蒸房里就他们两人，卓世民对兰高荣说："黑道上的乌龟王八蛋差不多都来了。等着看好戏吧。"

在玉器店，卓世民被一个操本地口音的中年人请到楼上经理室"看货"。兰高荣感觉他是警方的线人。卓世民不提，他就不问。他只是不希望卓世民走得太远。因此他提醒道：

"把情况摸个大概就行啦,让普大卫他们来收拾这帮狗杂种吧。别忘了,再大的戏,你我都不是主角。现在那话怎么说来着?小鲜肉?对,对,现在是小鲜肉们的世界,我们是老腊肉了。嘿嘿,看看你的肚腩肉。"两个老伙计腰上都有一圈肉了,谁也不比谁好多少。

"有年头的老腊肉,香着哩。经嚼。"卓世民努力收了收腹,拍了拍自己的肚子。这几年他虽然都在坚持打球锻炼,但还是略有发胖。不过在同龄人中,他算是体形保持得好的。他说:"拿我们这种老家伙跟'小鲜肉'比,那是充嫩嘛。"

两人从桑拿房出来,身体发虚,脚步发飘。卓世民说去喝杯冰啤吧。酒店的草坪上有彩灯搭起来的宵夜区,身份暧昧的妙龄女子穿行其间,一帮年轻人在那里喝夜啤酒听歌。有一男一女两个外籍歌手弹着吉他卖唱,衣着很暴露,动作很夸张。红男绿女,莺歌浪语,随风飘来。兰高荣只往那边望了一眼,就摇头说,我们两个老家伙就别自讨没趣啦。要是小家伙们问:大爷,这么大年纪了,还不早点睡呀?你的脸往哪里搁?

"老家伙就没有夜生活啦?谁说只允许他们有?"话虽这样说,卓世民还是去吧台买了几听冰啤,一些零嘴,拎回房间。卓世民把啤酒和一包火烧牛肉、两袋花生米在案几上摆开,两个茶杯权当酒杯。他在忙乎这些事时,感觉到兰高荣在盯着自己的后脑勺看。卓世民一回头,明知故问:"你想干吗?"

兰高荣抿嘴一笑,右手变戏法般举起一把理发剪,"咔嚓咔嚓",算是回答。

"真是变态。"卓世民摸摸自己稍有些长的头发,嘀咕道。但还是老老实实地坐下,像个老顾客一样地享受老搭档几十年不变的"星级"服务。

第 八 章

多年来,只要卓世民不是长时间外出执行特殊任务,他的头发都是由兰高荣剪。并不是兰高荣理发技艺有多高超,而是这对老搭档从在警院受训开始,就一路沿袭下来的习惯。开初只是为了省几块理发钱去喝酒,不惜让自己的头发让兰高荣"坡改梯、梯改坡"地操练手艺,后来卓世民非"兰式手艺"不认。永远的板寸,不变的理发师。那天在褚志的别墅,兰高荣第一眼见到卓世民时说,看看他这个"老叫花子"头发长长没有,不是没有由头的。

一轮弯月挂在几株高大的椰子树上,有稀疏的星星在远方。南国的夜晚自有一种令人蚀骨销魂的气息,尤其是在沙帕这样地方,异域文化无遮无拦,自如呈现。卓世民说口岸刚开放时,这里才叫一个乱。兰高荣说,这就像在看穿越剧,昨天还在贫困的山区南山村,今天就穿越到灯红酒绿的地方来了。两地相距还不到两百公里,都在同一个地区,这差距怎么就那么大呢? 卓世民说,所以国家要打脱贫攻坚战嘛。再不这样干,差距只会越来越大。人家搞改革开放时,我们还在打仗。九十年代前后,我们这边不打仗了,我去东部地区出差,感觉我们西南边疆和人家差距也就十来年。你晚人家开放十年嘛,落后点还说得过去。到2000年前后,你再去发达地区看看,发觉我们至少落后了二十年! 这差距没有缩小,反而增大了。前些年我又去江苏上海跑了一圈,城市间的差距倒不大了,但我们的乡下,和人家乡村的富足和现代化相比,我想得有个三十来年的差距吧。都是一个国家的人,都在共产党的领导之下,社会的公平、公正,何以体现得出来? 一个大上海的小学生怎么能想象和他同龄的孩子,去上学还要走几十里山路?

兰高荣已经忙完手上的活儿了,他不像专业理发师那样,给顾客理完发后要用梳子仔细梳几遍,再用吹风机吹过,让发型有模有样。

他用手掌在卓世民的头上轻轻滑动，一一抚摸。手会告诉他自己的技艺达到的某种境界，手甚至还会让他感知到自己的老搭档正在想些什么。

"你确定'五嬢'犯罪团伙会在沙帕做这笔交易？"

"如果是你，你会怎么选择？"卓世民反问道。

兰高荣摘下卓世民胸前的白围裙（那是他专门带来的），抖掉上面的发楂，收拾好一套理发的行头，良久才说："如果这里没有接应的，也难。"

"下午玉器店那个经理，是武钢的线人，江湖上的绰号叫'老生饼'。他常去境外进玉石根雕红木啥的，在那边人脉很广，我们一直在用他。'老生饼'说境外马七的庄园里最近住了几个国内去的人。轻易不出庄园，很神秘。这个马七真名马洪琪，二十多年前在春城可是个人物，在建筑、餐饮、歌厅等行业充当黑保护伞，自己也有些产业，其主要的收入还是靠开地下赌场。被我们打击过几次。出来后旧习不改，前些年跑到L国的都弄县开了个大赌场。我跟陈厅长和武钢报告过了，陈厅长让我们继续当游客去那边摸摸情况。你明白了吧？明天我们去会会这小子。"

兰高荣不用问，就知晓卓世民跟这个马洪琪打过交道，他不无担忧地说："你就不怕被他认出来？"

"我当过他大哥嘛。"卓世民狡黠地说。

"哼，就你能耐。"兰高荣不知该说什么好。

"你的判断没错，五嬢一个女流之辈，想在这块地盘搞事，更需要'守护'。她不可能不找马洪琪。"

兰高荣撇一下嘴，"你就那么肯定？"

"就像从兜里掏一支烟。"他把烟叼在嘴上，点上，再补充说，"就

第 八 章

像我的头发只能由你来剪。"

　　一个人的直觉就是上天赐予的特殊才华，是生命中天赋异禀的特殊本领，是生活积累中得到的人生红利。人所拥有的才能，如果足够卓越，年岁又奈之何？才华就是绝活儿，就是那种在合适的环境下自然而然流露出来的东西；才华也是那种非人力可为，有神力相助的品质。你若想阻挡它，就像在春天里让树枝不发芽、花儿不开放一样难。有才华的人总会让平凡的生命充满传奇。

　　一个人的才华，就是他的宿命。

　　L国的都弄县离沙帕飞地也就三公里左右，位于一个半山腰平台上。这里森林茂密，气候凉爽。二十世纪初，法国殖民者在山上建了一些消夏别墅，挖山修路，引来水源，开辟喷泉花园，修建游泳池网球场，当地土著为洋人们提供各种服务，餐厅、酒吧、旅店、舞厅、洋行应运而生。慢慢地这里就成了一个度假胜地。不过到二十世纪中叶以后，这里衰败了。直到本世纪初，我们这边改革开放的风气也影响到他们，都弄县又开始恢复了活力。游客日渐增多，旅游设施也日趋完善。不过它的起步较晚，贫富悬殊大，治理也比较松散混乱。在国内不能做的事情，在这里则可大行其道，给那些亡命天涯的人提供了犯罪的天堂。

　　卓世民和兰高荣参加的那个旅游团在L国的行程中并没有去赌场参观的项目，在都弄县，旅行社安排有一天半的自由活动。卓世民对兰高荣说，走，今天带你去当一回老赌徒。兰高荣说，反正我身上只有一千块现金，输完走人。卓世民坏笑着说，万一你走不掉怎么办？兰高荣正色道，卓老倌，别玩过界！他感觉得到，一到这种地方，卓世民的每一根毛细血管都张开了，就像雷达开了机，或者像一个老戏骨进入了角色。

绿南亚博彩城在一条坑坑洼洼的公路边。据说这条公路还是"二战"时日本人修的，到现在都还保留当年那个样子，只是路面更破烂不堪。道路两边是高大的椰子树和低矮的香蕉林和竹林，当地百姓的房屋稀疏地散落在田野里，有两层的小洋楼，也有俗称"叉叉房"的土著民居。这种"叉叉房"两边用树木交叉支撑，覆盖上稻草或茅草，从顶一直铺到地，中间搭上横梁铺上竹片，人住上面，牲畜养在下面。远远望去，就像你驾车在穿越时光隧道，一路驶向某个原始部落。

但是，当你从尘土飞扬的公路上下车，进到绿南亚风情城里的博彩大厅时，你又会以为自己穿越到了拉斯维加斯。暑热、灰尘、脏乱以及穷困被一扇明亮巨大的玻璃门挡在了外面，清爽的冷气扑面而来，脚下簇新的墨绿色地毯跟五星级酒店大堂的一样厚，柔和的灯光照射着一张张赌台，赌台上的人民币十万一摞论堆计，每张赌台上至少也有二十多摞。而在这个足有篮球馆大小的大厅里，这样的赌台一眼望不到头。赌台前发牌的荷官个个靓丽可人，身着职业套装，打黑色领带，一步裙裹得线条毕露、楚楚动人；大厅里为赌客们送筹码、递烟送酒续茶的小姐们穿梭往来，打扮得妖娆无比，性感香艳；穿粉红色西装系蝴蝶结的男侍者和穿绿色西装打红色领带的保镖则巡行在大厅里，既彬彬有礼绅士十足，又眼观四路耳听八方。你要是一举起手中的手机想拍照，身边马上就会站拢两个彪形大汉，轻声提醒你：Please don't take pictures here, sir.（先生，请不要在这里拍照。）

赌场里不乏职业赌徒，更多的是来过一把瘾就走，看看稀奇的各国游客。一般游客换个几百元的筹码，去吃角子老虎机上玩运气。老虎机呼啦呼啦地旋转，筹码哗啦啦地吐出，输赢转瞬间。玩得大的就上百家乐，一百元一块筹码，你买十个上百家乐赌台的话，可能不到

第 八 章

几分钟发牌的小姐就会用一把薄薄的木铲，轻松地把你桌前的筹码划拉到她面前了。也有不用买筹码的，直接把钱拍在赌台上，玩十一点比大小。小姐坐庄，每人发三张牌，七点以上为大，以下为小。这种玩法看似最简单明了，但你看看每张赌台上码得小山一样高的现钞，你就知道，几乎都是赌客输得多。

而人家却先搜索到了他们。两个老搭档还在大厅里东张西望、像看热闹的一般游客时，一个浓妆艳抹的美艳少妇带着两个保镖来到他们面前，那女人用柔软的声调说：

"安先生大驾光临，有失远迎，失敬失敬。我家老板请您赏脸去贵宾室喝茶。"

兰高荣心里稍稍一怔，难道我们暴露身份了？他怎么又姓安了？而卓世民似乎早有准备，微微一笑道："你家马七哥客气了。"他扭头对兰高荣说，"段总，走，我带你去见一个老朋友。"

兰高荣想，好嘛，我现在是段总了。这么说，黑道上臭名昭著的马洪琪自己跳出来了？这个卓老倌啊！

一行人还没有走到贵宾室，一个粗壮矮胖的中年男人从里面迎了出来，双拳一抱，粗声粗气地说："安大哥，怎么来我地盘上也不打声招呼？看不起兄弟我？"

卓世民抱拳回礼说："你都看到我了，就是我给你打招呼了。"他指着兰高荣说，"这位是段总，做摩托车生意的。我的老兄弟。"

马洪琪朝兰高荣拱拱手，"安大哥的老兄弟，也是我的哥。安哥段哥，里面请。"

马洪琪将二人引进一个豪华房间，那里面有大班台、沙发、吧台、茶台、酒柜、古董柜，还有一面电视墙，博彩大厅各个赌台上的情况，一览无余。

三人在沙发上落座，马洪琪身后始终站有两个一身素黑、戴墨镜的保镖。有小姐来泡茶，马洪琪手一挡说："大哥来了，怎么能不喝两杯呢？"

他起身去酒柜那里，找出一瓶洋酒，不无炫耀地说："大哥，这瓶人头马路易十三，十几万一瓶哩。今天为两位哥哥开了！"

马上有人递来三个水晶杯，马洪琪令人将三杯酒满满倒上，豪爽地说："两位哥哥，自家人，不多话了，欢迎！我先干为敬！"

卓世民喝了一小口，兰高荣只抿了一下。马洪琪有些诧异地说："大哥不习惯洋酒吗？"

卓世民笑说："好你个土豪，人头马有你这样喝的？我看你顶多就是喝茅台的命。"

"茅台我有啊！来呀，开瓶二十年的茅台。"

"得啦得啦，我他妈到你码头上，走得口干舌燥的，水都没有喝一口就开喝。你要把你大哥的胃烧穿吗？"

马洪琪被说得一愣，随后咧嘴笑道："大哥当年可是好酒量好身手呀。大哥想喝茶，就先上茶，咱哥俩叙叙旧。大哥想下去玩了，我让他们给两位大哥准备好筹码，再找两个泰国小姐，按摩按摩。"

马洪琪看卓世民不置可否，眼里不经意间浮现出一丝怀疑。卓世民也捕捉到了马洪琪的眼神，忙说："老家伙啦，没兴趣。"

"大哥，你还在穿那身皮？"马洪琪问。

兰高荣心里又是一紧。这两人演哪一出？而卓世民依然神色自若，轻松弹掉手里的烟灰，"你那事儿之后，我还干得下去？"

多年以前，马洪琪在春城的黑恶势力越做越大，警方打击过几次，但都只是打掉马洪琪的外围团伙和一些小喽啰。马洪琪以商养黑，行事谨慎，警方难以取到确凿证据。根据掌握的情报，马洪琪团伙急于

第 八 章

在警界发展自己的势力,于是省厅便安排卓世民以一个受到处分、降职警察的身份,发配到马洪琪公司所在社区的派出所当副所长。卓世民通过一个线人引见,很快就和马洪琪从酒肉朋友,发展成马洪琪团伙在警界的"靠山",道上称为安哥。社会上的一些混混都以能跟安哥喝酒交朋友为炫耀的资本。江湖上传言安哥为人豪爽仗义,为朋友两肋插刀才被发配下来当副所长的。他的做派和处境、为人和能耐,让马洪琪认定卓世民就是社会上所鄙夷的那种"烂警察"。哪个犯罪团伙不希望交几个"烂警察"朋友呢? 在黑恶势力上,还有个警界的"保护伞",这让他们就更加有恃无恐了。

半年以后,马洪琪经营的一家叫"青春演歌台"的歌厅,因为生意太火爆,被一个也是在黑道上混的人物丁三盯上了,试图强行收购,马洪琪当然不会干。双方你来我往过了几招,丁三手下的人来"青春演歌台"砸了几次场子,马洪琪的喽啰也将丁三的一个相好"划了盘子"(破相)。两股黑势力不可避免地要黑吃黑。警方这边已做好了部署,让卓世民加大侦破力度。一个周末的晚上,卓世民忽然接到马洪琪手下马仔的电话说,马总在"皇后会所"被丁三的人"包饺子"了,双方看来要火拼。卓世民立即通知了刑侦局,自己带了两把枪"单刀赴会"。待他赶到"皇后会所"时,丁三坐在一张长桌前,一只脚跷在桌子上,一群满脸杀气的愣小子簇拥在他身边,长短刀、棒球棒、高尔夫球杆等打斗利器摆在桌子上,丁三的人端着三支五连发猎枪,冲着跪在地上的马洪琪。他的手下要么躺地上了,要么和他一样跪着。显然他们已经准备认栽了。

丁三想要染指"青春演歌台"时,卓世民曾受马洪琪之托,约丁三喝过几次酒。因此当卓世民要闯进来时,他们也不敢阻挡。丁三一伙也知道这位安哥的本事,他们既怵他的警察身份,也敬重他在道上的名声。丁三也称卓世民安哥，这些在社会上打打杀杀的浑不吝，对穿制服的人，还是先天就怕着三分的。

江湖上关于春城两大黑恶势力这次火拼的传闻有许多版本，卓世民最终如何制伏丁三一伙的，他连兰高荣都没有详说过。他只是在后来给上级的案情汇报中说：当我进入"皇后会所"时，马洪琪团伙和丁三团伙第一次打斗已结束，马、丁两团伙嫌疑人计有一人重伤（黄加民，男，24岁，马团伙成员，被五连发猎枪击中腹部，后因失血过多死亡）、六人受伤（马团伙四人，丁团伙两人）。马洪琪及其手下共五人被丁三团伙用三支五连发猎枪指着，跪于屋子中央。为避免更大伤亡，我迅疾掏枪对准丁三，命令他让手下放下枪。我警告他们：做生意要凭真本事，打打杀杀、耍刀弄枪不会有好结果；要闹事别在我的地盘上闹，要打枪没有谁比我更快更准，谁要敢再放一枪，我去车上拿支冲锋枪把你们一个个都突突了。先安排人，把伤者送医院。丁三被我震慑住，要求先签"青春演歌台"的转让合同，再谈其他事项。我为了拖住他们，将两支手枪拍在桌子上，让他们坐下来喝酒好好谈。二十分钟后，市防爆大队和刑侦支队赶到，包围了"皇后会所"，将马、丁涉黑团伙一网打尽。

那一天，卓世民也被赶来的警察缴了枪，戴上手铐与马洪琪、丁三一起押走。那之后马洪琪就再没有见过卓世民。他服完刑出来后，曾经也想找救他命的"安哥"报恩。可是江湖上哪里还有这个人的踪影呢？直到他在监控画面里看到自己的救命恩人，他的第一感受是：威风八面的安哥终于露面啦。当年，他在"皇后会所"一脚踹翻丁三身边的一个马仔，眨眼就两手使枪，一把枪顶在了丁三的脑袋上，一把枪对着屋里其他人。马洪琪经常跟人说起这一段，他说，我闯荡江湖这么多年，没有见过能比我的安哥身手更好、更仗义豪迈的人。

第 八 章

马洪琪相信安哥是无事不登三宝殿。他好像感觉到了安哥的落魄。卓世民说"皇后会所"事件后自己被踢出了警界,后来去广东那边做了几年生意,也没有赚到多少钱。前两年生了一场大病,换了个肾,花去近百万才保住一条老命。现在还差着朋友债哩。人老了,不中用了,连药费都付不起啦。

马洪琪当即就表态说:"安哥,我的命是您给的。现在兄弟在这边日子好过了,怎么能忍心看着哥哥受穷受苦呢?安哥,明天就从我这儿拿一百万走。"

卓世民摇头道:"这怎么行?无功受禄,不能受这情。洪琪,我的为人你知道的。"

当年马洪琪曾多次要给安哥钱,但他从来不要。总说咱们朋友一场,重的是情义不是金钱。有时马洪琪想,这个受到处理的警察可比一些吃公家饭的人好多了。他不贪财,不好色,但喜欢靓车,马洪琪曾"借给"安哥两部车玩。除此以外,他并没有从马洪琪这里拿什么好处。那时安哥经常对马洪琪说,我跟你交往,是看你讲义气、够朋友。男人闯荡世界嘛,就靠的是这个。

马洪琪说:"这样吧哥哥,你来我的博彩城挂个名得了,也不要你多做什么,安保方面帮我出个主意啥的,我开给你百万年薪。"

卓世民笑着说:"你大哥老啦,不比当年了。打打杀杀不是我这个年龄的人干的事啦。"

"怎么会要安哥冲在前面打打杀杀呢。我手下有的是兄弟,家伙也不少,嘿嘿,境外干啥都方便。安哥,被人用枪指着脑袋的事,一生最好就只一次。"马洪琪拿起茶几上的遥控器,输了一串密码,往酒柜方向一摁,酒柜"哗啦"一声往两边滑去,照射酒柜里各种名酒的射灯,现在映射着一面墙上挂满的各式枪械,从美式 M-16、AK-47、微冲，到左轮、勃朗宁、格洛克等长短武器。马洪琪不无得意地说，"你兄弟这些年可不是白混的。要干这样大一个赌场，没有点货色怎么混啊？"

就像对人头马路易十三没有多大兴趣一样，卓世民对这些枪支似乎也熟视无睹。他只往那个方向瞄了一眼，依然端坐在沙发上。马洪琪没有等来客人的赞赏，未免有些失望。卓世民探身去茶几上取了一支烟点上，然后才说：

"对了，你在道上朋友多，边境两边情况也熟，我跟你打听个人。"

"只要是中国人，没有我不晓得的。哪怕他是个亡命天涯的通缉犯。"

"五孃，你知道吧？"

马洪琪微微一怔，问："什么事？"显然他知道此人。

"给这娘儿们带个信儿。"

马洪琪笑了，"安哥，你以为五孃是女人呀？这小子的胡子比我还长。"

卓世民"噢"了一声，与兰高荣对了一下眼神。表面上显得有些吃惊，内心里却在想，难怪警方一直摸不到五孃的踪影，这小子够狡猾的。

"五孃来你这儿拜过码头了吧？他要做的事情想必你也知道。"

马洪琪撇了下嘴，"都什么年代了，还干这样下作的买卖，要挨雷劈的。要不是多年前这家伙帮过我一把，我才不想沾这龌龊事情呢。安哥，你是中间人？"

卓世民说："受人之托，顺便赚点好处费。兄弟要是想真心帮我，就在这事上助你老哥一臂之力吧。"

马洪琪盯着卓世民看了足足半分钟，才说："安哥，你不是在帮警察做这事吧？"

卓世民神色自若地道："我这人，你还不了解吗？有人愿意出钱赎回孩子，有人想要发一笔小财，大家两不相欠。这个世界上的财就是水，总得往低处流一点。"

马洪琪一拍桌子，"大哥你说得对。五孃搞的那个人，据说是青山州的首富。不放他的血，放谁的？有财大家发嘛。"马洪琪又将身子往卓世民这边靠了靠，同时盯了兰高荣一眼，终于还是说，"这位段哥想来也不是外人，我就说话不遮掩了。大哥在这笔买卖中能拿到多少？"

"不多，够我还债。"

"大哥差人多少钱呀，值得冒这样大的风险？"

卓世民淡定地说："我靠自己的本事挣钱，才心安理得。"

马洪琪举起了酒杯，"安哥，我敬你！"

32

兰高荣几十年警察生涯中，从来没有干过卧底之类的角色。就像许多警察从警一生，天天朝九晚五地上班，没有遇到过什么危险，甚至连枪也没有放过一次，该升职时升职，该退休就退休，与一个机关公务员无异。兰高荣这几天总是说，我怎么就这么点背呢，退休那么多年了，还他妈要干"深入虎穴"的事儿。他一抱怨，卓世民就会笑眯眯地说，谁叫你是我的老搭档呢？我又没有请你来。

这两天他们住在马洪琪的赌城里，倒真有点"虎穴狼窝"的味道，来来往往的赌客形迹可疑，身份暧昧。一些人挥金如土，一些人为钱疯狂。兰高荣私下里愤愤地说：这他妈真是个疯人院，再不走我都要疯了。卓世民宽慰他道：你就当这不是一个正常人的世界好了。好在这里各种娱乐设施都很齐全，他们游泳、蒸桑拿、打桌球、按摩，有时也去赌台上玩几把。兰高荣说这日子过得够腐朽的，可让人没有安全感啊。还是我们在金孔雀社区的日子，打打网球钓钓鱼，才是我们的生活。老卓，我们赶快抽身走人吧。卓世民总是说，快了，鱼儿就要咬钩了。

兰高荣爱说自己是个"天生胆小"的警察。他缺乏冒险精神，是一个循规蹈矩的好警察。恪守本分，严于律己，违背原则和有风险的事情从来不做。他和卓世民一生搭档，情同手足，办案风格却大相径庭。卓世民入警后第一次出任务，是跟一个老警察去深圳追一个在逃犯，老警察带着卓世民挨家查酒店，居然就在一家旅馆里将那逃犯堵在楼道上。逃犯拒捕逃跑，卓世民仗着年轻，几步抢上前去就将逃犯扑倒了，两人在楼梯口滚成一团，搏斗中卓世民的枪掉到地板上，卓世民去捡枪时，逃犯趁机想翻窗逃跑，卓世民甩手就是一枪，将那家伙从窗口打下来。逃犯腿部中枪，束手就擒。老警察当时就对卓世民这个新警察佩服不已。说你小子胆儿够大的，这种情况下也敢打枪。你那一枪就像打在我的腿上，现在都是软的。卓世民开枪时，楼道窗口边还站着一个给他们带路的女服务员，当时吓得直哭喊。

而兰高荣第一次出警，却让卓世民都为他感到脸红。那次他和卓世民随同刑警队去抓捕一个流氓团伙，他们不在同一个组，兰高荣和一个身子比较瘦弱的刑警搭档。围捕时这个团伙的几个愣小子提着刀子斧头啥的往外冲。兰高荣看到一个又高又壮的大块头拎把长砍刀冲他狂奔过来，他不敢掏枪打，又想我可扑不翻这家伙。他的搭档也在犹豫，好像在等他先上。这怕字当了头，两个警察就眼睁睁地让那小子跑了。紧接着又跑来一个小个子，手上没有凶器。兰高荣想，这小

第 八 章

子我对付得了。他和搭档一对眼神,便同时迎了上去将其扑倒。事后卓世民说他,危急关头,你该拔枪时就拔枪,撂倒他再说。兰高荣却有自己的一套说辞,枪掏出来吓唬不了别人,一枪打出去自己先吓着了。卓世民埋汰他道,有你这样带枪的人吗?过去那些江湖上的好汉,身上揣了枪,就拥有半壁江山。兰高荣正色道,他们是打家劫舍的强盗,我们是人民警察。一枪打倒了罪犯,立功受奖,万一误伤了群众,扒马褂蹲大牢。人家要跑就让他跑呗,他躲得了初一躲不过十五,始终都得落入法网。后来兰高荣为救卓世民的急,开枪误伤了群众,他就更不敢轻易摸枪了。没有谁会想到兰高荣这样的高级警官,射击是他的一个永远挥之不去的阴影。当他办退休手续、交回自己的佩枪时,他长长松了口气。他对卓世民说,总算不受这玩意儿折磨了。卓世民比兰高荣早一年退,当时还取笑他说,你退了休,枪就打得准了。兰高荣白了他一眼说,打死我也不会摸枪。

　　就像卓世民能理解兰高荣的谨慎性格,兰高荣也能包容卓世民的冒险精神。两个性格迥异的人却能一生厮守、相互支撑,这在本地警界堪称奇迹。卓世民经常教训自己的手下,你们别以为自己是带枪的刑警,在社会上就无所不能。要学学人家兰局长,知谨慎,守规矩,不恃强,不越雷池一步,违背条例规章的事情,坚决不做。兰高荣则大会小会上都要对身边的人说,要是论我们警界的标杆,你们就向卓局看齐吧。你们谁要是做到卓局的一半,我这个局长就好当了。尽管没有把握的事,兰高荣绝对不会做,但他欣赏卓世民那种无所畏惧、险中求胜的勇气和品质。

　　不过欣赏是一回事,做事不逾矩又是另一回事。如果老年的卓世民还想做一匹奔驰的野马,兰高荣就要做那个使套马杆的人,一步一步地把他拉回家。至少,也不要让他撒起欢来忘乎所以,连自己的身体状况也不顾惜。他对卓世民说,你那啥胰腺不占位了,你的血压啦心脏啦胃啦还都是毛病哩,还真把自己当千里马啊? 卓世民开玩笑道,你比喻不当啊伙计,我不是啥千里马,你也不是伯乐。我是老骥伏枥。懂了吧? 没有文化真可怕呀卡列宁同志。

卓世民现在的策略是,在关键问题上不跟兰高荣吵,用迂回战术缓解他的担心。其实这老伙计成天跟在他屁股后面,也不容易。人家还不是老老小小一大家人,昨天他老伴儿还打电话来催回家哩。男人出门在外,哪能没有牵挂?

终于等来消息,这天上午,林芳用那个秘密电话紧急致电卓世民,说对方要求中午在L国的都弄县交接。卓世民只是"噢"了一声,好像一切都在他的预料之中。林芳心急火燎地说,都弄县在境外,是L国的旅游地。这帮狗东西可真会找地方。我们该怎么办呀大哥? 你现在在哪里? 卓世民说我就在都弄县。林芳很惊讶,问,卓大哥,你怎么知道他们会在那里交接? 卓世民笑而不答,只说,你告诉他们,必须在沙帕飞地交接。记住,我们不能一味由他们摆布,也给他们一点压力。不一会儿林芳的电话又来了,说对方一点也不让步,否则就撕票。我说我的中间人中午前可能赶不到,最后他们说那下午六点前必须见到金砖。卓世民想了想说,我先接触他们一下,看看情况再说。林芳忧心忡忡地说,这很危险啊卓大哥! 那里可是境外,他们什么事情都干得出来。我可不想让您去冒这么大风险。你还是别去,我听天由命了。卓世民听到了电话里传来的啜泣声。他挂断了电话。

卓世民立即跟陈厅长和武钢视频通话,陈厅长说,马上联系国际刑警组织,但走程序至少要一天,你先想办法拖一拖。武钢说我们的警力出不去,那边的警方又让人不放心。我太知道他们的办案能力了,

第 八 章

天知道他们会捅出什么娄子来。自己的事情还是自己搞定才踏实。老卓你要把交换地点弄到沙帕来。卓世民回说，我争取吧。陈厅长最后给卓世民的指示是：如事不可为，就收队。千万不要勉强。武钢最后补充说，你提供的五孃的信息，让我们很快查清了他的真实身份了，资料马上给你传来。

五孃真名叫魏振武，也叫魏老虎。江湖上之所以叫他五孃，是因为这家伙从小到大一直在男扮女装。在他三岁时，他的父亲因与邻居争水浇地起了纷争，在打斗中落了下风，不但自己挨了一顿打，连媳妇也被打掉了两颗牙。魏老虎的老爹一气之下，在一个月黑风高夜一把火点燃了邻居的房子，将邻居一家五口活活烧死。魏老虎全家从此踏上千里逃亡的不归路。魏老虎上面的两个哥姐，一个死在逃亡路上，一个走丢了。为了掩人耳目，魏老虎的爹从小就将魏老虎男扮女装，头上扎两条小辫，穿女孩子衣服。宁夏、新疆、西藏、甘肃、青海，逃亡了大半个西部地区。流亡路上魏老虎与其父失散，被人拐卖到新疆喀什，跟一个包工头当养子，初中毕业后他便辍学回家，开始混社会。这家伙早早地就开始打流跑滩的生活，操练得心狠手辣，狡诈阴毒。他从前也做过人口贩卖生意，妇女、儿童，境内境外的，有钱赚的事儿都干。前些年他在青海发了一笔横财，回来后隐名埋姓，开始做正经生意，洗白了自己。他在春城开着一家很有规模的装饰公司。表面上看黑道上的事情他再也不染指，但暗地里却在干着他所说的"技术含量"更高的营生——诈骗。魏老虎在生意场上也有不少朋友，熟知地产行情，哪个拿到了某块土地，哪个中标了哪项工程，他的耳目都能探清其中有没有猫腻。然后他带人开着黑色奥迪，穿西装打领带，一身公务员的行头，把那些正要出门上班的贪官堵在家门口，说，我们是纪委的，跟我们走一趟。那些拿了脏钱的贪官听到"纪委"两个字，基本上就吓瘫了。哪个还敢报案啊？因此他在这个道上屡屡得手，动辄上百万计的诈骗金额。他插手侬阳阳一案，就因为他判断当事者也不敢报案。按他的话说是"都在阴沟里的人，大家一身（起）黑"。他总是像专叮有缝鸡蛋的苍蝇一样，哪个吃了黑钱，他就来黑吃黑。作案从来见好就收，从不贪大，用人极其谨慎，对手下花钱也大方。在他的装饰公司做正经装修业务的人，从不知道他们老板真正干的勾当。他养一帮贴心骨干，平常也在公司上班，拿工资，对外称"业务联络部"。这帮人都是几进宫的亡命徒。

卓世民叫来兰高荣，跟他大体介绍了情况，说："你今天就回去吧，让普大卫带他的人在沙帕飞地候着就是了。"

兰高荣说："想吃独食？你想都不要想。"

卓世民没料到兰高荣会这样爽快，呵呵一笑，"我怕你跑不动。"

兰高荣硬气地回说："只要还站着，就不躺下。大不了豁出一条老命。"

卓世民拍拍老搭档的肩膀，"小鬼，这个态度不错嘛。"

卓世民又去找马洪琪，说，帮你大哥一个忙，安排我们和五孃见个面。我的客户要办交割了。

马洪琪眼珠子转了一下，说："大哥，你都没有带货来，怎么交割啊？"

卓世民说："我有那么蠢？你告诉那小子，我不见到人质，他见不到货。"

马洪琪踌躇片刻才说："大哥，你知道我在道上混到今天这个名分，谁对我讲规矩，我就对谁讲道义；谁要胡来，我也就不客气。大哥来之前一个月，有个家伙在我的场子里出老千，我的人就把他的手剁了。大哥别说我心狠，五孃是个比我更手辣的家伙。大哥一身本事，

第 八 章

兄弟我也知道,不过在我的地盘上,大家都讲规矩的话,事情就好办,钱也好挣。其实五孃早就知道你们在我这儿,五孃跟我说了,要谈,就去他那里。我这场子也不想沾他的这种馊买卖。大哥你得理解兄弟。"

兰高荣这时说:"马老板,借你一寸宝地,喝个茶,谈桩买卖,有多大个事儿?"

马洪琪说:"这位大哥,你不懂,一行归一行,行行有规矩。我开赌城的,不做其他买卖。"

卓世民想,即便在这里谈,五孃也不可能把孩子带出来,再说他也想去五孃那里探探他的虚实。因此他说:"在你的地盘上,哪里谈都可以。"

马洪琪说:"大哥爽快。我们下午就去。不过,按规矩,我得把你们的眼睛蒙上。"

兰高荣有些警觉,"你这不是欺负人吗?"

马洪琪说:"放心好了。你们在我的保护之下,五孃不敢把你们怎么样。"

卓世民大度地一挥手,"你去安排吧,半小时后我们出发。"

马洪琪叫来两辆6.2升大排量的五十铃日产皮卡,轰轰隆隆的像开装甲车。卓世民和兰高荣蒙了眼后,被分头安排在两辆车上,每辆车车厢上还站了几个带长短枪的汉子,那阵势就像去火拼。马洪琪跟卓世民一个车,卓世民有点担心兰高荣,怕他稳不住阵脚。刚才上车时,有个家伙想扶他上车,卓世民听到兰高荣高叫一声,你想干什么?人一旦被蒙了双眼,失去对世界的感知,难免会心生恐惧。

皮卡车在盘山公路上颠簸而行,卓世民感觉他们在故弄玄虚兜圈子。对一个干过侦察兵的人来说,给他一天时间,什么情况都摸得八九不离十了。马洪琪似乎有点担心卓世民怪罪他，一路上殷勤备至。他主动告诉卓世民五孃的一些情况。说他有一次背了一包现金，独自来境外买枪，中了人家的圈套，三个强人要强吃他的钱，反倒被他夺过枪来，把那三个家伙一一打倒。道上的人都说这家伙吃相难看，是个不可深交的恶人。

马洪琪边说边观察卓世民，他没有在卓世民的脸上看到一丝波澜，好像这个人干的事与他毫无关系。他双唇紧抿，呼吸平稳。马洪琪小心地问："大哥？"

卓世民微微一点头，"嗯，刚才打了个盹儿。我睡觉就喜欢戴眼罩。"

马洪琪想，要说深藏不露，可能没有谁比这位当过警察的大哥藏得更深。今早有个小弟来报告说，中央控制室酒柜后面的手枪少了一把。马洪琪不用猜想就知道是他安大哥干的活儿。他只是惊讶：他怎么摸进去的？又怎么知道开酒柜的遥控密码？这个老警察到底有多大的能耐？他今天带这么多荷枪实弹的小弟来压阵，只是为了暗示卓世民：不用在他的地盘上动刀动枪，他可以摆平一切。

勐梭庄园里有一栋法式建筑，据说曾经住过一位法国总督，现在房子已经很破败了，白色花岗岩的罗马柱暗淡无光，大青石雕刻的非洲雄狮缺边少角，黄色墙面斑驳陆离，爬满墙面的绿色植物让整栋建筑阴气森森。

卓世民和兰高荣被带到一间有长条大桌的房间，欧式壁炉、红木地板、枝形吊灯、大吊扇、百叶窗虽然显得陈旧晦暗，但仿佛还在透着往昔的尊贵和傲慢。兰高荣一直在淌汗，胸前的衬衣都湿了，呈现出一团令人尴尬的汗渍。卓世民抱怨道，妈的，还在用二十世纪的古董。马洪琪忙告诉手下的人说，把吊扇开大一点。

第 八 章

一刻钟以后,魏老虎才在几个手下的簇拥下来到会客厅。他戴副墨镜,一脸络腮胡,面色阴沉。马洪琪坐在上首端,拿足了江湖老大主持公道、摆平事端的派头。分头做简单的介绍后,他说:

"两位的来路我就不多说了,都是在道上行走的人,规矩也都懂。安大哥是我景仰的英雄,魏老虎是我的好兄弟。英雄会英雄,好汉惜好汉。肚子里不藏刀,有话就照直说。两位,请吧。"

魏老虎先声夺人,"这位好汉,好面熟。"

卓世民也不示弱,脸上挂一丝无畏的微笑。他目光炯炯,似乎要盯穿对方的墨镜,"没错,我们打过交道。"

魏老虎冷笑一声,"干过警察的人也敢来这种地方。"

卓世民硬硬地说:"没有警察不能去的地方。"然后他话题一转,"我要看到人质。"

"你的货呢?"

"货没有问题。我要先看到那小孩。"

魏老虎把头扭向马洪琪,"老大,有这样的中间人吗? 他是来钓鱼的。"魏老虎忽然把枪掏出来,"啪"地拍在桌上,"我们把他做了吧!"他身后的两个马仔都把手摸向了腰间。

"就这胆量还玩枪?"卓世民双手抱在胸前,一动不动。

"放肆!"马洪琪一拍桌子,"枪收起来! 我的地盘上,哪个敢动枪? 买卖还做不做啦?"

卓世民判断,马洪琪也是这条犯罪利益链中的一环。他才不会仅仅为了江湖义气为卓世民站台。因此卓世民一点也不怕魏老虎撒野。

果然,魏老虎服软了,他有些尴尬地收起了枪,说:"老大,我听你的。但这个老警察,是他妈的好人还是坏人?"

马洪琪说:"你管他是好人还是坏人,他是我的恩人。你就得给老子放尊重点。"

卓世民冷冷地说："先带我们去看看那小孩，再说下一步。"

魏老虎的嘴抽动了一下。卓世民看清楚了，他浓密胡子下的右下唇角有一道刀痕，下唇肌肉便有些萎缩，嘴就显得歪了。卓世民在广东打拐那次和这家伙照面时，魏老虎用一块花围巾捂住了半边脸。警方多年来通缉五孃的画像，连性别都搞错了，更没有他的嘴有点歪这个特征。血债累累的魏振武，我就要逮到你啦。

魏老虎大约被卓世民盯得有些心里发虚，色厉内荏地说："不管怎样谈，我要先看到货。"

马洪琪又扭头看卓世民，卓世民淡淡一笑："我东家早给你备好货了，二十五块金砖，视频上你也看到过的。"

马洪琪问："那么，安哥，货在哪里？"

卓世民说："我见到人质，他看到货。"

魏老虎说："你是来打冒诈（忽悠）的吧？"

卓世民冷冷地说："我还怀疑你手上没有人质了呢。"

"怎么没有？"魏老虎急切地反问，旋即镇定下来，说，"只是我要先见到货。这是规矩。"

魏老虎的慌乱让卓世民看破，他心里一惊，难道他们撕票了？"马老板，这样讨价还价真没有意思。我受人之托，人、货两清，才能在沙帕交接。这也是我的规矩。"

"不能在沙帕交接。"魏老虎声音一大，就变得细细的，像女声。马洪琪也跟了一句："就在都弄镇办吧，安哥？"

卓世民对马洪琪说："你们在这里都有人有枪的，我们两个老人家，两手空空。你认为，公平吗？"

马洪琪有些底气不足，"有兄弟我在嘛。安哥，你不用担心。"

第 八 章

卓世民站起身，俯瞰魏老虎，"这位道上的兄弟，你的大名我也知道一些。我过去是干什么的，想来你也了解。是个好汉都不提当年勇，过去的事情都翻篇了。现在大家都在做这桩生意，有财大家发，有难共同担。别在我面前耍枪，我耍枪是什么样子，马老板晓得。我没那个本事，人家也不会把这棘手活儿交给我。今天你不愿我见到人，我给你一个台阶下，不去看人质了，我回沙帕那边候着。你什么时候带人来，我什么时候交货。"他又转头对马洪琪说，"沙帕镇那家棕榈树酒店是你的产业吧？一切都在你的掌控中，你怕什么？我在那里恭候。"

第 九 章

33

　　林芳这天下午参加市工商联举办的一个助力脱贫攻坚的座谈会，与会者都是本地有实力的个体商户，工商联还请了张副州长来讲话。林芳作为青山州工商联的兼职副主席，是当然的主角。会后安排了晚餐，摆了三桌，由朗沙集团请客。聚餐快要结束时，张副州长去隔壁一桌领来一个衣着简约，但看上去很知性的年轻女子，介绍给林芳。说，林董事长，给你介绍个博士，大学教授，一个大才女。正在我们这里搞人类学调查。做学问的人，对指导我们的工作帮助很大。那女子不卑不亢地举起手中的茶杯，说，林董事长，久仰。张副州长言重了，我只是个在读博士，在高校教书而已，下来向大家学习的。请林董事长多关照。林芳当时只是客气地举了举手中的酒杯，说，幸会幸会啊，有事就找我。目光只在卓婉玉脸上扫了一下，都没有超过一秒钟，那态度完全冲她是副州长介绍的客人，她连对方姓甚名谁都没有问。

　　晚餐结束，林芳已有些微醺，送走各路领导后，她在秘书和傅警卫的陪同下走向自己的车。没想到刚才那个高校老师叫住了她，说：

　　"林董事长，能借一步聊几句吗？"

第 九 章

林芳回头看了她一眼，莞尔一笑，"抱歉，我还有事要处理。改天吧。"

高校老师愣了一下，尴尬的表情僵在脸上。傅警卫已经侧身挡在她身前，拉开车门让林芳上车。高校老师语速很快地说：

"林董事长我有个扶贫项目想和你好好谈一谈。"

林芳已经坐进车里了，好在她还不失礼貌地摁下车窗，"回头再说吧。"

又是来套钱的。不就是一个在读博士嘛。她想。来找林芳要赞助的文化人很多，从省上到北京的人都有。别看他们有多大的来头，在林芳这样的企业家面前，许多人从不羞于谈钱字。

林董事长的路虎车已缓缓启动，在车窗正要升上去时，在读博士的一句话飘了进来：

"我是卓婉玉，卓世民的女儿。"

林芳就像吞了一块冰。"快停车！"她喊道，然后推开车门，几乎是跳了下来，脸上盛开的热情像春风吹拂过的花儿粲然怒放，"哎呀呀，卓博士卓教授，失敬失敬了。对不起啦，看我这什么眼神呀，来来来，快请上车。我们找个地方好好聊聊。"

人一势利眼，眼神何其无辜？卓婉玉坐进车里后，自嘲道："没想到我还要拼爹。"

林芳亲热地拉过卓婉玉的手，"妹子，不要见外了。我和你爸是老战友呀。"

还是接待过卓世民的那间会所，同样的雅间。林芳一落座就说："卓教授，你和你爸长得太像了，帅气、精神。"

"小时候我妈常说，婉玉要是长她爸那个样子，就嫁不出去了。"林芳脸上的尴尬，让卓婉玉有报了刚才"一箭之仇"的痛快，为缓和气氛,她又说,"叫我卓老师好了,我还只是个副教授。叫小卓也行。"

过去,卓世民在办案时,卓婉玉从不会过问,问了父亲也不会说。只有在结案后,如果媒体有报道,卓婉玉也有兴趣,才会大体问一问父亲办案经过,犯罪嫌疑人是怎么一个人,父亲办这案子都经历了些什么,等等。小时候当故事听,工作后权当对社会的某种认知和了解。唯有依阳阳被劫持一案,卓婉玉因为从一开始就介入,就像有一股神奇的推力,让她从怜悯到同情,从同情到社会责任担当。她有一次在电话里对卓世民说,爸爸,让我也来做一次你的搭档吧。卓世民说,好吧,编外刑警卓婉玉同志,你帮我稳住依建光小两口,他们那边有什么情况就随时报告给我。作为父亲最亲密的"搭档",她当然有资格分享办案的进程了。

茶过三泡,卓婉玉不再跟林芳打哑谜,她单刀直入地问:"你儿子的病,现在找到配型合适的造血干细胞了吗?"

林芳略微一惊,"你……也知道我儿子的病?"

卓婉玉用早已洞悉全局的口吻反问道:"不然无所不能的林董事长,怎么会遇到那样大的难题呢?"

"卓老师,你也是当母亲的吧?一个母亲可以为儿女做任何事情。你理解吗?"

"理解。"卓婉玉想了想又说,"但不理解你所做的事。"

"你没有遇到这样的难题,你当然不能理解。"林芳给卓婉玉续了一杯茶,放下茶壶后,捋了捋头发,"我给你讲个别人的故事吧,愿意听听吗?"

"愿闻其详。"

"我儿子住在州医院的血液科时,同病房有一个小患者,也是白

第 九 章

血病，才五岁，一个可爱的小姑娘。由于医治不及时，她的手和胳膊肿得比大人的还粗。为什么得不到及时治疗呢？她妈妈没有钱。这个可怜的离婚女人，我叫她小靳，人长得小巧清秀，靠做点小买卖为生。小靳也像我一样，为了孩子的病，北京、上海的大医院一趟又一趟地跑，把积蓄和家产几乎都跑光了。卓老师，你大概没有见过患白血病的孩子有多可怜、有多难。病情发作起来两只小手一边扎一个吊针，一个输血一个输液；两个鼻孔里一个下氧气、一个下胃管，下身还插着导尿管。一个成人都受不了这么多管子、针头的吧，何况一个孩子？孩子受罪，大人更难。小靳的难题是，她孩子每月换两次血，一次要用五袋两百毫升的血浆，但是小靳拿不出换血的钱。她只有靠卖自己的血，再去买医院的血。她卖一袋两百毫升的血给医院，只能得到七十二元，而医院卖给她孩子的血，则翻了一倍的价，每袋血浆要一百四十四元钱。做一道简单的算术题，小靳要抽自己十袋血卖，才能换回输给自家孩子的五袋血。是不？这就是母亲。这就是用血换来的母爱。我见到的小靳，就像一个快被'吸血鬼'吸干了的人，面无血色，骨架上撑了一张皮，人像一张薄薄的纸在病房飘来飘去。"

卓婉玉轻轻叹了一口气，抽出一张纸巾擦眼睛。"太不容易了。"

"这还不算最难的。我对小靳说，你女儿的输血费我包了。但我救得了人家一时急，救不了人一条命啊。骨髓库里找不到能配型的造血干细胞，那孩子最多能挺两三年。医生劝小靳说，你还年轻，最好再生一个孩子吧。脐带血配型成功的几率很高的。可是，找谁帮她生一个孩子？前夫吗？这无异于将小靳推向火坑。因为她的前夫是个人渣、浪荡子。喝酒、赌博、打架、乱搞女人。他们闹离婚时，这个家伙连老岳父都敢提刀去砍，还把岳父岳母的家也砸了。小靳对我说，他就是只吃人的老虎，为了救我女儿，我还是要去。小靳回到前夫身边时，刚好前夫的老爹中风瘫痪在床上，小靳一边在老人病床前尽孝，一边把自己当性奴，任那个早就让她恨之入骨的男人糟践，同时还要跑医院照顾女儿。半年多以后，小靳为老人送了终，又怀上了孩子后，才收拾几件简单的衣物，再次离开那个禽兽不如的男人。她回自己的父母家生下了老二，又用生老二的脐带血为老大成功配型出造血干细胞，救活了老大。你说说看，一个女人得有多粗壮的神经，才能克服这些难关？唉，我真是既羡慕又佩服小靳呀。一个当母亲的人，为了救孩子，什么事都能做，都敢做。"

"可是，总不能因为自己生不了孩子，就去抱走别人的孩子呀？"

"你……哼！"林芳有些恼怒，把手中的茶杯重重地往茶台上一蹾，"卓老师，你没有资格来对我做道德审判。"

卓婉玉并不为林芳的威势所压倒，不急不缓地说："林董事长，我也讲个别人的故事，你愿意听听吗？"

"讲吧。"

"多年前，有一对壮族寨子里的年轻人，他们的村庄在大山深处的坝子里。小伙子的父亲死得早，十来岁他就下田驾犁了。长到十七八岁时，小伙子已经是远近闻名的种田能手——如今，你很难找到像这个小伙子那样会种田的年轻人。姑娘的家离小伙子的寨子不远。他们在一次三月街上情定终身。林董事长应该赶过这样的'花街'吧？阳春三月，风和日丽，漫山遍野的情歌像阳光一样温暖灿烂。有备而来的小伙子身藏一枚煮熟的红鸡蛋，就像怀揣对爱情的向往，在人海歌潮中寻觅那个让他心动的身影。那个时候，他相信红鸡蛋能够给他带来爱情。在歌圩的茫茫人海中，一个姑娘手里同样也有一枚红鸡蛋，她张开手心，像敞开自己的芳心一样，让小伙子用自己的红鸡蛋碰破了她的红鸡蛋。她喂给他蛋黄，他喂给她蛋白。蛋黄代表忠

第 九 章

诚,蛋白代表贞洁,一生的情缘就这样定了。"

"美好的爱情故事。"

"我学的专业是文化人类学,我关注壮民族社会的人文历史、神话传说、宗教巫术、原生态艺术、社会习俗、婚姻家庭等。这样一对壮族青年,是我很好的一个研究样本。他们成长于改革开放的年代,既背负着本民族的文化负荷,又接纳了新时代的现代文明。乡村与城市,神话和现实,传统与现代,在他们身上融为一体。一个驾牛犁田的种田能手,渴望的是摩托车和小汽车;在三月街唱山歌情歌的青年,向往大都市的繁华与喧嚣。而乡间祭司们的祭祀台前,除了老人就是少不更事的毛头小孩;乡村里冷冷清清、暮气沉沉,很难听到年轻人串寨子撩姑娘的野性情歌了。市场经济的洪流滚滚而来,贫富差别从来没有像今天这样,犹如LV包里装着泡萝卜,满身名牌华服里面穿了打补丁的内衣。"

"哈哈,我的爱马仕包里就装过泡萝卜。喜欢那一口。"

"这并不好笑,这就是我们的现实。"卓婉玉饮了口茶,"许多家庭多年来还在拿泡萝卜当主菜。比如刚才提到的那对青年,他们的初恋像电影里那样美好浪漫,但这个小伙子当初甚至连提亲的彩礼钱都凑不齐。于是他们相约出来打工挣钱,用自己的力气换来明天的幸福。他们来到一家矿山,未婚先孕。矿山上不允许他们生下这孩子,除非他们离职。当然,按照当地壮族人的习俗,他们这种情况是没有脸回到自己的寨子的。这时,有个中间人出面,说服他们把这个孩子生下来,抱给一个愿意养的人家,还答应给他们一大笔钱。这对被命运捉弄,或者说,被权势、金钱套牢了的年轻人,就这样走出了人生第一步错棋,然后,就步步错了……还需要我讲下去吗?"

林芳双手抱在胸前,冷冷地说:"不用了。你想说明什么呢?"

"我想说的是：人不应拉低自己的道德底线。不管是出于何种原因。"

林芳争辩道："你错了，我们有自己的底线。没有底线的是那帮趁火打劫的歹人。一开初，我们并不想伤害到任何人，包括佴建光夫妇。如果不出那场意外，我们会给他们丰厚的补偿的。"

"林董事长，你们身家过亿，佴建光夫妇不过是进城打工的农民工。你认为你有足够的资金来购买你的养子……"

"是我儿子！"林芳不客气地打断她。

"哦，对不起。你们相信有强大的财力来购买你们的儿子所需要的造血干细胞，就像买一件奢侈品一样随心所欲。不管采用哪种方式，不管是否践踏了法律和道德底线，你们都认为用钱可以摆平一切。可是你想过没有，一个家庭的完整天伦、亲情和爱，一个孩子纯洁无瑕的童年，是金钱可以补偿的吗？佴建光夫妇受此打击后，心灵受到的创痛，该用什么来抚慰？佴阳阳眼中飘过的一丝恐惧的云翳，弱小心灵里堆积下来的阴影，又该花多少钱来医治？如果你觉得用金钱可以占有一切，为富不仁，这跟那些用暴力来劫持了佴阳阳的歹徒们又有何区别？五十步和一百步的差异而已。"

林芳不辩了，低头给自己续杯，喝茶。一小杯茶也分几口才慢慢咽下，仿佛将卓婉玉凌厉的诘问也艰难地咽下去了。

"跟你对话，比和你父亲聊天艰难多了。"林芳俯身来给卓婉玉续茶，语气缓和地说，"你父亲跟我谈法律，你跟我说道德良知。"

"我们各司其职吧。我相信林董事长还是个良知未泯的人。刚才你说到的那个小靳，你佩服她作为母亲的坚韧，你愿意为她慷慨解囊。可是，面对佴建光，你的良知又到哪里去了呢？他们不是和小靳一样，是社会底层的弱势群体吗？"

第 九 章

林芳底气不足地说:"在救我儿子的命这个问题上,我高尚不起来。"

"私利面前,人的操守,只要做到正常,就是高尚了。我认为一个人的道德良知,应该是妥妥地放在一个不高也不低、不轻也不重的位置上。扪心自问时,不脸红心跳就成。做到这一点,并不难。对吧?"

"同意。"林芳捡起茶台上的一颗橄榄果,塞进嘴里,"我们反常了一次,就吃到苦果了,正不知该如何'消化'。你以为我没有负罪感吗?依阳阳被劫持后,我就没有睡过一次好觉!"

"我相信依阳阳肯定是会被解救回家的,有我父亲出马,这个问题我一点都不操心。我担心的是:依阳阳回家后,你和依建光一家怎么和解?"

"是呀!"林芳禁不住一拍茶台,她倒真没有好好想这个问题。依阳阳一回家,依建光知道了案子的前因后果,儿子林褚承还能从她那里得到造血干细胞吗?更糟糕的是,林褚承的真实身份大白于天下,他还能做她的儿子吗?她瞪大眼睛问卓婉玉:

"你刚才说什么?和解?"

"你家和依建光家不和解,你怎么救儿子的命?你又怎么才能完成自我的救赎?"

这个卓老师不简单。"是呀,救赎……那么,请问,我该怎么做?"她今晚第一次用请求卓世民的口吻,向卓婉玉求教。

"勇敢地面对真相,求得谅解。"卓婉玉一字一句地说。

第二天,林芳征得警方的同意,随卓婉玉一起去汤谷寨。武钢考虑到在青山市人多眼杂,犯罪团伙的眼线多,放林芳去村寨,也许地广人稀的地方，好"钓鱼"。他对在沙帕飞地的交换计划也持怀疑态度，那里风险太大了，最好还是在警方能够完全掌控的环境下。不排除对方也在声东击西，武钢不能不多几手准备。当然林芳并不知道警方的部署，她只是按卓婉玉的要求，轻装出门，没带秘书，也没带警卫。她做好了负荆请罪的心理准备。

卓婉玉还把叶晓阳也一同拉去，还告诉他说朗沙集团的董事长林芳要随我们一起去。叶晓阳当然知道林芳在青山州的实力，他只是有些奇怪地问卓婉玉，老同学，你来青山州没几天，怎么到处都有朋友？

这天下午，侬建光夫妇正在稻田里打农药。侬建光戴顶草帽，裤脚高挽，农药箱背在背上，韦小香在田埂边兑药水。天上的太阳很炽热，齐膝高的稻秧之上热浪滚滚。韦小香看见一个穿着牛仔裤、白色短袖T恤、背一个精巧的双肩包的城里女人，东张西望、期期艾艾地向他们走来，像是迷失了方向。

"大妹子，在打药呢！"那城里女人主动招呼道。

韦小香惊异于这个城里女人的漂亮，她并不妖艳，也无浓妆，但却美丽得看不出她的实际年龄。她的脸上挂着谦和、迷人的微笑，韦小香一下对她有说不出原因的好感。她说："大姐，要去寨子里吗？先过来喝碗凉茶。"

田埂边有一个硕大的锑壶，提把上还系了根绳索，显然是从家里煮好了茶挑来的。韦小香又从一个背篓里拿出一个碗来，从锑壶里冲出琥珀色的茶水，说：

"大姐，山里采的凉茶，清热解毒。"

林芳本来想说，我包里有茶杯。但她还是接过了茶碗，两个女人四目相对，林芳的目光慌乱地逃了。她先喝了一小口，凉茶果然苦凉、甘甜。"好茶。谢谢。"林芳说。

第 九 章

侬建光在稻田里停止了劳作，转过身来看着她们。林芳明知故问，这是你家男人吗？ 韦小香回说，是的。林芳又问，是你家的田？ 韦小香说，不是。是我舅舅家的，我们来帮忙，我们的田早租出去了。我们是在城里打工的。大姐，你是来旅游的还是来串亲戚？

林芳看着韦小香朴素的笑脸，心想卓婉玉说得不错，他们是很招人喜爱的一对小夫妻。上午林芳还心有余悸地问卓婉玉：他们不会打我的耳光吧？ 卓婉玉说，我不敢保证。你要求得人家的谅解，自己得先拿出姿态来。

林芳这时想，如果真挨他们的耳光，我也活该。

韦小香看到林芳在发愣，又问："大姐你是下乡的干部？ 上午村长通知说有县上的干部要来寨子里。"

林芳轻声笑了笑，尽量显示出善意和亲昵，"妹子，我不是下乡的干部。我同卓婉玉卓老师一起来的。她正在你外婆家哩，我和她是很好的朋友。"

韦小香有些吃惊，她冲田里的侬建光喊："建光，婉玉姐来家里了。这位大姐跟婉玉姐一起来的。"

侬建光"哦哟"了一声，说婉玉姐怎么不打电话来说一声呢？ 走走走，回家招呼客人去。

林芳忙说："你们把活儿干完，不好耽误你们的。"

但这小两口说，田里这么热，哪里能让客人遭这个罪？ 侬建光上田埂来，几下洗净腿上的泥，麻利地收拾好打药的农具。他们边走边聊，韦小香还不断回过头来说：

"大姐，田埂上泥多，都把你的鞋子弄脏了。真是对不起你家了。"

他们回到韦小香外婆白桃花家时，卓婉玉和她的同学叶晓阳正在院坝里翻阅一册发黄破旧、用壮文书写的《祭祀太阳古歌》，乡里和村上的干部都围坐在一边。白桃花和卓婉玉的解说,让叶晓阳啧啧连声。看到林芳进来,叶晓阳忙起身,让她坐到自己身边,说,林董,你来看看这个,是个宝贝呢。

侬建光上次跟卓婉玉进城时见过叶晓阳,知道他是副县长。他悄悄问身边的人,这女人是干什么的?回答说,县长带来的大老板。

人们还在谈论寨子里祭祀太阳的事。汤谷寨的村民小组长说,这两年已经有一些城里人来看热闹了。尤其是那些搞摄影的,用胳膊长的镜头对着汤谷河里洗澡的女人们照。害羞啰。招都招呼不住。听说还有一张照片得了什么奖。乡长也说,要是能拉来点投资,把寨子里的道路加宽、铺成水泥路面,再把寨子里的房子整治一下,开客栈饭馆,咱们的汤谷寨就热闹起来了。

叶晓阳问乡长:"你们测算过没有,大约要投多少钱?"

年轻的乡长挠挠头,"少说也要一百万吧。"

叶晓阳又问:"你们想过招商引资没有?"

乡长答:"找过几拨老板来看过了,他们说寨子里风光倒是不错,但是没有能吸引人眼球的东西。"

卓婉玉接话说:"那是他们没有文化眼光,看不到一个壮族寨子的民族特色。"

叶晓阳说:"这么好的非物质文化遗产,不发掘整理出来,为乡村振兴服务,真是可惜了。要是能把汤谷寨的女子祭祀太阳的民俗活动重新打造,政府出面组织,民众自发参与,作为一个民俗文化节日推广,走文化和旅游相结合的路子。有了文化品牌,就会有名气,有了名气,便会有人气。人气聚在一起,乡村就有活力了。"

乡长一拍大腿,说:"对呀!还是叶县长看得远。平常她们祭祀太阳时,四乡八邻都会来一两千人,搞成文化节日,那还不得来一两

第九章

万人？"

卓婉玉说："看看，这就是民族文化的魅力！"

叶晓阳说："你们有信心，县里就支持你们干！"

林芳这时说："叶副县长，把这里当旅游小镇打造的话，至少要五百万吧。我的意思是说，投入最好一次到位。"

叶晓阳说："当然，搞乡村振兴建设，投资多多益善。但主要看政策、看时机、看人。所谓天时地利人和嘛。林董有什么好建议？"

林芳看看卓婉玉，又在人群中找到侬建光，她看到了他眼光里的期待。好吧，救赎的时刻到了。林芳清了清嗓子说：

"我刚才在这个寨子里走了一圈，真是个山清水秀的好地方。卓婉玉老师之前给我讲了许多关于这个寨子里的事情。我没有多少文化，但我相信文化就是一个企业、一个地方的魂。我是做企业的，企业讲形象，产品树品牌。刚才叶县长提到要打造寨子里的壮族文化，通过旅游来振兴乡村。我想这就是要把一个寨子作为产品整体包装出去。我去过很多旅游景点。有些地方无论是文化特色还是自然风光都不能跟我们这个寨子相比，但是人家干得红红火火。没有特点，你做得与人不一样，就是特点；没有资源，你开动思路，也可创新出某种'资源'。这就说明人家的观念比我们先进。我们常说，不是输在实力上，就是输在观念上。而我们边地人，往往输在观念上。刚才我在田里遇到一对年轻人，喏，就是他们。"林芳指着侬建光夫妇，对叶晓阳说，"他们进城打工十多年了，聪明能干，视野开阔，还在城里开了店、站稳了脚跟，已经不是单纯的种田人了。"

叶晓阳往侬建光夫妇那边看了看，说："我认识他们的。我们要搞乡村振兴，需要这样的年轻人回乡创业。"

卓婉玉插了一句："林董事长如果来汤谷寨投资的话，会聘请侬建光来帮你做事吗？"

林芳会心一笑，说："只要他愿意。"

叶晓阳冲侬建光问："小伙子，你愿意回来吗？"

侬建光显得有点突然，搓着手不知该如何回答好。他身边的韦小香捅了捅他的腰："你站起来说嘛。"侬建光站了起来，稍稍平复了自己的情绪，说：

"我没有刚才这位大老板说的那样高的本事，我在春城开的那家小店，做到今天也不容易。社会复杂，我可不想再被人骗来骗去的了。"

林芳一下愣住了，期待的笑容僵在脸上。卓婉玉也一时不知该如何说好。侬建光这是乱军阵中无意放出的一枪，还是有的放矢？叶晓阳不明就里，仍然笑呵呵地说，年轻人，没有你想的那么复杂。有政府主导，企业参与，政策又那么好，你就相信我们好啦。

叶晓阳开完调研会就回县城去了。侬建光夫妇留卓婉玉和林芳在家里吃晚饭，林芳说初来乍到的，就在人家家里吃饭，怪不好意思的。我们去镇上吃吧，我请客。但卓婉玉说，林董，壮族人好客着哩。我还想喝韦小香家的新米酒，相信林董也会喜欢。

这注定是个请罪之夜了。林芳想。晚饭时，卓婉玉的话像天上的星星一样繁多，乡下城里，文化风物，人生命运，甚至她在大学时期的生活，忽而兴致勃勃、滔滔不绝，忽而自说自话、欲说还休。在敬客人酒时，侬建光从开始称林芳林董，到后来林芳要求说，叫林姐吧，我们现在是朋友了。侬建光羞涩地一笑，林姐……哦，我还没有过姐呢。林芳说，你现在有了。

她当时想：要是在得知林褚承得病之后，就有这样的一个夜晚，何至于有今天？

第 九 章

但有些过往，还是绕不过去的障碍。当侬建光夫妇得知林芳就是朗沙集团的董事长时，韦小香顺口问了一句，我们还在朗沙锑矿打过工的，不晓得是不是跟林董的公司是一家？林芳回答说，是的。侬建光顿时面有愠色，韦小香像说错了话的小姑娘，眼泪包在了眼眶里。饭桌上气氛顿时尴尬起来，连卓婉玉也找不到话可说。看得出来，尽管十多年过去了，但在朗沙锑矿的那段经历，仍然是这对小夫妻永远的痛。

晚饭后已是繁星满天，蛙鸣如诉。远山的轮廓像一头卧伏的老牛，无言注视着宁静的村寨。卓婉玉在饭桌上新米酒喝得猛，现在显得有些不胜酒力，她说我先回房间躺一会儿。韦小香家前年起的两层新楼房，楼上有四间客房。韦小香把平常他们回家来住的房间让给林芳住。她在铺床时，忽然看到了枕头边的一双红色的小皮鞋，是上次回家给侬阳阳买的。曾外祖母大概舍不得给阳阳穿，那鞋还簇新，连鞋底都是干干净净的。那两个骗子来寨子里给侬阳阳拍片时，阳阳在电话里曾跟她爸说要穿这双新鞋子。侬建光也答应了，还说我们阳阳那么小，就晓得要在电视上臭美了。新皮鞋犹在，女儿却不知在何方。韦小香把皮鞋捧在怀里，一时就把持不住自己，泪流满面了。

林芳默默地站在韦小香身后，也在无声地流泪。林褚承第一次住院以后，家里便空虚寂静得可怕。她不敢轻易去儿子的房间，不能听别人说起孩子的话题。有一天保姆要把林褚承平常喜欢放在走廊上的一辆山地自行车挪开，恰巧被林芳撞见了。她大喝一声：你要干什么？保姆一时被吓蒙了，嘟哝道：你不是说，以后不让承承骑车了吗，怕他摔倒。林芳当时就失控了，哭喊着说，你给我放回去！谁说承承不能骑车了？

天下当母亲的，都情同此心吧？

但愿他们能理解，我也是个母亲。

这个夜晚就像一条深邃漫长的隧道，故事的讲述者和倾听者都跋涉在由泪水和悔痛交织的泥泞里，迷失在岁月和命运相互纠缠的迷宫中。从两个母亲将心比心、促膝长谈，到年轻的父亲抱头无言、愤懑呜咽。真相虽然让人感到残酷，却减轻了掩盖真相的负罪感。

酒醒之后的卓婉玉从楼上窗户里望出去，看到三个人坐在凉爽的院坝里，圆竹桌上有一壶茶，茶水已冷，却无人续添。他们的身上映射着星星微弱的光芒，像黑夜中的探路者。

卓婉玉来到他们身边时，侬家两个孩子曲折的命运故事已经讲完了。林芳的勇气让卓婉玉惊讶，原来的计划是待天明后，她们带侬建光夫妇去州医院看望病床上的林褚承，然后将真相全盘告诉侬建光夫妇。

卓婉玉感到宽慰的是：侬建光没有跳起来去抓砍柴刀，韦小香也没有扑上去打林芳的耳光。他们像从一个惊天的骗局中醒来，不仅气愤自己被骗，更惊讶于自身也是这悲剧中的一环。如果说解铃还须系铃人，当初他们也是参与系上那"命运之铃"的一环。因为贪婪，因为怯弱，因为年轻，因为贫困……侬建光只会拼命抓自己的头发，不会吧？不会这样复杂吧？他不断说。韦小香泪水涟涟，林姐，怎么可以这样？林老板，你们有钱，也不能这样做人吧？我女儿那么小……

卓婉玉能做的事就是两边宽慰，阳阳能找回来的，林褚承的病会治好的，一切都会好起来的。

晨鸟唤醒了黎明，曙光点燃了山峦。太阳在黑暗中走了一遭，在你洗把脸的工夫，它又以全新的面孔跃上天空。四人驱车前往州医院，

第九章

一路无话。当侬建光夫妇隔着无菌病房的玻璃，看到了那个浑身插满管子、戴着氧气罩、躺在病床上的孩子时，他们以为这是一场噩梦。一手养大的女儿还没有找到，十几年前被人抱走的儿子却和他们有如阴阳两隔。这孩子有一个硕大的头，剃得光光的，苍白的脸毫无血色，插着输液管的胳膊，如一根木棍一样瘦硬，几乎分不清哪是皮、哪是骨头。尽管盖着白色被单，但被单下面就像没有一个人的躯体一样。

"一阵风都能把他吹走。可他不是一张薄薄的纸……"

林芳站在侬建光、韦小香身后，话语一出，眼睛已经红了。韦小香身子晃了晃，眼看着就要出溜到地上，和林芳并排站在一起的卓婉玉一把搂住了她。但卓婉玉竟然抱不住她，林芳赶紧搭了一把手，两人合力将韦小香撑住。卓婉玉喊："小香、小香……"

侬建光仍在发呆，目光似乎被病房里的那个孩子黏住了。直到两个护士赶过来，把已经昏厥的韦小香用一辆手术车推走，他才仿佛从一场噩梦中醒来，瘫坐在走廊上的一张椅子上，仿佛他当年失去的不是儿子，而是魂。

"你们怎么把我的儿子养成这个样子？"他喃喃说。

林芳坐到他身边，眼圈红红地说："小侬兄弟，对不起，请你原谅我吧。他是你的骨血，也是我的孩子。我们共同的儿子。你不知道我有多爱他。要是我的血能救我儿子，我愿意抽干我全身的血。可是不行啊小侬兄弟！我们当初把承承抱来时，就发誓要给他全世界最幸福的生活，我们也要做他最完美的父母。你知道承承母乳喂养到多大吗？八岁。奶妈都换了九个！但是啊，这世界上有些东西，不是用钱就可以掌控的。我们太自私了，不想让他知道自己的身世。可是命运不答应，它始终是公平的呀。它惩罚了我们的自私，用一场夺命的病，让承承去找回自己的血脉……"

34

"华嬢嬢,你看到蒲公英的宝宝了吗?"

"阳阳,蒲公英怎么会有宝宝呢?"

"蒲公英的球球房子里,住了好多的宝宝。房子被你搞破了,蒲公英宝宝就没有家了。"

"是风吹走的。"

"华嬢嬢,蒲公英能飞多远?"

"很远很远吧。"

"蒲公英能飞回家吗?"

"蒲公英,没有家。"

"你骗人。蒲公英有家。"

"好吧好吧,就算蒲公英有家。"

"华嬢嬢,我要蒲公英宝宝回家。我要你把吹走的蒲公英宝宝找回来。"

"阳阳,别闹啦,听话。"

"你不把蒲公英宝宝找回来,我就不吃饭。我不吃饭,那个叔叔就会来打你。"

"你不听话,我就先打你。手心伸出来!"

"……"

"不准哭!哭了就不准看《喜羊羊与明日女王》。"

"我不敢了,华嬢嬢。"

"阳阳乖。"

"华嬢嬢,你什么时候带我回家呀?"

第 九 章

"快了。阳阳要听话，华孃孃很快就带阳阳回家了。"

"华孃孃，你不要骗我呀。"

"华孃孃什么时候骗……过你吗？"

杨翠华见到侬阳阳之前，这孩子已经被吓得没有魂儿了，整夜哭闹，不吃不喝。赵老四这才想到了她，急慌慌地将她从浙江招来。但杨翠华没有想到再度"出山"带的这个娃竟然这么大、时间会有这么长，更没有想到这番重操旧业，会让她走上一条不归路——至少她担心，这一次她是很难活着回去了。

谁不是一棵随风飘逝的蒲公英？蒲公英有家可回吗？杨翠华没有答案。

杨翠华和赵老四早年曾经合伙做过两单拐卖孩子的生意，白天在路上扮成带孩子出远门打工的夫妻，赵老四随身带着结婚证、户口册、出生证等假证件，晚上在某个小旅社，把拐来的孩子哄睡后，赵老四就会爬到杨翠华的身上。论年龄，杨翠华可以当赵老四的姐，但这个家伙油嘴滑舌、野蛮粗鄙，是个毫无底线的同案。赵老四第一次得手后，杨翠华曾哭着说要去告他。这让赵老四差点笑掉大牙，他说你去告呀，我们可是穿着连裆裤的哩。

带上侬阳阳后，杨翠华才慢慢明白，这单生意跟过去干的不一样。这是绑架勒索呀！她私下里这样问赵老四，结果被他打了一巴掌。你不想活了？在钟哥这里，说错话是要吃苦头的。

杨翠华是在这条道上混过的人，在监狱里待过，出来后又在四海为家讨生活，她再不是一个边地的普通农妇了。赵老四混了这么多年，别看穿了一身真假莫辨的名牌，人也长得人模狗样了，但还是一个跑腿打杂的马仔；那个身上有刺青的钟哥，身后常常跟着一个五大三粗的平头小弟，派头十足的样子，他也并不是这个团伙的老大。真正干这种事情的老大，孩子的面都不会见，就像那些大毒枭从不吸毒一样。钟哥带着三辆车一路护送着她和孩子，从省城到了青山市，又从青山市到了西关县，再到沙帕飞地，然后又偷渡到境外，住在一个写着曲里拐弯外文字母的度假山庄里。大门有带枪的武装守卫，庄园里除了赵老四、钟哥这种人，其余的都是些肤色黄得发亮或者发黑的外国人。这阵势，杨翠华过去只在影视片中看到过。她想：我这是落入狼窝了呀。

杨翠华来了之后，孩子逐渐安静下来。一个孤立无援的孩子，温暖和爱如果不能从母亲那里得到，一个陌生的怀抱至少也可以提供一点安全感。杨翠华一步步地在依阳阳心里建立起了信任感——除她之外，这可怜的孩子还能依赖谁？依阳阳是个很乖巧的女孩，从小就知道察言观色。至少她认为这个新来的华嬢嬢比那些动辄就凶她的男人们和蔼可亲一些。华嬢嬢说她是妈妈的朋友，是来带她回家的。那些拍电视的叔叔对她不好，是因为她的表演没有让他们高兴。杨翠华对孩子说，只要你听华嬢嬢的话，我们很快就回家了。她和孩子一起做游戏，在平板电脑上看动画片，还给依阳阳买来一只小仓鼠，让她饲养。有时杨翠华看到专心喂仓鼠的依阳阳，也会心生恻隐之心：这可怜的小女孩，就是大人们的仓鼠啊。

杨翠华对孩子的情感，亦邪亦正，这世界上没有几个女人能有她这样分裂。她既冷酷无情地倒卖过别人的孩子，把孩子抱走时就像抱走一头猪崽；她也痛尝苍天的报应，眼睁睁地看着自己的骨血被死神一把夺去。而且，还不是一次。

在和依阳阳相处的这些时日里，杨翠华不知不觉地就有了又当一回母亲的感觉。依阳阳虽然是个女孩，但除了头上的两条小辫，依阳阳怎么越看越像曹进城了呢？她说，阳阳，华嬢嬢腰疼，给我递张

第九章

凳子来。那孩子就乖巧地搬来一张小板凳。凳子塞到杨翠华身下,还要认真地挪正,然后仰起小脸看她。杨翠华那时会出现幻听:是儿子曹进城在说,妈妈,你坐。有天晚上她带孩子一起躺在床上看《奥特曼》,每到一集的片头和片尾,佽阳阳便会跟着唱:"我不是奥特曼,但我不要不要平凡。"杨翠华一下就崩溃了,把孩子紧紧搂在怀里,泪流满面地说,阳阳,别唱了。求求你别唱了!

这种时候,她会想起自己的罪孽。本来已经洗干净了,但它就像随时折磨她的腰病,如影随形,永不断根。皮肉之伤,尚可痊愈,灵魂之溃,难以收拾。你往昔造孽太多,现在终将死在这罪孽上。死在哪方土地上都不知道,收尸的人都不会有。这就是现世报呀!只是当报应降临之时,谁也不会想到它会来得那么迅猛冷酷、毫不留情。杨翠华相信,等他们拿到钱后,这帮心狠手辣的人就会杀掉小孩和她。她现在不敢想那许诺的二十万了,一个命该赶马做小买卖、靠辛劳和汗水挣来温饱的人,横财便是横祸。

杨翠华想得越明白,就越冷汗直冒。她得为自己找一条活路。

这个山庄占地约一百多亩,位于半山腰上,周围是木质栅栏,间种一些带刺的植物。山庄里有七八栋老旧的洋房,杨翠华他们住的这栋主体建筑是青砖红瓦的别墅楼,还有一些简陋的干栏式吊脚楼。山庄外面看上去戒备森严,里面其实很自由。杨翠华白天可以带孩子出来透风,在草地上捉蚂蚱、抓蜻蜓、采摘野花啥的,没有人会过问。大约赵老四他们认为,一个农妇在这异国他乡,语言不通,又无交通工具,即便放她出去也跑不远;而山庄的主人对他们客人的事情又不闻不问。

杨翠华带着孩子住在二楼的一个套间,她们住里间,赵老四住外间。有时赵老四喝了酒,会摸进来和杨翠华聊天,真真假假地聊聊这二三十年来打流跑滩的生活。服刑、改造、做生意、离婚、漂泊不定、妻离子散；有钱时山吃海喝、挥金如土，无钱时举债度日、寅吃卯粮。赵老四有时也会说些肉麻的话，讲他们的从前，不谈感情，只津津乐道于肉体回忆。说你这样的女人勤快又能干，抱在怀里肉多还得劲。我那时想，哪个狗日的男人有这个福气啊？这种时候，他的眼睛还会在杨翠华的身上瞄来瞄去，像扫描艰辛的人生在一个女人身上留下来的松弛、臃肿、衰败和不堪。杨翠华也算个老江湖，知道自己虽然没有年龄优势了，但在赵老四这样的老男人的目光里，她的长处在哪里。男人的色心稍一蠢蠢欲动，她便一目了然。她总是在赵老四想要动手动脚时，就及时打住他的妄想。说快回去挺尸去啦，惊动了孩子，看你跟姓钟的怎么交代。赵老四只得骂骂咧咧地回自己屋子。当然，杨翠华最为关心的问题，却总是问不出一个所以然来。赵老四总是说，外面的事，你不要管。看好孩子就是。

钟哥带人进出山庄几次了，每次回来脸色都不好看。看来交易不顺利。有一次钟哥领着一个目光阴鸷、嘴有点歪、脸色苍白的络腮胡来看杨翠华和孩子。杨翠华推想，这个歪嘴就是真正的老大了。他一言不发，只是听钟哥介绍情况。在他要转身离去时，他阴冷的目光扫了杨翠华一眼，就像一条蛇爬上了杨翠华的背脊，让她周身发紧、止不住地哆嗦。她看到了对方的杀心。

这天下午，杨翠华去厨房自己动手煎了一盘牛干巴，又要了半只凉鸡，按家乡的味道拌了些小辣椒、香菜、八角粉、草果粉，还跟厨子要了一罐土酒，端回屋子。晚上赵老四回来，侬阳阳已经睡下。杨翠华说，老四，我们换个口味，喝一个。这些老外做的菜难吃死了。

赵老四眼睛放光，没有多想就坐下来了。两人摆开碗筷就开喝。酒到酣处，赵老四又开始胡思乱想了。他发现今天杨翠华收拾得挺利

第 九 章

落的，头发挽成一个髻，上身的圆领短袖衫绷得紧紧的，硕大的乳房呼之欲出；七分裤把臀部包得浑圆，虽然太大了些，但也让人想入非非。

"你这婆娘，喝了酒蛮有女人味的。"

杨翠华略带轻佻地说："外面的小姐才有你要的那种骚味。"

"这边的小姐黑不溜秋的，哪像我的华姐姐白白胖胖的呀。人家浙江那边的水土就是养人哈，让我的华姐姐越活越性感。"

"放你娘的屁！这么好的酒菜还堵不住你的嘴？"

赵老四色眼迷离，笑道："这一口和那一口，味道不一样哦。未必你就不馋？"

"馋你妈个头哦？一把年纪的人了。少给老娘废话，喝酒。"

赵老四喝下那碗酒，一会儿酒劲就上来了。他醉眼蒙眬的，身子一偏就赖在杨翠华身上。杨翠华这次没有坚拒不从，嘴里骂着，手里推着，身子却是软软的。就这么半推半就，两人拉扯着倒在了赵老四的床上。

赵老四其实已经很醉了，但杨翠华自有一套对付男人的办法。她要抽干他身上最后一丝体力，让他在醉生梦死中烂成一摊泥。

凌晨一点多，赵老四睡成死猪。杨翠华翻身爬起来，整理好衣裳，掏出了赵老四的电话，她的电话早被他们没收了。然后她去里间抱起沉睡的依阳阳，用早就准备好的背带将她背在背上，悄悄摸下了楼。她已经在山庄西面的木栅栏围墙发现了一个缺口，只要稍加用力，就可拨开两块木板。她还准备了一把砍柴刀，一些干粮，够她们在大山里吃两三天的。

这个女人终于想明白了一个问题：依阳阳是她的救命稻草。把依阳阳送回家，她才有活路。飘飞的蒲公英，总要飞向家的方向。

太阳快要出山时，杨翠华已经逃到大山的深处。四处都是苍莽的森林，她打开手机，居然还有信号。在边境线一带，靠近我方的地方，都在用中国移动的基站。可贵的信号让杨翠华似乎听到了家的召唤。当她拨通丈夫曹利群的电话时，已是泣不成声了。

35

南山村的出村道路经大型机械降高拓宽后，一个星期后面貌就大不一样了。一条标准的四级乡村道路的雏形已经出来了，它不再像是挂在悬崖峭壁上，而是一条翻山越岭的苍龙，霸气十足地从山腰飞跃上了云端。每当曹前宽仰望头顶的公路时，就是这样想的。待雨季过后，路基再压实一年半载的，就可以铺上水泥路面了。那小车在水泥路面上"唰唰唰"飞驰的声响，将会是曹前宽耳朵里最美妙的音乐。

这几天来了两个省电视台的记者在南山村采访，他们跟随曹前宽在筑路工地上来来回回地拍了两天，又走访了村子里大部分人家，还去拍了198号界碑。一个姓王的主任记者说，老曹你真不容易，不等不靠、不伸手不叫苦，干一条公路干了十多年，干出了一种精神。难能可贵啊。曹前宽那时并不认为自己有多不容易，他对记者说，带村人修路，不过是在大山围堵中找一条出路，在贫困的煎熬中找一条生路。不然就熬不下去了嘛，年轻人就不愿回来了嘛，村庄就守不住了嘛。

王记者说，你知道不，已经有人把你老人家"搬家不如搬石头"的话报到省里去了，省委书记在全省的脱贫攻坚大会上都表扬你们南山村了。老曹，你要当典型了。多年前曹前宽当过典型，那是打仗时支前的典型。因此曹前宽说，当年支前时生死不管，为国家守边疆，

第 九 章

我当过典型；现在又不打仗，我算个什么典型？

王记者反问道："这么大一场脱贫攻坚战，不算打仗？我看比当年打仗还艰难。"

这天上午，王记者说趁光线好，我们再去鹰爪岩那边拍几段。老曹，你再跟我们讲讲当年挖这段路的故事。昨天你说的那些话，石头硬，没有人的骨头硬，人的骨头硬起来了，精气神儿就出来了，贫困才会被赶跑。麻烦你重新说一遍。注意不要中断，目光看着我，不要散。自然一点，放松一点，就像平常说话一样。

曹前宽不怕在领导面前讲话，但面对镜头就会紧张，怎么"自然""放松"得下来？曹前宽刚在摄像机前站好，正在想自己的"台词"，王记者喊了声"预备——"曹前宽的电话就响了。

是曹利群打来的，他在电话里哭兮兮地说，他老婆遇到危险了，赶快派人去救她呀。曹前宽当时没有听得太明白，便回说，我忙着哩，等下再说。

王记者说："老曹，麻烦你把手机关了吧。"

等应付完所有的采访，就到中午吃饭的点儿了。曹前宽觉得比在工地上打一天石头还累。这时他才想起曹利群的事，忙把电话拨回去，曹利群在电话那头带着哭腔说，他媳妇杨翠华跑到境外做生意，被坏人追杀，现在都不知道杀到她没有。他也打电话给乡派出所报案，人家说你媳妇能耐大嘛，生意都做到国外去了，我们怎么管得了？侄呀，你得帮帮你叔！

这个背时鬼，媳妇都跑到境外做生意了，才想得起我这个侄。乡派出所都管不了的事，我去哪儿救他媳妇？他忽然想起卓世民交代过，曹利群家有事的话，就给他打电话。

卓世民在回博彩城的车上接到曹前宽的电话，那时他还被蒙着双眼，马洪琪就坐在他的身边。曹前宽不知道他这边的情况，大着嗓门说，大哥，曹利群这边有电话了。卓世民一惊，忙说，我知道了，你让他等一下打电话给我。曹前宽在电话那头觉察到了什么，便又追问了一句，大哥你在哪里？卓世民匆匆回说，在外面。我们回头再聊。然后他就把电话挂了。马洪琪问，安哥，什么事呀？卓世民在黑暗中仿佛也看到了马洪琪的疑虑，他笑笑说，一个房产中介的电话，我想卖一套房子。马洪琪说，这个中介声音够老的。安哥，卖啥房子呀，我这里有的是挣钱的机会。卓世民笑说，那是你的机会。

他们回到博彩城已是下午四点多。卓世民说，今天真累，我得回房间冲个凉休息会儿。马洪琪说，那早点下来，今晚摆一桌给安哥压压惊呀。卓世民说，压什么惊，多大个事儿。我先睡会儿再说。

卓世民回到房间，立刻给曹前宽打电话，问明了情况，又要了杨翠华的电话号码。当他从杨翠华那里得知孩子被她带出来时，卓世民心里一连串叫苦，坏了坏了。

杨翠华在电话里号啕大哭，她从昨晚到现在一直绷得紧紧的神经仿佛一下断了。根据她拉七杂八的描述，她今天凌晨在黑夜中仓皇出逃，哪里林子更密实她就往哪里钻。她说她再不逃跑，就会被他们杀了，孩子也会被他们杀掉。那帮人太心狠手辣啦。森林里不知名的野兽发出瘆人的嚎叫，绿莹莹的眼睛如同鬼火一般在黑暗的深处游动；脚下的藤蔓、树根、带刺的树叶杂草，都在跟她作对，到处伸出来魔鬼的手，撕烂了她的衣服，割伤了她的皮肤。她把带来的一块头巾将依阳阳的头裹起来，再紧紧勒在背上。她害怕依阳阳受到惊吓哭出声来，又担心她一旦不哭了，会不会给捂死了。她一个女人家，在外国的林子里无依无靠，谁来救她们呀？

第 九 章

卓世民只有尽量安慰她。你不要慌张，不要紧张，保护好孩子。中国警察会来救你们的。告诉我你的具体位置。

根据杨翠华的描述，她所在位置在朝东的方向，隐约能看得见山下的紫烟江，卓世民估计她离他大约有十来公里地，只不过杨翠华在山上的密林中，他在半山腰。魏老虎的人肯定在漫山遍野地追杀杨翠华。他所有的计划，眼看着就要付诸东流。

除非你能赶在杀手们的前面。但这就像你站在坝子里，要阻挡一场倾泻而下的山洪。

卓世民告诉杨翠华，先隐藏好自己，在确保安全的前提下，尽量往国境线方向移动。一旦有什么危险，随时打我的电话。

卓世民让兰高荣来自己房间，大体给他讲了杨翠华那边的情况，兰高荣一拍大腿，"计划全被打乱了！她一个女人家，能跑多远？"

"这帮混账东西！王八蛋！他娘的……这他娘的叫个什么事儿？杨翠华真他娘的是个蠢婆娘，自以为是！就他娘的会添乱！"卓世民突然失控了，在房间里走来走去，像一头找不到出路的困兽。

"老卓，别急啊。别把血压冲上去了。"

"狗东西们！混账！王八蛋！"卓世民抓脑袋，捶手掌。手上的一盒烟也被他捏成一坨。

"老卓，算了吧。案子到这种地步，除非通过国际刑警组织来联系当地警方。"

"你又不是不知道，等办完那些报批手续，信息再反馈到这边，杨翠华早被大卸八块了。更不用说对方知道警方介入，马上就会撕票！"卓世民火又上来了，嗓门也大起来。

"嘘——小声点吧。冷静，伙计。我们已经尽力了。"

"唉……"卓世民徒劳地在房间里兜圈子，然后将身子往床上一躺，双手抱头，双眼直愣愣地望着天花板，"白忙乎一场。就这么回去，真他娘的窝囊。"

"行动失败的案子多了去了。警察也是人，不是神。何况咱们是两个退休老头儿。"

"魏老虎这个混蛋，难道又要从老子手边溜走？"

"既然他已经露了头，跑不了兔崽子的。"兰高荣宽慰道。

卓世民重新把自己放倒在床上，脑海里倏然浮现出一个词：收队。每当完成了出警任务——出现场、抓捕、警戒、蹲守、守卡、摸排，等等，任务完成后现场总指挥（通常就是他）会喊那么一嗓子。刑警队的小伙子们呼啦啦地上车，脸上大多是得意自信的模样。现在他不情愿自己来喊这一嗓子。

"老卓，我在想那个女人现在的境况。"

"说说看。"卓世民从床上坐了起来。

"她把孩子带走，八成是为了保自己的命。她可能觉察到了，孩子一旦被赎回，自己的命也难保。她一个弱女子，陷身狼窝里，狼嘴里讨食吃，没有那么容易。因此，于她来说，孩子在，她的命就在。"

"分析正确。继续。"

"我努力回想当年办她的那件案子。那次一股脑地抓了七八个吧。我们把他们堵在一间旅店里，刑警队的小伙子们一脚踹开门冲了进去，叫，都别动，警察。男的都吓呆了，屋子里唯一一个女的，惊叫一声就往窗口逃。我们在外面当然布置有人，可那个守在窗下的刑警竟然按不住她。又抓又打的，后来又上去两人才将她铐住。这人就是杨翠华，一个很倔、很愣的山里女人。"

"你的意思是说，"卓世民坐到兰高荣身边的沙发上来，"如果魏老虎的人追上杨翠华，她可能将孩子作为挡箭牌，要么谈条件，要么

第 九 章

同归于尽。"

"担心的就是这个。"兰高荣叹了口气,"魏老虎是不会跟她谈条件的。"

两个老搭档长久没有话,一支接一支地抽烟,抽得直咳嗽。最后还是卓世民问:

"过不了这个坎了?"

兰高荣皱紧了眉头,苦着脸,重重吐出一口烟。"这是在境外。要车没车,要人没人,没有行动的条件过不了,就绕过去。陈厅也说过,事不可为,不勉强。收队吧,老卓?"

毕竟是老搭档,知道卓世民此刻羞于说出这个词。

卓世民拇指和中指使劲掐着两边的太阳穴,似乎要抓出一些经年的回忆。"当年在这边打仗时,有个姑娘,有个好姑娘……她叫曹兰花,是曹前宽的妹妹,在村小学当老师,我们都叫她小曹老师。她喜欢上我了,是少女那种比金子还珍贵的初恋。小曹老师常来连部帮我洗衣服,做这做那的。我这些时日总是回想起她的眉眼,那眼睛清纯得像山里的深潭;她的笑容,她笑的时候嘴角有两个米粒大小的小酒窝;她一遇到我就红脸,像醉了的女人,像山里刚刚开放的花儿。我仔细回想,我这一生没有见过比她更单纯可爱的女孩子。"

"你也爱上她了?"

"没有。我那时哪有心思谈恋爱,要上战场了嘛。"

"你没看上她?"

"也不是。年轻时,谁能说自己就懂得爱情?经历些事,胡子眉毛都白了,才知道自己错了,错过了。"

"得了吧卓老倌,脑子别发岔。人家肖老师陪伴了你一辈子。"

卓世民不辩解,继续沉浸在自己的回忆里。"我受伤后,小曹老师煮了十二个红糖鸡蛋,守在我们的医疗帐篷外。医生告诉她说,伤员都昏迷不醒了,吃不了鸡蛋。曹前宽他们把我从南山村连夜往山下抬。她捧着一罐鸡蛋,跟着担架队追。南山村的山路啊,你是知道的,又是月黑风高的晚上,她……她摔下悬崖了……"

"摔死了?"

卓世民眼里有了泪光。"我是这次回南山村,才知道的。小曹老师那年才十七岁呀。"

"哎呀,真是可惜!送什么鸡蛋嘛?真是的。"

"老兰,有些事情,外人看来,不值当,没意义,不可为,而当事人却情愿以命相搏。因为这事关他的爱、良知、荣誉、责任,这是他的信念,是他活着的意义。一个人执着于自己的信念,哪怕显得再傻再笨,不为人所理解,但那是一种高贵。我相信,小曹老师如果那晚不去送这罐鸡蛋,她会永远自责。就像、就像……这就像身体里又有个什么鬼东西占了位。"

卓世民抬起头,望着自己的老搭档,眼睛里露出难得一见的求援目光。"老兰……"

兰高荣直视着卓世民的眼睛,然后端正了脸色,"要我搭一把手?"

卓世民脸上绷紧的肌肉舒展开来,瞬间又变得像个老顽童。"我怕又被人说吃独食。"

兰高荣挺直了腰,"那就干吧。让那帮混蛋见识一下老警察的厉害。"

"我们得像小曹老师那样,搏一把。"卓世民身子像弹簧一样从床上蹦起来。

"只要还站着,就不躺下。干!"两人同时举起右手,对了一拳。

第 九 章

"这才像个老搭档嘛，小鬼。"卓世民拍了下兰高荣的肩，"我收拾点东西，你也回房间准备准备。别穿短裤，套上夹克，换上跑步鞋。带上水和吃的。房间吧台上有饼干。我给杨翠华打电话确定方位，再想办法搞辆车，我看那辆大排量的皮卡车不错。十分钟后我们在酒店停车场见面。"

"要不要跟陈厅长报告一下？"

卓世民狡黠地一笑："陈厅不是让我相机行事吗？"

"将在外吧。反正我们是退休老头儿，做点违规的事也不违法。妈的，我才想起来，今天下午还有一场网球比赛的。菊园小区的老黄上周就打电话来约了，我说我们的主力老卓在外面瞎跑呢。等我去把他叫回来。老黄说，你们老卓也算主力？底线技术不行，靠发球吃饭的老家伙。这个黄老倌嘴巴硬得很哦，回去我们得给他点厉害瞧瞧。"

卓世民已经在往双肩包里扔东西，兰高荣走到门口，卓世民忽然叫住他："老兰，你，不会后悔吧？"

兰高荣一撇嘴，"谁叫我是你搭档呢？"

已是下午五点，太阳还很火辣，赌城的停车场热浪蒸腾。兰高荣拎着他的老式提包找到那辆大皮卡车时，卓世民已在车上跟他招手。他爬上皮卡副座，卓世民一点火，皮卡车轰隆隆地驶出停车场。兰高荣问，怎么搞到车钥匙的？他同时发现卓世民的手臂上有一道血痕，又问："打起来了？"

卓世民往后视镜瞄了一眼，"那小子不听招呼嘛。我只好把他放倒捆起来了。"

兰高荣撇撇嘴："都一把年纪的人啦，还打打杀杀的。你没事吧？"

"没事。这帮家伙，跟我过招，还得练二十年。"

兰高荣从挎包里翻出一把不锈钢餐刀，说："我只找到了这个。聊胜于无了。"

卓世民笑了，伸手从怀里掏出一把勃朗宁手枪来，"给你这个。"

兰高荣就像面对枪口一般惊讶："你怎么搞到的？"

"马洪琪不是炫耀他的家伙多嘛。借一把枪，算他还我一笔情。"

这就是卓世民的本事。赌城里的那些保镖警卫，门禁保险柜密码锁，于他来说形同虚设。"我可不喜欢这玩意儿。你拿着。"兰高荣又把枪推回去。

卓世民说："我功夫比你好，车上还有根铁撬棍。快拿着。"

兰高荣说："在我手里，它还不抵一根烧火棍哩。"

"哈哈，你不是夸耀自己打过六十五环吗？"

"六十七环。别总是抬高自己，贬低别人的成绩。"

"嚯，神枪手兰高荣同志，该打枪时就打，别想那么多。有心栽花花不开，无意插柳柳成行。谁要给你拿火色，你就甩手给他一火。"

"哪有你说的那么简单。"兰高荣拉了一下枪栓，把枪保险打开再关好，弹出弹夹检查了子弹。再推回去，小心揣进兜里，还嘀咕道：

"真背时，说好不再摸枪的。"

这次出门，兰高荣虽然把自己当作卓世民这匹"野马"的"套马人"，其实他对卓世民的信任到了依赖的程度。他担心他的身体、年龄，但他从不怀疑他的能力、本领。到了境外以后，卓世民决定要干的事，他必须尽好搭档的职责。一个冲锋陷阵的人，身后不能没有"守护"。

他们在山上快要接近杨翠华时，卓世民忽然就打不通她的手机了。卓世民推测，他们最多和杨翠华隔两三公里，中间横亘着一座山梁。卓世民说："狗杂种们抢在前面了。"

第 九 章

"那我们追过去？"兰高荣问。

"看到天空上的尘土了吗？ 追不上了。"兰高荣果然看到山梁上空一团随风飘散的黄色尘土，卓世民一打方向盘，在狭窄的山道上倒车，说，"去勐梭庄园堵他们。"

兰高荣问："你知道路吗？"

"几十年前就知道那个地方了。"

大皮卡此时显现出它大马力、高底盘、抓地牢的优势，卓世民几乎要把车开得飞起。兰高荣不断说，哎哟我的这把老骨头哦！ 天哪，老司机，你在哪里学的车？

他们终于在山道上追上一辆丰田4500。兰高荣大叫："我在勐梭庄园看到过这车。老司机，撞它！"

"孩子可能在车上。掏枪，打它轮胎。"

兰高荣探出半个身子，举枪瞄准。可车颠簸得厉害，他缩回身来，脸色苍白，嘴哆嗦着说："不行，我怕伤着孩子。"

卓世民加大油门追上去，无奈山道太窄，超车几无可能。丰田车后窗突然伸出一支手枪来。兰高荣大叫一声："有枪！"两人同时一低头，只听得"叭叭"两声枪响，皮卡车的左前挡风玻璃上方盛开一朵冰凌花。卓世民没有减速，一提速撞了上去，丰田车上持枪的那只手抖了一下，手枪掉落在山道上了。

"嘿嘿！ 到底是老司机。"兰高荣高兴得大叫，"真他妈刺激！"

两辆车追逐了两公里左右，卓世民看到前方有一个内弯，内弯外侧是四五米高的土坡。大皮卡凭借自身车重和提速的优势，轰鸣着挤进内弯车道，强行将丰田车逼停。大皮卡的车头直接将丰田4500的驾驶座车门撞扁，兰高荣那边的车门已打不开。

"上！ 从我这边下。枪上膛！"两个老搭档对视一眼，一瞬间都找回了当年的豪迈。

卓世民跳下车，从后座顺出一根两米长的铁撬棍。丰田车的司机已被撞得满头是血，头耷拉在方向盘上。有两个男子也从丰田车右侧跳出来，他们一个在车前一个绕车后。跑到车前的那家伙正是魏老虎，他趴在丰田车引擎盖上，举枪冲奔过来的卓世民就打，卓世民闪了一下身，子弹擦着他的耳边飞过。不待那家伙打第二枪，卓世民的撬棍已像投枪一样地飞了出去，重重地刺中魏老虎的右肩，将他击得坐在了地上。卓世民几步抢上前，一脚踢飞了他手中的枪，再给他脖子上一掌，魏老虎就像折了脖子的死鸡了。卓世民按翻了他，手伸向魏老虎腰间抽出了他的皮带，正要捆他时，他听见兰高荣大叫："后面！"

卓世民一勾头，一股凉风从头顶掠过。躲过这致命一击也让卓世民失去了重心，他的腰右侧重重挨了一脚。卓世民痛得眼前一黑，失去了知觉。

卓世民短暂昏迷了不到半分钟。待他意识清醒，首先看见的是兰高荣的枪口。这个一辈子都怕打枪的老搭档双手持枪，满头大汗，正嘶哑着嗓子喊："放下刀！"

卓世民这才感觉到自己的颈动脉处顶着一把锋利的刀刃，身子也被对手紧紧勒住，腰部的疼痛让他的心苞犹如在扎梅花针，阵阵刺痛令人晕眩。从对手的力道上推测，这是一个练过功夫的家伙，而且比卓世民高大壮实。卓世民看到了他粗壮的手臂上的刺青，是一条张牙舞爪的青龙。曹前贵交代过，他和依阳阳就是被一个叫"刺青哥"的家伙再度绑架的。

"放下枪！"对手躲在卓世民身后喊。

"放下刀！"兰高荣的手在轻微摇晃，喊得有些力不从心。

"我数到三，你再不放下枪，我就抹了他的脖子。"身后的那个家

第 九 章

伙好像已经看出兰高荣的破绽了。

卓世民向兰高荣看了一眼，说："老伙计，让他走吧。妈的，不管这闲事了，我们回去打网球。周三的比赛？人都约齐了吧？那个黄老倌不是说我底线技术不好吗？这抽底线球，有心栽花花不开，无意插柳柳成行。"

卓世民后肘猛地往后一摆，正击在那家伙的右肋。顶在颈动脉的刀像触了电似的被弹开了，然后他迅疾一偏头。兰高荣心领神会，"砰"地放了一枪，正中"刺青哥"眉心，跟一个训练有素的狙击手打得一样准。

"哈！小鬼，这一枪打得不错！"

摆脱束缚的卓世民立即奔向魏老虎，这小子已经醒过来了，但还不能动弹。卓世民骑在他身上，麻利地将他捆了个结实。他回头想喊兰高荣去看看人质怎么样了，却发现他跪在地上，汗流浃背，眼光发呆，仿佛找不到自己的魂了。

卓世民来到兰高荣面前，将他搀扶起来，拍拍老搭档的肩，"以后谁叫你'烂脱靶'，谁的嘴巴先烂。"

兰高荣不知是如释重负还是心有余悸，不像哭也不像笑。他那表情就像一个刚从激流中捞起来的溺水者，可怜巴巴地说："老卓，我……我再也不打枪了。"

卓世民把他手上的枪拿过来，像哄孩子似的说："好好，老兰，这脏活儿以后我来干。你老人家先歇着。"

卓世民转身去丰田车上，杨翠华和侬阳阳都被捆在后排座，嘴巴被胶带纸封上，一大一小两双眼睛充满惊恐，杨翠华还一头的血污。卓世民长长吁了口气。他先把驾驶座上那个被撞得晕乎乎的家伙拉出来，抽出皮带捆上，然后问他叫什么名字？那家伙有气无力地说，赵四毛。卓世民得意大叫:"嘿嘿,老兰,看看,打兔子搂草,又抓了一个在逃犯。"

他们把杨翠华和侬阳阳从丰田车上放出来,杨翠华看到眼前这两个老人,不敢相信一场噩梦已经结束。她问:"你们就是中国派来救我们的警察?"

兰高荣没好气地说:"哪有我们这把年纪的中国警察?"

杨翠华一屁股坐在地上大哭起来,"我不晓得啊!我不晓得他们要干的坏事呀!我要回家,求求你们不要把我交给警察呀!"

只有侬阳阳,不哭也不闹,木然地看着眼前的一切。这可怜的孩子不是吓破了胆,而是已经没有了魂儿。卓世民蹲在她面前,试图去抱她,孩子像猝然受到惊吓的兔子,撒腿就跑。卓世民紧追慢赶的,跑出去几十米,才气喘吁吁地赶在孩子前面,跑得他感觉快要虚脱了。他拉着侬阳阳的手说:"阳阳小朋友,我是你卓爷爷呀。爷爷带你回家去找爸爸妈妈,好吗?"

侬阳阳恨恨地说:"你是坏人。"

"爷爷不是坏人,爷爷是来救你的。"

"你脸上有血。你跟人打架。"

"噢,对不起,阳阳小朋友。"卓世民拉起衣襟来,胡乱擦了擦脸上、脖子上的血,"卓爷爷是跟坏人打架。爷爷认识你爸爸呢。不信我打电话给他,让你爸爸跟你说话。"

卓世民没有侬建光的电话,但他相信女儿一定还和他在一起。电话接通时,卓世民忽然觉得心脏乱跳,几乎让他捯不过气来。他想:这是为什么呢?我急于想得到女儿的表扬吗?啊,这世上没有比得到女儿的赞美更舒心的事情了。

电话接通,还未说话,卓世民就听到了卓婉玉的笑声,以及她身边的喧嚣。爸爸,你在哪里呀? 有事吗? 我和我同学还有林芳林董事长在一起吃饭呢。我要在广畴县促成一件大事,太开心了! 爸爸你吃了吗? 女儿似乎在应有的寒暄之后,就要挂断电话了。

卓世民此刻没有心思问女儿怎么会和林芳在一起。他大吸一口气,又徐徐吐出,让自己尽量平静。"侬建光在你身边吗? 快让他来接电话。"

"没有。他去医院看儿子了。哦,对了,爸爸,林芳和侬建光夫妇和解了。侬建光已经知道了真相。爸爸,这是你女儿一手促成的哟,能干吧?"

卓世民有些吃惊,但他没有时间来问究竟了。他说:"我救出侬阳阳了,她就在我身边。"

"什么什么? 天啊! 老爸你太伟大了。老爸……"

"赶快通知侬建光,让他打电话给我。我们马上送孩子回国。"

"回国? 老爸你在哪里找到孩子的呀?"

"快打电话去,不然孩子不跟我走。"

卓世民收了电话,对侬阳阳说:"阳阳乖,你爸爸马上就打电话来了。"

"你骗人。"

"爷爷没有骗你。你来过爷爷家的,爷爷还给你吃过巧克力。想起来了吗?"

侬阳阳歪着小脑袋想了一下,似乎在恢复往昔的记忆。但她将小手往前一指,说:"那些坏人都说是爸爸的朋友。"

"可是爷爷把那些坏人都打倒了,捆起来了,是吧? 你卓爷爷跟他们不一样,爷爷是来抓坏人的。"

侬阳阳的眼光终于温和起来,"那……你是奥特曼派来的吗?"

卓世民的外孙女杨颖看动画片时，让他大概知道有这么个人物，因此他说："是的，是奥特曼派我来救你的。"

这时兰高荣在车那边喊，抓紧走啊，天要黑了。卓世民想起衣兜里有两块从酒店房间里抓来的饼干，这孩子也应该饿了吧。他掏出饼干，郑重其事地说："阳阳你看，这是奥特曼命令我带给你的。"

依阳阳下意识地从紧闭的嘴唇间顶出了舌头，然后嘴一咧，哇的一声哭了。卓世民撕开包装纸，将饼干喂进孩子嘴里，拍着她的小脸说："阳阳不哭，阳阳勇敢。来，我们去找爸爸妈妈啰。"然后他一弓身，把孩子背在了背上。刚才受到的腰伤，让他跟跄了两步，气喘不已。

没有等到孩子父亲的电话，林芳的电话倒紧跟着打进来了，她在电话里激动得不能自持。大哥，孩子救出来了，真是不知该怎么感谢大哥才好。孩子一切都好吗？卓世民说，都好。林芳又问：大哥您在喘气？卓世民说：孩子在我背上。林芳一时不知该说什么好，也想象不出卓世民此情此景是个什么情况，只是一味说，大哥，您辛苦了。大哥您要注意安全啊。我们马上去沙帕那边等您。

此刻，天已向晚，一层雾霭悬浮在山下的坝子远方，紫烟江被夕阳染成一条淡红色的飘带。对岸就是祖国，就是家，就是宁静祥和的生活。该回家了。

兰高荣已经把魏老虎和赵四毛背靠背地捆在了大皮卡的车厢里。卓世民说，你去开车，杨翠华和孩子坐驾驶室，我上车厢看着他们。你马上和武钢联系，让他在沙帕飞地做好接应准备。兰高荣已恢复了常态，他说，老司机不想过大皮卡的瘾了？卓世民晃晃手里的枪，路上还不知有没有事。不管遇到什么情况，你照直了往国门方向开。

果然不出卓世民所料，刚下完盘山路，马洪琪带了两辆车堵住了

第九章

他们的归途。马洪琪站在路中央,身后是几个带长短枪的人。

"安哥,兄弟我的酒已经准备好了。"

卓世民站在皮卡车厢里,没有下车。他双手抱拳道:"兄弟,酒改日再喝。抱歉了。"

"就这样走了?"

"这车借你大哥用一趟。对了,还有一把枪。先借后谢吧。"

马洪琪冷笑一声,"连我的朋友你也要一并借走?大哥这路数可是有点野。"

"那是因为你的朋友不够地道。"

"那么,又是谁在我的地盘上不讲规矩?我的枪,我的车,你怎么'借走'的就不说了。我的朋友要做的买卖,本来大家见者有份,利益均沾。砸我买卖的人,还是我的大哥吗?"

魏老虎忽然在车厢里大叫:"马老大,救救我!不能让这两个老警察走。"

卓世民喝道:"老实点!"

魏老虎又喊:"马哥,做了他。这买卖我们一家一半。"

卓世民想上前踢魏老虎一脚,但发现自己力不从心,腿有些发软。他把枪推上膛,对着魏老虎的下身喝道:"再叫我打掉你的狗玩意儿!你信不信?"

马洪琪当然知道卓世民的枪法,他说:"安哥,有话好好说,别动枪。"

卓世民说:"马洪琪,这样的买卖我劝你不要沾。你差这百把万吗?魏老虎干的这一单买卖,丧尽天良,人神共愤。警察到处在追捕他。你和这种人渣搅在一起,对你在道上的名声有好处吗?你在国内也有产业,你还想不想要了?"

马洪琪被问到痛处了，良久无语。这位安哥到底为了什么？如果他想独吃这笔买卖，他马洪琪也可做个顺水人情，以了多年前的江湖恩怨；如果他还代表警方，他则更不敢动他一根毫毛了。魏老虎这种烂人，是死是活，老天自有安排。

马洪琪一拱手，"安哥，不管你是干啥的，你我兄弟当年的生死情义还在。今后记得你在这边的兄弟就好。安哥，保重。我不欠你的了！咱们后会有期，恕不远送了！"

马洪琪闪身让开道，他手下的人忙把车挪到一边。兰高荣一轰油门，大皮卡威武地从马洪琪身边驶过，扬长而去。兰高荣左手伸出窗外，向车顶竖了一个大拇指。他那时并不知道，这是他向自己的老搭档最后的致敬。

国门就在前方，落日在天边映出最后一抹余晖。大皮卡归心似箭，卷起一路尘埃。魏老虎恨恨地盯着卓世民，有杀气，也有狐疑。他问：

"这位好汉，你到底是个好警察还是烂警察？"

卓世民慨然道："既然当了警察，当然要做一个好警察！"

"那女孩是你家什么人？"

"什么人也不是。你不相信？"

魏老虎叹一口气，"我当年要是能遇到个你这样的警察，就好了。"

卓世民说："你这种社会的毒瘤，早一天摘除，对社会有好处。"

魏老虎仰头望天，"老哥，不是那个意思。我他妈也是从小被人拐卖到新疆。七年呀！你不晓得我小时候过的是什么日子。"

"那你还干这种龌龊事？"

"没有活路呀，大哥。"

卓世民喝他一句："少跟我大哥长大哥短的。活得比你难的人多的是，人家还不是挺过来了？"

第 九 章

"你够狠。胡子都白完了,还能把我抓到。"

"魏振武,你听清楚了。二十一年前,你化名'五孃',在广东清远贩卖一个男婴,我带一个刑警前去抓你。你畏罪逃跑,刑警孙立峰在追捕你时翻车殉职。魏老虎,你欠我兄弟一条命。"

魏老虎低下了头,一会儿才抬头问:"会枪毙我吗?"

"二十一年前我就该一枪崩了你。"

"你还不如那时就毙了我。"魏老虎叹口气,又说,"早死了倒好,这些年我活得还不如一条狗。"

卓世民鄙夷地说:"你的确活得猪狗不如。"

这时卓婉玉的电话打进来了。她欢快地说,爸爸我跟侬建光联系上了,他激动得直哭。他马上就会给你打电话。爸爸你现在在哪里?刚才你说"回国",难道孩子被拐到境外去了?爸爸,你在那边安全吗?妈妈昨天还给我打电话,说她昨天失手打了一个碗,明明碗在她手里抓得好好的,偏偏就莫名其妙滑出去了。妈妈让我告诉你早点回家。我说老妈你怎么还那么迷信呀。咱老爸是身经百战的老警察了,出个门有什么好担心的。不多说了,侬建光在等着给你打电话呢。老爸我爱你!

女儿是当老师的,说话的语速总是那么快,卓世民只能"嗯嗯""好、好"地应答。罪犯就在他脚下,他也不便多说。他的枪口一直对着坐在车厢地板上的那两个家伙。卓世民忽然发现他们看他的眼光有些异样,他警觉地四下里观察。地板上正"啪嗒啪嗒"地滴水。下雨了?可天上太阳西垂,晚霞绚烂。妈的,难道我刚才吓尿了?和马洪琪对峙时,他的确很紧张,枪战起来他们肯定不会占上风。可总不能尿了裤子吧?这脸可就丢大了。

谢天谢地,是汗水!是浑身忽然涌出来的汗水,洇湿了脚下的地板，湿漉漉的一大团。那么丰沛那么迅疾的汗水啊！卓世民打一场激烈的网球比赛也不会如此淌汗。他这才感到汗水漫过了眉毛的堤坝，直往眼眶里灌，刺激得眼睛生疼。卓世民有两道浓黑的剑眉，以往汗水一般进不了眼眶。这两年长出几根长长的白眉毛，女儿曾说老爸你要活到一百岁以上哦，都长寿眉了。仁者长寿呀！

而勇者无畏。卓世民抬手去揩眼睛，可就这样一个轻而易举的动作，竟然让他吃力。左手似乎不听使唤了！他还感到有些气紧，浑身发软。像是刚打完一场网球，想回家洗个澡，喝一小杯酒，然后放平自己睡一觉。肖佳会站在浴室外给他递浴巾，监督他擦干身子。他过去洗完澡，总是胡乱在身上擦几下就穿衣。阿雄会叮着他换下的衣服袜子啥的，一路小跑进洗衣间，准确地放进盛衣篮里。阿雄，老伙计，昨晚我梦到了你的眼睛。他脑海里又闪回到社区里的那块球场，飞来飞去的网球，为一个球争来吵去；还想起话语睿智机敏的桑吉老师，当然也想到了自己的老搭档糟糕的球技，发球不行，底线技术不好，不是下网就是出界，脚步越来越迟缓。过去他爱打兰高荣的反手球，屡屡得分，最近几场球他在他移动时打他追身球。这个"烂脱靶"……噢，对了，再不能这样叫人家了。卓世民禁不住抿嘴一乐。小鬼，这一枪打得……

皮卡车沿着紫烟江右侧的一条土路驰骋，那条看不见的国境线就在江心。卓世民猛然感到胸口发紧，好像有只巨手一把攥住了他的心脏，让他喘口气都困难。这时他终于想到了速效救心丸，硝酸甘油！它们放哪里了？他下意识地摸向夹克口袋，空的。谁来帮他找到这该死的救命的药？老伴儿怎么说的？"从没有用过的药，关键时刻用上就管用。不然麻烦就大了。"

现在麻烦来了。不是卓世民从不愿相信的"万一"，而是他这样

第 九 章

年岁的人随时都可能会碰到的"概率"。他的眼前阵阵发黑,他看到了魏老虎惊慌的眼睛,看到了远处的青山,在灿烂的晚霞中旋转、倒扣过来。他还看到赵四毛似乎在叫喊着什么……这两个捆在一起的家伙正挪动屁股,试图站起来。他们是来帮他,还是想来夺枪? 卓世民强撑着自己,握紧了手中的枪。不能倒下,不能倒下。卓世民,你要挺住,就要回家了。

他痛苦万分地张了张嘴,喊出一声:"老兰……"

兰高荣怎么听得见这声在猎猎南风中细如游丝般的呼喊? 他已经遥遥看见前方的国门了。他把车开得像刚才卓世民追击犯罪分子时那般快! 老司机呀老司机,你今天要带谁回家? 老司机,请你停一停车。卓世民终于在皮卡车的剧烈颠簸中缓缓倒下,缓缓倒下。缓缓地,沿着车厢壁瘫软了下去。在最后一点意识、最后一点机警、最后一丝力气、最后一点职业习惯还没被上天收回时,他把手中的枪扔到了车外。

侬建光的电话终于打过来了,他亟待证实女儿平安归来的消息。可是,这个号码从此再无人接听。

36

一年以后,卓世民的周年祭。墓碑就立在南山村那条公路的尽头,面向国境线方向,像一个挺立的哨兵。将卓世民安葬在他曾经战斗过的地方,是卓婉玉的一再坚持。她相信这是父亲的遗愿。卓世民曾经告诉过卓婉玉,他一生中最引以为傲的事,就是参加过那场保卫边境的战争。离他的坟十五公里处,有一座烈士陵园,那里葬有卓世民的连队牺牲的十三个战友。九泉之下,他们的连长回来陪伴他们了。

昨晚刚下了一场透雨，雨云还未散去，天幕低垂，群山列阵，山风呜咽，野鸟啁啾。老鹰山的主峰在云雾之上，山林却碧绿如洗、青翠欲滴。一只老鹰一直在云雾下盘旋，像一个人恋恋不舍的英魂。

前来祭扫的人很多，有亲属、朋友、同事、旧部，以及南山村的全体村民。没有固定的程式，卓婉玉先给父亲点了两支长明烛、三炷香，摆上祭品，双膝跪下，只说了句："爸爸，我们看您来了……"然后，泪如雨下，泣不成声。

一年来，父亲似乎从未离去。他只是出了趟远门，只是又去执行一次不为人知的绝密任务。他悄无声息地从岁月静好的世俗生活中消失，默默地守护着一方天空的宁静祥和，就像大坝无言地阻挡了洪水，太阳无私地奉献了热量。卓婉玉千百次地追问过自己：如果被拐走的孩子不是依阳阳，如果自己在案发之时不那么执着地请求父亲管一管这案子，父亲会不会在退休五年后，还重披战袍、征战边陲？她曾去问兰高荣叔叔，兰高荣告诉她：一个老刑警，有他自己的活法和死法。为你老爸骄傲吧。

是的，为父亲骄傲，这是卓婉玉一生的自豪，可骄傲和自豪这样高贵的情感，怎么需用悲愤、悲壮、悲哀、悲痛、悲情来支撑？这一年来，卓婉玉和家人的生活，又岂是一个"悲"字可以概括？连阿雄也在这一年里绝食身亡。这条忠实的老警犬，从家人的哀伤中嗅出了主人逝去的消息，它趴在卓世民遗像前不吃不喝、默默流泪的样子，把身患阿尔茨海默病的卓存君老人混沌的意识也唤醒了。他说，猫狗流泪，阎王相随。有一天夜里他忽然在自己的卧室里号啕大哭，吐词清晰地对家人说，有坏人杀了我儿子了，你们快去救他啊！一个四代同堂的家庭，顶梁柱轰然倒下，满屋子的思念、悲伤、凌乱、冷清、遗恨，以及夜深人静时独自吞咽的眼泪，日日夜夜，无从收拾。

第 九 章

一年前的这一天，当卓婉玉带着佴建光夫妇从广畴县星夜赶到西关县时，卓世民已经停放在县医院的太平间了。兰高荣叔叔衣冠不整，满面风尘，目光呆滞，像丢了魂儿似的不断拍打自己的脑袋，仿佛要把自己从一场噩梦中拍醒。普大卫和几个刑警像个孩子似的抱头痛哭。所幸卓婉玉那晚面对猝然降临的噩耗，尚能保持一个老警察的女儿应有的克制和尊严。她没有哭得呼天抢地、人事不省，只是俯在父亲的耳旁，轻声啜泣，无语凝噎。爸爸，醒来。爸爸，醒来、醒来！爸爸，为什么会这样啊？天啊，谁能告诉我，这是怎么回事？爸爸你都经历了些什么，你醒来快醒来告诉我呀爸爸。

多年来，卓婉玉不是没有设想过，父亲肩负重任，常常出生入死、为民除害，会不会有以身殉职的那一天？父亲退休以后，她以为这样的担忧再不会有。如果有的话，那一定是在一场噩梦中。善良的人们总是这样，不相信灾难也会是开满鲜花的林荫小道上突然跳出来的恶魔。

大悲之后，多是麻木，心如死灰。随着亲人的身影渐行渐远，死灰里缅怀的火星复燃，思念绵绵不绝，悲伤逆流在时间的河流里，让生命之舟愈发显得沉重迟滞。那一天，卓婉玉跟她父亲通了两次电话。父亲打过来一次，她打给父亲一次。卓婉玉在漫长的哀伤与忏悔中把这两个电话在脑海千百次地重播。在父亲的生死关头，自己却如此地轻慢、任性、自私。是的，她痛悔自己的自私，哪怕是为了一个很正当很崇高的理由。当她请求父亲一定要抓到坏人救出佴阳阳时，她怎么知道父亲将要面临什么样的生死搏杀？天下的儿女，都不会去细数父辈头上那一根根白发，不会去阅读他们洒下的一滴滴汗水。他们对父辈的人生认知，大多是日常生活中的结局，而少有知道父辈负重前行的过程。正如卓婉玉不会知道一个永不服老的父亲心中隐藏的人生追忆、满身绝技、快意恩仇，以及骄傲与尊严、责任和担当。

和父亲生前的最后一面，注定是生命中最痛的一天。她比父亲先离家三天，那是她少有的独自自驾旅行。这是一场普通的告别，在这个家庭已经习以为常。过去是女儿送别父亲，卓婉玉工作后，常外出搞田野调查，便是退休的父亲为女儿送行了。卓婉玉小时候印象深刻的是，当卓世民收拾好行李要出差时，在出门前会狠狠地抱她、亲她，把她举到空中，抛来抛去。她问，爸爸要去抓坏人了吗？父亲一边亲她的脸蛋一边说，是呀我的宝贝。她又问，坏人好抓吗？父亲会说，有些坏人很狡猾，不好抓。但爸爸有力气，又聪明，坏人打不过爸爸。父亲那时多么健壮威武、本领高强啊，她相信天下的坏人没有父亲抓不了的。只有一个"坏人"爸爸抓不到，就是当父女俩在家里玩"抓坏人"的游戏时，爸爸总是输。但这从不会让她对父亲感到失望，童年时最让她失望的是当她问爸爸什么时候回来时，父亲总是犹豫许久才说，很快，很快就回来了。这个"很快"，有时是半个月，有时是三个月，最长的一次，她记得很清楚，一年又两个月。爸爸回来时，她已经从小学升到初中了。那次她见到父亲时是一句泪水涟涟中的严厉追问：爸爸你不要我们了吗？

那个早晨，父亲帮她拎行李，一路送到车前。她还记得车启动时，父亲还站在路边，不断在重复一句话，慢慢开，别超速。跑两百公里就停下来休息一下。那时她有个念头一闪：老爸变得像老妈一样啰唆了。人真是不经老啊！卓婉玉向父亲挥挥手，说，爸，回去吧。但是父亲不走，问她什么时候回来。她答说很快、很快就回来了。这是父亲每次外出时的承诺。尽管他几乎每次都不能兑现诺言，但能力卓越、勇敢无畏的父亲总能战胜各种困难，平安回家。车走出去几十米远了，她还能从后视镜里看到父亲目送她远行的身影。太阳在父亲身

第 九 章

后，给父亲勾勒出一个仿佛镶了金边的轮廓。现在回想起来，那越拉越长的目光，有多重的父爱被她随意挥洒，有多深的眷念无人知晓。而在父亲生命的最后时刻，身边却没有一个亲人。夏日朝阳里的父亲，为什么只空留一个模糊温暖的面庞和熟悉坚实的身影，就猝然转身，不再回头？

坏蛋都抓到了，爸爸却倒下了。童年的故事里从没有这样的结局。

卓婉玉本来准备了一篇悼文，要在父亲的墓前细诉一年来的忏悔和怀念。在她平静下来后，她不打算念它了。父亲，您就是一座无言的山峰，永远耸立在所有爱戴您的人心中。爸爸，人这一生，做自己愿意做的事，行大爱履职责，重然诺轻生死。"不独亲其亲，不独子其子。"爸爸，您值了。

墓碑耸立，那就是不倒的父亲。卓婉玉最后带着女儿杨颖一起磕了三个头。她的额头触碰到墓碑前的石板时，她感到一头扑进了父亲厚实的胸膛。就像小时候父亲出差回到家里时，她欢叫一声"爸爸"飞扑过去那样。

肖佳一直由女婿杨先书和包阿姨搀扶着，她带来一束白玫瑰，默默地放在卓世民的墓碑前。她抚摸着墓碑上卓世民的照片，喃喃说："老卓，我总算来到你的村庄啦。当年你说过要带我回来看你战斗过的地方……却一个人先跑回来了……老卓，你一身的病，一生的难，从不告诉我们。老卓啊，你好辛苦，你好狠心……老卓，你欠我呀……"

杨先书单独给卓世民跪下，他一直想为岳父写一首祭奠的长诗。但他写了一年了，还是没有完成，因为所有的字、词、句，以及一个诗人升天入地追寻的韵律、节奏、哲思、意象、象征、隐喻，在诗笺上都显得苍白无力，毫无诗意。他在磕头时说了声：

爸爸，天国里也需要英雄。

家人祭扫完毕，兰高荣站在了墓碑前。他先给卓世民点了一支烟，放在墓碑上，然后又拿出一瓶茅台，沿着坟头倒了半瓶，剩下的自己喝下一大口，沉默了半响才说：

"老伙计，来陪你喝一口。我这个搭档……对不住你啊！"

这一年来，兰高荣一直活在自责中。那天在抓捕魏老虎一伙时，他看到了"刺青哥"正冲向卓世民，如果他枪法精湛，如果他动作再麻利一些，如果他没有怕打枪的阴影……他想，他有机会在"刺青哥"踢向卓世民那一脚前将他一枪撂倒。医生说卓世民突发的心肌梗死可能跟"剧烈运动、外在撞击、紧张情绪"等因素有关。兰高荣问过普大卫，说，要是你当时在场，能不能阻挡那一脚？普大卫说，兰局，当时的情形瞬息万变，对方是个年轻人，他从车后绕到车头，也就只需五六秒时间；而您从驾驶副座爬到驾驶室那一头下车，再移动到车头，举枪、瞄准、射击，就是一个身手敏捷的年轻刑警，至少也得花十来秒钟吧。兰局，您提醒我师父那一声喊，已经救了他命了。更不用说您果断打出的那一枪，我也不敢保证自己能做到。兰局，你和我师父这场抓捕，都可写进教材了。

部下的话一点也不能宽慰兰高荣一颗负罪的心。他大病一场，差不多在病床上躺了三个月。痊愈后也不去网球场上了。再没有谁和他为一个球争得脸红脖子粗，这球还打得有什么劲？徒有悲伤而已。

桑吉老师也来了。桑吉老师这一年里完成了写卓世民传奇一生的书。她把书带来了，发给在场的每一个人。然后留下一本，一页一页地撕下，烧在卓世民的坟前。她相信卓世民读到这些文字，九泉之下也会为自己感到骄傲。

接下来站在墓碑前的是卓世民"生死不管"的老战友曹前宽。他

第 九 章

也带酒来了,不是一瓶,而是一桶。他摆开两只土碗,满满斟上,眼泪大滴大滴地落在酒碗里。

"卓连长,我晓得,我家的苞谷酒你最喜欢喝。以后我年年都给你酿一桶酒,我们两兄弟慢慢喝。我们村的公路修通了,我说要给大哥立块功德碑,可你坚决不干。现在功德碑立成了墓碑,我的心痛得紧啊大哥……房子我也盖起来了,还给你留着一块宅基地哩。说好的要在南山村一起闲闲散散养老,喝口苞谷酒,摆把老龙门阵,说说我们生死不管的卓连长……"

侬建光夫妇和侬阳阳恭恭敬敬地跪在卓世民的墓碑前,话不多说,只是一叩再叩。侬建光看着墓碑上卓世民穿警服的免冠照片,没有想到这位退休在家的老大爹、侬阳阳的救命恩人原来如此威风凛凛。他冲口而出:"卓大爹,你就是我们家的布洛陀!"韦小香哭着说:"不是布洛陀,卓大爹是帮我们找回太阳的人。"侬阳阳已经上小学了,她看看爸爸,再望望妈妈,说:"卓爷爷是带我回家的好人。"

林芳今天特别低调,她一身素黑套装,带着儿子林褚承远远地站在人群外。林褚承已经成功地移植了造血干细胞,并且没有任何排异反应。这救命的造血干细胞并不是取自侬阳阳,而是来自林褚承的生母韦小香。苍天仿佛自有安排,缺失的母爱终于以血脉之缘完美地补偿。林芳在汤谷寨成立了一家"新稻穗旅游文化有限责任公司",在今年"女子太阳节"那一天隆重开业。林芳投资了五百万元,拓宽了进出汤谷寨的道路,将有条件的壮族民居重新翻修,改建成客栈民宿,兴建了一个占地面积达三千平方米的太阳广场。汤谷寨祭祀太阳的活动也得到有关部门的正式认可,作为每年阴历二月初一的民俗节日。四乡八邻的壮族乡亲和前来体验壮乡文化的游客挤爆了村前村后的所有道路。寂静的乡村从来没有这么旺的人气。就像卓婉玉说的那样,太阳从这个北回归线上的村庄转身,不是悄然离去,而是王者归来。正如我的父亲,也像那些驾牛犁田的人们,他们在这个大时代将再度证明自己。古人说:地无私载,日无私覆。在这片盛满阳光的土地上,连一株摇曳的稻穗,我们也要赋予它全新的内涵。

当林芳把"新稻穗旅游文化有限责任公司"总经理的聘书交到侬建光手里时,她感到已经把自己的良知,放在卓婉玉所说的那个"妥妥的位置"上了。她对侬建光说,兄弟,为了我们大家,好好照看好你的村寨,好好伺候好你的稻田。还有你家那栋"一棵树"老屋,你要让它成为一个网红打卡点。"一棵树"老屋已被重新翻修,改建成一座高档次的民宿。那些在网上订房的游客,常常是下手晚一点都订不到房间。

林芳的丈夫褚志以非法拘禁罪获刑六年。他没有上诉,对法院的判决心悦诚服。他说,一位老警察因为我的错把命都丢了,我该。有一次林芳去探监,褚志对林芳说,芳,对不起,你现在不能做一个完美的母亲了。林芳说,完美中的缺憾,才是生活的样子。褚志有些不甘心地说,以后我们都不在这个世界上了,家业终究要落到侬建光夫妇手里。当初在矿山上,为了抱走侬建光韦小香的第一个孩子,我要开除他们,侬建光说我欺负他。那时我就预感到这小子以后会成大事,我说等你有了钱再来欺负我吧。妈的,我们白忙活一生了。林芳轻松一笑,你想那么远干什么? 人说财聚人散,财散人聚。你选择哪一种? 人把自己活成一台印钞机,迟早要招祸。侬建光过去总爱说社会复杂,其实复杂的只是人的内心。如果天生就是一个很复杂的人,那就尽量把自己活得单纯一点。我看你在这里面,正好可过一种简单、单纯的生活。卓大哥的女儿卓婉玉是教授,她让我认识了一个词:救赎。你回去也好好琢磨琢磨这个词。我的理解是,救自己就要帮别人,

第九章

帮别人就是救自己。我们也受过穷、吃过苦，从挣钱养家，到挣钱回报家乡，让更多的人不再贫困。千金散尽，造福社会，良知才会放在一个妥妥的位置上。人活一世，重要的不是你得到了什么，而是你付出了什么。总想到自己的失去，会很苦很累，也会很平庸无趣。想一想卓世民吧，他为什么会赢得人们的敬重？

终于轮到林芳站在卓世民墓前。她带来一束白菊花，默默地献上，无声地流泪。她把林褚承拉到墓碑前，说："儿子，来，给爷爷磕头。"

人群中的侬阳阳忽然跑过来说："我要跟哥哥一起。"林芳抚摸着侬阳阳的头说："阳阳，还在想爷爷吗？"

侬建光说："姐，你就让他们两兄妹一起磕吧。"

林芳说，好的，兄弟。林褚承已经牵着他妹妹的手，两兄妹一起跪下了。林褚承还在恢复期，身子骨还是显得瘦削、单薄，而侬阳阳则健壮而充满活力。侬建光看着两个孩子的背影，脸上荡漾出幸福的表情。他回头看韦小香，却发现她的眼睛再次湿润了。

林芳站在孩子们身后，深深地鞠了三次躬。她心里默默说，卓世民大哥，亲爱的老战友，我现在可以问心无愧地给您敬礼了。她挺直了身子，缓缓地举起右手。

2021年2月18日一稿完于抚仙湖畔太阳山
2021年7月7日二稿
2021年8月12日三稿
2022年2月5日四稿修订于青衣江畔

后记：想去种一块田

2020年夏季，新冠疫情刚刚得到控制，我就去云南文山壮族苗族自治州采风。实际上在新冠发生之前的当年元月，我已经去过一趟文山采访，原计划过完年后再去，但没想到受疫情影响拖到六月。壮乡之行让我对稻作文化产生了浓厚的兴趣，吃了大半生的米了，我还不知道一株水稻是如何长成的。我只有在采风中想象：春回大地，布谷鸟开始鸣唱，农人驾牛耕田的浪漫，浸泡谷种时的期待，撒种时的仔细，育秧时的祝福，栽秧时的歌谣，薅秧时的辛劳，水稻扬花时的馨香，抽穗时的祈愿，收割时的喜悦……当然，我知道这是田园牧歌式的"小资"情怀。真正的乡村生活，还需要去发现那种探幽索微、走心入脑的现场感和质感。

一个溽热的下午，我和本地壮族作家张邦兴从田里回村寨。田野里稻秧碧绿，刚刚过膝。我忽发奇想，想去田里走走。我们脱掉鞋子，挽起裤脚下田。田水温热可人，田泥细腻似沙，犹如绸布裹脚。我在稻田里走得偏偏倒倒，像个醉汉，生怕踩了农人的稻苗。张邦兴说中耕管理时，种田人会用脚去分辨杂草和稻秧，将杂草踩死做田肥，还不会损伤到秧苗。我望着眼前绿意葱茏的一片，问杂草在哪里？老张说你没有种过田，你看不见。

那时我想去种一块田。我要拜一个种田能手为师，"桑野就耕父，荷锄随牧童"（孟浩然《田家元日·其一》）。从驱牛下田、三犁三耙开始，再到选种育种、撒谷成秧，然后稻香来袭，收割入仓。我要履行这样一个完美的伟大过程，才有资格"稻花乡里说丰年"。

实际上我们都在种一块属于自己的田。创作一部长篇，也与种一块田无异。当我把目光投向南国边地这片热土时，我预感到这里有我愿意去耕作的"一块田"。我需要去选种育苗，精耕细作，接上地气，吸取养分，在田里走一走，在大地上去发现。云南文山壮族苗族自治州地处南国边陲，拱卫着国家的西南大门，四十多年前这里还战火纷飞、英雄辈出。到二十世纪九十年代中期才完全对外开放。因此它是云南贫困面积最广、贫困程度最深的地区之一。脱贫攻坚战打响后，边陲之地的人们义无反顾地向贫困宣战。这是一场丝毫也不逊色于当年保卫边疆的战争。世代戍边的人们从来不缺乏爱国热情，他们是家国情怀最浓郁的一群人。他们不应该贫穷，不应该永远落后于时代。边疆富裕了，边防才会安稳。一条公路，一项产业，一种农科技术的引进，都可以让一个村寨甩掉贫困的帽子。我走访了数十个边境村寨，见证了偏远山乡的巨变，结识了许多脱贫致富的带头人。他们中有的就是当年的支前模范、战斗英雄。在马关县罗家坪村，村委会主任熊光斌是个身经百战的老支前、老民兵。他曾经在一场战斗中为了掩护战友，操作高射机枪平射了半个多小时，把自己的耳朵都震出了血。当年他在阵地上守哨卡，夜晚瞌睡来了就吃干辣椒，半年下来竟吃了一百多斤干辣椒。有谁能想到我们的和平岁月和这些干辣椒有关？现在熊光斌带领全村人致富，村里户户有新房，有通畅的水泥路，有荣誉室，有村民活动室。鲜花盛开在道路两旁，果实缀满了枝头，村舍掩映在树荫下，连炊烟都透着一种宁静安详的诗意。又有谁能想到这里曾经是边关前线？

能够置身于脱贫攻坚这场伟大战役中，是一种荣幸。我们是见证者，也是记录者。对于一个作家来说，如何去呈现，就显得尤为重要。贫困的故事千百万，致富的道路也许就那么几条。我看到了一条路对一个闭塞村庄的重要，也看到了观念的转变对一群人的改变。尤其是在边地少数民族地区，撬动贫困这座大山，可能只需要一个支点。

过去我认为自己对现实缺乏把握，而历史感却仿佛与生俱来。可是，在我们身处的这个百年未有之大变局的时代，社会在进步，时代在变化，观念在刷新。这也是历史进程的一部分、一个阶段，同样需要我们去感知认识，并以文学的手段真实反映。沧海变桑田，早已不是古人心目中那种时光荏苒、往事越千年的时间概念。几年前还需要骑马进去的村庄，现在你开车一脚油门就到村口了；村庄里那些追逐时尚、打扮新潮的年轻人，已让人分不清他们是种田人还是城市上班族。变化实实在在，就在"转身"之间。

就"转身"带来的人物命运变迁而言，我更关注人物"转身"之前的历史。作家王安忆说过，长篇就是写人的命运。没有一个人的命运相似，也没有一个人的命运可以一言蔽之。当然，我更欣赏那些有着传奇性、带有英雄主义色彩的人物命运。一如我这部作品中的主人翁卓世民。我曾经采访过一个身份特殊的老警察，并和他成了朋友。他在职时，很多年来他在工资单上的名字只是一个代号（恕我在这里不便说出他的名字）。他就是和平年代的传奇人物，是默默守护我们的无名英雄。我让卓世民这样一个有着参战经历的老兵，借助侦破一桩拐卖案，走进边远的乡村，走向脱贫攻坚的主战场，就像带着我的视觉来关注这场向贫困宣战的伟大战争。也一如作品中的其他人物一样，他也要在续写人生传奇中，再次完成自己的壮丽转身。我相信有的人，就是为演绎传奇而活着。这让我们这样的写作者不至于太寂寞。

进入新世纪以来，这是我的第七部长篇小说。同时也是我的一部转型之作（请允许我也作一次"转身"）。过去我更倾注于历史叙事，把民族文化与历史作为我的学习和表现对象，比如藏族、纳西族、彝族、哈尼族等。这次我把目光转向了当下、转向了壮民族。我知道这是一个极大的挑战。我把壮民族及其文化当一门新开的课程，确切地说，写作此书，又为自己的人生补了一课。当我在南国边地上行走时，我重温了二十世纪火热纯粹的八十年代，那时这里炮声正隆，我还是一个刚刚大学毕业来到云南边疆的年轻人，我们常去慰问那些从战场下来的新时代"最可爱的人"，他们为国征战的荣耀感和自豪感让我至今难忘。我也重新认识了边疆、民族、国门、边境线这样一些不仅仅是人文地理意义上的概念，他们会促人陡升国家认同感、民族尊严感以及作为一个中国人的自豪。

感谢文山州委州政府、州文联对我深入生活一线的支持和帮助，感谢我的壮族好兄弟张邦兴，他是我学习壮文化的领路人，我们一起在壮乡壮游，在村寨里和老乡们喝酒长谈，每每喝到星月无光、醉意阑珊。特别要感谢人民文学出版社和《当代》杂志，从选题确定开初，就一直给予我莫大的鼓励和支持。第一稿出来时，人文社特意邀请专家学者潘凯雄、施战军、贺绍俊、应红等人审阅。在审读改稿会上，他们提出了非常宝贵又专业的修改意见，让我在后来的改稿中受益匪浅。在此一并致以诚挚的谢意！